中国現代文学と日本留学

大東和重　著

中国文庫

関西学院大学個人特別研究費による

Modern Chinese Literature and the Impact of Study in Japan
Kazushige OHIGASHI
China Books Corporation, 2025
ISBN 978-4-910887-03-6

中国現代文学と日本留学　目次

目次

第Ⅰ部　留学生の時代——一九〇〇年代から一〇年代へ

第1章　中国人留学生の日常——一九〇〇年代、宋教仁の日記から

1　一九〇四年の日本留学

船は東京湾に入った。海岸を望むと、山の景色がぼんやりと見える。しばらくすると、船はもう港に入り、しばらく止って医師の検疫を待ち、検査後、ふたたび岸壁に接近して錨《いかり》を下した。横浜市の埠頭である。（中略）やがて汽車は発車し、飛ぶように走って、未正〔二時〕、東京の停車場である新橋に着いた。余らは下車し、改札口をやっと出ると、戴渭卿《タイウェイチン》に出会った。余がきたのを聞いてわざわざ出迎えにきていたのである。（中略）余らはそこでいっしょに人力車を雇い乗って出かけた。沿道の市街は繁栄しており、広く大きな家屋は多くないが、しかし道路は広くて清潔である。ときに電車が往き来しているのが見えた。上海にくらべても見劣りしない光景であった。

松本英紀訳注『宋教仁の日記』（三一頁）[1]

一九〇四年十二月十三日、革命運動を展開していた中国湖南省出身の政治青年が、蜂起に失敗し、上海を経て日本

へと渡ってきた。のちに中国国民党の指導者の一人として活躍するも、辛亥革命後の一九一三年、対立する軍閥の袁《えん》世凱《せいがい》が放った刺客により、若くして暗殺された、宋教仁《そうきょうじん》（一八八二－一九一三年）である。「憲政の父」と称され、中国近代史上その短い生涯が惜しまれる宋教仁は、実は二十代半ばの青春を日本で送り、革命家としての経歴を積み、思想を形成した。

宋教仁の日本留学やその活動を知るには、格好の材料がある。日本滞在は一九〇四年十二月から一一年初頭にかけての約六年間だが、当初から一九〇七年四月までの約二年半分の日記が残され、宋の死後、一九二〇年に刊行された。幸いなことに日本では、松本英紀《ひでき》による詳細な注を施した翻訳『宋教仁の日記』（同朋舎出版、一九八九年）がある。訳文はこなれて読みやすく、懇切な注を参照すれば、宋教仁の日本における活動・人脈・日常・思想などが手にとるように分かる（以下、引用の際には本訳書を用い、頁数を記す）。当時の留学生の生活を知る上でも、外国人の見た日露戦争の戦中から戦後、つまり明治末年の日本の世相を知る上でも、宝庫のような一冊である。(2)

本章ではこの日記や、同世代の留学生、黄尊三《こうそんさん》（一八八三－?年）が残した記録『清国人日本留学日記』（さねとうけいしゅう・佐藤三郎訳、東方書店、一九八六年）などを利用しながら、当時の中国人日本留学生の生活をのぞいてみたい。(3)

2　中国人留学生の生活――会館・革命運動・勉学

清朝の支配する中国から留学生が日本に来るのは、一八九四年に始まる日清戦争後のことである。東方の小国に敗れた衝撃から、国家制度改革の必要を痛感した清国政府は、海外へと留学生を送る決意をする。中でも隣国の日本へは、アジアで一足先に近代国家を建設したこと、同じく漢字文化圏に属すること、また経済的負担が軽く済むことなどの理由から、もっとも多くの留学生が向かった。

近代中国の著名人には、日本と関係の深い人物が多い。戊戌変法《ぼじゅつへんぽう》運動の指導者、康有為《こうゆうい》（一八五八–一九二七年）や梁啓超《りょうけいちょう》（一八七三–一九二九年）は、運動が挫折すると一八九八年日本へ亡命し、政治活動を続けた。反清革命の指導者だった孫文《そんぶん》（一八六六–一九二五年）も、最初の武装蜂起に失敗した一八九五年に日本へ亡命して以降、日本を含む海外に拠点を設けて革命運動を展開した。

一九〇〇年代に入ると、留学生が大挙して日本を目指す。孫文と並ぶ反清革命の指導者の一人で、宋教仁と同郷の盟友、黄興《こうこう》（一八七四–一九一六年）や、中国国民党の指導者となる汪兆銘《おうちょうめい》（一八八三–一九四四年）や蔣介石《しょうかいせき》（一八八七–一九七五年）も日本で学んだ。中国共産党の指導者、周恩来《しゅうおんらい》（一八九八–一九七六年）は、一九一〇年代に留学するも、受験に失敗し挫折した。

近代中国を代表する作家の魯迅（一八八一–一九三六年）も日本留学経験者の一人で、一九〇二年から九年まで滞在した。宋教仁と同世代で、滞在時期も重なる。魯迅は当時の留学生について、後年、「すべて留学生が、日本に到着すると、急いで尋ね求めたものは、大抵、新知識であった。日本語学習、専門の学校へ進学する準備のほか、会館に赴き、書店を駆けまわり、集会に行き、講演を聴くことであった」と回想した（「因太炎先生而想起的二三事」(4)）。

宋教仁の日記と魯迅の回想を照らし合わせてみよう。港や駅で出迎えたのは、先に来日していた同郷の先輩や友人たちである。広大かつ言語や文化面で多様な中国では、郷里を同じくし言葉の通じる人々の互助組織、同郷会が発達していた。ことに華僑として海外に向かう場合、当座の住居や職などの世話してくれるのは同郷の人々や団体だった。湖南省桃源県出身の宋教仁を出迎えたのも、同郷の旧友李和生《りかせい》や、戴渭卿《たいいけい》など湖南省西部地方の同郷会の面々である。同郷会やその運営する会館は活動の拠点でもあり、なじみの言葉で語り合える心のよりどころでもあった。

日記からうかがえる宋教仁の生活の中心は、革命運動の展開を目的とする、集会の開催や友人との交流、雑誌の刊行や原稿の執筆、政治や日本語を含む勉学だった。宋教仁は湖南省出身者で結成された革命団体「華興会《かこう》」の領袖《りょうしゅう》の一人だった。[5] 湖南省は清末から民国期にかけて革命家を数多く輩出した土地で、黄興、宋教仁、同じく日本留学経験のある蔡鍔《さいがく》（一八八二―一九一六年）以外に、中国共産党の毛沢東《もうたくとう》（一八九三―一九七六年）、劉少奇《りゅうしょうき》（一八九八―一九六九年）、彭徳懐《ほうとくかい》（一八九八―一九七四年）らも湖南省生まれである。

宋教仁は毎日のように友人を訪ねては会談し、集会を開き、雑誌を刊行した。集会は留学生各自の下宿で開かれることもあれば、神田にあった清国の留学生会館なども利用された。日記には「越州館」や「山本館」など、〇〇館と称する数多くの下宿が登場する。東京には全国、さらに海外から集まる学生のため、下宿が無数にあったことが分かる。[6]

たびたび開かれる集会では、講演を聞くだけでなく、宋教仁自らも演壇に立った。女性革命家の秋瑾《しゅうきん》（一八七五―一九〇七年）の下宿を訪れたとき、同志と月一回「演説練習会」を開いていると知った宋は、参加の許可を求める（三六頁）[7]。実際練習会に出るなどして腕を磨いており（六一頁）、書店で購った書籍の中には、雄弁術や談話術の本が見える（四一頁）。

到着して一ヶ月もすると、宋教仁らは革命活動の一環として、雑誌の刊行を計画する。留学生の雑誌は革命団体同様、同郷会を単位として出されることが多く、華興会の雑誌として『二十世紀之支那』が創刊され、宋が主宰した。日本に来て半年余りが経過した一九〇五年六月、孫文が来日し、その働きかけで八月、出身地域ごとに分かれていた革命団体を統一して、「中国同盟会」が結成された。雑誌は『民報』と改称されて同盟会の機関誌となり、宋も原稿を書いて革命を鼓吹《こすい》した。

こういった政治運動とともに、魯迅のいう「新知識」を手に入れることも、留学生の大きな目的だった。方法は大きく二つあった。書店を回り、書籍を手に入れ、新聞を購読すること、及び学校で日本語や一般教育を受けることでである。宋教仁は下宿先に『二六新報』や『東京朝日新聞』の購読を頼み、それ以外にも数多くの新聞に目を通した。また週に一回以上、神田などの書店に足を運び、毎回数冊の本を購入した。法律から宗教、中国や世界の歴史・地理・情勢の本まで、月に数十冊の旺盛な書籍購入である。

宋教仁と同郷で、半年ほど遅れて日本に来た黄尊三は、神田の書店街について、「学生はここを臨時図書館と心得ていて、勝手に本を開いて見るが、店主もそれを咎《とが》めだてしない。貧乏学生で本を買う銭のない者は、毎晩書店で抄《しょう》閲《えつ》するものがある。新刊書は日に日に増加し、雑誌も百種あまりある。文化の進歩を窺うことが出来る」と記した。(8)東京に来た留学生が帰国後もっとも懐かしく回想するのは、神田の書店街だったといってよく、新刊古本の書店は上野図書館（帝国図書館、現在の国立国会図書館）とともに留学生の知を育んだ。

宋教仁は来日して一ヶ月経つと、学校へ通い始める。最初に通ったのが順天中学校で、日本語と英語の授業を受けたが（四一頁）、わずか一ヶ月で通うのをやめる。六月からは法政大学に入学するが、これも長くはつづかず、一九〇六年二月から早稲田大学の清国留学生部予科に通い始める。日本語とともに、数学・地理・歴史・理科や、図画・体操・唱歌などの科目が置かれ、中国ではまだ普及していない一般教育を受けた。几帳面で真面目な性格だったと思われる宋教仁は、自習や読書、著述などに充てる時間も含め、日課表を作り励行した（一二六頁）。

しかし、到着から半年余りで「神経衰弱」に苦しんでいた宋は、体調不良や友人関係の悩みなどに煩わされ、勉学が進まないことに苛立ちをつのらせる。早稲田に通い始めて半月、寝坊し遅刻してしまう。「朝起きるのがまた遅かった。そのうえ時計が停まっていたのでとうとう算学の授業に一時間遅刻してしまった。ああ！　余はついに堕落してしまった」（一三五頁）。一九〇六年三月にも、「脳力」「時間」「金銭」を浪費してはいけないと、怠惰で不節制な自己を戒めている（一四七頁）。

明日からは規律正しい生活を送り、国家の有為な人材になろうと決意しては、しばらくすると日常や人間関係に流され、「堕落」したと猛省し、再び生まれ変わろうと決意を新たにする。このくり返しは、他の真面目な留学生の日記にもよく見られる。例えば、宋教仁の十年あまりのちの留学生、周恩来は、いわゆる五校特約のある学校を目指して受験勉強に励み、日程表や時間割を作った。一九一八年三月十一日に立てた計画よれば、一日の睡眠は七時間、勉強は十三時間、休憩その他は三時間半という猛烈なものだった。しかし翌日の日記には、「朝、かなり晩く起きる。昨日、早起きして勉強することを決めたばかりなのに、今日はもうこうである。今後、絶対に改めなければならない」と猛省している。(9) 故郷や国家の期待に背いてはならないと気負う留学生ほど、異郷での不甲斐ない成績や、流されがちな日々に強い自責の念を抱いた。中には宋教仁のように「神経衰弱」を患う者もいた。

とはいえ、日記を見ていけば、革命という大義や中国の将来、政治運動や勉学、さらに人間関係において、悪戦苦闘する宋教仁の姿に心打たれるだろう。ことに一九〇六年は、毎日のように往来し、夜を徹して語り合う仲の李和生が、精神的に失調を来たし、宋にしつこくつきまとった。執拗にくり返される人格攻撃の前に、宋教仁もとうとう参ってしまい、革命の大業も放り出して入院を余儀なくされる。

3　留学生を通して見る明治末年の日本の世相——神経衰弱・浅草・日露戦争

日記はプライベートな事実を記すが、複数の日記を読み比べると、当時の留学生たちに共通する日常生活や悩み、そして当時の日本の世相が見えてくる。

来日して三ヶ月、宋教仁は病院の診察を受けた。医者からはどこも悪くないと言われたが、六月に受診した際には、「余は脳病があり、薬を続けて飲んだら治るといい、また「酒」、「女」、「精神的過労」の三つの事は慎んだ方がよい」との診断を受けた（七九頁）。友人関係の悩みから症状が嵩《こう》じて、翌一九〇六年三月には「神経衰弱症になりかけている」と診断され、薬をたくさんもらう（一四八頁）。八月から十一月まではとうとう三ヶ月近く入院した。電気治療を受けたり探偵小説を読んだりしながら心を休め、悩みの種だった李和生が日本を離れたことでようやく回復するが、この年の日記には「神経衰弱」の苦しみが綿々とつづられている。

黄尊三は一九〇五年に来日してすぐに体調不良を覚え、三ヶ月で自らを「神経衰弱」だと断じている（四三頁）。宋教仁や黄と同じく、一九〇〇年代に東京で学生生活を送った谷崎潤一郎（一八八六‐一九六五年）は、「当時の文学青年の間では一時神経衰弱症が大流行であつた」と回想し、自身も激しい「神経衰弱」に苦しんだ（『青春物語』）[10]。近代文明の発達による刺激や、受験などの精神疲労が病因とされた「神経衰弱」は、日露戦後の日本で広く流行した時代病の一つだった。度会好一《わたらいよしいち》『明治の精神異説』によれば、精神科や内科の病気が、いわば重宝《ちょうほう》に「神経衰弱」と診断されたという[11]。留学生も例外ではなく、続々と「神経衰弱」に罹患したのである。

一九一〇年代に至ると、宋教仁や黄尊三の次の世代の留学生たちも神経衰弱に苦しんだ。郭沫若（一八九二‐一九七八年）は岡山の第六高等学校に在学していた一九一五年頃、東京の第一高等学校特設予科での猛勉強などがたたって、動悸がひどく睡眠がとれず記憶力が落ちた。自殺を図るほどの神経衰弱となったため、朝晩静座して心の修養に努めたという[12]。郁達夫（一八九六‐一九四五年）は自らをモデルとする小説「沈淪」（『沈淪』泰東図書局、一九二一年）で、旧制高校に留学中の主人公が「憂鬱症」に苦しむ姿を描いている。実際郁は、一九一五年に第八高等学校へ入学してから神経衰弱を患い、閑静な梅林へ転居したほどだった[13]。いかにも繊細で文人風の郁達夫はともかく、凶弾に斃《たお》れたとはいえ中国憲政の基礎を築いた政治家の宋教仁や、新中国成立後には「文化界の総帥」と呼ぶべき地位までのぼりつめた郭沫若でさえ[14]、時代病としての神経衰弱に苦しんだわけである。

宋教仁の日記を読み進めて面白いのは、留学生の生活がうかがえるのみならず、この「神経衰弱」に典型的なように、日露戦争中から戦後にかけての日本の世相が浮かび上がってくることである。日本に来てまもなくの一九〇五年正月、宋教仁は浅草へ遊びに行く。

浅草は東京の名勝地である。人家が立ち込んで、いろいろな見世物小屋がごたごた並んでいる。（中略）余らは入場券を買って公園に入り、存分園内を見物した。いろんなものが陳列されており、魚や鳥の類がとくに多かった。（中略）その中でもっとも見ごたえのあったのは、たとえば西洋の人形活動劇、月世界の空中運動、花中の美人〔菊人形？〕、出征軍人の留守宅、満洲激戦の模型などで、いずれも人に美術の精神を惹起させ、愛国の思想を鼓舞させるものだった。（三三頁）

浅草公園は、明治から昭和初期にかけて、東京の庶民にとって最大の娯楽場だった。もちろん留学生にとっても格好の息抜きの場で、黄尊三は、「浅草も東京の公園の一つであるが、惜しいかな、天然の風景はなく、ごみごみした所である。活動写真やいろいろな見世物がある。ここに遊びに来るのは、たいていは下流社会の者と女子供であって、上流や中流の人は、あんまり来ていない」と記した。十日後に再訪した黄は、「十二階」と呼ばれた公園のシンボル、凌雲閣《りょううんかく》に上ったが、「一番上まで登った時、急に大風が吹いて、建物が揺らいで、ハラハラした」[15]。一九一七年に留学してきた周恩来も、映画やオペラを見にしばしば浅草へ足を運んだ[16]。

一九〇七年四月の雑誌記事「浅草公園　六区の観覧物」（署名は「まけん」、『文芸倶楽部』）を参照すれば、当時どのような見世物があったかが分かる。宋教仁が見物したのは恐らく公園内の「花屋敷」である。十銭の入場料で、動物園や西洋操り人形、活動写真など数多くの見世物を見物することができた。凌雲閣には日清日露両戦役のジオラマが置かれていた。伝統社会が息づき猥雑な空気の残る浅草、中でも浅草公園六区には、庶民のみならず、数多くの作家や知識人も魅せられ、膨大な記録が残された。堀切直人《ほりきりなおと》『浅草』四部作にはそれらが集大成されているが[17]、浅草に惹きつけられたのは日本人ばかりではなかった。

見世物は時代とともに遷《うつ》り変わる。宋教仁の見た見世物のうち、「出征軍人の留守宅」は日露戦争最中の時代を象徴する。宋が見たかどうかは不明だが、当時活動写真館では戦争ものが上映されていたはずである。宋の日記には明治の会館として著名な神田の錦輝館《きんきかん》（一八九一－一九一八年）も登場する。

　劭先《シャオシェン》が錦輝館へ活動大写真を見にゆこうとさそった。着いて、一人二十銭の入場券を買って入った。場内は四等の座席に分かれており、われわれは三等の席に座った。席について一時間ばかりたってようやく開演した。最初は日露戦争のもので、次は北氷洋の漁業、次は欧州の風俗、最後は日本軍人の出征であった。映すたびにまず人の説明があってその後に上映する。（三四頁）

宋教仁はのちに集会などでもこの錦輝館をしばしば利用した。一九〇六年春に兵庫から上京した和辻哲郎（一八八九－一九六〇年）は、『自叙伝の試み』の中で、神田周辺のにぎわいを記した後に、「東京で唯一の大きい会館」だった錦輝館について、「初めて活動写真を上映するとか、音楽会を開くとか、演説会を催すとか、新しい風潮がこゝから始まつた」と懐かしんでいる。(18) 書籍の購入にしても映画の鑑賞にしても、留学生たちは日本人学生と同じ空気を吸っていたのである。

浅草公園や錦輝館の出し物として日露戦争が登場しているように、宋教仁が来たばかりの一九〇五年の日本の世相は、日露戦争にいろどられていた。ことに極東へと刻々接近する、ロシアのバルチック艦隊の進路については、新聞紙上で逐次報道された。まもなく始まる一大海戦を、宋も固唾《かたず》を飲んで待ち受けたようで、五月二十九日の日記に日本海海戦でロシア艦隊が撃滅されたと記すまで、宋は日記に新聞の記事を詳しく写した。日露戦争とその後の日本の社会は、宋教仁のような注意深い観察者に強い印象を残したと思われるが、逆に宋の目を通して当時の日本社会が見えてくる。

4　留学生の私生活――男女関係・享楽・日本人異性との交際

魯迅も革命運動に関わったが、一九〇四年から仙台医学専門学校で学んだように、留学の大きな目的の一つは、近代的な教育を受けることだった。かつて中国では科挙の受験を経て役人になるのが知識人のライフコースだったが、近代的な国家整備が始まる一九〇〇年前後から、海外に留学することが新たな出世の道筋となった。日本に来た留学生の多くにとって、中国ではまだ受けられなかった洋式の学校教育、つまり一般教育を二年程度受け、帰国して官僚や教員の職に就くことが留学の目的だった。これに対し宋教仁の場合、日本に来たのは蜂起の失敗による亡命で、主な活動は勉学よりも革命運動だった。

ただし留学生は立身出世派と革命派にくっきり分かれていたわけではなく、ときに勉強、ときに政治に時間を割いた。同じく湖南省出身の宋教仁と黄尊三だが、宋が革命運動に没頭する一方で、黄は早稲田や明治大学に通い、勉学中心の生活を送った。中国同盟会に入るよう宋から勧められた黄尊三は、「革命は勿論賛成だが、（中略）国事に奔走することと学問をすることとは、どうしても両立するわけにいかない。僕はいま学業の半ばにいるのでそれを棄て去ることは出来ない」と答えた。[19]これには宋も納得のほかなかったという。

これらのいわば真面目な留学生に対し、かつて徐福が不老不死の薬を求めて目指した蓬萊《ほうらい》の島日本で、享楽的な生活を満喫する留学生も数多くいた。硯友社出身の自然主義作家、徳田秋声（一八七一―一九四三年）は一九〇八年九月発表の「北国産」（『太陽』）で、留学生相手に身体を売っては贅沢な衣装をこしらえたがる放埒《ほうらつ》な若い私娼と、金離れのいい裕福な留学生たちとの自堕落な交渉を活写している。舞台はやはり下宿屋で、娼婦が留学生から遊びに行こうと誘われるのも浅草だった。玄人の日本人女性が手練手管《てれんてくだ》で迫ってくるのを前にして、圧倒的多数を男性が占める留学生たちに、女遊びにうつつを抜かす者がいたのもむべなるかなである。[20] 中には女遊びを目的に日本を目指して海を渡る者がいてもおかしくはない。[21]

　革命に邁進していた宋教仁も朴念仁《ぼくねんじん》ではなく、日本人女性と交流があった。最初に出て来るのは、恐らくはクリスチャンの人脈で知り合ったかと思われる、永井徳子という女性で、来日翌年の一九〇五年に交流が始まる。「家にいってしばらくいたが、言葉が通じないのでひじょうに不便」という状態だった（三七頁）。しばしば永井家を訪れ、徳子と交際を重ねるが、勧工場で購入した反物《たんもの》を贈ろうとしても、「いざそのときになると胸がドキドキしてついに実行できず」に終わる始末だった（五六頁）。

　性産業の発達していた日本で、玄人《くろうと》相手の女遊びは難しいことではなかったが、素人《しろうと》女生との交際となると容易ではなかった。留学生は仲間同士でコミュニティを作ることが多く、交際範囲に日本の女学生などは入ってこない。しかし、下宿先の若い娘や下女が、留学生たちの懸想の対象となることが多かったのは、日本人の場合と同様である。

　来日早々、日本人女性の素足に強く惹かれた周作人は、[22] やがて下宿先の下女の羽太《はぶと》信子と結婚した。郁達夫も、旧友の回想によれば、下宿先の「隆子」なる少女に情を寄せていたという。[23] 留学をきっかけに日本人女性を妻とした文人はほかにもいる。[24] 郭沫若は友人の入院していた病院で知り合った、佐藤をとみを妻とし、その縁で留学仲間の陶晶孫はをとみの妹、みさをと結ばれた。郁達夫は名古屋の第八高等学校における自身の生活に取材した「沈淪」や「風鈴」（『創造』季刊第一巻第二号、一九二二年八月。のち「空虚」と改題）で、裸体を見せることをいとわない下宿先の娘や、温泉宿で知り合った娘との交渉を描いている。郁には玄人出身の女性との同棲経験もあり、[25] 相手次第では結婚に至っていた可能性もある。玄人との遊びは盛んだったと想像され、郭沫若は後年の亡命時代の一九三三年、「ある一時の悪戯に不潔の行為を唯の一度致し」たため、性病に罹患《りかん》している。[26]

宋教仁に話を戻すと、一九〇六年、西村千代子という女性との交流が始まり、恋愛感情を抱くに至る。[27]しかしそれを聞きつけた親友の李和生から、宋を叱責する手紙が届く。「痛烈に非難を加えており、余はこれを二、三度読み返して恐れおののき、しばらく心はなんともいいようのない気持となり、そこで急いでフトンをかぶって寝た」（一五二頁）。李の宋に対する執着はこの頃から激しくなり、毎日のように押しかけて来ては、両者の感情の行き違いをめぐって果てしなく宋を責めつづけた。下宿に泊まり込み、夜中もかまわず執拗に話しかけてくる。これで宋教仁の「神経衰弱」はいっそう募るが、そもそも李自身「神経衰弱」だった。あるいはもしかすると、「毎週必ず一回は寝処をともにする」（一四〇頁）仲だった李は宋に対し、友情以上の思い入れがあったのかもしれない。

日記に克明に記された中国人留学生たちの日常を見ていくと、彼らの精神や感情面での生活が、百年の時を越えて、現在の私たちと重なるように思えてくる。宋教仁をはじめとする留学生たちの日記は、当時の日本の生活や世相を見せてくれるだけでなく、プライベートな記述においては一種文学的な読書の喜びも味わわせてくれる。

第2章　中国人留学生と日本文学——一九一〇年前後

1　魯迅『吶喊』に対する成仿吾の批評

一九二三年八月、魯迅（一八八一―一九三六年）の初期代表作「故郷」「阿Q正伝」などを収めた、中国新文学の記念碑的作品集、『吶喊《とっかん》』（新潮社）が北京で刊行されたとき、新進批評家だった成仿吾《せいほうご》（一八九七―一九八四年）は、上海で刊行されていた文学雑誌『創造』季刊に「『吶喊』的評論」（第二巻第二号、一九二四年二月）を発表し、『吶喊』を手厳しく批判した。

成仿吾は『吶喊』所収の計十五篇を大きく二つに分類し、前期の作品を「再現的」、後期の作品を「表現的」と呼んだ。前期は「自然主義的作品」で、「自分の読んでいるのが半世紀あるいは一世紀前のある作家の作品のように思われた」と辛辣に論じた。その一方で後期の作品については、「表現方法」が自身と同時期に留学した郁達夫（一八九六―一九四五年）ら仲間の作風に近いと指摘し、「私たちの作者はその自己を表現したいという努力を通じて、私たちに接近した」と論じた。(1)

成仿吾が『吶喊』に批判的だった理由は、しばしば所属する団体の対立関係に帰せられる。つまり文学研究会の庇護者の一人だった魯迅と、日本留学経験を持つ若い文学青年たちが結成した創造社を批評の面で背負っていた成仿吾との敵対関係である。(2)しかしここでは、魯迅と成仿吾の世代差、両者の留学時期の相違に注目したい。

魯迅の日本留学は一九〇二年から九年までで、この時期は日露戦争前後の明治末年、夏目漱石が活躍し、自然主義が勃興した時期に当たる。一方、成仿吾の日本留学は一九一〇年からで、魯迅と入れ替わりである。他の創造社のメンバーでは、張資平（一八九三―一九五九年）が一二年から、郁達夫が一三年から、郭沫若（一八九二―一九七八年）が一四年から大正時代の日本に留学し、多くが二二年前後に帰国した。『吶喊』に日本の自然主義が影響しているかどうかは別に検討が必要だが、成仿吾が魯迅の作品を、古い、と決めつける際に「自然主義」を持ち出したのは、留学生の先輩が日本に滞在した時期を勘案してのことだと思われる。

筆者は過去に、郁達夫が第一次大戦後を中心とする大正文学をいかに受容したのかについて研究した。郁は九年間の留学時代、膨大な量の文学書を読み、のち小説、評論、日記、書簡などに痕跡を残した。それらをたどると、大正半ばの日本文学がどのようなものだったか見えてくる。(3)中国人日本留学生たちの残した記録は、日本文学を見つめ直す手掛かりを提供してくれるのである。

同じく日本に留学した中国の作家でも、留学の時期によって日本文学から受けた影響は異なる。逆にいえば、異なる時期に留学し、のちに作家となった中国人留学生たちが、それぞれどのような影響を日本文学から受けたのか、痕跡をたどっていくと、留学していた時期に日本の文壇でどのような文学が流行していたのか、一つの角度からの見取り図を作ることができる。

本章では、まず中国人日本留学生の世代の違い、及び世代を超えた趣味としての本屋めぐりについて確認した上で、魯迅と成仿吾がすれ違った、一九一〇年を一つの分岐点とし、一九〇九年に帰国した魯迅、一〇年をまたいで留学した周作人（一八八五―一九六七年）、そして一〇年以降に留学した成仿吾の、三世代の中国人留学生が、どのような日本文学を受容したのか、輪郭を描いてみたい。またその過程で、一九二〇年代前半の文学概念がどのようなものだったのかも併せて考えてみたい。

2　中国人の日本留学とその世代

日本に来る中国人留学生が急増するのは、一九〇四年に始まる日露戦争が日本の勝利に終わって後のことである。周作人は次のように回想する（「留学的回憶」）。

私が初めて東京へ行ったのは清の光緒《こうしょ》三二年、つまり明治三九年〔＝一九〇六年、引用者注、以下同じ〕で、ちょうど日露戦争が終わった翌年だった。現在の中国の青年は恐らく知らないだろうし、日本人でさえたぶんよく分かってはいないだろうが、当時日本は私たちに大きな影響を与えた。それは二つあり、一つは明治維新で、もう一つは日露戦争である。当時の中国の知識階級は祖国の危機を深く感じていたが、第一に憂慮したのは、いかにして国を救い、西洋各国の侵略から免れるかだった。だから日本の維新の成功を見て、変法自強の道を見出し、非常に興奮したし、ロシアに対する勝利を見て、少なからぬ勇気を与えられ、西洋を抑え、東亜を保つのは、決して不可能ではないと思った。中国が留学生を日本へと派遣した意図は、ほぼここにあり、私たち留学した者は、速成で法政や鉄道、警察を学んだ者以外は、当然ながらこの影響を受けた。(4)

小林共明「留日学生史研究の現状と課題」によれば、日清戦争で敗北した結果、清朝は日本の近代化成功に注目し、日本留学が提唱され、一八九八年、戊戌変法の時期に留学生派遣が決定された。一九〇一年以降留学生数が増加し、日露戦争開戦を契機に激増、一九〇五年から六年にかけては約八千名と推定されるほどになる。一一年辛亥革命が勃発すると、当時いた三千人余りの留学生の大部分が帰国したが、一二年中華民国が成立すると、留学生が再び来日し始め、一四年には四千名に達した。一九二〇年代には平均して二、三千名が留日した。一九三〇年代に入ると満洲事変などで一時総引き上げとなるが、戦火がおさまると再び来日、三七年には六千名近くまで達した。しかし七月の日中戦争開戦後、ほぼすべての留学生が帰国した。(5)

日本留学の意図について確認しておくと、さねとうけいしゅう『中国人日本留学史』は、中国人が日本に数多く留学した理由について、日清戦争に勝利した日本は教育の普及した法治国家だと見なしたこと、一足先に近代化した隣国日本の経験を吸収するのが簡便だと考えたことのほかに、両国とも漢字を用いる点や、風俗習慣の共通性、物理的な距離の近さ、生活費の安さなどを挙げる。(6) つまり、「中国から日本に留学にきたのは、西洋文化、しかも簡単な、実用的な西洋学を、速成的にならいにきた」(7)。

さねとうによれば、明治末年、つまり清末の留学教育は、専門の学問でなく「普通学」で、また正式の教育ではなく「速成教育」だった。というのも、中国では一九〇三年に新学制が布かれたが、教員の数が足りなかった。そこで中等学校程度の「普通学」を教える教員を養成する手段として、日本留学という方法が採られた。しかし大正、つまり民国以降になると、「中国人教育のための学校といえば、高等専門の学にすすむべき予備教育、すなわち日本語教育をする学校」となった(8)。

つづいて、日本留学生たちを、賈植芳《かしょくほう》「中国留日学生与中国現代文学」を参照しつつ、世代に分けてみる。(9) 第一世代は、戊戌変法（一八九八年）から辛亥革命（一九一一年）までの留学生である。第1章で見たように、この世代の留学生の活動といえば、日本語を学んで進学の準備をし、会館や書店をめぐり、集会に行って講演を聴くことだった

（魯迅「因太炎先生而想起的二三事」）[10]。当時の留学生の記録、例えば第一世代の留学生で革命家の宋教仁（一八八二－一九一三年）の日記には、同郷会館での中国人同士の交友、書店めぐり、集会や演説会への参加などの話題が出てくる[11]。

しかし世代が下ると、変化が生じる。海外へ向かった華僑や華人にとって、互助組織としての同郷会館は、異郷にあって物心ともによりどころだった。だが留学制度が整うと、会館の重要度は下がる。また、第一世代には革命運動に従事する留学生が多く、集会や講演への参加は日常茶飯だった。これに対し、辛亥革命以降に来日する以降の世代もしばしば政治運動を行ったが、本国の政党と結びつくことが多く、日本人の活動と連携するケースもあり、第一世代のように同郷の出身者が集会を催すことは減る。

第二世代は、辛亥革命（一九一一年）以降の、一九一〇年代の留学生である。伊藤虎丸は「問題としての創造社」で、大正時代に留学した創造社のメンバーが書いた小説や評論、回想を読むと、「古い画報でも見るように懐かしい大正の風俗に出会う」と記す。郁達夫などを例に、例として挙げられるのは、彼らの作品に描かれた、佐藤春夫・秋田雨雀《うじゃく》・厨川白村《くりやがわはくそん》・河上肇《はじめ》といった日本人の作家・思想家や、日本で流行していた新ロマン派やドイツ表現主義、イプセンやダウスンやゲーテ、映画「カリガリ博士」や「民衆座」上演の「青い鳥」、東京の「カフェー情調」や「世紀末のデカダンス」などである[12]。第二世代の留学生たちが享受した日本の文学や文化は、明治末年の世代と異なり、日本人学生と共有されていた。

本章で対象とするのは上記の第一・第二世代なので、以降の世代については簡略に記すと、第三世代は五四運動（一九一九年）後に日本に来る世代である。小谷一郎はこの世代について、一九二四年ドイツより帰国した福本和夫のマルクス主義理論「福本イズム」や、一九二五年に京都で起きた「学連事件」との関係、つまりマルクス主義の風潮が留学生に大きな影響を与えたと指摘する[13]。つづく第四世代は、国共合作が崩壊し、北伐完了（一九二八年）以降に来日する世代であり、第五世代は、一九三〇年代半ばから日中戦争勃発（一九三七年）までの世代である。[14]

3　衣食住と本屋めぐり

次に留学生の衣食住や読書体験について簡単に見ておきたい。[15]

周作人の「留学的回憶」によれば、同世代の留学生の多くは和式の生活に馴染めず、下宿で椅子を使い、寝台の代わりに押入れで寝、食事も熱いものを求めた。一方、和式を採用した周兄弟は、中国式を墨守《ぼくしゅ》する留学生たちを嘲笑した。

私たちが住んだのは普通の下宿で、四畳半一間で、本箱のほかは低い机が一つと座蒲団が二枚あるだけだった。学校へ行く時は学生服を着たが、普段は和服に袴《はかま》で下駄《げた》をはき、雨の日は革靴をはいたが、のちに私も高下駄《たかげた》へと変えた。一日のうち二食は下宿の飯で、学校へは弁当を持参した。順天堂の左手の東竹町《ひがしたけちょう》に住んでいた頃、一年あまりの間ずっと甘じょっぱく煮たがんもどきを出されて、大いに恐れ入ったものだが、のちに自分の家で煮て食べて見るとおいしかった。（中略）とどのつまりは衣食住いずれも私たちは完全に日本風の生活を送っていて、何ら不便を感じなかったばかりか、慣れればとても面白く感じた。[16]

第一世代は、留学中も中国の生活様式や朋友関係を維持することが多かったが、日本の高等教育制度の階段を上がることが一般化する第二世代以降は、和式の生活を広く受け入れた。仙台で日本人に囲まれ孤独な留学生活を経験した魯迅や、留学時期が第一世代でも後半の周作人の場合、過渡期の例外と考えることができる。

文学を愛好する、しかし豊かな仕送りがあるわけでない留学生たちは、周作人の回想『魯迅的故家』によれば、甘味などに小さな贅沢をして喜びを見出すばかりだった。魯迅は紹興で育った幼少年時代、芝居見物を好んだが、留学時代は、演劇好きの留学生たちが新劇の団体、春柳社《しゅんりゅうしゃ》を結成して上演した『黒奴籲天録《こくどゆてんろく》』（アンクル・トムの小屋）を見た以外は、わずかに一九〇七年、新派劇の『風流線』を見物したのみだったという。(17)『風流線』は泉鏡花原作（春陽堂、一九〇四年）で、佐藤紅緑《こうろく》脚色にて、同年七月十四日から本郷座で上演された。(18)

そんな留学生たちにとって、世代を超えた共通の楽しみは、読書と書店めぐりだった。日本留学の記憶は書店や図書館と結びついている。書店街のある神田とその周辺は、駿河台《するがだい》に清国留学生会館があり、同郷会や雑誌書籍の発行所、また中国語書籍を売る書店もあり、しかも本郷にかけて下宿屋が多かった関係で、「中国留学生の中心地」だった（さねとう『中国人日本留学史(19)』）。魯迅は「『小約翰』序」で一九〇六年当時を振り返り、「留学していたころ、教科書を読み上げるのを聞き、教科書と同類の講義録を書き写す以外に、もちろん楽しみもあって、私にとって、その一つは神田区一帯の古本屋を見て回ることだった」と懐かしんでいる。(20)また周作人は「懐東京」で、官費生《かんぴせい》の懐《ふところ》具合《ぐあい》では娯楽もなく、名所を見物して回るのも難しかったが、「日本の伝統的な衣食住」は楽しんだとした上で、次のように回想した。

私が東京での日本の生活を好んだというのは、つまり日本の伝統的な衣食住だった。そのほかに新刊や古本を買う喜びがあり、日本橋や神田、本郷一帯の洋書や和書を売る新刊書店や古書店、雑誌を売る屋台や夜店を、日夜めぐって、疲れも知らなかったが、これは多くの人が好むところだから、私があらためて説明する必要もない。(21)

厳安生『日本留学精神史』によれば、魯迅ら第一世代の留日生にとって、もっとも大きな楽しみ、人生の収穫は、

「日本での書籍遍歴だった」という。[22]周作人は回想『魯迅的故家』でも、わざわざ「古本屋」（旧書店）という章を設けて、魯迅の古本屋や新刊書店、洋書店めぐりについて、東京堂や丸善・中西屋・南江道・文求堂・郁文堂・南陽堂などの店名を挙げながら、懐かしく回想している。[23]

もちろんこの楽しみは、以降の留学生も共有していた。第二世代の郭沫若は「百合与番茄」で次のように記した。

日本に留学していた頃は、「本屋漁り」が学生の間でのとても楽しい習慣であった。授業が終わって用事がなければ新刊書店や古本屋へ行ってぶらつく。本を何か買わねばならないわけではない、女性たちが公園を散歩し、上海人が遊技場に行くようなもので、まったくの暇潰しだった。書店では書籍を見て回り、目次を開いたり、いい本に出合ったときは、お金があれば買い、なければ立ったまま半分ほど、あるいは薄い本ならまるまる読んだりした。[24]

読書と書店めぐりは文学を愛好する留学生たちにとってもっとも大きな喜びの一つだった。[25]彼らが吸収した日本文学や当時流行していた海外文学は、血や肉となって、帰国後文学活動を展開する際に彼らの文学の端々に痕跡を残した。

4　魯迅と明治末年の文学

魯迅は一九〇二年から九年まで日本に留学した。[26]しかし長く滞在したゆえに日本文学に深く親しんだかというと、必ずしもそうではない。

魯迅の日本における読書については、弟周作人の証言が手がかりになる。周作人は「関於魯迅之二」で、魯迅は

「日本文学に対しては当時意外にも注意を払わなかった」と回想する。明治の文豪、森鷗外・二葉亭四迷・上田敏《びん》については、小説ではなく批評や翻訳を重んじた。夏目漱石は『吾輩は猫である』が有名だったので、本になると買って読んだ(27)（『吾輩ハ猫デアル』上中下、大倉書店・服部書店、一九〇五年十月－七年五月）。また周作人の回想『魯迅的故家』によれば、『東京朝日新聞』に連載された『虞美人草《ぐびじんそう》』（一九〇七年六月二十三日－十月二十九日）を読むためわざわざ新聞を購読し、単行本も購入した。ほかにも『漾虚集《ようきょしゅう》』『鶉籠《うずらかご》』『永日小品《えいじつしょうひん》』から、難解な『文学論』まで購入したという。魯迅の小説は漱石の作風に似てはいないが、諷刺的な作品の軽妙な筆致は漱石の影響を受けた、と周作人は指摘する(28)。

一方、魯迅の留学した一九〇〇年代後半は、自然主義の全盛期だったにもかかわらず、「関於魯迅之二」によれば、島崎藤村は顧みることなく、田山花袋「蒲団」（『新小説』一九〇七年九月。『花袋集』易風社、一九〇八年三月に収録）と、佐藤紅緑「鴨」（『中央公論』一九〇七年六月。『榾《ほた》』服部書店、一九〇八年四月に収録）を一読したきりだったという。佐藤紅緑は『あゝ玉杯に花うけて』などの少年文学で有名だが、明治末年には自然主義から影響を受けた小説を書いていた。中年作家の女弟子に対する恋着を描いた「蒲団」に対し、佐藤の「鴨」は馬車の中における見知らぬ男女の赤裸々な欲望を描く。周作人がなぜこの両作を魯迅の読書体験として挙げたのかは不明だが、いずれも男性の女性に対する性欲をあからさまに描く点で共通する(29)。三一年頃に魯迅に師事した増田渉《わたる》は、漱石・鷗外・二葉亭以外に、国木田独歩も読んだと魯迅は語った、とする(30)。

海外文学について見ると、周作人は『魯迅的故家』で、魯迅はドイツ語を学んだが、ドイツ文学にはまったく興味を持たなかった、と回想する。東京ではドイツの古典や名著が簡単に買えて値段も安かったのに、ハイネの詩集を一部持っていただけで、ゲーテさえ一冊も持っていなかった。ただしニーチェだけは例外で、『ツァラツゥストラかく語りき』は魯迅の本棚に長く架蔵され、一九二〇年頃に冒頭の一篇を訳して雑誌『新潮』に発表したほどだという(31)。

伊藤虎丸『魯迅と日本人』は、魯迅のニーチェ受容について、「魯迅が日本に来た一九〇二年（明治三五年）が、わが国における第一次ニーチェ流行の一つの頂点に達した年だったことと無関係だったとは考えられない」として考証している。[32] ニーチェ以外にも、魯迅がアンドレーエフを好んだことはよく知られている。[33] 明治末年、アンドレーエフは森鷗外や昇曙夢《のぼりしょむ》らの紹介により流行しており、魯迅もその流行を共有していたが、日本の流行から影響を受けたのかどうかは不明である（本書第8章を参照）。

魯迅が留学時代、一定数の日本文学、もしくは日本語を通して海外文学を読んだことは間違いないが、ただし当時日本で流行していた日本文学や海外文学に敏感だったというわけではない。東京で書かれた「摩羅詩力説」（『河南』第二／三号、一九〇七年）について、北岡正子は、材料は東京で集められ、中には日本語のものも含まれるが、「日本文学の影響を見ることとは無理」だと指摘する。「摩羅詩力説」で言及された作品すべてが邦訳されていたわけではなく、主要な議論の対象である、ポーランド詩人のミツキェヴィッチや、ハンガリーの詩人ペテーフィについては邦訳もなかった。「摩羅詩力説」は、「多くの財源を、剪刀と糊で剪りとり貼り合わせるようにして書かれたもの」で、「魯迅の意図は、材源の取捨運用に隠見する」という。[34]

魯迅が日本語を通して日本文学やソビエトを中心とする海外文学を吸収するのは、一九二〇年代に至ってからだと思われる。ただしこれについても、増田渉は魯迅による二〇年代の武者小路実篤や厨川白村《くりやがわはくそん》の翻訳に触れて、「当時の日本文学はほとんど特別な、あるいは重要なはたらきかけはしていない」と指摘している。[35]

成仿吾は「『吶喊』的評論」（『創造』季刊、前掲）で、「私たちは現在自然派の主張に賛成はできないが、しかし公平な審判者であろうと求めるなら、私たちは当然自然主義に対しふさわしい地位を与えるべきだ」と述べ、つづけて、『吶喊』の「作者（＝魯迅）は私に先立ち日本へ留学した、その頃日本の文芸界では自然主義が盛んで、私たちの作者はその頃から自然主義の影響を受けた、これは恐らく疑いの余地がないだろう」と断じた。[36] しかし自然主義を好まなかった魯迅が、結果として自然主義の作品と近い手法で書くことはありえるにしても、日本留学時に日本の「自然主義」から影響を受けて『吶喊』前期の作品を書いたとは考えづらい。

5　周作人と明治末年・大正の文学

次に、一九一〇年をまたいで留学した、魯迅の弟、周作人を見てみよう。周作人は一九〇六から一一年にかけて日本に留学し、日本文学から多くを吸収した。[37]五四新文化運動において胡適らとともに指導的役割を果たした周作人は、現代中国の知識人の中で日本文化や文学をよく知る一人でもあったが、日中戦争中に傀儡政権の要職に就き、日本降伏後は「漢奸」の烙印を押された。

魯迅も読書家だったが、周作人は輪をかけた本の虫だった。魯迅の妻、許広平（一八九八－一九六八年）は『魯迅回憶録』で、兄魯迅が、大泣きする子どもを尻目に、読書に専心できる弟周作人について、あの真似はできない、とあきれながら感嘆した言葉を書きとめている。周作人家の管理人が周夫妻を騙《だま》し儲《もう》けていても、これを放置し、逆に辞めさせることで読書の時間が削られると厭がったほどだという。[38]

周作人も留学時代に魯迅同様、夏目漱石を愛読した。回想「『我是猫』」によれば、東京での最初の二、三年は日本語を学びつつも、ふだんは英語の本を読んでいた。しかし『讀賣新聞』と『東京朝日新聞』は毎日読み、また文芸雑誌も買うようになり、次第に日本の新文学に接近し、やがて漱石を読む。[39]張我軍による漱石『文学論』翻訳に付した序文で、周作人は、「私が日本語の本を読みはじめたのも夏目からだったといってよい。一九〇六年私が初めて東京へ行くと、夏目が雑誌『ホト、ギス』に発表した小説『吾輩は猫である』がちょうど有名になっていて、単行本の上巻もすぐに出版された。（中略）夏目の小説は、『吾輩は猫である』『漾虚集』『鶉籠』から『三四郎』と『門』まで、かつて赤羽橋《あかばねばし》のあたりの小さな家で、さぼって授業に行かなかったときに、ほぼ読んだ、しかも愛読した」と回想した[40]。漱石の文章に魅せられたといい、同じような気分にさせてくれたのは、ほかには志賀直哉、そして佐藤春夫くらいだと記した。

　漱石が流行した日露戦後は、自然主義が流行した時代でもある。周作人は自然主義作家の一人、島崎藤村の名を、『春』が『東京朝日新聞』に連載された（一九〇八年四月七日-八月一九日）ときから知っており、その後来日の折に複数回対面した（「島崎藤村先生」[41]）。しかし、「『蛙』的教訓」では、森鷗外の『蛙』（玄文社、一九二〇年）に触れる中で、明治四十年代は自然主義文学が一世を風靡し、およそ自然主義でないものはほぼすべて排斥された、自身も自然主義に賛成だった、と回想しつつも、田山花袋は『蒲団』を読んだ程度で、ふだんは鷗外漱石の類ばかり読んでいた、と記す[42]。森鷗外については『ヰタ・セクスアリス』（『スバル』一九〇九年七月）も読んだという（「日本的落語」[43]）。

　では周作人はどんな作家を好んだのだろうか。「日本近三十年小説之発達」（『新青年』第五巻第一号、一九一八年七月）で、自然主義よりも「非自然主義」の作家に紙幅を割いて、漱石や森鷗外を紹介し、ポスト自然主義の旗手として永井荷風や武者小路実篤を紹介した。

　永井荷風は周作人が愛読した作家としてよく知られる。「『冬天的蠅』」で、谷崎潤一郎と並べて、荷風の随筆、『日《ひ》和《より》下駄』（籾山書店、一九一五年）、『荷風随筆』（中央公論社、一九三三年）、『冬の蠅』（丸善、一九三五年）への愛着を語った[44]。また「市河《いちかわ》先生」では『荷風随筆』を長々と引用し[45]、「懐東京」や『知堂回想録』では、『江戸芸術論』（春陽堂、一九二〇年）への愛好を記した[46]。

　荷風は若年にしてゾラを愛読したが、一九〇八年七月に米仏滞在から帰朝して後は、自然主義とは異なる立場の作家として文壇に再登場した[47]。一〇年前後、東京文壇でもっとも活躍する作家の一人で、『あめりか物語』（博文館、一九〇八年八月）、『ふらんす物語』（博文館、一九〇九年三月）、『歓楽』（易風社、同年九月）を刊行し、また『冷笑』（『東京朝日新聞』同年十二月–一九一〇年二月）を連載し、「すみだ川」（『新小説』同年十二月）などの傑作を発表した。また慶應義塾大学教授となり、一九一〇年五月に『三田文学』を創刊した。周作人の日本滞在時代に文壇の最前線にいた作家といっていい。

ポスト自然主義の作家として、周作人は武者小路実篤からも影響を受けた。[48]武者小路が一九一八年に開いた「新しき村」運動に対する傾倒は、「日本的新村」（『新青年』第六巻第三号、一九一九年三月）や「訪日本新村記」（『新潮』第二巻第一号、一九一九年十月）に明らかである。[49]「読武者小路君所作一個青年的夢」（『新青年』第四巻第五号、一九一八年五月）では、人道主義の作家として武者小路を挙げ、『或る青年の夢』（『白樺』一九一六年三–十一月。洛陽堂。一九一七年一月）を「非戦論の代表」だと紹介した。

武者小路実篤は一九一〇年前後、文壇に登場したばかりの若手だったが、脚光を浴びる存在だった。一九一〇年四月に『白樺』を創刊し「「それから」に就《つい》て」を発表、翌年『お目出たき人』（洛陽堂、一九一一年二月）を刊行し、若い文学青年たちに刺激を与えた。山田敬三は「魯迅と「白樺派」の作家たち」で、魯迅が日本留学を切り上げて帰国したのは『白樺』が創刊される前年の一九〇九年で、周作人はそれからさらに二年日本に滞在したことから、周作人は「《白樺》のひき起こしたざわめきを、少なくとも魯迅よりは、じかに感じとれる場にいた。そのせいかどうか、ともかく武者小路の言動を、いち早く中国に伝えたのは周作人」だと指摘する。[50]周作人は帰国後も武者小路実篤の活動に注目しつづけた。

6　周作人・成仿吾が魯迅に与えた刺激

周作人が関心を抱いていた武者小路実篤に対し、魯迅は一九二〇年頃から注目を払うようになる。[51]魯迅は『或る青年の夢』を翻訳した際に記した「訳者序」（『新青年』第七巻第二号、一九二〇年一月）で、「『新青年』第四巻第五号で、周起明〔＝周作人〕が『或る青年の夢』について書いていた。私はそこで一冊探し求め、読み終え、感動した。透徹した思想、強固な信念、真実の声があると思った」と、武者小路に関心を持った動機を記している。(52)

一九二〇年代になると、魯迅は日本を経由して海外文学思潮の紹介や翻訳を行う。魯迅の訳した『壁下訳叢』（北新書局、一九二九年）には、片山孤村・ケーベル・厨川白村・島崎藤村・有島武郎・武者小路実篤・金子筑水・片上《かたがみ》伸《のぶる》・青野季吉《すえきち》・昇曙夢の計十作家・二十五篇の文学論の翻訳を収めるが、これらの選択には、周作人からの影響や、また二〇年代半ば、武者小路や有島が中国で盛んに翻訳されていたことを考慮すべきだろう。

魯迅に日本文学への注目をもたらしたのは周作人だけではない。冒頭で紹介した成仿吾の『吶喊』評が魯迅に対し一定の刺激を与えたことは、これまでも指摘されてきた。竹内好は『魯迅文集』第二巻の「解説」で、「成仿吾の批評が、それ自体は幼稚には見えても、やはり当時の魯迅にある種のショックを与えたとは考えられる。その後にかれは猛然と大戦後の新思潮に眼を向け、有島武郎の「宣言一つ」を含めて大正文壇の問題作を翻訳するようになった」と指摘している。(53)また工藤貴正は、魯迅『日記』の書籍購入の記録には、「一九二三年以前と二四年四月以降とでは明らかな変化がある」と指摘し、日本の書籍と洋書、特に文芸理論の書籍が目立つようになるきっかけは、成仿吾の『吶喊』評にある、とする。(54)秋吉收《しゅう》は『野草』成立との関係を論証する過程で、成仿吾の『吶喊』評に立腹して以降の魯迅がくり広げた、「読む者を辟易させるほど」執拗な成仿吾に対する当てこすり、非難、罵倒の数々を丁寧に記録している。(55)

成仿吾が日本に留学したのは、一九一〇年から二一年までである。(56)二一年、同じく日本留学生の郭沫若・郁達夫・張資平らと創造社を結成した。一九二〇年代前半の批評家として活躍していた時期、「「吶喊」的評論」の直前に書かれた「写実主義与庸俗主義」（『創造週報』第五号、一九二三年六月）では、『吶喊』評の用語である「再現」「表現」を使い、庸俗主義は「再現 Representation」で、真の写実主義は「表現 Expression」であり、事実の再現は創造ではなく、天才による表現こそ価値がある、とした。

成仿吾の持ち出す「表現」なる用語には、大正半ば以降日本に移入された最新流行としての、「表現主義」を見出すことが可能である。ドイツ表現主義は、一九〇五年ドレスデンで前衛画家のグループ「ブリュッケ」が結成された前後に始まり、美術・演劇・映画・文学など、芸術の広い分野で展開された運動である。日本では二一年以降本格的に移入され、美術界や演劇・映画界・文学界の流行現象となった。成仿吾らが帰国する二二、三年には数多くの紹介や著作が書かれ、翻訳が出版された[57]。つまり、成の帰国前後に日本で流行しつつあったのが表現主義であり、『吶喊』評にはそれが反映されている。

成仿吾が用いた「再現」と「表現」は、実は魯迅が一九二〇年代半ばに訳した日本の文芸批評でもしばしば使われている。

魯迅による、日本を経由した海外文学思潮の紹介翻訳の代表的なものの一つが、厨川白村『苦悶の象徴』（改造社、一九二四年二月）の翻訳、『苦悶的象徴』（未名社、一九二四年十二月）である[58]。『苦悶の象徴』で白村は、近年ドイツで提唱される「表現主義」について、「文芸作品を以て単に外界の事象から受入れる印象の再現に非ずとなし、作家の内心に宿れるものを外に向かつて表現するに在りといふに帰着する」と定義する。従来の客観的態度を主張した「印象主義」に対し、「作家主観の表現を強調せることは、輓近《ばんきん》の思想界が生命の創造性を確認するに至つた大勢と一致したものだと見るべきだらう。芸術は飽くまでも表現であり創造である。自然の再現でもなく模写でもない」と述べた[59]。

魯迅が訳した日本の文芸評論をもう一つ見ると、片山孤村《こそん》『現代の独逸文化及文芸』（文献書院、一九二二年）所収の「表現主義」を翻訳し、『壁下訳叢』（前掲）に収めた。片山は表現主義について、「此派の画家は自然主義若《も》しくは印象主義（Impressionismus）に反対して、自然若しくは印象の再現に甘んぜずして、自然若しくは印象を借りて自己の内界を表現せむとし、又は自然の外観よりも寧ろ自然の『精神』を表現せむと努めた」と紹介した。つまり、「芸術は再現でなくて現（表現）である」と主張された、とする。[60]

成仿吾の『吶喊』評には、厨川白村や片山孤村に見られるような、一九二〇年代前半の日本で流行した文学論が反映されている。そして、『吶喊』評が刺激になって魯迅が日本の文学論を読み進めた際に、自らを評する際に使われた用語が目に入ったことが考えられる。二〇年代前半の中国における文学概念を問うとき、筆者は〈自己表現〉なる文学観が一つの鍵になると考えている。[61] 白村のいう「作家の内心に宿れるものを外に向かつて表現」、孤村のいう「自己の内界を表現」などといった文言には、それが典型的にうかがえる。文学とは何かを再考しようと、日本の同時代の文学論に目を通したとき、これらの文言が魯迅に響き、結果として翻訳に至ったのではないかと想像される。この段階において、同時代の日本の文学観が、世代の差を超えて中国の作家たちに共有されたのである。

以上、大まかな輪郭を描いたにすぎないが、一九一〇年を境に、それ以前に留学した魯迅、前後して留学した周作人、以後に留学した成仿吾と、世代の異なる三様の日本文学受容を検討してみた。

漱石をのぞき日本文学の流行に無頓着だった魯迅、流行に敏感で濫読家だが好みのはっきりしていた周作人、日本文壇の最新流行を追っていた成仿吾と、日本文学への接し方は異なる。第一世代は、学習環境において第二世代と異なり、日本文学への興味を日本人の文学愛好者たちと必ずしも共有しない。その点、魯迅が流行に関心を示さなかったのは典型的だといえる。世代をまたぐ周作人になると、新聞の文芸欄などで流行や動向を知るのは容易で、日本文学は身近にあった。これが成仿吾や郁達夫の世代になると、周りを日本人学生に囲まれていた以上、どの作家や主義に対し関心を持つかに、旧制高校を中心とする日本人学生たちの流行がくっきりと影を投げかける。

魯迅の日本文学受容で興味を惹くのは、一九二〇年代、留学時代から時間が経過し、年齢も四十代に入ってから、再び同時代の日本文学に触れはじめたことである。弟周作人の影響や若い世代からの批評が刺激になったと思われるが、翻訳対象の取捨選択は、当時広く読まれていた文学論が多く、必ずしも特別な選択とは思われない。一九二〇年代前半の中国文壇には新文学が勃興していたが、それに相応するような日本の文学論を紹介している。しかし魯迅についての面白いのは、留学中同様、それらを訳したことが魯迅の文学活動に強い影響を与えたかどうか、不明な点である。郁達夫の場合のように、日本文学受容を通してその文学の性質を明らかにする、といった方法が通用しない。何を受容しても魯迅の文学観自体は揺るがなかったといえ、それがどのような性質の文学観だったのかは、魯迅に即して解明するほかない。

第3章　国民の肖像──魯迅の「車夫」と国木田独歩の「山林海浜の小民」

1　「国民を描く」という制度

文学の「近代」を考えるとき、われわれは二つの陥穽《かんせい》に陥りがちである。一つは、欧米からもたらされた「近代」文明の一環としての、西欧的な「近代」文学を前提的なモデルとするために、「伝統」文学と断絶して「近代」文学が成立した、と判断してしまうこと。もう一つは、すでに完成された「近代」国民国家や国語の枠組みから、「伝統」文学が内的な連続性・必然性をもって「近代」文学へと発展した、と見てしまうことである。

しかし、何もない所に、ある時突然外部からの刺激で「近代」文学が生じるはずはなく、また文学が社会的な制度から自由に、それ自体で発展をつづけているというのも文学の神聖化にすぎないであろう。本章では、いわゆる「西欧の衝撃」により「近代」化を余儀なくされた二つの国、中国と日本の「近代」小説を取りあげ、共通して見られる特徴を指摘し、これらをもたらした「近代」社会の制度について考察する。

具体的には、魯迅の「一件小事」と国木田独歩の「忘れえぬ人々」に共通して見られる二つの特徴、俗なものにおける価値の発見と、事件・光景の普遍性への信頼が、それぞれ国語運動と出版資本主義（ベネディクト・アンダーソン『想像の共同体』中の用語によって、資本主義化された出版をこう呼ぶ）[1]の成立によって生み出されることを考察し、「近代」小説が「国民を描く」という制度に従属していることを明らかにする。これらの制度は、「近代」国民国家形成のためのナショナリズムによって要請される。

2　魯迅「一件小事」――「車夫」を描く

一九一九年（民国八年）、紹興出身の魯迅という筆名の作家（一八八一―一九三六年）によって発表された短編小説「一件小事」（「小さな出来事」）（『晨報』十二月一日）は、恐らく現代の大多数の読者にとって、「人間」とは、「人間」であることとは何かについて、文学の側から真摯な問い掛けがなされている、と映るであろう。しかし、「文学」や「中国」への思い入れなしに読む読者には、この作品はある居心地の悪さを感じさせるのではなかろうか。

この作品は、作者の分身と思しき、あるいは読者に対し生身の人間としての作者魯迅を想定させかねない、「我」という語り手が、一九一七年に経験したとされる「一件小事」を回想し、それについての感想を述べる、という枠組みのもとで書かれている。その「一件小事」の内容とは、ある朝、「我」の乗りあわせた人力車が、襤褸《ぼろ》をまとった老婆に突き当たる。人力車の車夫が転んで怪我をしたという老婆を助け起こすと、「我」は内心、老婆を当たり屋と見なして毒づき、お節介な車夫に先を急かす。ところが「私」の案に相違し、車夫は老婆を支えて、最寄りの派出所に向かう、というものである。この物語自体については取り立てていうほどのことはない。魯迅は北京にいた当時、実際よく人力車を利用していた[2]。魯迅の弟周作人は「一件小事」について、「我」が老婆を当たり屋だと見なして毒づくのも無理なく、「当時はこうしたことが確かによくあった、特に老婆が、事を起こして金をゆすりとるのだった」

と記している（『魯迅小説裏的人物』[3]）。

居心地の悪さを感じさせる、というのは、この取り立てていうほどのこともない「一件小事」が、わざわざ取り立てていわれていること、つまり、どこにでもありそうな事件に、特別な意味が付与されていることにある。

車夫が老婆を助けて派出所に向かうのを見送ったあとに、次のような描写がある。

私はこの時突然ある異様な感覚をおぼえた、彼（＝車夫、引用者注、以下同じ）のほこりまみれの後ろ姿が、急に大きくなり、しかも遠ざかるにつれてより大きく、仰がなくては見えないほどに思われた。しかも彼は私にとって、徐々にある威圧のようなものに変わっていき、はては防寒服の下に隠された「卑小さ」をしぼり出さんばかりになった[4]。

ここでまず忘れてはならないのは、当時人力車の「車夫」という職業が、社会の底辺に位置する階層に属する人々のものであった、ということである。前「近代」中国において、およそ「車夫」という職業に従事するものが、「人権」はもちろん「人間」であるとさえ認められていなかったことを考慮に入れると、「我」が「ほこりまみれ」の車夫の「うしろ姿」に「大」＝「人間」性を認め、同時に、士大夫《したいふ》階級に属するらしい「我」が自身のなかにある「小」＝「卑小さ」を告白する、というのが、いかに異常な事態であるかが分かる。

例えば、一九二八年から翌年にかけて上海に滞在した金子光晴（一八九五-一九七五年）の回想『どくろ杯』には、魯迅や郁達夫（一八九六-一九四五年）ら、中国の文人らとの親交とともに（この二人が親しくしていたことについてはくり返し記述がある）、「黄包車苦力」についての次のような描写がある。

碼頭の苦力ばかりではない。税関の外に、ながい梶棒の先をぶつけあって、下船の客の出てくるのを待ってひしめきあっている黄包車苦力《ワンポツォ》もなつかしい。（中略）文字通り彼らは、じぶんのいのちを削って生きる。厳寒でも裸足で、腫物《はれもの》のつぶれたきたない背中を、雨に洗わせて走る。客は、その河童《かっぱ》あたまを靴の先で蹴りながら、ゆく方向を教える。人力車は、もと日本からわたったものであるが、日本の車夫のようなきれいごとでは立ちゆかぬほど、たった二十枚の銅貨《ドンペ》を稼ぐことがむずかしいのだ。（中略）たしかに苦力たちは、欲望の世界で、欲望を抑圧された危険なかたまりで、その発火を、自然発火にしろ、放火にしろ、おそるるあまり、周囲の人たちは、彼らがじぶんたちと同等の人間であることを意識して不逞な観念を抱くようなことのないように、人間以下のものであるらしく、ぞんざいに、冷酷に、非道にあつかって、そうあってふしぎはないものと本人が進んでおもいこむようにしむけた。そういう変質的なまであくどいことに就いては、中国人は天才であった。

かつて心をひらいて交際《つきあ》った文士の郁達夫のような、ものわかりのいいインテリでも、うるさく車をすすめる苦力を追い払うとき、犬でも追うように足をひらいて、蹴散らし、蹴散らしして私をおどろかせた。(5)

『どくろ杯』は一九二八年から翌年にかけての、それも上海を描いているのであり、「一件小事」は一九一七年の北京を描いているのであるから、それぞれの時期・土地の車夫を一概に同一視して論じるわけにはいかない。しかし時代的に「一件小事」の北京がより前「近代」に近いこと、当時の上海が欧米の「近代」思潮の受入れ窓口になっていたこと、及び前「近代」中国社会における階層秩序が都市によって極端に異なっていなかったであろうことから考えるに、両者の間にそう大きな差があろうとは思われない。当時の車夫は、北京においても上海においても、「人間以下のものであるらしく」思い込ませるというよりは、そもそも当人も周囲も（「近代」的な意味での）「人間」であるとは思わなかったのであり、それは郁達夫のような当時の進歩的知識人にあっても変わらなかった。

「一件小事」における、下層階級に属する車夫＝「大」＝「人間」性に対する、士大夫階層に属する「我」の内面＝「小」＝「卑小さ」という構図は、意識的にせよ無意識的にせよ創り出されたものである。現代の読者であるわれわれが「一件小事」に深い「人間」性を感じるとすれば、それは「一件小事」が書かれて以降の価値観、つまり歴史的に形成された「近代」の価値観の中に生きているからである。

「一件小事」の一つ目の特徴として挙げられるのは、以上のように、社会的階層の底辺に位置する、賤しく俗なものに価値が見いだされているということである。

さらにもう一つ、居心地の悪さを感じさせるのは、「我」が「一件小事」を語るのに、これが単に取るに足らない事件としてでもなく、あるいはこの時・この場所かぎりの、一回かぎりの事件としてでもなく、ありふれた事件であるにもかかわらず特権化された事件として語っている、ということである。この「一件小事」とは、ありふれていること＝普遍的であることと、特別であることとが混在している事件なわけであり、その特別さは普遍に通じている。つまり、あるべき「人間」性を備えた社会や人間の縮図として「一件小事」は描かれている。

作品の最後で、「我」は次のように語る。

この事件は今にいたるまで、折りに触れては思い出す。私はこのためしばしば苦痛に耐え、努力して私自身について思いをめぐらそうとする。数年来の政治も軍事も、私にとっては幼い頃に読んだ「子曰《いは》く」や「詩に云《い》ふ」と同じで、いくらも覚えていない。ただこの小さな出来事だけが、いつも私の眼前に浮かび、ときにはいっそう鮮明になって、私を慙愧させ、私に生まれ変わるよう促し、そして私の勇気と希望を高めてくれる。(6)

当時の士大夫階級に属する大多数の人々が、実際の事件として「一件小事」に遭遇したならば、恐らく何の感慨も抱かず、当初の「我」のように「車夫は余計なことをする、おせっかいというものだ、好きなようにしろ」と感じ、単に取るに足らない事件に終わったであろう。あるいは、もしこの事件が一回かぎりの事件として認識されていたならば、事件自体についてではなく「私自身について思いをめぐら」せたり、「私の勇気を希望を高めてくれ」たりすることはないはずである。

「我」は事件によって、事件自体についてではなく、「我」自身の「小」、つまり「我」の内面について考えるが、そのきっかけとして、「我」は車夫の「うしろ姿」にその「大」＝「人間」性を発見する。この「うしろ姿」とは、一般化・普遍化された車夫、大勢いるなかでひとりの「人間」としての車夫であり、そのような車夫がこの中国には存在すると考えるからこそ、「私自身について思いをめぐら」せたり、「一件小事」が「私の勇気を希望を高めてくれ」るのだ。

例えば、「一件小事」と同年に魯迅が発表したエッセイ「随感録　四十」（『新青年』第六巻第一号、一九一九年一月。『熱風』北新書局、一九二五年所収）では、毎日数通来る手紙の文面が決まり文句ばかりの口先だけで何の感慨もないとして、次のように語る。

ある詩が、見も知らぬ若者から送られてきた。これの方が私にとって意味がある。

愛情

私はかわいそうな中国人だ。愛情！　私はおまえが何なのか分からない。
私には両親がいる、私を教え育ててくれた、私によくしてくれた、私も同じようによくしてあげた。（中略）

だが誰も私を「愛」してくれず、私も誰も「愛」さなかった。

私が十九のとき、両親が私に妻をもらってくれた。（中略）彼らのちょっとした戯《ざ》れ言が、私たちの生涯の縁結びとなった。まるで二匹の家畜が飼い主から命令されたようなものだ、「さあ、おまえら仲良く暮らしなさい！」

愛情！　かわいそうな私はおまえが何なのか分からない。


詩のよしあし、意味の深浅は、しばらく置いておこう。ただ私は、この詩は血から生まれたもので、目覚めた人間の真実の声だと言いたい。

愛情とはどんなものなのか？　私にも分からない。（中略）しかし東の空は白みはじめた、人類がすべての民族に求めるのは「人間」だ――もちろん「人間の子」でもある――われわれすべては人間の子や、息子の嫁や嫁の夫にすぎず、これでは人類の前に捧げることができない。

しかし悪魔の手には、とうとう光の漏れるすき間ができ、光明を覆いきれなくなった。人間の子は目覚めた。彼は人類の間には愛情があるべきだと気づいた。かねて老いも若きもが犯してきた罪に気づいた。そのため苦悶が起き、大きく口を開けてこの叫び声を上げた。(7)


ここでも、車夫の「うしろ姿」に「大」＝「人間」性が発見されたように、「見も知らぬ若者から送られてきた詩」に「目覚めた人間の本当の声」が発見される。ただしそれは、「見も知らぬ若者」が「人類がすべての民族に求める」「人間」、ここではつまり「目覚めた人間」＝「中国人」であるからであって、この詩を送ってきた生身の若者自体に興味はない。どこかに必ずいる、普遍的な「目覚めた」「中国人」であってはじめて意味を持つのだ。

「一件小事」を単に取るに足らない事件として見るにしても、一回かぎりの事件として見るにしても、ともに前「近代」的な認識に従っており、車夫と己との間に決定的な階級の断絶を見ている。それではこの作品は書かれようがない。「一件小事」が、以上のようにまことにありふれた、どこにでも起こりうる事件である、つまり中国の国家内で、中国人によって引き起こされる「一件小事」が、普遍的であると信じるからこそ、この作品は成り立つのだ。「一件小事」の二つ目の特徴は、中国のどの場所でも起こりうる、という普遍性への信頼が、この事件を支えていることである。

3　国木田独歩「忘れえぬ人々」――「山林海浜の小民」を描く

以上に指摘した特徴は、しかし中国の「伝統」文学から、中国「近代」文学が成立する過程で、中国独自のものとして生まれたのではない。一八九八年（明治三一年）に書かれた、国木田独歩（一八七一―一九〇八年）の「忘れえぬ人々」（『国民之友』四月）にも、直接の影響関係が想定されるわけではないにもかかわらず、魯迅の「一件小事」に見られる二つの特徴、俗なものにおける価値の発見と、事件の普遍性への信頼が見られる。

「忘れえぬ人々」は、「大津」という「無名の文学者」が、「溝口《みぞのくち》といふ宿場」で「秋山」という「無名の画家」に出会い、自作の原稿「忘れ得ぬ人々」について語る、という枠組みのもとで書かれている。「大津」の言う「忘れ得ぬ人々」とは、「恩愛の契もなければ義理もない、ほんの赤の他人であつて、本来をいふと忘れて了《しま》つたところで人情をも義理をも欠かないで、而《しか》も終《つひ》に忘れて了ふことの出来ない人」のことであるが、その例として、「大津」は次のような「人々」＝「光景」を挙げる。

そのうち船が或る小さな島を右舷に見て其磯《いそ》から十町とは離れない処を通るので僕は欄に寄り何心《なにげ》なく其島を眺めてゐた。（中略）と見るうち退潮《ひきしほ》の痕《あと》の日に輝《ひか》つてゐる処に一人の人がゐるのが目についた。たしかに男である、又た子供でもない。何か頻《しき》りに拾つては籠か桶かに入れてゐるらしい。二三歩あるいてはしやがみ、そして何か拾つてゐる。自分は此淋しい島かげの小さな磯を漁《あさ》つてゐる此人《このひと》をぢつと眺めてゐた。船が進むにつれて人影が黒い点のやうになつて了つた、そのうち磯も山も島全体が霞の彼方に消えて了つた。その後今日が日まで殆ど十年の間、僕は何度此島かげの顔も知らない此人を憶《おも》ひ起こしたらう。[8]

『暫《しばら》くすると朗々な澄《す》むだ声で流して歩るく馬子唄《まごうた》が空車の音につれて漸々《ぜんぜん》と近づいて来た。（中略）『人影が見えたと思ふと「宮地やよいところぢや阿蘇山ふもと」といふ俗謡《うた》を長く引いて丁度僕等が立てゐる橋の少し手前まで流して来た其俗謡の意と悲壮な声とが甚麼《どんな》に僕の情《こころ》を動かしたらう。二十四五かと思はれる屈強な壮《わか》漢《もの》が手綱《たづな》を牽《ひ》いて僕らの方を見向きもしないで通つてゆくのを僕はぢつと睇視《みつ》めてゐた。夕月の光を背にしてゐたから其横顔も明毫《はつきり》とは知れなかつたが其逞《たくま》しげな体躯《からだ》の黒い輪郭が今も僕の目の底に残つてゐる。[9]

主人公の「大津」はさらに、「四国の三津が浜」の魚市場で見かけた「琵琶僧」、「北海道歌志内《うたしない》の鉱夫、大連湾頭の青年漁夫、番匠川《ばんじょうがわ》の瘤《こぶ》ある舟子《ふなこ》」などを「忘れ得ぬ人々」として挙げるが、これらの人々が当時の社会において農民よりもさらに低い階層、もしくは賤民階層に属していることは、「一件小事」の車夫に同じである。これらの人々は、独歩の日記『欺かざるの記』明治二十六年三月二十一日に記された、「人類真の歴史は山林海浜の小民に問へ」という有名な一節の、「山林海浜の小民」に相当する。[10]

「大津」は、それらの人々を「憶ひ起こす」理由として次のように語る。

『要するに僕は絶えず人生の問題に苦しむでゐながら又た自己将来の大望に圧せられて自分で苦しんでゐる不幸な男である。

『そこで僕は今夜《こよひ》のやうな晩に独り夜更《ふけ》て燈《ともしび》に向つてゐると此生《このせい》の孤立を感じて堪え難いほどの哀情を催ふして来る。その時僕の主我の角《つの》がぽきり折れて了つて、何んだか人懐かしくなつて来る。色々の古い事や友の上を考へだす。其時油然として僕の心に浮むで来るのは則ち此等《これら》の人々である。さうでない、此等の人々を見た時の周囲の光景の裡《うち》に立つ此等の人々である。我れと他と何の相違があるか、皆な是れ此生を天の一方地の一角に享《う》けて悠々たる行路を辿り、相携へて無《む》窮《きゅう》の天に帰る者ではないか、といふやうな感が心の底から起つて来て我知らず涙が頰をつたふことがある。其時は実に我もなければ他もない、たゞ誰れも彼れも懐かしくつて、忍ばれて来る、

『僕は其時ほど心の平穏を感ずることはない、其時ほど自由を感ずることはない、其時ほど名利《めいり》競争の俗念消えて総ての物に対する同情の念の深い時はない。[11]

「一件小事」の「我」にしても、「忘れえぬ人々」の「大津」にしても、いわば当時の社会において知識人階級に属するにもかかわらず、世俗的な成功を収めている身ではない。ただし、彼らはその立身出世や社会的な事件から意図的に眼を逸らそうとしている。その名目となるのが、「私自身について思いをめぐら」すことや「人生の問題」である。彼らはいわば「人間」とは、「人間」性とは何かという問いに面することを至上の使命と考えたのだ。

彼らは自己の内面を探究することでその問いに応えようとするが、しかしそれはまったくの孤独な作業として遂行されるのではない。「一件小事」の「我」は、「苦しみに耐え、努力し」なくては「私自身について思いをめぐら」すことができず、「忘れえぬ人々」の「大津」は「生の孤立を感じて堪え難いほどの哀情を催ふて来る」のであり、彼らの内面探究には自身の行為がまったくの孤独な作業ではないことを確信させてくれるものが必要である。それが、

「一件小事」の「我」にとって車夫であり、「忘れえぬ人々」の「大津」にとって磯を漁る漁夫や馬子である。車夫が「ほこりまみれのうしろ姿」において見出されたように、「忘れえぬ人々」においても、「顔も知らない」「此淋しい島かげの小さな磯を漁つてゐるこの人」や、「横顔も明豪とは知れなかつた」「馬子」が見出される。これらの人々は、それぞれが個別に認識されるのではなく、独歩のいう「山林海浜の民」（『欺かざるの記』）として認識される。しかも、記憶されるのはこれらの人々自体ですらない、「さうでない、此等の人々を見た時の周囲の光景の裡に立つ此等の人々である」。

「忘れえぬ人々」に約五年先立つ、独歩の日記『欺かざるの記』明治二十六年五月十四日には、次のような記述がある。

吾が心をして躍《おど》らしむる一種の響あり、曰く人類進運の壮調之れなり。世界人類の人類的発達変化の高壮偉大なる希望的張胆的音調之れなり。

――――

吾が心耳は多くの幽音に接して其の真消息に通ぜざる可《べ》からず、化学者、天文学、物理学者の心の壮音をも聞かざる可からず。詩人、哲学者、宗教家が心に響く幽音玄調をも聞かざる可からず、大航海家、大商業家の心を打つ偉調をも聞かざる可からず、山間田野の民が心に響く幽音玄調をも聞かざる可からず、車夫貧民等の心を打つ調をも聞かざる可からず。又かゝる個人的のみに非ずして、社会なる者、国家なる者、国民なる者、人種なる者が叫ぶ音にも接せざる可からず。

ヒユマニテイーの真音は一方に偏せず。(12)

「人類進運の壮調」、つまり「ヒユマニティーの真音」は、社会的に大事業を成し遂げた人々にだけでなく、「山間田野の民」や「車夫貧民」からも「心耳」を通して聞かれるのであり、その「響」は「国民」の「叫ぶ音」にも通じる。「人類真の歴史は山林海浜の小民に問へ」に集約される、独歩の「小民」発見の過程は、「小民」に「ヒユマニティーの真音」、つまり「人間」性が見出される過程であり、しかもそれは「国民」の「ヒユマニティーの真音」と連動している。

「車夫」との事件が、中国のどの場所でも起こりうるという普遍性への信頼に支えられていたように、「忘れえぬ人々」の「光景」は、「我れと他と何の相違があるか、皆な是れ此生を天の一方地の一角に享けて悠々たる行路を辿り、相携へて無窮の天に帰る者ではないか、といふやうな感」に支えられている。これは、まちがっても「老荘思想の影響」などというようなものではない。当時の賤民層である「忘れ得ぬ人々」が、「大津」によって「人間」だと発見され、そのような「人間」が「天の一方地の一角」を「大津」と共有しながら生きており、「無窮の天に帰る」という、同一の共同体への帰属意識が表明されている。ここでは「忘れ得ぬ人々」はもはや「人間」というよりは「国民」なのであり、「光景」は「国民」的「光景」なのだ(13)。「忘れ得ぬ人々」の「光景」は、当時の日本のどの場所でも、「大連」でも見られるのである。

4　「近代」小説を支える二つの装置――国語運動と出版資本主義

直接の影響関係が想定されるわけではない、魯迅の「一件小事」及び国木田独歩の「忘れえぬ人々」に見られた特徴を整理すると、一つには俗なものにおける価値の発見、二つには事件・光景の普遍性への信頼となるが、では、この二つの特徴は文学が「近代」化する過程で、必然的に生じるのであろうか。文学にとって内的なものなのだろうか。

「一件小事」において俗なものに価値が発見されたのは、一九一九年という、中国文学が「文学革命」にさしかかった時期であった。一方、「忘れえぬ人々」は一八九八年の発表であり、日本文学が最初に「言文一致」を達成したとされる一八八七年第一篇刊行の二葉亭四迷（一八六四―一九〇九年）の『浮雲』より十年余を経てはいるが、『浮雲』以降「言文一致」が一頓挫していたこと、あるいは「言文一致」の先駆である『浮雲』そのものがが未完に終わったことは周知である。二葉亭四迷による清新な翻訳「あひびき」「めぐりあひ」が、国木田独歩をして武蔵野の美を発見せしめたことは有名だが、二葉亭には翻訳でしか出来なかった「言文一致」を、独歩が実作において完成したのだ、といえよう。

さらに、中国及び日本において国語という概念が成立してくるのも、「文学革命」や「言文一致」の渦中で、両作品の書かれた時期に当たる。日本においては一八九四年の日清戦争以降、「近代」国民国家形成が急速に進み、国語運動が本格化して、「小学校令」改正（一九〇〇年）、国語調査委員会結成（一九〇二年）となって結実する。その理念は、前島密（一八三五―一九一九年）の建議以来懸案であった綴り方の制定と、「言文一致」であった[14]。

中国では、変法運動（一八九八年）以降派遣されることになった日本への留学生により、「国語が如何なる形をとるにせよ、それは新しい民族国家の運営のうえで不可欠の要素となる」（ラムゼイ『中国の諸言語[15]』）と見なされ、辛亥革命（一九一一年）以降、「近代」国民国家整備の一環として、国語運動が本格化し、読音統一会（一九一三年）、国語統一準備会（一九一九年）の審議を経て、「国音」の統一が図られた[16]。

これら政府の推進した国語制定は、文字の音声化に重点があり、「国語」及び「白話」を規範とした俗語革命としての国語運動は、民間の知識人、主に文学者によって担われた。それを劇的に示すのが、周樹人という日本への留学生であり、彼は一九〇二年から一九〇九年まで日本に滞在、帰国後は一九一二年より民国の教育部に勤め、やがて北京に赴き、教育部社会教育司第二科科長・第一科科及び僉事を歴任、翌年読音統一会に参加する。いわば民国政府による国語制定の中心にいたわけだが、のちに魯迅という筆名で「文学革命」を実践することはいうまでもない。このように体制の側からなされた国語制定が、民間の側から「言文一致」・「文学革命」という形で補完され、両者の完成を待って国語が成立する。

「近代」国民国家に提供された言語＝国語は、それが俗語であるということに最大の特徴を持っている。権威ある文言に対し、卑俗ではあるがより如実に内面を描写できると考えられた「白話」・「口語」＝俗語を自在に操った最初が、魯迅と国木田独歩だったのであり、それは同時に小説内容においても俗なものに価値が発見されることと平行していた。つまり、国語の成立と、「一件小事」や「忘れえぬ人々」において俗なものに価値が発見される＝国民が発見される過程は、不可分に結びついていた。

「一件小事」が事件の普遍性への信頼に支えられていることにしても、文学外の要因が働いている。中国の出版、特に新聞は、この時期に至ってようやく、企業の独立採算として、政党の宣伝道具から自立しはじめた。小説も、特定の政治的立場を正当化するような、いわば功利的な小説から、芸術としての小説、小説のための小説が生まれてくる。このような新聞・小説は、一見、他のなにものにも従属しないと見えながら、実は「近代」化による国民国家の形成を強力に推進するための、表面には現れない原理に忠実である。

佐藤成基は「近代」国民国家について、「「ネーション」が近代的な意味あいで用いられるとき、その「ネーション」への身分や地域差を越えた「人民」全般の平等な帰属、およびその一つの政治的単位としての「ネーション」の「主権」が想定されている」と述べる。[17]「一件小事」であれば、「うしろ姿」の車夫と士大夫らしき「我」の間に、前「近代」的な階層の相違を見るのではなく、車夫も「我」も同じように「人間」性を備えた、中国人という範疇に属することが描かれる。『随感録』にしても、筆者と「見も知らぬ若者」とは、同じく「目覚めた人間」として、「中国人」として連帯を結ぶ。

「忘れえぬ人々」においても、瀬戸内の小島で磯漁りをする人、宮地の馬子、「四国の三津が浜」の魚市場で見かけた「琵琶僧」、「北海道歌志内の鉱夫、大連湾頭の青年漁夫、番匠川の瘤ある舟子」など、主人公「大津」とは階層も郷里も直接に関係しない、当時としては賤民層の人々が、「大津」という文学青年によって、「われと他と何の相違があるか、みなこれこの生を天の一方地の一角に享けて悠々たる行路をたどり、相携えて無窮の天に帰る者ではないか」として表象される。

階層や、郷里や言語を異にしていても、それはもはや、書き手と書かれた人々を隔てることにはならず、「「ネーション」への身分や地域差を越えた「人民」全般の平等な帰属」＝国民の登場が実現されている。「近代」国民国家の領域内の均質性と、「近代」国民国家の構成員が、特定の地域政権や派閥にではなく、国家におしなべて直接に従属することが要求される「近代」国民国家の原理が、これらの作品には濃厚に凝縮されている。そして、こうした新聞・小説の政論からの自立＝「近代」国民国家の原理への従属は、出版という形式が資本主義化されることによって支えられる。

本章では残念ながら、「近代」小説を支える二つの装置、国語運動と出版資本主義については詳述できなかったが、ナショナリズムの要請に応じて国語が成立する経緯、資本主義の発達に伴う出版産業、特に新聞産業の発達及び「近代」小説の構造がナショナリズムを補強することについては、いずれの機会を待って論じたい(18)。

第Ⅱ部　新文学の時代——一九二〇年代前半

第4章　文芸批評の形成——「創作」概念の成立とオリジナリティ神話の起源

1　「文学とは何か」

文学とは何か。一九二〇年代前半、五四新文化運動の高まりの中に誕生する、新文学の提唱者たちは、五四運動の年に書かれた羅家倫《らかりん》（一八九七―一九六九年）の評論、「什麼是文学？——文学界説」（『新潮』第一巻第二号、一九一九年二月）に代表されるこの本質的な問いを、くり返し発した。胡適《こてき》（一八九一―一九六二年）・陳独秀（一八七九―一九四二年）が『新青年』誌上で文学革命を唱えるのは一九一七年で、翌年、魯迅（一八八一―一九三六年）の「狂人日記」（『新青年』第四巻第五号、一九一八年五月）が発表された。しかし、質量ともに新文学と呼ぶにふさわしい収穫がもたらされるのは、一九二〇年代に入ってからである。

一九二〇年代前半の中国文壇では、創作の面で豊かな達成が生まれると同時に、文学概念をめぐって喧々囂々《けんけんごうごう》の議論が戦わされた。生まれつつある新文学はいかなる姿をとるべきなのか。何が文学で、何が文学でないのか。これは作品を産み出す作家の側だけでない。批評家の期待する創作とはどんなものか。読者は何を、どのように読むべきなのか。

羅家倫の評論と同時期に書かれた、君実「小説之概念」(『東方雑誌』第十六巻第一号、一九一九年一月)は、一般人も含めた文学概念の変更が遂行されねばならぬと主張する。君実にいわせれば、現下の中国人が抱く小説の概念は、「閑書」(=消閑、暇潰し)の二字に尽きる」。西洋の小説が輸入されて以来、小説を「通俗教育の利器」と見なす変化があった。しかし小説は、「戯れに作るものと見なすべきではないだけでなく、人々を啓蒙するためだけのものでもない」。君実は、欧米の文学者たちが心を傾けて文学に従事するのは、「国民性を示し、文化を宣揚するためだという、国民性を表現する文学を提唱する。そして君実は、もし小説を改良しようとするなら、「一般人の小説に対する概念を根本から改革せねばならない」と、改革への抱負を語る。[1] 新文学運動は、書くことだけでなく、一般読者も含め文学を享受する批評家・読者たちの、読むことにおける「文学とは何か」のラディカルな刷新を目指した。[2]

これらの評論が書かれた二年後の一九二一年、文学研究会及び創造社の両文学結社が生まれ、文学革命で蒔かれた種は、やがて実作と評論の両面で収穫を生む。だが二一年当時は、創作がいまだ寥々《りょうりょう》たる有様だっただけでなく、批評は文学のジャンルとして確立していなかった。例えば、蠢才「雑談九　処女的尊重」(『文学旬刊』第三号、『時事新報』副刊、一九二一年五月二十九日)は、欧米の文芸雑誌では書評がその大部分を占めるというのに、「我が国の批評文学は、絶対的に発達してない、雑誌や新聞紙面では、まれにいくつか評論を目にするだけだ」と嘆く。蠢才は、創作と鑑賞の水準を高める作用において、「当然、批評の効力は、外国文学の翻訳よりもはるかに大きい」と信じていた。

翌年に至っても、当時文芸批評や西洋文学紹介に健筆を振るった茅盾《ぼうじゅん》(一八九六―一九八一年)は、「中国の批評の空気は確かに静まりかえっている。私たちが受け取る、『小説月報』の創作に対する批評についていうと、大抵は罵倒でなければ皮相な称讃で、心に突き刺さるような批評などまったく見られない」(署名は沈雁冰《しんがんひょう》、「通信　文学作品有主義与無主義的討論」『小説月報』第十三巻第二号、一九二二年二月）とこぼす。

だがこの一九二一年前後、文芸批評はようやく萌芽期にあった。中国への近代的批評の導入において大きな役割を果たした批評家の一人、胡愈之《こゆし》（一八九六－一九八六年）は、「文学とは何か」の定義がいっせいに始まり、新文学の曙光が差し込もうとする二一年の初頭に、「文芸批評　其意義及方法」（『東方雑誌』第十八巻第一号、一九二一年一月十日）を書いて、ジャンルとしての文芸批評の確立を試みる。中国にはかつて批評文学なるものは存在しなかった、中国の文芸思想が進歩しないのもその不足ゆえだ、と指摘する胡愈之は、新文学の創作が日進月歩の今日、「もし批評文学がガイドを務めなければ、船に舵《かじ》がないようなもの」だと危ぶむ。

この一九二〇年代前半、新文学を志す文学者の多くが、文芸批評の確立は新文学の必要条件だと力説した。商務印書館が刊行していた『小説月報』は一九二一年一月発行の第十二巻第一号から改組され文学研究会の拠点となるが(3)、批評を大いに興そうとの抱負は、編集者茅盾の執筆になる「改革宣言」の言葉に表れている。(4)「西洋文芸の勃興は、思うに文学上の批評（Criticism）と互いに助け合って進展したものである。批評は文芸上極めて大きな権威をもっており、一時代の文芸思想を左右しうる。（中略）わが国にはもともといわゆる批評がない、評価においては基準がしょっちゅう変わる、よって多くは個人の私見において好悪が成立してしまう。「まず批評家があって、しかる後真の文学者がある」、われわれ同人はこう固く信じている」。「改革宣言」ではまた、旧来の分類による欄を破棄し、予定される掲載欄として、「訳叢」（＝翻訳）や「創作」欄より先に、討論を中心とした「論評」、及び西洋と中国文学の変遷過程を究明する「研究」なる欄の設置を予告している。結局欄としてこそ設けられなかったものの、この改組第一号以降、巻頭には毎号のごとく文学に関する評論が置かれた。このような批評の重視は、読者からも、「『小説月報』は今日の中国文学界で注目の集まる位置を占めようとしている、しかも批評に気を配っている人が多い」（周贊襄「通信　文学作品有主義与無主義的討論」『小説月報』第十三巻第二号、一九二二年二月）と認識されていた。

また、文学研究会の機関誌として一九二一年五月十日に創刊された『時事新報』副刊の『文学旬刊』は、創刊号で雑誌の体裁に触れて、「創作」欄や「訳叢」欄とともに「論文」欄を取り上げ、「およそ文学上の各問題を討論し、文学の原理を研究し、さらに世界及び中国文壇の変遷と現状を評論した論文は、すべてこの欄に載せる」とする。その言葉通り、創刊号には、鄭振鐸《ていしんたく》（一八九八－一九五八年）の「文学的定義」（署名は西諦《せいてい》）が掲載された。以降も、文学理論や海外文学評を含めた、広義の批評の場を提供し、毎号のごとく、「文学の定義」や「文学の特質」といった、抽象的な問題を検討する。さらに、第三十七期（一九二二年五月十一日）からは、「一般人民が純正な作品を閲読する興味を引き起こし、また閲読する能力を育てる」ことを任務として（同号掲載の「本欄的旨趣和態度」）、「最近的出産」なる文芸時評の欄が設けられた。また、文学研究会の茅盾・劉大白（一八八〇－一九三二年）・陳望道（一八九一－一九七七年）らは、『民国日報』副刊『覚悟』紙上でも評論活動を展開し、連載記事「文学小事典」（一九二一年五月十日－）で文学の新しい定義を試みた。

文学研究会が文芸批評に乗り出すのと軌を一にして、創造社の機関誌『創造』季刊も、批評を積極的に掲載する。第一巻第三期（一九二二年十月）の「編輯余談」で、この号の編集に当たった成仿吾（一八九七－一九八四年）は、目下小説中心の「我らの季刊には、とても大事なものが欠けている」として、「文芸に関する論文」の掲載に意欲を見せる。「主観的な手法を用いても、あるいは客観的な方法を用いてもいずれでもよいから、文芸の理論、あるいは実際的な議論をするのは、益あることに違いない」と、成仿吾は同人たちが文学理論及び実作の批評を寄せるよう切望し、「全国の同志たちとともに、我らの新文学を建設」しようと呼びかけた。

さらに、小説の創作マニュアルである、清華小説研究社編『短編小説作法』（北京共和印刷局、一九二一年四月）は、「序言」でその趣旨として、一、創作の参考のためだけでなく、二、読者のためという点を挙げる。なぜなら「小説の価値の高下、芸術性の優劣は、すべて読者の批評を物差しとする。（中略）中国の小説の価値と芸術性を高めるには、まず読者の批評の程度を高めなければならぬ」とするように、書くことと読むことは緊密に結びつけられていた。[5] 読書が批評に不可欠の過程であることを考えれば、批評の成立とは読むことの成熟であり、それが結果として、書くことのレベルを引き上げることにつながる、と考えられていた。

こうして文芸批評の勃興とともに、文学とは何かの議論が展開され、文学は少しずつ定義を始める。本章ではこの、一九二一年から二三年における文芸批評の成立を描きつつ、文学はいかに定義され、その価値はどこに求められたのか、文学の意味が確定された過程を論じる。

2　遊戯としての旧文学の否定と新文学の誠実な態度

一九二〇年代前半の新文学勃興期に、新文学側の文学者たちを悩ませたのは、たとえ彼らが新しい文学に目覚めたにしても、彼らの奉ずる文学の価値と、一般の読者が求める文学の価値との間には、いまだ大きな距離がある、という点だった。

不幸なことに、目前の新文学運動には、二種の危機がある。第一は、出版物が乱れ雑然としていることで、第二は、著作家と読書界があまりに遠くかけ離れているということである。健全な文学批評が欠乏しているゆえに、創作壇と翻訳壇に一致した傾向が現れることができないのみならず、多くが道を踏み違えている。（中略）また、現在の読書界は、新しい出版物に対して、あまりにも冷淡なようだ。著作家と社会の間には、高く厚い障壁がある――この障壁とは文芸を鑑賞する力が薄弱なことである。われわれが平民文学を提唱し、民衆の文学を唱導しても、新文学の作品は、ごく少数の青年以外に、誰も充分に理解することができない。熱心な著作家が、彼らの同情の心血を余すところなく注ぎ、声が枯れるまで沈痛な叫び声を上げても、彼らの最大の関心の対象である民衆は、あっけにとられるばかりで、何をいっているのやら理解できない。〔傍線引用者、以下同じ〕

「最近的出産　本欄的旨趣和態度」（『文学旬刊』第三十七期、一九二二年五月十一日）

この文章からは、新文学がすでに産声《うぶごえ》を上げたにもかかわらず、読者は新文学誕生の意義を理解する能力を持たず、相変わらず旧文学に馴染むばかりの現状への、新文学の側からの苛立《いらだ》ちが読みとれる。この障害を乗り越えるため、文芸批評によって、蒙昧な読者を啓発せねばならぬ、というのだが、ではこの「批評」はいかなるものであるべきかというと、まず、「国内の文芸の産物に対して、厳密な審査を加え、粗製贋造の品が市場に充満しないようにする」との任務が掲げられる。「純正な作品の真の価値を発見し、作者の思想と性格を分析し、読者に純正な芸術を充分に理解する機会を与える」一方で、「不良作品に対し、全力で非難攻撃する」必要が説かれている。

実際、一九二〇年代前半の新文学側の批評では、至るところに旧文学への攻撃が見られる。蔣善国「読者論壇　我的新旧文学観」（『東方雑誌』第十七巻第八号、一九二〇年四月二十五日）に、「去年の秋以来、中国で新旧の文学を主張する人は、あちこちで筆による訴訟をやらかして、終わるともない」とあるごとく、「新旧」の境界が問題化されるのは、一九一九年の後半あたりからと思われ、一九二〇年代に入ると、新文学からの旧文学への攻撃は激しさを増す。

文学革命以前、梁啓超（一八七三―一九二九年）らの新思想の啓蒙家による提唱で、文学はそれまでの無用の長物としての扱いを脱し、国民創出のための利器としての地位を獲得するに至った。(6) 次に胡適らの文学革命は、それまでの文言中心の価値体系を転倒させ、貶められてきた白話こそ文学進化の王道なのだ、と主張し、国語創出のための文学を提唱した。(7) 梁啓超が文学というジャンルの価値の相対的な高さを主張し、胡適が文学というジャンルの中で文言に対する白話の優位を唱えた地点から、新文学の提唱者たちは一歩進んで、同じ文学、同じ白話でも、旧文学よりも新文学に価値があるのだ、と主張する。このように、新と旧の間に境界線を引くことで、文学の概念を新たに定義しなおし、新文学の価値を提出しようとしたのである。

当時攻撃の対象となった旧文学とは、「鴛鴦蝴蝶派《えんおうこちょうは》」と総称される、上海の通俗文学の作家たちである。新文学勃興以前の一九一〇年代は、彼らの黄金時代だった。(8)それが二〇年代に入ると、鴛鴦蝴蝶派を標的として、新文学こぞっての全面攻撃が展開される。

その急先鋒となったのが、文学研究会のメンバーである。改組された『小説月報』（第十二巻第一号、一九二一年一月）に附録として掲載された「文学研究会宣言」は、新文学出発の宣言であるとともに、「文学を興に乗ったときの遊戯あるいは失意のときの暇潰しだとする時代は、もはや過ぎ去った」と、旧文学を葬り去らんとする弔辞でもあった。(9)同号に茅盾は、「文学与人的関係及中国古来対文学者身分的誤認」（署名は沈雁冰）を掲載し、中国で代々継承されてきた文学観は、古代の聖賢に代わって道を説き勧善懲悪を勧めるものか、あるいは暇潰しにすぎないもので、そこには「中華の国民文学」と呼べるものは存在しなかったと論じ、さらに、かつて文学が「付属品や装飾品」とされたことを非難して、文学は「興に乗ったときの遊戯、あるいは失意のときの憂さ晴らしなどではない」と主張する。茅盾はまた、「中国文学不発達的因原」（署名は玄珠、『文学旬刊』第一号、一九二一年五月十日）でも、中国文学が発達しない原因を、「時文詩賦」が本尊だと固執し、小説を「稗官野乗街談巷議之品」だと見下げ、文学をひとしなみに「消遣（＝暇潰し）」だと見なすことによる、と論じる。その上で、「国民よ、もし文学の国際的な地位を高めたいと思うなら、文学の見方を速やかに取り換えなければならない。これ以上文学を暇潰しだと見なしたりしないように」と、国民規模での文学観の改変を呼びかけた。

『小説月報』には商業誌ゆえの制限があったが、のちに茅盾が、文学研究会の機関誌と公言して、鄭振鐸とともに一九二一年五月十日に発刊した『時事新報』副刊の『文学旬刊』では、「忌憚ない意見を発表することができた。そして、われわれはまず鴛鴦蝴蝶派に正面から攻撃をかけた」と回想するように、[10]旧文学攻撃はいっそう鋭くなる。『文学旬刊』では毎号のように、旧文学攻撃がくり返された。[11]一例を挙げれば、「中国人がこれまで抱いていた何種かの著作態度は、根本的に改革されねばならない。もっともひどいのは「玩世」の態度である」と、旧文学派の『快活林』や『晶報』を攻撃する（署名はＣＰ、「雑譚一　著作的態度」『文学旬刊』第三十八期、一九二二年五月二十一日）。このように、かつて君実が嘆いた、文学は遊戯ではないという台詞が、旧文学を否定するための切り札的台詞としてくり返し口にされる。

旧文学への総攻撃には、旧作家たちの手から、彼らが上海を中心に築いた出版市場を奪取する、という目論見もあった。旧文学と新文学が経済的に依存する基盤は、一九一〇年代において急成長した出版市場である。一〇年代の出版市場を占拠していたのが、鴛鴦蝴蝶派だった。そこに一九二〇年代に入って、新文学が参入を試み、両者の間には限られた読者をめぐって競合関係が生じる。新文学の読者は本来北京に集まる知識人や新式教育を受けた学生たちだが、より広範な読者層を求めるとすれば、上海の成熟した市場に目を向けざるをえない。[12]新文学による旧文学への執拗な攻撃が、文学のコンセプトそのものを標的としたのには、読者に「純正な作品の真の価値」を知らしめることで、「不良作品」から脱せしめ（「最近的出産　本欄的旨趣和態度」前掲）、旧文学の読者を新文学の読者へと取り込み、市場を奪う目的があった。

だが、旧文学との角逐《かくちく》だけが目的ではない。新文学による旧文学攻撃は、旧文学との線引きによって、新文学の輪郭を描き、境界を明確に定めようとする、文学定義のプロセスでもあった。「暇潰しの文学観と、忠実でない描写方法は、文学進化の途上の二大障碍であり、これが中国文学の発達できなかった原因である」と断言する茅盾は、「中国にはもともと文学作品があるのみで、文学批評論は存在しなかった。文学の定義、文学の技術について、中国では系統的な説明がなされてこなかった」と、中国文学における批評と定義の不在を指摘する（署名は沈雁冰、「通信　文学作品有主義与無主義的討論」『小説月報』第十三巻第二号、一九二二年二月）。

これ以前に茅盾は、「中国文学不発達的因原」（前掲）において、中国文学が未発達だという事実を否定する人々は、そもそも「文学とは何かが分かっていない」のだ、と断言する。茅盾らによる旧文学批判とは、裏返せば、旧文学に「暇潰し」との属性を付与することで、文学の殿堂から放逐し、同時に「文学とは何か」を根底から定義しなおすことで、新文学を、これまでと異なる意味の体系を備えるに至った文学の王座へと、招き入れる手続きである。そのためには、文学を系統的に説明することで、芸術の本質的な規則を打ち立て、新文学こそ文学の正統だと証明せねばならない[13]。

世農「現在中国創作界的両件病」（『文学旬刊』第六号、一九二一年六月三十日）も、同様に、「以前の所謂文学者が、文を作るときの態度は、暇潰し〔原文「消遣」〕であった、不真面目〔「玩世」〕であった」と非難する。そして、新文学のうち、新人作家として認められた許地山（一八九三―一九四一年）や謝冰心（一九〇〇―九九年）を称讃し、ことに許地山については、「すでに成熟している」と褒める。世農はさらに言葉をついで、「彼らの最大のいい点は――それは中国が新文学を創造した成功でもあるのだが――彼らが以前からの文を作るときの態度を変えたということである」といい、次のように説明する。

> 彼らが創作するときは、極めて真摯で強烈な感情を抱きつつ、現代の人生の苦しみを表現しようとする。あるいは自分に極めて深刻な印象や刺激があって、己の感情を描き出し述べ、自己の苦しみを表現しようとする。あるいは自ら現代の人生の内的な風景を観察し、自己の人生観でもってそれを表現しようとする。（中略）つまりは、かれらは以前の作家たちとは態度が根本的に違うのだ。以前の作家たちはまるで「人間」以外の立場に立っているよ

うなものだった。今では人生の内部に立ち、切実に人生を呼び起こそうとする。

世農がいうように、新文学の作家たちは、旧作家が自身あるいは読者の「暇潰し」のために創作していたのと異なり、「真摯で強烈な感情」を持ち、「極めて深刻な印象や刺激」のもとで、「自己の人生観」にもとづいて創作する。簡単にいえば、真面目な態度で、現代社会や自己の内にある「苦しみ」を表現しようとする、ということになる。新文学の提唱者たちが旧文学を攻撃するとき、異口同音《いくどうおん》に唱えたのが、旧文学では文学は暇潰しにされている、という台詞だった。とすると、逆に自分たちの積極的な存在価値を見出そうとするとき、どれほど真面目で誠実に創作に取り組んでいるかを強調することになる。

このような新旧文学の区別については、すでに文学革命のさなか、新文学の大家だった周作人（一八八五－一九六七年）が「人的文学」（『新青年』第五巻第六号、一九一八年十二月十五日）で、「人間的な文学」たる西洋文学と、「非人間的な文学」である中国伝統的文学の相違を、「創作態度の違い」に求め、「一方は厳粛であり、一方は遊戯である」と分別していた。さらに「平民文学」（『毎週評論』、一九一九年一月十九日）では、貴族文学と平民文学の対立という形で論じ、「文学の精神の区別について論じると、それはその文学が普遍的か否か、真摯か否かの区別ということになる」とした上で、新文学たる平民文学の精神を、普遍的で誠実であることに見出し、一方、旧文学たる貴族文学は、「あまりに部分的で、修飾的で、享楽的で、あるいは遊戯的」だと非難していた。周作人が期待した、厳粛で真摯な文学観は、一九二一年に至り、多くの新進文学者たちの旗印《はたじるし》となりつつあった。

このような、創作態度の真面目さ、誠実さを新文学のメルクマールとする文学観は、創造社の批評家たちにも共有されていた。のちに創造社社員となる王独清（一八九八－一九四〇年）は、鄭伯奇に寄せた公開書信「一双鯉魚」（『創造』季刊、第一巻第二号、一九二二年九月）の中で、「切実であることがすなわち芸術である」と主張する。『創造』季刊の翌号（第一巻第三号、一九二二年十月）には、鄭伯奇からの「返信」が掲載され、王独清が芸術の「誠実たるべきことを主張した一節が、最も私の心を捉えた」と感激を伝え、「中国の新文学は技巧を排斥し、誠実さに立脚した」と、「誠実さ」を新文学の根幹の特徴とする。

だが果たして、創作態度が誠実だ、などという言辞が、新文学の存在価値たりうるだろうか。旧文学にも誠意をもって創作に従事していた作家はいくらでもいたはずである。そもそも、旧文学の遊戯性ゆえの技術的な優越を、簡単に否定してしまえるわけではない。実際全盛期を迎えた一九一〇年代につづき、鴛鴦蝴蝶派は二〇年代においても盛んに読まれていた。

新文学から売られた喧嘩に、旧文学も黙ってはいない。袁寒雲（一八九〇－一九三一年）は「辟創作」（署名は寒雲、『晶報』一九二一年七月三十日）で、「今時のでたらめな連中のごときは、外国の文法でもって中国の小説を作り、おまけに外国の句読点をつけ、外国の形式を用いて、「的」だの、「底」だの、「地」だの、「她」（＝彼女）だのと、騒ぎ立てて怪気炎を上げているが、からきし耳障りの悪い文句ばかりで、一言しゃべるとぐだぐだきりがなく、大長編に仕立て上げて、これで中国語でございというのだから恐れ入る、ギクシャクして、まるで様になってない」とその文章のまずさを嘲弄する。(14) いくら創作態度が誠実でも、その作品の出来栄えが惨澹たるものであれば、手腕の上で老練の冴えを見せる旧文学の前では、新文学だと威張って見せたところで張子の虎にすぎない。いくら真面目でも、腕を競うかぎり、新文学に勝ち目はなかった。実際、一九二一年一月から『小説月報』の編集を茅盾に任せて新文学の拠点とした商務印書館は、一九二三年一月、旧文学の作家たちに舞台を提供する『小説世界』を創刊する。出版社にとって新旧の文学はいずれも売り物にすぎなかった。(15)

新文学が新しい定義を持ち出すなら、それはこのような技術の高下を問う文学評価軸を無化するような、価値観そのものを変革するものでなければならない。

3　新文学の定義——人生及び精神の表現としての文学

もし文学が技術の上下でないとしたら、ではいったい何が文学なのか。新文学は自前の文学定義を持つため、文学のあるべき姿、具体的な形式について、数多くの議論を展開した。その中で提出されたのが、「文学は人類最高の精神産物であり、文学の地位は、物質を超えた上にある」（蠢才「雑譚十五　文学事業的堕落」『文学旬刊』第四号、一九二一年六月十日）と、文学を人間精神の表現とする定義である。

一九一七年以来の文学革命でも、胡適の「文学改良芻議《すうぎ》」（『新青年』第二巻第五号、一九一七年一月）以来、新しい文学の定義が提出されてきた。その中で、二〇年代の批評家たちに特に強力に働きかけたと思われる定義が、羅家倫が「什麼是文学？　文学界説」（前掲）で持ち出した、「文学とは人生の表現である」との定義である。西洋の文学定義を参照しつつ、羅家倫は、「文学とは人生の表現と批評で、最も優れた思想から描き出されたものである、想像、感情、体裁、芸術に適合した組織を備える。（中略）人類の普遍的な心理をして、極めて明瞭で極めて興味深いものだと思わせる」とした。文学革命期に新思想の洗礼を受けた若い文学青年たちは、羅家倫がここで持ち出した、「人生」「表現」「批評」「想像」「感情」「人類」「普遍」などのキーワードを共有しつつ、「文学とは人生の表現と批評である」という定義を軸に、文学論をくり広げる。

例えば茅盾は、「文学和人的関係及中国古来対文学者身分的誤認」（前掲）で、世界の文学の進化に照らし合わせると、「文学の目的は、総合的に人生を表現することである、写実的な方法を用いようが、象徴や比喩の方法を用いようが、その目的は人生を表現し、人類の喜びと共感を広め、時代の特色をその背景とすることにある」と定義する。また「新文学研究者的責任与努力」（署名は郎損、『小説月報』第十二巻第二号、一九二一年二月）では、「同時代全体の人類の生活をより表現し、同時代全体の人類の感情をより表明」するのが文学だ、「中国文学不発達的囚原」（前掲）でも、「文学とは人生を表現したものである。客観的に事物を描写したものであれ、主観的に理想を描写したものであれ、人生を対象とせねばならない」とくり返し表明する。

この文学観は、同時代の文学研究会のメンバーによっても共有されている。葉聖陶《ようせいとう》（一八九四―一九八八年）は『晨報副刊』に連載した「文芸談」全四十回（一九二一年三月五日―六月二十五日）のうち第五回で、「文芸の目的は人生を表現することにある」とした。[16] 世農「文学的特質」（『文学旬刊』第三号、一九二一年五月二十九日）も、「文学とは言語を道具として人生を表現する芸術である」、「文学とは人生の批評と表現である」とする。また隠「小説的小経験」（『文学旬刊』第三号、一九二一年五月二十九日）が、小説とは「切り取るという手段と、深刻な感情でもって、人類社会の種々の状況を描写する道具である」とするのも同様である。同じく文学研究会の瞿世英《くせいえい》（一九〇〇―七六年、字は菊農）も、「創作与哲学」（『小説月報』第十二巻第七号、一九二一年七月）で、「文学の対象は人生であり、その作用とは人生を批評し、人生を表現することである」とするなど、枚挙にいとまない。

鄭振鐸ら文学研究会の文学者たちが、引き合いに出すと出さないとにかかわらず、精神的な支柱として仰いでいたのは、当時文壇の隠然たる大家、周作人だった。[17] 周作人は「人的文学」（前掲）で、「人道主義を本とし、人生の諸問題について、記録研究をしていくのが、すなわち人間の文学というのである」とし、また「平民文学」（前掲）では、貴族文学と対立させた平民文学を、「普通の文体で、普通の思想と事実を記す」、「平民の生活――人間の生活――を研究する文学である」と定義していた。

この翌年、茅盾は「新旧文学平議之評議」（『小説月報』第十一巻第一号、一九二〇年一月）で、新文学の備える要件を三つ挙げ、「一つは普遍性を備えていること。二つは人生を表現し、人生を導く能力があること。三つは平民のためのもので、特殊階級の人々のものでないこと」とする。[18] 茅盾が論じる際に、彼が直接触れていた西洋文学だけでなく、周作人を念頭に置いているのは明らかだろう[19]。先ほど紹介した羅家倫の定義も、文学革命以来の先行する議論、ことに周作人の一連の文学論を踏まえると思われる[20]。

ただし、一九二〇年代の文学定義で目立つのは、単に文学が人生を表現するだけでなく、それが人間の感情や精神の表現である、とされることである。鄭振鐸は、その名も「文学的定義」（署名は西諦、『文学旬刊』第一号、一九二一年五月十日）と題する評論で、文学と他の芸術との相違を論じて、（一）文学は「想像」の「表現」であること、（二）文学は「人々の思想や感情を表現する」ことの二点を論じる。特に後者については、「写実派の作家であれ象徴派の作家であれ、多くは美しい文字を並べて自己の最高の思想を表現する」という。両者をまとめて、「文学は人々の感情と最高の思想を連合した「想像」の「表現」である」との鄭振鐸の観点は、『文学旬刊』の創刊号に掲げられた「宣言」（鄭振鐸の執筆、『文学旬刊』第一号、一九二一年五月二十一日）では、「人間のするすべての記録の中で、文学だけが人間の思想や感情、喜怒哀楽、苦しみや怒り、恋愛や憎悪を、事細かに、軽やかに、最も感動的で最も美しい形式において表現することができる」のであり、「人間の最高の精神を連結するのは、文学だけに実現可能である」と表明される。

この定義にしても、文学研究会だけに共有されていたのではない。当時創造社を批評と文学理論の面で代表する観のあった成仿吾も、文学理論の充実を呼びかけた『創造』季刊第一巻第三号（一九二二年十月）で、余白の穴埋めとして、随所に文学の根本問題に関する短文を掲載する。その（1）で、「芸術の目的は、人類最高の、あるいは最も深い感情〔原文「情緒」〕を表出することにある」とするごとく、成仿吾の定義も基本的には文学研究会の文学理念と近いところにあった。彼ら二〇年代の文学者たちにとって、文学は人生の表現だけでは飽きたらず、その内奥において感情や精神をも表現するもの、と定義されるようになっていた。

しかし、このような定義を施された文学が、必ずしも豊かな実りを見せていたわけではない。大いに期待をかけた創作界だったが、茅盾「春季創作壇漫評」（署名は郎損、『小説月報』第十二巻第四号、一九二一年四月）は、あまりにも閑散とした現状を嘆き、「私たちの予期――国内には創作はあっても批評家がいない――に反して、実は目下真正の批評家がいないだけでなく、批評されるべき材料さえもないのである！」と大いに嘆く。そして茅盾は、批評に値する作品が乏しい現状について、「現在多くの人が小説を書きたがるにもかかわらず、小説とはどんなものなのか知らないのだ」という。

胡愈之「新文学与創作」（『小説月報』第十二巻第二号、一九二一年二月）は、この数年来大いに鼓吹《こすい》されてきた新文学だが、「真実の文学創作は相変わらず多くはない」と嘆く。『神曲』や『ファウスト』のごとき驚天動地の偉大なる作品が生まれないのはもちろん、「大多数の作品は、文体を口語体に変えたのみで、構造（Structure）スタイル（Style）テーマ（Subject Matter）は古い規則を判で押したように守り脱け出せない」、たとえ優れた思想があっても芸術の手法に欠けるため「未成熟な作品となってしまう」と、手法上の難点を指摘する。

新文学の技術的な欠点について、自身創作者でもある葉聖陶は、「創作的要素」（署名は葉紹鈞、『小説月報』第十二巻第七号、一九二一年七月）において三点から突いている。一、素材の選択がいい加減であること、二、素材の上っ面ばかりを描いて、内在する実情を表現できていないこと、三、質と形式が単調であること。外形ばかりをなぞって不必要な細部を描写し、肝心の「内面の精神」を表出しない描写法を非難して、葉聖陶は次のように述べる。「ある情意を表現しようとするなら、適切な素材を用い、この素材に生命を備え人の心に食い入るようにせしめなければならない、この素材を表現するのに最も適切な方式を用いねばならない」。

同様に、新文学の浅薄さを指摘する世農「現在中国創作界的両件病」（『文学旬刊』第六号、一九二一年六月三十日）は、中国の創作界は好もしい趨勢のもとにあるものの、二つの欠点があるとする。一つは、「観察があまりに浅いこと」であり、もう一つは、「しっかり定まった人生観がないこと」である。観察が浅いと、文学作品は「浮ついて空虚なものになる」し、人生観が定まってないと、文学作品は目的を失い、登場人物の性格もはっきりしなくなる。文学は人生の批評であり、「作者は人生を批評するのであるから、自己にはっきり定まった人生観が必要である」。

このように、文学が人生を表現するとしても、観察が甘ければ深みは期待できない。技術的に未成熟な上に、人生の観察まで甘いのだとしたら、いつまでたっても新文学は旧文学に取って代わることはかなわない。実際、新文学の小説技法には、一九一〇年代の鴛鴦蝴蝶派が採用した、白話の文体・西洋の小説に学んだ描写や構成・会話文の頻繁な使用・登場人物の心理描写などの技法が、数多く継承されている。よって生まれたばかりの新文学は、テーマや素材を除けば、形式上は旧文学とそう大差なかった。

たとえ文学は人類の精神の表現だとの定義どおり、作品に精神や感情が表現されていたとしても、それが空疎で通り一遍なものであれば価値は持たない。その精神や感情には「人生観」がともなわねばならない。だが「人生観」とは何か。何がいい人生観で何が下らぬ人生観なのか。文学の定義を支える価値はどこに求められるのか。成仿吾が、「内部生活の要求から来るものではなく、才能をひけらかす意図でのみ書かれた作品は、下らぬ遊戯である」(『創造』季刊、空欄埋めの短文、第一巻第三号、一九二二年十月)というごとく、遊戯文学たる旧文学を一掃する新文学の価値は、「内部生活」から、作家の内面からもたらされる。

4　「創作」の流行とオリジナリティという神話の成立

新文学が旧文学を駆逐するためには、単に旧文学と異なるタイプの作品を書けばいいというものではない。すでに見たように、新文学は技術において旧文学に劣り、またその主張も裏づけのない空疎なものにとどまる。新文学が価値を持つためには、文学のコンセプトそのものを変更する運動がなければならない。

胡愈之「新文学与創作」(前掲)は、中国の文学は徹底的に革新されねばならないが、それは単に文言を白話に切り換える、あるいは古典主義から理想主義、写実主義へと変遷することではない、と指摘する。胡愈之にいわせれば、文学の革新とは「実際のところ、文学の価値の問題なのである」。鄭振鐸「新文学之建設与国故之新研究」(『小説月報』第十四巻第一巻、一九二三年一月)も同様に、新文学は創作や翻訳に努力するだけでなく、「一般社会の文芸観念に対し、徹底的に改革してしまわなければならない」と主張し、その理由として、もし古い文学観念を打倒せねば、旧文学は新文学に反対し、新文学を誤解させるだろう、とする。このような、新旧文学の交替とは、実は文学の価値の問題である、とする視点は、当時の文学論に共有されている。

では新旧の境界に線を引く「文学の価値」とは何だろうか。胡愈之が見出すのは、「中国の旧文学はあまりに創作の精神が欠乏している、だからそれ自身もはや文学の価値を喪失しているのだ」というように、「創作の精神」である。「文学の真実の価値とはいったい何か」という、従来批評家たちが明確に解答できなかった疑問に、胡愈之は明快に答える。「文学の価値は、すべて創作にある。模倣を事とし独創の精神がない一切は、文学作品とはいえない。なぜなら芸術の一切は、創作の効能 (Creative Faculty) を基礎とするのだから」。そして返す刀で、「中国の旧文学には創作の精神があまりに欠乏している」と旧文学を切って落とす。

新文学が勃興して以来、大きな価値を込めて使われるようになったことばに、「創作」がある。そもそも「創作」という文学用語自体、この新文学勃興期にようやく登場したと思われる。例えば『小説月報』の場合、編集者茅盾の手で全面改組される第十二巻第一号 (一九二一年一月) 以降の一年間は、各号で異動はあり小特集が組まれることはあるものの、「創作」・「訳叢」の二大欄に「海外文学消息」欄が加わる、という構成となる。だがこの改組以前には「創作」というジャンルはなく、一九二〇年の場合、旧小説を掲載する「説叢」欄を中心に「弾詞」「文苑」「遊記」欄などの旧文学のジャンルで構成されていた。つまり、この一九二〇年代に入って創作と評論の欄が分けられて両者の区別が現れ、「創作」という言葉が広く使われるようになった。

胡適は『五十年来之中国文学』（初出は『申報』五十周年記念冊、一九二三年三月。『胡適文存』二集巻二、一九二四年十一月所収）で、「この一年余り（一九二一年以降）の『小説月報』はすでに「創作」の小説を提唱する重要な機関の一つとなり、そこにはこれまで数篇の優れた創作もあった」とする。[21] ここで胡適が括弧つきで「創作」と使用していることは、『小説月報』がこの言葉を普及させようと努めたものの、まだ一般的に使われるに至ってないことを示していよう。

創造社の張資平（一八九三－一九五九年）は、「創作」という言葉を作り出したのは自分だ、と自慢する。「「創作」」（『創造』季刊、第一巻第一号、一九二二年三月）で張資平は、同時代の文芸雑誌について、「小生の「創作」した「創作」なる二文字は、最近中国内地でえらく流行しているようだ。各小説刊行物も、日本の雑誌を真似て、創作の欄と、創作評論の欄を別に立てている」と評する。張資平がいつ「創作」という用語を「創作」したのか不明だが、一九二〇年代前半この用語が多用されていることは事実である。

「創作」が新しい言葉であったことを裏づける回想を、施蟄存《しちっそん》（一九〇五－二〇〇三年）が残している。一九二三年当時、施蟄存が茅盾宅を訪ねると、夫人はよく、「沈さんは創作しなければなりませんから、中二階へ行きましょう」といったという。「「創作」という言葉は当時新しく使われたもので、『小説月報』も「創作」と標榜する欄を始めていた」。しかしその時、茅盾は翻訳中だった。にもかかわらず夫人が創作中だと称したのは誤解であって、「このことから、当時多くの人が何を「創作」と呼ぶのかよく分かっておらず、茅盾夫人でさえ分かっていなかったのだ」と回想する。[22]

『小説月報』の「改革宣言」（第十二巻第一号、一九二一年一月）では、創作の掲載について、「わが国新文学の創作はいまだ試験期間にあると思われるが、取るに足らなくともここより始めようと（中略）あえてこの欄を設けて佳品を待つ」とあるように、実情をいうと創作はまだ萌芽状態だった。それだけに「創作」というジャンルの成立には、新文学の旗印としての格別な期待が込められていた。

新文学の確立が「文学の価値の問題」であり、その価値とは「創作の精神」「独創の精神」、つまりオリジナリティであるという議論は、一九二一年以降、文学研究会系の文学者たちによってくり返される。胡愈之の評論の数ヶ月後、『小説月報』で小特集「創作討論」（第十二巻第七号、一九二一年七月）が組まれ、瞿世英や葉聖陶ら九人の作家や批評家がタイトルどおり「創作」とは何かについて語る。瞿世英「創作与哲学」は、創作と哲学の相違を説明して、「私のいう創作とは、文学の特質である創造的（Creative）な作品をいう」とし、その創造性を作者たちの「人生観と世界観」に求める。黄盧隠（一八九九–一九三四年）の「創作的我見」は、口さがない「街談巷議」や「歴史記述」「古人を模倣した陳腐で老套な文章」などもはや「創作」の名に値しない、創作の唯一不可欠の条件は『個性』だという、「個性的な感情、この種の感情は万人一律ではない」、「個性が違うのだから、甲乙二人が同時に一つの事件を観察しても、その得るところの結果はそれぞれ異なる一面に拠る」とする。ここでは文学の価値であるオリジナリティが、「人生観」や「個性」といった、作家が内在的に備える精神に求められていることが分かるだろう。「創作の精神」はもはや腕の上下などではない、作者自身にオリジナリティがあるか否かなのである。

創作としてのオリジナリティを求めるあまり、二〇年代前半は翻訳が花盛りであったにもかかわらず、「翻訳は過渡期の方法にすぎず、文芸運動の終極は創作にある」（胡愈之「新文学与創作」『小説月報』第十二巻第二号、一九二一年二月）と、翻訳は価値を否定される。この傾向は一般読者にも共有されていたようで、蹇先艾《けんせんがい》（一九〇六–九四年）の「迷信創作」（『晨報副鐫』第二三九号、一九二四年十月八日）は、翻訳が軽視され創作が過度に重視される傾向について、翻訳本の奥付を見るとたいてい初版止まりだというのに、創作集だと五版六版と重ねるのも珍しくない、と記す。さらに、「私の友人は、大部分が創作集を買うことを好む、毎号『小説月報』を手に入れると、創作を数篇読んで終わりとする。また多くの読者が『小説月報』や『文学旬刊』に手紙を書いて、もっと多くの創作を掲載してくれるよう頼んでいる」と述べている。のちに魯迅は、かつて自身が編集に当たった翻訳のみの叢書「未名叢刊」（北新書局、一九二五年－）に触れて、「出版社にせよ読者にせよ翻訳書を好まないのは、当時も今も変わりなく、そのため「未名叢刊」はさっぱり人気がなかった」と追想する（「憶韋素園君」『文学』第三巻第四号、一九三四年十月。『且介亭雑文』三閑書屋、一九三七年所収(23)）。

またオリジナリティを重視する視点は、剽窃や翻案、代作への痛烈な批判となる。鄭振鐸「雑談四　奇異的剿襲法」（署名は西諦、『文学旬刊』第三号、一九二一年五月二十九日）では、天笑生（包天笑）ら「上海で小説を書いて稼いでいる文豪（?）たちみんながやったことだ」として、「外国小説を一篇持ってきて、誰が書いたものでもかまわない、それを翻訳して、下に自分の名前をくっつければ、これで何某Aの「創作」（?）でございとなる」と、翻訳にもかかわらず自らの名を冠して発表する旧作家たちの弊習を攻撃している。

このような文学観は、新作家たちにとっての信条として採用されるだけではない。海外の作家が紹介されるときにも適用され、その作家たちの価値が「人格」に求められる。『小説月報』が数次にわたる特集を組んでその来訪を祝った作家に、インドのタゴール（一八六一－一九四一年）がある。『小説月報』第十三巻第二号（一九二二年二月）の「文学家研究」欄では、タゴールについて六篇の評論を掲載、そのうち鄭振鐸「太戈爾《タゴール》的芸術観」はタゴールの芸術観に託する形で、自己の芸術観を語る。

鄭振鐸は、タゴールの芸術において美は道具にすぎず、この美を用いてより力強く人格を表現するのが目的だとした上で、「芸術の主要な目的は人格の表現である」との定義を打ち出す。「文学の織物の中で、作者の火のごとき感情と活発な人格が織り込まれているものこそ、およそ芸術というものである。もし作者の人格化――感情化――を経ないものならば、芸術と呼ぶことはできない」。鄭振鐸にとってこのような芸術作品を作る芸術家の代表がタゴールだった。[24] 同様の例を挙げれば、郭沫若「少年維特之煩悩序引」（『創造』季刊、第一巻第一号、一九二二年二月）は、ゲーテの『若きウェルテル』を翻訳するに際し、「ウェルテルの性格は、「疾風怒濤時代」の若きゲーテの自身の性格である」、「ゲーテは偉大な主観詩人で、そのすべての創作は、多くが自己の経験や実感の集成である」と論じる。

文学研究会の批評家たちが、新文学を正統なる文学としてアイデンティファイするため、旧文学を遊戯として否定し、誠実な態度を持ち出し、さらに文学の定義を「人間の精神の表現」へと求めることで、新文学の自己同一化を計っていた一方で、創造社の批評家成彷吾も、新しい文学がいかなるものたるべきかについて、批評を開始していた。その議論は文学研究会系の批評家同様、文学の価値を模索する。「岐路」（『創造』季刊、第一巻第三号、一九二二年十月）は、「われわれ中国人は現在等しく一つの重要な分岐点に立っている。守旧か、あるいは革新か？」と、新時代と旧時代の「岐路」に立たされた自覚と、躊躇なき選択を促す論説から始まる。その意は、文学の「岐路」、つまり、文学研究会の批評家たち同様、旧文学と新文学の境界線の問題にある。旧作家たちの拠点たる『礼拝六』は、前年一九二一年以来、再び勢力を盛り返しつつあった。日ごとに出版部数を増しつつあるのは、ほとんど「これら卑陋なる寄生虫どもが金を騙《かた》り取る雑誌である」といい、「彼らはさまざまな下賤な文字をもって、もっぱら一般人の盲目で浅薄劣等な心理に迎合し、無知で純潔な青年たちを蠱惑《こわく》している」という。そして成彷吾は、これら旧作家の巣窟《そうくつ》たる雑誌『礼拝六』や新聞副刊『晶報』を「該死」と罵り、引導を渡そうとする。

成彷吾も、文学研究会の批評家と同様、「彼らの文章は、もとより文学作品ではない、文字の遊戯にすぎず、本来何等の価値も持たない」と、旧文学は遊戯にすぎぬと唾棄する。そして、新文学と旧文学の相違について縷説《るせつ》する。

第一に、文学は人生を批評するものであるにもかかわらず、彼ら（＝旧作家、引用者注）は、高度な批評眼を有さないだけでなく、人生の中で最も貧しい種類や、社会の最も醜悪な点を、上っ面だけなぞって描写し、できるだけほめたたえ、美化する。これは思想の欠乏と態度の「不誠実」である。
第二に、文学の真価は独創性（Originality）にある。彼らはかくのごとく思想においても手腕（Technique）においても、千篇一律であって、独創的なものは何もないのだから、当然価値はない。新しい文学作品は、たとえ作品そのものがいかにすぐれておらずとも、作者の個性が読みとれるが、これらのお偉方のものは、誰が書いたものとて、印刷板から刷り出したようなもので、微塵《みじん》も違いというものがない。これは彼らがあえて自己を埋没するに甘んじているからで、一般的な社会人士の浅薄な心理に迎合した結果である。（中略）
第三に、これらの皮袋には、中国人固有の欠点と彼ら特有の醜悪さがあるほかは、完全な空っぽである。言い換えれば、彼らには文学者が当然備えるべき素養がないのであり、文学者たる資格などない。彼らの退屈な作品は、文学作品たる資格などない。

成仿吾の旧文学否定からは、逆に、成仿吾たち新文学の評論家が、新文学に対してどのような作品を期待していたのか、新文学がいかなる姿をとるべきだと考えていたのか、理解できる。成仿吾が第三点で、「文学者」〔原文は「文学家」〕たるべき素養について言及し、「文学作品」たりうるための基準に言及するように、成仿吾の議論は、誰に文学者たる資格があり、何が文学作品たる資格を持ちうるのか、つまり何が文学で、何が文学でないかの差別化の基準でもある。

成仿吾が第一点として挙げる、「文学は人生の批評である」との文学定義は、文学研究会の文学定義と重なり合う。さらに、人生批評を責務とする文学者が、人生を深く観察し描写する上で、「誠実」な態度を持たねばならないことも、すでに文学研究会の批評家たちがくり返し強調してきた点である。そしてもう一点、文学研究会と重なり、いっそう明確に述べたのが、第二点、文学作品の価値としての「独創性」である。成仿吾にいわせれば、文学の価値は、作家の描写の腕が冴えていたり、文章が流麗であったりといったことにはない。旧文学は「文学上の価値は、まことに少ない」のだが、その理由は、作品がどれも似たり寄ったりの、いずれが誰の作品であってもかまわないような、いわば作者の個性の烙印が押されてないからである。これに対し、新文学は、たとえ作品そのものの出来栄えが悪かろうと、その価値が摩滅することはない。この価値を支えているのが「独創性」、オリジナリティである。

成仿吾がつづけて、国語で書かれた文学は誰が見ても理解できるはずなのに、新作家の作品は読んでもよく分からないと多くの読者が不平を言う、と嘆くように、実際には新文学はまだ充分に理解されていない。だが成仿吾にいわせれば、「これはあなたたち自身の学識が不充分なのだ」。新文学を文学として成り立たせている、文学を文学たらしめる約束が、いまだ読者たちに受け入れられず、新文学が受け入れられていないとはいえ、「新しい作品は、あるいはあなたたちの要求を満足できないかもしれない。しかし時間が、これから生まれる新しい作品と、将来のあなたたちを、近づけるかもしれない」。

成仿吾は、新中国が迎えた新旧文学の岐路を、「現代の時代が要求する」との言い方で、若い読者たちが新文学の方へと進むことを勧める。だがそのためには、新文学はそれに価値を見出されるための基準を身に付けねばならない。それが「独創性」、オリジナリティだった。オリジナリティの有無を分岐の基準とするこの岐路において、文学には新旧の境界が引かれ、一方はオリジナリティ溢れた光輝ある文学の王座へと、一方は「暇潰し」で、「不誠実」で、模倣や剽窃のある慰みもの、娯楽へと、道を分かつ。[25]

5　オリジナリティの起源

以上見てきた批評家たちの議論には、疑問が残る。新文学が独創性・創造性の豊かな「創作」でなければならないとして、ではそのオリジナリティはどこから来るのか。創作の価値の来源とされた「独創の精神」は、いかにして保証されるのか。文学の価値とはオリジナリティである、というとき、そのオリジナリティの起源自体はどこに求められるのか。

これについては別の論を用意せねばならないが、最後にここで一つの見取り図を描いておきたい。「はじめに」で紹介した、近代中国における批評の成立を呼びかけた胡愈之の「文芸批評　其意義及方法」（『東方雑誌』第十八巻第一号、一九二一年一月十日）は、文芸批評も文学を構成する立派な一ジャンル、「創作」なのだ、と唱える。

　文学上のいわゆる「批評」は、実は文学の一種なのだ。文学と批評の区別は、文学が人生を批評するのに対し、批評は文学を批評するという差があるにすぎない。（中略）批評家は作品中の作者の個性を表現する、これはちょうど文学の創作者が小説や戯曲の中で人物の個性を表現するのと同じである。（中略）真の文学批評は、一面文学創作の一種でもあるのだ。

では、批評に創作としての価値をもたらすのは、何なのだろうか。胡愈之はイギリスの批評家マシュー・アーノルドらの批評を挙げつつ、次のようにいう。

　たとえ何を批評していようと、これら幾篇かの論文自体が、創作同様に文学の価値を有している。なぜならこれの論文には批評家の自己の個性、自己の思想、自己の方法、自己の目的がうちに含まれているからだ。たとえわれわれがアーノルドの批評に満足できずとも、彼らの批評がわれわれに何の役にも立たなかろうと、彼の論文はやはりとても価値がある。（中略）文学批評は、まずは文学を研究する一種の道具だと見なされるかもしれないが、のちにはその責務は、道具としてあることだけに限られず、やがて文学の一つの形式となるだろう。

批評に価値があるのは、批評の対象によるのでも、研究の道具としてでもなく、批評そのものに「自己の個性、自己の思想、自己の方法、自己の目的」が内在しているからだ、というとき、さらに、「判断批評で最も重要なのは批評家の個性である。判断批評の中で表現されるのは文学作品ではない、批評家自己の思想であり、自己の感情なのだ」というとき、批評の価値の有無は、そこに「批評家の個性」、「自己」が込められているか否か、となる。「自己」が備わることで、批評が小説などと同等の価値を有する「創作」へと昇格するなら、新文学が価値とする「創作」は「自己」の有無にかかってくる。

オリジナリティこそ「創作」の絶対条件であったことを思い出すとき、一つの構図が見えてくる、オリジナリティの来源とは、作者である「個性」、この世に二つとない「自己」、他者と絶対的に相違する「自己」であると。唯一無二、模倣を許さぬ「自己」が込められていることが、オリジナリティを保証するのである。この二年後に、周作人も「文芸批評雑話」（一九二三年二月執筆、『談龍集』開明書店、一九二七年十二月所収）で、「真の文芸批評は、それ自体が一篇の文芸作品で、筆者のその作品に対する印象や鑑賞を描き出すものであるべきだ」、「真の文芸批評は一篇の文芸作品であるべきで、そこに表現されたのは対象の真相というよりは、自身の反応と言える」と主張した。[26] 郭沫若も「芸術の評価」（『創造週報』第二十九号、一九二三年十一月）で、「批評と創作は本来同じく個性覚醒の二種類の表現で、本来同じく人生創造の二つの方法なのである」と主張する。

創作が書く行為であるのに対し、読む行為を必須とする批評は本来、すでに胡愈之が述べたように、「作品中の作者の個性を表現する」ことである。だが批評は作品に作者の個性を読み込んでいくだけでない、もはや批評においては「文学作品」そのものは表現の目的でない、批評が読んだことを表現する行為である以上、そこに「自己の個性、自己の思想、自己の方法、自己の目的」を込めていく。文芸批評の成立とは、新文学の定義でもあり、価値の来源の創出でもあり、文学を読むことの成立でもある。文学とは何かを論じた数多の陳述が編み出した関係の網の目が、読むことを通じて張りめぐらされる。そしてひとたび張られた網は不可視で、不可逆で、もはやそれと目には映らず、旧状に復すこともできない。君実の「一般人の小説に対する概念を根本から改革せねばならない」との期待は、こうして文芸批評の成立＝読むことの意味の確立において、ひとまずの実現を見るが、それが具体的な形をとるには、実際に作品を通して作家を論じる、つまり作品論・作家論が批評の中心的スタイルとして確立される、一九二〇年代半ばを待たねばならない。[27]

第5章　魯迅『吶喊』と近代的作家論の登場
——読書行為と『吶喊』「自序」

1　『吶喊』刊行とその反響

一九二一年五月、魯迅（一八八一―一九三六年）は代表作の一つ「故郷」を、北京で刊行されていた雑誌『新青年』に発表した（第九巻第一号）。魯迅とともに新文学の一方の旗手となる、郁達夫（一八九六―一九四五年）の処女作「銀灰色的死」発表の、二ヶ月前のことである。そして、「銀灰色的死」を収める郁達夫の『沈淪』（泰東図書局）が上海で出版されるのは二一年十月、魯迅の「故郷」を含む『吶喊《とっかん》』（新潮社）の北京での出版は二三年八月である。『沈淪』が発表当時いかに反響を招いたかはすでに論じた(1)。一方『吶喊』も、初版こそ千部だったものの、のちには数十万部を超える空前のベストセラーとなる(2)。

『吶喊』は文壇の反響でも『沈淪』をしのぐ。出版直後の紹介で、「中国の小説史上に「時代を劃した」小説集」とされ（記者「小説集『吶喊』」『民国日報』副刊『覚悟』一九二三年八月三十一日）(3)、以降も、「近年の文芸界では、努力している人は多くあるとはいえ、苦心して種をまきながらも、収穫はあまりに少ない。（中略）だがそのうち独自の旗印を掲げ特別な作用を及ぼし、収穫が最大で、私たちを最も満足せしめる作品といえば、筆名「魯迅」君の最近出版した『吶喊』をまず推さねばなるまい」（Y生「読『吶喊』」『時事新報』副刊『学灯』一九二三年十月十六日）、「今日に至るまで、創作界では少しの進歩があったとはいえ、私の純文学を鑑賞したいという欲望を満足させはしなかった。魯迅の『吶喊』が出て、私はようやく創作界の先覚者がとうとう吶喊の叫びを上げたと思った」（仲回「魯迅的『吶喊』与成仿吾的『「吶喊」的評論』」『商報』一九二四年三月十四日）と、絶讃で迎えた批評は枚挙にいとまない。

　このように刊行当時批評が続々と書かれ、そのにぎやかさは、「『吶喊』が出版されて後は、各種の出版物はほとんど一斉にこれのために吶喊を上げ、人々が話題とするのもみなこれだった」と形容される（成仿吾「『吶喊』的評論」『創造』季刊、第二巻第二号、一九二四年一月）。『吶喊』は出版後すぐ、「私は今代表していおう、私たち青年の文芸界では、まさにこのような作品の出現が求められている」と、手本として推奨され、「作文法や修辞学の教科書」としても薦められている（Y生「読『吶喊』」前掲）。実際に教科書として使われた形跡もあり、孫伏園《そんふくえん》（一八九四－一九六六年）は、「いくつかの中学堂の教師は『吶喊』を教科書として用いているという。甚だしきにいたっては、高等小学生に読んで聞かせているという」と述べる（署名は曾秋士、「関於魯迅先生」『晨報副鐫』一九二四年一月十二日）。『吶喊』の反響は、魯迅自身にとっても予想外なほど大きかった[4]。

　『吶喊』はなにゆえこれほどの勢いで読まれたのだろうか。それは若い作家たちに、いかなる啓示を与えたのだろうか。最初の本格的批評、茅盾（一八九六－一九八一年）の「読『吶喊』」（署名は雁冰、『文学旬刊』第九十一期、一九二三年十月八日）は、「中国の新文壇では、魯迅君はつねに新しい形式を創造する先鋒である。『吶喊』の十数篇の小説は、ほとんど一篇一篇が新しい形式で、これら新しい形式はまたいずれも青年の作家たちに極めて大きな影響を与え、必然的に多くの人がこれに続いてその形式を試みた」とする。のちに魯迅も、「当時は「表現が深く形式が特別」

だと見なされ、一部の青年読者の心を甚だ激しく揺り動かした」と自認する。[5] 実際、所収の作品を順に読めば、それらが驚くほど深みがあり、また多様な手法で書かれた小説集だと分かる。[6]

しかし現在では、この多様性の中から、いくつかの作品を特権化して読んでいることも事実である。「狂人日記」「故郷」「阿Q正伝」はくり返し論じられ、集中の代表作とされてきた。その一方で、「頭髪的故事」「端午節」「兎和猫」などは、周辺的、付属的作品として扱われる。批評が数多く現れるのは、『吶喊』として出版される一九二三年以降で、所収の諸篇の批評は初出の段階では少数にすぎない。単行本として出版され、批評が一斉に現れてからも、現在のように数篇に代表作の地位が与えられたわけではない。『吶喊』は全十五篇の集合体として読まれ、そこから魯迅という作家の意味が生み出されてきた。にもかかわらず、これまでの研究ではその過程が見逃されてきた。

魯迅を読む行為がすでに一定の方向付けを得た現在の視点から、特権化された作品を扱い、『吶喊』を論じる場合、過去の各時点における、作品を読む行為をめぐる歴史的経緯や、そこから作家像が形成されてきた過程は、見落とされてしまう。本章では、『吶喊』をいったん一九二〇年代前半当時の文脈に戻すことで、いかに読まれたかをたどりなおしてみたい。[7] 同時代の批評には執筆者を確定できないものも多くあるが、論者たちの批評の立脚点を可能な限り腑分《ふわ》けしつつ、発表された当時、どの作品が注目され、いかに読まれたのかを分析し、その上で多様な作品がいかなる位置関係にあるのかを再検討したい。

2　「狂人日記」「故郷」「阿Q正伝」――初出時における反響

『吶喊』所収の作品についての批評は、記者による「書報介紹　新青年雑誌」（『新潮』第一巻第二号、一九一九年二月）が最初と思われ、前年発表の「狂人日記」（『新青年』第四巻第五号、一九一八年五月）について、「唐俟《とうし》（＝魯迅）

君の「狂人日記」は写実の筆法を用いて、そこに託された Symbolism の趣旨を達成している、まことに中国近来第一の好小説だ」とする。だがこれ以降では、傅斯年《ふしねん》（一八九六－一九五〇年）の魯迅宛「通信」（『新潮』第一巻第五号、一九一九年五月）でも、「「狂人日記」は本当にいい、あなたは謙遜しすぎだ」とある程度で、ほかには「狂人日記」に触発された呉虞《ごぐ》（一八七二－一九四九年）の「吃人与礼教」（『新青年』第六巻第六号、一九一九年十一月）があるのと、鳳兮「我国現在之創作小説」（『申報』「自由談」一九二一年二月二十七日）にわずかに「わが国では唯一無二」との言及があるのみである。(8)

先ほど引用した茅盾の『吶喊』論は、「一九一八年四月の『新青年』誌上に一篇の小説のような文章が掲載された、その題目や、体裁、風格、及びその中にある思想は、いずれも新奇で風変わりなものだった、これが魯迅君の最初の創作「狂人日記」である」と登場を語る。しかし、伝統思想を攻撃し、過激な言辞を弄する『新青年』誌上では、「前代未聞の文芸作品「狂人日記」はとうとうひっそり気づかれず置き去りにされて、「文壇」で顕著な騒ぎを引き起こすこともなかった」と振り返る。発表当時の反響は、当時文芸批評がまだ形成期にあったことを考慮しても、意外なほど静かだった。

もちろん「狂人日記」が新文学最初の成果で、大きな影響を及ぼしたことは間違いない。茅盾にとっては、魯迅の名をよく目にするようになってからも、「これは「狂人日記」の作者だな」と連想したほど印象深かったようで、『吶喊』論ではかなりの紙幅を割く。その達成を、「経典を離れ道に逆らった」思想に求める一方で、茅盾は、「青年の方面においては、「狂人日記」の最大の影響はその体裁にある。これが明らかに青年たちに一つの暗示を与え、彼らをして「古い酒瓶」を捨て、新しい形式を努めて用い、自己の思想を表現せしめた」と、手法に注目する。のちに「狂人日記」の誕生が魯迅の作家精神の誕生と重ね合わされ、記念碑的作品としてくり返し論の対象となることを考えれば、(9)「狂人日記」における形式と思想の結びつきを論じる茅盾の洞察は、本格的リアリズム作家としての後年の成長にふさわしい共感というべきだろう。

しかし「狂人日記」が、のちにはともかく発表当時、茅盾が証言するごとく、さほど大きな注目を集めなかったのも事実である。これには、一九二〇年前後は新文学に属する雑誌新聞が少数だった点を考慮せねばならない。が、『吶喊』に収められてからも、さほど熱心な批評の対象とはならなかった。茅盾以外では、わずかに楊邨人《ようそんじん》（一九〇一－五五年）の「読魯迅的『吶喊』」（『時事新報』副刊『学灯』一九二四年六月十二日／十三日／十四日）が相当な紙幅を割くのみである。しかも、楊邨人が優れた点として挙げるのは、「狂人の心理を、真実に分析して表現できた」点と、「過去の歴史と現実の社会に対する非難や呪詛《じゅそ》は、適切で急所を突いている」点であり、「狂人日記」と魯迅の精神をからめて論じることに慣れた現在の目からは、的外れな印象である。もちろんそれゆえに作品の重要度が減じるわけではないが、「狂人日記」が『吶喊』の中で相対的な価値しか認められていなかったことは確認できる。

次に、『吶喊』所収の作品で最も芸術的結晶度が高いとされ、またのちに陸続と書かれる郷土小説の先駆となる、「故郷」（『新青年』第九巻第一号、一九二一年五月）について見てみる。最初に論じたのは、茅盾「評四五六月的創作」（署名は郎損、『小説月報』第十二巻第八号、一九二一年八月）で、「この過ぎ去った三ヶ月の創作のうち私がもっとも敬服したのは魯迅の「故郷」である」とした上で、その「中心思想はあの人と人との間にある無理解、隔たりへの悲哀である。この無理解の原因を造り出しているのは歴史的に遺伝された階級観念である」と論じる。ところが、『吶喊』に収められる以前には、これ以外に詳しく論じたものはない。

つづいて、「現在では文芸を愛好する青年で「阿Q」の二文字を口にしたことがない者はほとんどいないだろう」（茅盾「読『吶喊』」前掲）ともてはやされた、「阿Q正伝」（署名は巴人、『晨報副鐫』一九二一年十二月四日－二二年二月十二日）の批評を見てみよう。最初に書かれたのは、譚国棠《たんこくとう》なる読者の「通信」（『小説月報』第十三巻第二号、一九二二年二月）で、中国文壇で長編が書かれないことの不満をいい、連載途中の「阿Q正伝」に言及して、「作者の筆遣いはまさに鋭鋒当たるべからずだが、しかしあまりに鋭すぎて、いささか真実をそこなっている。諷刺が過ぎ、わざとらしく不自然になりがちで、真実ではないように感じられる、よって「阿Q正伝」も完全な作品とはいえないようだ。創作壇は貧困の極みだ！」と嘆く。

　この読者の通信に対し、記者茅盾（署名は雁冰）は、「阿Q正伝」は傑作だと反論する。確かに現実の社会に阿Qを探そうとしても無理だが、この小説を読むとまるで阿Qに見覚えがあるかのように感じる、「そうだ、彼は中国人の品性の結晶なのだ！」。ただし茅盾は一方で、郁達夫『沈淪』に触れ、主人公が死んで終わる「銀灰色的死」以外の二篇、「沈淪」と「南遷」は「いずれも作者の自伝（友人富陽某君によるとそういうことである）で、よってこのように真実感をもって描ける」と、両者を対比する。逆にいえば「阿Q正伝」は、「中国人の品性の結晶」を描く点で成功したものの、譚国棠のいう意味での「真実」感、リアリティを欠く面があるのは認めざるをえない、ということになる。

　つづいて書かれたのが、「阿Qは今でも生きている」との言で知られる、魯迅の弟、周作人（一八八五―一九六七年）による「自己的園地八　「阿Q正伝」」（署名は仲密、『晨報副鐫』一九二二年三月十九日）である。この批評は上記『小説月報』誌上のやり取りをふまえて、「阿Q正伝」の価値を弁護する。「「阿Q正伝」は一篇の諷刺小説である。諷刺は理知の文学の一つで、古典的な写実作品である」と始まり、諷刺の概念を論じたあと、「技巧の上では、類型描写のために、相似た誇張の傾向があり、これはいい点とはいえないが、しかしこれが避けられないことも事実である。理想家と諷刺家はともに人生の善あるいは悪に目をつけて、同様の事物を累積し、拡大して、それを再び紙の上に複写する、よってその結果は一幅の人生の善あるいは悪の拡大図となる」とし、「阿Qという人物は中国のすべての「譜《ふ》」――新しい名詞で呼べば「伝統」――の結晶である」と論じる。諷刺として単純化しすぎるきらいはあるものの、「阿Q正伝」の創作意図は「国民の魂」を描くにあるとの、魯迅自身の言明を考え合わせれば[10]、その意図をよく汲むといえるだろう。

ただし、当時文芸批評確立の中心的役割を果たし、郁達夫『沈淪』の擁護論（「自己的園地九　「沈淪」」、署名は仲密、『晨報副鐫』一九二二年三月二十六日）などで、同時代の文学に対し柔軟な読みを展開していた周作人が、「古典的な写実作品」「類型描写」であるゆえの、「阿Q正伝」の欠点にも言及していたことは、注目しておきたい。周作人の結論は、「この一篇の芸術がいかに幼稚であろうと、著者はあのように真面目に遠慮せずにその憎悪を表現したことは、一方面において中国社会に対する一つの苦い薬たることを失わず、私はその存在は無意義ではないと思う」と、ややもどかしい評価である。また、「人生の「実物大」の絵を作って、善人に悪の余燼《よじん》を表現し、悪人に善の微光を表現するのは、偉大な写実家の才能があってはじめてできることで、常人の企て及ぶところではない」と、リアリティの欠如を感じる読者にも理解を示していた。

一九二二年に書かれた以上三篇の批評は、この時期以前の同時代評とは、いずれも価値判断を相当に異にする。三篇とも「阿Q正伝」を写実的な諷刺文学と捉え、作品自体の技巧を論じる一方で、「真実感」「実物大」に対する読者の要求も理解する。これまでの批評が、呉虞の論を典型として、因習反対、封建的遺物への攻撃など、作品の表面に現れた作家の思想的意図を額面通り受けとる傾向があったのに対し、この時期からは、作品の技巧の高下、さらには作品に読者と等身大のリアリティを求める視点が出てくる。

その背景には、第4章でみたように、一九二二年前後、文芸批評がジャンルとして確立しはじめ、「創作」であることの独自性、オリジナリティを求める価値観が強く打ち出されつつあったことが考えられる。文学作品とは政治や思想的改革などの功利的効果を期待して作家が自らの思想を盛り込む手段だと見なす批評が存在する一方で、文学作品を自律した芸術と見なし、その出来栄えを客観的に論じるとともに、作品の中にその作者しか持たぬ個性のしるしを求める批評が登場し、無視できない文学観の一つへと成長しつつあった。寓意的な意図をもって戯画化され誇張されたのではない、読者自身と等身大の個人を文学作品に見出し、そこに他の作品と異なるオリジナリティの源泉を求める読書が形成されつつあった。ただし、「阿Q正伝」を単なる諷刺と見なす限りは、そこに「実物大」の共感を見出すことはかなわなかった。

このように、後年『吶喊』中で代表作と目される作品が、初出あるいは単行本出版当時から、一貫して代表作だったわけではない。逆に、現在では周辺的とされている作品が、思いがけぬ光を当てられていることがある。つづいて、『吶喊』が出版当時いかに読まれたのか検討してみよう。

3　「端午節」――典型描写と自己表現

五年にわたり書かれた作品が、一九二三年、『吶喊』としてまとめられ、再び読者にまみえる。「これらはすべてかつて雑誌や新聞で見られたものだとはいえ、現在一つに集められた。これでより容易に彼の技術や思想の特色を理解することができる」（記者「小説集『吶喊』」前掲）とされたように、『吶喊』が出版されて初めて、作家全体の「技術や思想の特色」を理解する契機が生まれる。しかも出版当時は、後述するように魯迅が何者か知らない読者も多くあったようで、知人や噂で事情を知る者以外は、『吶喊』を通してのみ「魯迅」と相対した。

『吶喊』の批評は、出版後すぐに数多く現れたわけではない。かつて魯迅の学生だった孫伏園は、批評の少ない現状を、「あれらの中国の将来の批評家をもって自ら任ずる人にも、何ら動きがない。もしかして魯迅先生のすばらしい文章に覆われて、声も上げられないのであろうか」と揶揄する（「関於魯迅先生」前掲）。だが、半年、一年と経過するにつれ、批評が徐々に現れる。

孫伏園の記事と同月に、創造社を代表する批評家を自認していた成仿吾（一八九七－一九八四年）の、「『吶喊』的評論」（『創造』季刊、第二巻第二号、一九二四年一月）が現れる。現在では、「観点が客観的な事実に符合しておらず、明らかに主観主義と小団体主義の傾向を帯びている」[11]と指摘される通り、創造社を代表して、文学研究会の隠然たる巨頭の評判作を叩くという気負いが、極端な断定を招いた節はあるものの、その率直な感想には、『吶喊』がどう読まれたかを考える上で看過できない点があると思われる。

成仿吾はまず全十五篇を、大きく、「阿Q正伝」までの前期九篇と、「端午節」からの後期六篇に分ける。ただし、「厳格にいうと、前九篇中の「故郷」は後期の作品中に入るべきだ」とあるので、「狂人日記」「孔乙己」「薬」「明天」「一件小事」「頭髪的故事」「風波」「阿Q正伝」の八篇が前期作品、「故郷」「端午節」「白光」「兎和猫」「鴨的喜劇」「社戯」「不周山」の七篇が後期作品となる。その上で、「私たちが「阿Q正伝」から「端午節」へと頁をめくるとき、誰でもちょっと変な感じがするだろうと思う。内容と作風とを問わず、この隣り合った二篇の小説はまったく異なる」との感想を述べ、前期の作品を攻撃、後期の作品を称讃する。

「この「端午節」を読んでようやく、私たちの作者が再び私たちのもとへと帰ってきたと思った、彼は復活した、しかも新しい生命を充満させて」。このような意見は、「端午節」がさほど顧みられることのない現在では、かなり奇異に映る。例えば竹内好は、後述するように成仿吾の論に一定の評価を与えながらも、「端午節」自体については、「主人公である教員の夫婦の煮えきらない不安な生活（中略）を書いているが、モチイフもあいまいで、作品的感銘がない」と切り捨てる[12]。また前期後期の区分についても、近年の研究でも、「成仿吾は主観や好悪によって無理に分けている」との批判がある[13]。

ただし当時の批評では、『吶喊』所収のいずれを傑作とするかは、論者によってばらつきがあった。例えば茅盾は「狂人日記」と「阿Q正伝」を主に論じ（「読『吶喊』」前掲）、孫伏園は「薬」の印象が最も深いとし（「関於魯迅先生」前掲）、朱湘《しゅしょう》（一九〇四–三三年）は「故郷」を「圧巻」として推す（署名は天用、「桌話之六　「吶喊」」『文学週報』第百四十五期、一九二四年十月二十七日）。「孔乙己」が胃の腑に合うという廃名《はいめい》（一九〇一–六七年）は、「薬」「故郷」など再読したくもないという（署名は馮文炳、「『吶喊』」『晨報副鐫』一九二四年四月十三日）。孫伏園によれば、魯迅自身は「孔乙己」がお気に入りだったらしい（「関於魯迅先生」前掲）。

「端午節」を重く見る批評はほかにもある。仲回「魯迅的『吶喊』与成仿吾的『『吶喊』的評論』」（前掲）は、「端午節」をもって魯迅が新しい生命を獲得したと成仿吾が論じた点に、「まったくその通りだと思う」と賛同する。さらに楊邨人「読魯迅的『吶喊』」（前掲）も、「私たちは「阿Q正伝」から頁をめくって「端午節」を読むと、実のところ、ちょっと変な感じがする、表現においても内容においても、この隣り合った二篇は、大いに異なっているからだ」とし、成仿吾の見解は必ずしも孤立してはいない。さらに、「端午節」は魯迅が一九二二年九月、当時文壇の檜舞台となりつつあった『小説月報』（第十三巻第九号）に初めて発表した小説で、単行本収録前から目立ったことも考えられる。

成仿吾は「阿Q正伝」と「端午節」を対比し、「前者は一篇の物語にすぎず、後者でようやく私たち近代のいわゆる小説となる」という。こう判定する最大の理由は、「描写」と「表現」の差で、「『吶喊』を褒める人はみな作者の描写の手腕を褒める」が、いくら手腕が優れていようと、「文芸の指標は結局は「表現」であって「描写」ではない、描写は文学者の末技にすぎない。しかも私は作者が描写の手腕を発揮することだけを顧慮したのが、まさに彼の失敗した点だと思う」と指摘する。「文芸の作用はつねに一種の暗示を離れられない。小によって大を暗示し、部分によって全体を暗示できてようやく、文芸の効果を発揮したといえる」と考える成仿吾は、「描写だけを顧みる人は、描写したもの以外は表現できないから、労して功なき人である」といい、「芸術家は全体――ある時代または生活の――を捉えて表現するよう努力すべきである」と主張する。つまり成仿吾によれば、描写にとどまる『吶喊』前期の作品は、それ自体で閉じられ、いくら鮮やかな手腕で書かれても、「物語」にとどまる。これに対し後期の作品は、作品という「部分」や「小」を通して、「全体」や「大」を表現する、ゆえに「近代のいわゆる小説」としての資格を持つという。では、ここでいう「表現」とは何だろうか。

前期と後期の差について、まず素材の点からいうと、前期作品は、成仿吾が「小説とはいえないだけでなく、随筆と呼んでも拙劣」と切り捨てる小品「一件小事」と、友人Nが辮髪を切り落とした顛末を回想する「頭髪的故事」を除けば、地方の小都市あるいは農村を舞台とする。成仿吾は共通の特色として「村民の性格」を挙げ、「作者が取り上げたいくつかの典型は、多くが郷村や小鎮の人物である」とし、「私たち現在都市で生活する者が、郷村の人を見ると、まるで永遠に隔てられて彼岸にいるようだ」という。

これに対し、「端午節」は北京を舞台とし、役人と教員のサラリーで生計を維持する都市生活者を描く。しかも主人公は、新文学に関心を持つ知識人で、妻も、給料の遅配が続く夫の役人生活に嫌気が差し、新聞に原稿を書いて稼ぐことを勧めるような人物である。「白光」は再び地方の小都市に舞台が移るが、「兎和猫」は一人称で書かれた都市生活者の私生活の一こまで、エロシェンコを描く「鴨的喜劇」もこれに近い。つづく「社戯」は農村での生活を描くが、これも一人称で書かれた、「作者の幼年時代の追憶」（成仿吾）であり、「故郷」ともども、都市生活者の見た故郷の風景である。

つまり、前期作品で描かれた農村の典型的キャラクターは、都市生活者の読者には関心が湧かない。これに対し、「端午節」以下の作品は、同じ都市生活者として近い距離にあり、共感を覚える、というのである。

前期と後期ではこのように、描かれた土地や人物、あるいは視点人物の点で相違するが、両者の間には質的な相違もある。成仿吾は、前期作品の目的が「さまざまな典型的性格の造型」にあるゆえに、「『普遍的』なものを探し当てられ」ていない、「私たちはこれらの典型が彼らの世界で絶えずむやみに動くのを見る、まるで私たちの訪れたこともない国に来て、さまざまな奇妙な姿の人間が無意識に行動するのを見るように。私たちと共通して私たちに彼らの心理の状態を推測させることのできるものが彼らにはない」と腐《くさ》す。成仿吾の推測では、これらの特徴は魯迅の日本留学が明治末年、自然主義最盛期だったことの産物で、現在読むと、「故郷」を除けば、「まるで自分の読んでいるのが半世紀か一世紀前のある作家の作品のような気がする」。

ここでの成仿吾の論断は極端に過ぎると思われる。前期作品の登場人物たちも当時の作家や読者たちにとって必ずしも無縁とはいえず、ことに魯迅にとっては血肉を分かち合う「国民の魂」だったろう。しかし、前期の作品が典型人物を描いていることは確かで、阿Qは茅盾や周作人によって、「中国人の品性の結晶」、あるいは「譜」の「結晶」と認められていた。それが後期の作品になると、「等身大」に近づく。

本章の意図は『吶喊』をいったん当時の文脈に戻すことにあり、作品自体の現在の目からの分析は別稿を費やさねばならないが、魯迅の作風の変化は現在の研究からも検証可能である。丸尾常喜の指摘によれば、「阿Q正伝」は「国民の魂（「霊魂」）を模索し、それを描き、「国民の弱点」を明らかにする」のを目的とし、「主人公阿Qはきわめてリアルな描写を加えられながら、その行動と心理に作者の民族認識が直接きわめて大胆に、そして自在に重ねられるという寓意性の高い人物」である。またその手法でも、「狂人日記」から「故郷」までの近代小説の構成と異なり、「中国の伝統的な口語長編小説の一般的な形式である章回小説のスタイルにちかい」[14]。

ところが「端午節」では、作者の実生活とのつながりが想定される。魯迅は日本留学から帰国後、杭州や紹興で教員生活を送り、役人として北京に移ってからも、一九二〇年十二月からは北京大学の講師となる。また新聞雑誌に原稿を書いてもいた。もちろん現在の目からは、主人公方玄綽は、阿Qと同じく諷刺の対象と取れる。ことに『彷徨』（北新書局、一九二六年）所収の、文筆や教員で口を糊する都市生活者たちを辛辣に描く、「幸福的家庭」「肥皂」「高先生」を読んだあとでは、方玄綽も同列の扱いと連想される[15]。だが周作人は回想『魯迅小説裏的人物』で、「端午節」には「自叙的な要素が非常に多くあって、筋は小説化されているとしても、多くは彼自身の考えである」と断定し、魯迅の実生活と重ね合わせて、役人と教員の兼務や給料遅配などを考証する[16]。「端午節」を読んだとき、当時の読者の目に、魯迅自身ではないにせよその分身、あるいは虚構を交えつつ自身のあり方を諷刺の対象とした、と映ってもおかしくはない[17]。

これが「兎和猫」となると、一人称で書かれ、また作中で母親から「迅児」と呼びかけられることから、読者が「我」＝作者「魯迅」だと容易に想定できる。同様のことは「故郷」と「社戯」についてもいえる。一方は久しぶりに帰った故郷の体験、一方は幼年時代の故郷の回想だが、ともに一人称で書かれ、また作中、「故郷」では楊二嫂から「迅哥児」と呼びかけられ、母親は閏土に対し「我」を「迅哥児」と呼べといい、「社戯」でも幼友達双喜や六一公公から「迅哥児」と呼ばれる。同じく一人称の「鴨的喜劇」には、弟周作人が筆名「仲密」で登場する。後期作品のうち以上四篇の作中に、「我」＝作者として読める符合が存在するのは明らかである。丸尾常喜は、「「阿Q正伝」以前の小説が、堅固な思想性と虚構性をそなえているのに対し、この期の小説にはわが国の私小説に近い作風が現れるようになる」と評する[18]。また「兎与猫」「鴨的喜劇」について、「魯迅の身辺に起こった出来事を題材にした一種の身辺小説で、語り手である「私」をはじめ登場するのも魯迅およびその家族と等身大の人物たちである」とする[19]。

魯迅小説の人称や語りの分析には慎重を期す必要があり、またこの読みは、『吶喊』収録の順は「端午節」の後でも、発表自体は先の「白光」はともかく、のち『吶喊』から削られる「不周山」には当てはまらない。創作手法の多様性は後期にも残存し、さらに『彷徨』にも持ち越される。とはいえ、現在の目からも、五年にわたり書き継がれた十五篇のうち、一九二二年九月作の「端午節」が大きな転換点となったことは追認できる。

このような質的な相違を指して、成仿吾は次のように述べる。

そして最も私に注目すべきだと思わせたのは、「端午節」の表現の方法が私の何人かの友人たちの作風と同じことである。私たちの優れた作者が必ずしも私たちの影響を受けたとはいえない。しかし疑うべくもないのは、私たちの作者がもともと私の友人たちと同じ境遇のもとにあって、ほぼ同じ影響を受け、根本的に同じになる可能性があったということである。

いずれにせよ、私たちの作者は自我を表現する努力によって、私たちに接近した。彼は復活した、しかも新しい生命を充満させて。この一点において、「端午節」という小説は私たちの作者にとって実に大きな意義がある。

成仿吾の文学仲間、郭沫若（一八九二－一九七八年）、張資平（一八九三－一九五九年）、郁達夫は、当時、自伝的要素を込めつつ小説を書いていた。例えば、郭沫若の「残春」（『創造』季刊、第一巻第二号、一九二二年九月）は、事実か否かはともかく、日本留学時代を題材に、一人称で書かれた小説である。もちろん自伝的な作品ばかりではないが、以降も、「岐路」（『創造週報』第四十一号、一九二四年二月二十四日）、「行路難」（『東方雑誌』第二十二巻第七－八号、一九二五年四月十／二十五日）のように、帰国後の上海や再来日後の九州での生活を描く。同じく張資平も、初期の作品には『沖積期化石』（泰東図書局、一九二二年）をはじめ、自伝的な要素を盛り込んだ作品が数多くある。また郁達夫『沈淪』も、かなりの変更があるにせよ、作者の分身と思しき主人公が登場する三篇を収める。郁達夫は帰国後も、中国の生活に取材して、主人公の名前も自身に似た「于質夫」とつけた、「茫茫夜」（『創造』季刊、第一巻第一号、一九二二年三月）、一人称で書かれた「蔦蘿行」（『創造』季刊、第二巻第一号、一九二三年五月）を書く。これらと読み比べたとき、成仿吾が、「端午節」以降の魯迅の作風が、作者の分身を描き、「自我」を「表現」する点で、仲間の郁達夫らに近い、と指摘するのも肯《うなず》けよう。

成仿吾がなにゆえ前期と後期の異質さを強調するのかについては、党派的な争いから、あえて自陣営に引きつけようと、偏った見方をした点も考慮せねばならない。文学研究会と創造社の対立や、魯迅が成仿吾を嫌ったこともよく知られている。魯迅は成仿吾が「不周山」を褒めた件について、二度にわたって憤激の言葉を漏らしている[20]。また、成仿吾が自伝的な後期作品を高く評価した理由として、両者が日本へ留学した時期のズレを挙げることもできる。伊藤虎丸は成仿吾の批評について、「明らかに彼ら創造社が当時日本から持ち帰ったばかりの、大正期日本文学に支配的だった小説観の反映がある」とし、本格的リアリズムを目指した魯迅と、「私小説」に親しんだ成仿吾らとの差を見ている。(21)

しかし、成仿吾とは文学的な背景が異なり、本格小説に共感する茅盾でも、ややのちに「魯迅論」（署名は方璧、『小説月報』第十八巻第十一号、一九二七年十一月）で、「端午節」を「一件小事」と同列に置き、「深い自己分析と自己批評である」との読みを展開する。成仿吾のいう「自我表現」が何を指すのかに疑義を呈しながら、作者はこの作品で「正直に私たちに、彼自身も何ら例外的な聖人などではないのだ、と告げている」とし、作品の最後を引用して、「これもまた深く正直な自己批評である」、それは「私を感動せしめた」と述べる。成仿吾と茅盾の立脚点の相違は、「表現」と「批評」の差に表れており、「自己」を直接に「表現」するのと客観的に「批評」するのとでは大きく異なる。しかし、異なる立場にありながらも、「端午節」に作者の「自己」を読む点で、両者は共通する。

竹内好は、成仿吾の批評には欠点もあるとしながら、「それにもかかわらず、ある種の熱っぽさがあって、魯迅の弱点に一太刀《ひとたち》むくいた趣きがないではない。相手の文体の古さが、いかにも我慢ならぬといった主観的ないら立ちが明瞭に見てとれる」とする。さらに、のちに魯迅が『吶喊』から「不周山」を削り、改めて『故事新編』に収めた件について、「成仿吾の批評が、それ自体は幼稚に見えても、やはり当時の魯迅にある種のショックを与えたとは考えられる」とする。(22)本格的リアリズムへの志向があったにせよ、「兎和猫」以下の身辺雑記風の作品を書いたのも魯迅で、「端午節」はその転換点となったのではないかと思われる。

4 「自序」――作者の人格の表現

『吶喊』の同時代評では、魯迅の存在がまだ知られず地位が確定していなかったせいか、全面的な称讃はさほど多くない。例えば、正広「魯迅之小説」(『時事新報』副刊『学灯』一九二四年三月十八日)は、「芸術の方面については、現在では確かに独歩であるといえる」としながら、「しかし欠点も隠しおおせてはいない」とし、例えば「狂人日記」について「その描写は直叙にすぎないので、人を感動させることはできるが人の心に深く刻むことはできない」、「阿Q正伝」については「集中の人物は、類型が多い、阿Qはまさに『九尾亀』(張春帆の作)の中の章秋谷に劣らぬ」、人物は言葉のみで行動や容貌を描写しないので、「まるで膜を被っているかのように感じさせる」。このように疵《きず》を指摘しながらも、「目下の三分の西洋臭と七分の土着臭の作品が盛行する時代において、『吶喊』は中華民国の国産品といえる」と称讃する。これは何ゆえだろうか。

ここまで同時代評に導かれながら、『吶喊』所収の諸篇を見直してきたが、出版当時いずれの批評でも必ずといっていいほど言及されながら、本章でまだ触れていない作品がある。巻頭の「自序」である。

日本の魯迅研究でも、「自序」はくり返し俎上に載せられてきた。竹内好は「自序」を引きつつ、「魯迅が、彼の文学的自覚の形成されたある時期において(中略)、自分の過去を「寂寞」とか「絶望」とかいう言葉で現わすものから の方向でつかまえようとしたことは、伝記の研究者にとって、ひとつの手がかりであろう。(私にとっては唯一の手がかりである)」と述べた[23]。丸山昇は、「彼がその前半生を集約した文章として、もっとも包括的なもの」、「その文章で、彼はどうしてこれほどにも自己の《寂寞》《悲哀》《絶望》について語らねばならなかったのか、ここに魯迅の深部に関わる問題の一つがある。その意味で、この文章は、魯迅に近づくための有力な手がかりとなり得る」とする[24]。

増田渉「魯迅伝」をはじめ、竹内好『魯迅』・丸山昇『魯迅』・飯倉照平『魯迅』・丸尾常喜『魯迅』[25]など、伝記的な諸書で、「自序」は魯迅の精神へと通じる扉を開くための鍵と見なされた。ただし、その内容が事実であるか否か、いわゆる「幻灯」事件の信憑性などは、竹内好以来くり返し疑問に付されてもきた[26]。しかし「自序」が、『吶喊』だけでなく魯迅という作者像を読み解く上で、発表当時から最大限の注意が払われてきた「作品」であることは間違いない。

茅盾は「読『吶喊』」で、作家魯迅を論じる際に、「自序」の鉄の部屋のたとえを持ち出し、魯迅は「あるいは悲観主義者かもしれない」とした上で、「頭髪的故事」の、自由や平等などの「すべてを忘れるのが幸福なんだ」という台詞は、「自序」と「同じように悲観的で沈痛」だとする。さらに「故郷」の希望の論理を引いて、「彼はまた明らかに彼の「希望」に対する懐疑を口にしている」とし、さらに「端午節」の「差不多説」に触れて、「これは作者が始終悲観的な根本的理由である」と論じる。つまり、「自序」における生身の作家魯迅の主張を、個々の作品で作者の分身と思われる人物たちの主張と重ねあわせ、そこから作者像としての「魯迅」を浮かび上がらせる、という読みを施す。

胡夢華「魯迅的『吶喊』」（署名は玉狼、『時事新報』副刊『学灯』一九二四年十月八日）も、これまでの批評同様、『吶喊』がいかに得がたい作品かを説き、続けて、「現在の創作小説は、数が多いとはいえ、茶飲み話でなければ、暇潰しとして手にし読んでみるだけのことだ。魯迅先生の『吶喊』は、一度読み、再度読み、まだもう一度読み返したくなる、実に私にとって最近の人の小説ではまったくないことである。魯迅の『吶喊』はあまりに深く思われて、興味は尽きない」と述べる。ではなぜ『吶喊』はくり返し読みたくなる作品集なのだろうか。胡夢華は、最近の趨勢だという、作家の伝記を知ることで作品がよく分かるという読み方に懐疑的で、「作品の中の事実が作者自身と多少は関係があることはまぬかれないが、決して牽強付会に結び付けてはならない」とする。だがそれは、作品の評価と作家の人格は別だ、ということではない。「今日でも本当の姓名を明らかにしようとしない」魯迅という作家を論じる出発点となるのは、「自序」である。

この作者は孤高の人で、世間の人に彼が誰なのか知ってもらいたくないようだが、彼の「自序」を読んで、希望により奮闘し、困難により失望し、寂寞により悲観しながらも、ついに悲観にとどまることをよしとせず、悲観の中にありながらなお人の世への感慨や、「子供を救え」という思いを抱いているのを見れば、彼の小説で吶喊となって出てきた声は、当然ながら世を悲しみ、俗を憤る色合いを帯びている。彼の作品の特色はとっくに彼の「自序」に表れている。

私たちが作品の「自序」にさらにこの作者を見出すことができるのは、幸運なことといわねばならない。最近出版される作品には自序のないものなどほとんどないが、これらの自序は読んでも大げさなばかりで、作者作品に対する理解をまったく助けてはくれない。今『吶喊』の自序を読むと、作者の伝記について少し知ることができるだけでなく、彼の人格も感じられて、忘れがたい印象を残す。

「自序」は『吶喊』の諸作を書くに至った動機を描く。ただし、伝記的事実を記した自叙伝というよりも、長きにわたって蓄積された、「寂寞」という心象風景をつづる、精神史的な自叙伝である。「精神の糸にすでに過ぎ去った寂寞の時をつないだとして、何の意味があろうか。私はむしろすべてを忘れ去ることができないのが苦しいのだ。このすべて忘れ去ることのできなかった一部分が、今に至って『吶喊』となった」、あるいは「当時の自分の寂寞の悲哀をいまだに忘れ去ることができないからだろう、時に吶喊の声を出さずにいられない」という記述から、『新生』流産事件以来の、麻痺させようとしても抑えつけられなかった、「一日一日成長して、大きな毒蛇のごとく、私の魂にからみつく」寂寞が、十年以上の時を経て声となって形をとった、それが『吶喊』だと分かる。

「自序」はこのように、作家の伝記的事実以上に、作者の精神的な閲歴という意味での真実を伝えるものとなっている。同時期の郁達夫『沈淪』の「自序」が、ごく簡単に内容と発表の経緯を記すにとどまるのと比べれば、『吶喊』「自序」が、それ自体で独立した、作品としての地位を要求するだけの、作者の「人格」を感じさせ、『忘れがたい印象」を読者に刻みつける力を持っていることが分かろう。

ゆえに、「自序」を経て読み直されるとき、「狂人日記」の叫びが他人事でなく、「阿Q正伝」が単に典型的中国人を諷刺的に描く小説でないと理解できる。胡夢華の指摘するように、「自序」は『吶喊』や魯迅を「理解」する「助け」になってくれる。「自序」があることで読者は作者の「人格」を知り、個別の作品をこの「人格」を通して読み直すことができ、また逆に、個別の作品に見出された意味を「自序」の署名者「魯迅」へと還元する。つまり「自序」の存在が、作者と作品をつなぐ回路、作者と作品を不可分に読むための手がかりを提供する。「自序」は『吶喊』の理解を、単に技術的な問題を云々するものから、まったく異なる次元へと押し上げる働きをしているのである。

胡夢華の批評は、「自序」に見られた作者像を通して作品を読む、という方向で『吶喊』を読むが、逆に、作品を通して「自序」に現れた作者像を再確認する、という方向もある。楊邨人「読魯迅的『吶喊』」(『時事新報』副刊『学灯』一九二四年六月十二日／十三日／十四日)は、発表時点で最も長文の『吶喊』論である。のちに太陽社に参加し、左翼の活動に従事するも、逮捕後転向することになる楊邨人の読みは、先行する論をなぞっただけの箇所も多く、未熟の感は否めない。しかし文学青年の読みの一典型になっており、先行する批評を脆弱ながらも統合している。

楊邨人は、個々の作品を詳細に分析した上で、最後に「総論」として作者像を扱う。最近になって友人から周樹人の別号だと知らされるまで、魯迅が誰だか分からず、図書室で調べてようやく素性を知ったという。しかしそれ以上は生身の作家の情報を知っているわけではない。「魯迅先生の身の上については、彼の「自序」、「故郷」や「端午節」

に至る諸篇によって、私たちはその大略を知ることができる」と述べるように、魯迅に関する知識は『吶喊』を読むことで手に入れたものである。楊邨人は、「文学作品は、もとより時代精神の肖像だが、しかしより作者の人格の表現である。だから私たちが文学の作品を鑑賞し、理解するとなれば、まず先に作者自身を研究するべきである」と述べる。文学作品を「作者の人格の表現」と見なし、作品を通して作者の「身の上」を知る。

このように読まれるとき、多様な手法が混在する『吶喊』の中でも、「作者の人格」をうかがうことの可能な作品が高く評価される仕組みが理解できよう。全十五篇のうち、「風波」「故郷」「端午節」「社戯」「不周山」「阿Ｑ正伝」「明天」を、楊邨人は「傑作中の傑作」と呼ぶ。「故郷」「社戯」は一人称で書かれた作者の回想として読めるもの、そして「端午節」が入る。楊邨人は、「私たちは『吶喊』全篇において、魯迅先生を理解したのである。彼の人生についての観念は、ただ人生がある、というものである」といい、「故郷」篇末の希望の論理を引用して、「彼の「希望」についての見解はこのようであるが、これは彼の人生観をも知るに足るのだ」とする。このように、作品を通してうかがわれた作者像と、作品の署名者魯迅が、同一視されるのである。

それぞれ新文学の一方の旗手だった魯迅と郁達夫だが、世代も作風も異なる。郁達夫が文学史上日本の私小説に学んだ「小説」の書き手とされ、若い作家たちに影響を及ぼしたのに対し、魯迅は「郷土小説」の創始者とされ、こちらも大きな影響を及ぼした。かつて『沈淪』について論じたように[27]、一九二二年前後、中国文壇には、文学作品は娯楽や創作の技術の高下を競うようなものであってはならない、作者が作品に自己の精神を込めて表現する、〈自己表現〉の産物でなければならぬとの、創作と読書のあり方を規定する〈場〉が形成されつつあった。旧文学を否定し、文学の価値を創作としてのオリジナリティに置き、その来源をさかのぼって作者の〈自己〉へと至った新文学は、作品にいかに作者の個性が表現されているか、作品と作者がいかに有機的に結ばれているかを評価の新しい座標軸に据える。この趨勢を体現したのが『沈淪』だったが、もちろん〈自己表現〉の時代の到来は『沈淪』に限られていたのではない。茅盾や胡夢華、楊邨人らが『吶喊』に読み込むのは、「人格」「人生観」といった作者の精神に属するもので、これが可能なのは、『吶喊』が「作者の人格の表現」だと考えるゆえである。

しかも、『沈淪』読書の特徴は、作品を通して作者の自己を読み込むだけでなく、作品のこちら側に読書に没頭する自己の存在を浮かび上がらせる、作者‐作品‐読者のそれぞれの輪郭を明瞭に描いた読書のあり方が形作られていることだった。『吶喊』にもこのような自我の拡充を目指した読者がいる。馮文炳（廃名）「『吶喊』」（前掲）では、「私は批評家ではないし、また何が文芸批評と呼びうるのか知らない、ただふだん文章を一篇一篇と読むのが好きで、それによって私自身を覚醒し、私自身を拡大する。現在この態度を『吶喊』に施した報告をしてみる」と、読書行為がもっぱら「私自身の覚醒」に向けられる。

自作への批評について、魯迅はのちに、あらゆる批評を黙殺した、と振り返る[28]。その言葉通り、魯迅は批評など歯牙にもかけず、自らが書くべきだと志したものを書いただけなのかもしれない。だが『吶喊』出版の際に「自序」を付し、創作を開始するに至った心象風景を描き、それに沿って作品が読まれるべき軌道を自ら敷いたのも事実である。『吶喊』は、五四新文化運動後の新時代を迎えながら小説を書きあぐねていた若い作家たちに、創作の方向を指し示した。だがそれは、単に手本になった点でのみ画期的だったのではない。そこに込められた、寂寞を感じながらも自己の精神に沈潜し、その精神から漏れ出た叫び声こそが、文学作品と呼ぶに値するのだということを、読者は『吶喊』を読むことによって知り、そしてこの叫びに応じて自らも吶喊の声を上げるに至ったのではないだろうか。

5　〈自己表現〉としての『吶喊』

本章では、『吶喊』所収の諸作のうち、のちに特権化して読まれる「狂人日記」や「阿Q正伝」などが、初出の段階ではさほど批評の対象にならず、また批評の角度にそれまでの読書とは異なる要素が加わりつつあったことを切口として、単行本として刊行されるに及び、『吶喊』が単なる短編の寄せ集めでなく、全十五篇が全体として読まれたこと、中でも「端午節」を一つの転換点として読む批評が存在し、読者が作品に魯迅の「自己表現」を読み込む志向が生まれたこと、さらに、多様な手法の実験の場であった『吶喊』を作者の「人格の表現」として統合する「自序」が特に注目され、「自序」を通して各作品を読み返すことで、『吶喊』が作者の精神の軌跡を記す、緊密な統一をなす作品集として読まれるに至ったことを論じた。『吶喊』とその批評は重なり合う形で、つまり作品の構成や作風と読書行為が重なる形で、文学の価値判断の一つの新しい基準が見出されたのである。

本章では、『吶喊』を論じた文学者たちの個々の立場を捨象し、同列に並べたため、彼ら自身の個性、及び当時の批評に働いていた文壇的、あるいは政治的力学を考慮に入れることができなかった。これは、当時の文芸批評がどのようなものとしてあったのか、という課題にもつながる。ことに、「端午節」を重視する成仿吾の『吶喊』論を突破口としたため、これに過度の重点を置いた嫌いがある。成仿吾の批評は、当時の批評の中で一つの典型をなすとはいえ、文学観にしても党派的要素にしても、やや極端な論を展開しており、差し引いて考えねばならない点が多い。当時の批評は創造社に一元化できない多様な意見の場であったろうし、その多様性の解明が同時に行われねば、本章のごとき一つの志向へと絞った議論も、生きては来ないであろう。また、文学における近代性といった、より大きな枠組みへと通じる問題を充分に議論できなかったことも残念である。一九二〇年代前半に話題となったのは魯迅『吶喊』や郁達夫『沈淪』だけではない。これらを今後の課題とし、この時代の文学のより立体的な解明を目指したい。

第6章　中国自然主義——日本自然主義の移入

1　「主義」の流行

一九二〇年代末、魯迅（一八八一－一九三六年）は二度にわたり、新文学勃興後に紹介された数多くの「主義」を揶《や》揄《ゆ》して、次のように述べた。

中国文芸界の恐るべき現象は、まず用語を輸入しながら、その用語の意味を紹介しないことだ。そこでめいめいが勝手に意味をつける。自分を多く語る作品だと見れば、これを表現主義と称する。他人を多く語っていれば、写実主義。若い女のふくらはぎを見て詩を作れば、浪漫主義。若い女のふくらはぎを見て詩を作ってはならないとなると、古典主義。（中略）さらにここから議論が生じる。この主義はよい、あの主義は悪い……などなど。

「扁」（『語絲』第四巻第十七号、一九二八年四月二十三日）(1)

新しい思潮が中国に入ってくるとき、往々にしてそれは用語がいくつかあるのみで、主張者はこれで敵を呪い殺せると思い、敵対者も呪い殺されると思い込み、半年か一年ほど大騒ぎし、結局は雲散霧消する。例えば浪漫主義、自然主義、表現主義、未来主義……まるでみんな通り過ぎたようだが、実は何も現れはしなかったのだ。

「『現代新興文学的諸問題』小引」（『現代新興文学的諸問題』大江書舗、一九二九年）(2)

確かに一九二〇年代の中国文壇では、いかなる「主義」が実現されるべきか、という課題がくり返し提起された。当時の文芸雑誌の誌面は海外思潮の展覧会だった。ことに『小説月報』では、思潮も流派も異なる作家たちが毎号のごとく紹介され、写実主義からモダニズムまでが同舞台で顔を合わせた。多くの主義が主張されたにもかかわらず、実質が伴う以前に消え去ったとの感も拭《ぬぐ》えない。

だが、一九二〇年代前半の新文学勃興期を考える場合、これら数多くの主義を無視できないのも事実である。中でも自然主義は、『小説月報』誌上で論争され、強力に主張されただけに、見逃せない。

論争の発端は、一九二二年五月の『小説月報』（第十三巻第五号）「通信」欄に掲載された「自然主義的論戦」で、読者から寄せられた質疑に対し、編集者の茅盾（一八九六―一九八一年）が答えるという、往復書簡形式の記事である。つづく翌月の同じく「通信」欄に掲載された「自然主義的懐疑与解答」（『小説月報』第十三巻第六号、一九二二年六月）では、読者からの質疑に対し、茅盾や謝六逸《しゃろくいつ》（一八九八―一九四五年）が答え、また茅盾が別に「霍普徳曼《ハウプトマン》的自然主義作品」（署名は希真、同前）を執筆した。茅盾はさらに翌月の「自然主義と中国現代小説」（署名は沈雁冰、『小説月報』第十三巻第七号、一九二二年七月）で自然主義を大いに喧伝する。

かつて日本でも自然主義が大流行した。そもそも自然主義はフランスで勃興した文学運動だが、直後から各国に波及し、その地の文学伝統や社会状況と結びつきつつ展開した。(3) 日本への移入は明治三十年代からだが、文壇を席捲するのは日露戦後で、一九〇七年前後は自然主義をめぐる論争が賛否両論、大いになされた。一方、中国で呼び声が高くなるのは五四新文化運動後の二二年前後で、日本より約十五年の後、フランスでの勃興をゾラが一八七七年『居酒屋』を書き大反響を起こして以降とすれば、約四十五年の後となる。(4)

自然主義の中心的提唱者となったのは茅盾である。初期茅盾の自然主義受容と関連した文学理論の形成については、先行する論考がある。(5) ただこれらでは、フランスはもちろん、日本と比べてさえこれほどの時差がありながら、なにゆえ一九二二年に至り、中国で茅盾が自然主義を提唱したのか、明らかにされていない。茅盾を含め、当時自然主義はいかなる経緯で現れ、いかなる内実のものであったのか。本章では、茅盾の論を手がかりに、中国で自然主義が日本の影響を多分に受けつつ勃興した背景を検討し、中国新文学とは何だったのかについて再検討したい。

2　新浪漫主義の提唱

一九二二年に自然主義を提唱する茅盾だが、実はその二年前、二〇年に提唱していたのは、新浪漫主義の文学だった。「新浪漫派の勢いは日ごと盛んになる、彼らには確かに、正しい道を指し示し、失望させないだけの力がある。私たちは必ずこの道を行かねばならない」（「我們現在可以提倡表象主義文学麼？」『小説月報』第十一巻第二号、一九二〇年二月）と主張していた。どころか、「新思潮を助けることのできる文学は新浪漫派の文学のはずだし、われわれを本当の人生観に導くことのできる文学は新浪漫の文学のはずであって、自然主義の文学ではない」（「為新文学研究者進一解」『改造』第三巻第一号、一九二〇年九月）と自然主義を排斥してさえいた。(6) この新浪漫主義とはどのようなものだろうか。

ただしその前に、主義の一斉流入の土壌として、文学の進化思想が普及していたことを確認しておきたい。すでに一九一〇年代半ば、『青年雑誌』上で陳独秀が自然主義に触れている（「現代欧州文芸史譚」第一巻第三号、一九一五年十一月）。陳独秀は、古典から浪漫、さらに写実から自然主義への文学思潮の変遷を論じた上で、現代の西欧文学はいずれも自然主義の洗礼を受けているが、「わが国の文芸はなお古典主義理想主義の時代にあり、今後は写実主義に向かう趨勢にある」と認識していた。この文学の進化思想は、二〇年代前半の論にも共有され、茅盾も、「私は新文学とは進化の文学だと思う」（「新旧文学平議之評議」『小説月報』第十一巻第一号、一九二〇年一月）との認識を抱いていた。

一九二〇年代前半の主義流入の背景には、さらに、西洋の文学論や文学史が一斉にもたらされたことがある。しかも、欧米からの直輸入がある一方で、日本経由のものも大きな役割を果たした。王向遠によると、二十世紀前半の五十年間に翻訳された外国の文学理論の著作百十一種のうち、日本は四十一種を占める。西洋の複雑で晦渋《かいじゅう》な理論を簡明に整理総合した日本の文学概論は、中国の需要に適していたという。[7] 西洋文学の長年にわたる蓄積を要約した日本の文学概説や文学史が、手っ取り早い入門書として、広く読まれ翻訳されたのである。

一九二〇年代に日本留学経験者の間で読まれていたのは、主に大正の評論家たちだった。西洋文学の流れを紹介した当時の代表的な概説書としては、厨川白村《くりやがわはくそん》『近代文学十講』（大日本図書、一九一二年。羅迪先訳、上海学術研究会、一九二一／二二年）、同『文芸思潮論』（同前、一九一四年。樊従予訳、商務印書館、一九二四年）、生田長江《ちょうこう》・野上臼《きゅう》川《せん》・昇曙夢《のぼりしょむ》・森田草平『近代文芸十二講』（新潮社、一九二一年）、本間久雄『欧州近代文芸思潮概論』（早稲田大学出版部、一九二七年。沈端先訳、開明書店、一九二八年）などがあり、文学の理論的概説書としては、横山有策『文学概論』（久野書店、一九二一年）、本間久雄『新文学概論』（新潮社、一九一七年。汪馥泉訳、上海書店、一九二五年。章錫琛訳、商務印書館、一九二五年）、本間『文学概論』（東京堂書店、一九二六年）、白村『苦悶の象徴』（改造社、一九二四年。魯迅訳、北平未名社、一九二四年。豊子愷訳、商務印書館、一九二五年）など、小説概論には木村毅《き》『小説研究十六講』

（新潮社、一九二五年。高明訳、北新書局、一九三〇年）などがあった。ことに白村は主要な著作の大半が翻訳され、極めて広汎な影響力を持った(8)。

さらに、日本の近代文学史を扱った著作が、より手頃な文学進化の手本としての役割を果たした。島村抱月ら、日露戦後の新文学を作り出す上で中心的役割を担った文学者たちによる、総合的文学論・文学史『新文学百科精講』（前後編、新潮社、一九一四年）、抱月門下の高須梅渓《ばいけい》『近代文芸史論』（日本評論社、一九二一年）、同『日本現代文学十二講』（新潮社、一九二四年）、宮島新三郎『明治文学十二講』（新詩壇社、一九二五年）などである。

以上のうち最も早く翻訳されたのが、白村『近代文学十講』で、全訳が出る前に部分訳「文芸的進化」（朱希祖訳、『新青年』第六巻第六号、一九一九年十一月）が出る。訳されたのは、第九講第二節「文芸の進化」、新浪漫主義について論じた箇所で、「情緒主観は文芸の alpha and omega であつて、これ以外の理智とか科学とか経験とかいふものに支配された文芸は、寧ろ一時的なる変態の現象と見做《みな》すべきもので、それは到底いつも永続きはしない。すぐにまた情緒主観の本流の方に帰つて行くので自然主義衰へて新浪漫派之に代はるに至つたのはまことに自然の勢である」との記述がある(9)。文学進化の現段階として新浪漫主義を論じたこの箇所が訳されたことの意義は大きい。なぜならこれ以降、新文学の到達目標として、新浪漫主義を主張する論が現れ始めるからである。

しかも白村の著作は、翻訳の前から日本留学生の間で教科書的に読まれていた。一例として、一九二〇年に茅盾と同じく新浪漫主義を提唱する、田漢（一八九八－一九六八年）がいる。一九一七年から二二年まで留学した田漢は『少年中国』誌上に、長編の「詩人与労働問題」（第一巻第八／九期、一九二〇年二／三月）及び「新羅曼主義及其他」（同第十二期、一九二〇年六月）を発表し、中国で確立されるべき新文学は新浪漫主義だ、と主張した。「新浪漫主義とはかつて一度自然主義によって現実の洗礼を受け、懐疑の苦悶をへて、科学的精神に陶冶された後に生まれた文学である」と述べるように、その新浪漫主義は、浪漫主義の神秘的・理想的側面と、自然主義の科学的側面とを併せ持つ。

小谷一郎氏の指摘によれば、依拠するのは白村『近代文学十講』である。[10]田漢と同時期に日本留学生だった謝六逸も、一九二〇年に「編輯余談　文学上的表象主義是什麽」（『小説月報』第十一巻第五／六号、一九二〇年五／六月）で、新浪漫主義を提唱する。その論は、「以前の浪漫派は幻の境地に美を求めるのみだった一方、自然派は地上の現実生活に重きを置き、もっぱら醜悪さを求めた。だが晩近の新芸術——新浪漫派——は清新で強烈な主観に、実写主義の精緻な観察力を加え、調和しており、芸術の趣味としては最高の趣味に達している」という調子で、田漢の論に近い。こちらは文末に参考図書として、厨川白村『近代文学』（『近代文学十講』の略か）を明記する。

『近代文学十講』の翻訳は上巻が一九二二年八月に出て、新浪漫主義の概説を含む第九講を収めた下巻は一九二二年十月に刊行された。だがこの翻訳が出る前に、第九講第一節「新浪漫派」は、翻訳と記されていないものの、昔塵「現代文学上底新浪漫主義」（『東方雑誌』第十七巻第十二号、一九二〇年六月二十五日）のタイトルで訳された。この翻訳された箇所には、翌年以降の自然主義論を考える上で、見逃せない論点が含まれている。

唯《た》だ夫《そ》れ神秘夢幻の文学であると云つても、それは決して前世紀初めの浪漫派のやうに、ひたすら夢幻空想の境にさまよふ理想憧憬時代の文学ではない。それは既に、なかごろ一たび現実の苦い経験を経て来て、科学的精神に陶冶《とうや》せられた後の文学であるからだ。自然主義懐疑思潮といふ激烈な人生の経験と修練とを経て後に現はれた文学である。

自然主義は現実に対する精緻厳密の観察と研究とを教へたといふ点に於て、何人も其偉大なる功過を疑ふわけには行かない。上にも云つた如く晩近《ばんきん》の新思潮も、一たび既に此自然主義現実主義といふ最も重要な修練時代を経過して、其お蔭《かげ》を蒙《こうむ》つた後の浪漫主義《ロマンティシズム》である。謂はば自然主義といふものを経過してから出来た超自然主義である。[11]

つまり、ここでいわれている新浪漫主義は、自然主義を経過したことが必要条件とされている。主義の氾濫の中で一九二〇年に一頭地を抜いていたのが、この新浪漫主義だったことは間違いない。

もちろん、日本語を解さなかった茅盾が、日本経由で直接受容したとは思われない。茅盾自身、当時を振り返って、十九世紀以前のヨーロッパ文学を系統的に研究したと述べており、[12]そこには英語を通して受容された、ロシアを含む西洋の文学論があったはずである。[13]しかし一方この時代、新浪漫主義が同時代の先端として目指されていた文脈があったことも無視できない。

3　日本自然主義の移入

以上のように、一九二〇年の中国新文壇では、新浪漫主義の文学を開花させることが主張されていた。茅盾も二一年初頭までは、「西洋写実派の後の新浪漫派の作品はいずれも観察と想像を兼ね備え、総合的に人生を表現している」（「新文学研究者的責任与努力」『小説月報』第十二巻第二号、一九二一年二月）としていた。ところが、二一年の半ばに至って、その論調は大きく変化する。

茅盾が自然主義の旗幟《きし》を掲げるのは、管見の限り、「評四五六月的創作」（署名は郎損、『小説月報』第十二巻第八号、一九二一年八月）からで、「まず中国の自然主義を造り出す。さもなければ現在の「新文学」の創作は「古い道」へと後戻りしてしまう」とある。また同号の記事「最後一頁」には、「文学上の自然主義は経過した時間が短いが、文学技術への影響は非常に大きい」、「現代の大文学者——新浪漫派、神秘派、象徴派を問わず——で、自然主義の洗礼を受けなかったものがいるだろうか」とした上で、「中国国内の創作は近来、これまでの二年間よりも、より「理想的」になってきた、もしこの機に乗じて自然主義を大いに提唱しなければ、「新文学」は再び後戻りしてしまうかもしれない！」との記述がある。つまり、二一年になると、過去の思潮であったはずの自然主義が、急速に注目されてくる[14]。

実は「小説新潮欄宣言」（無署名、『小説月報』第十一巻第一号、一九二〇年一月）で、中国文学は目下浪漫主義の段階にあるゆえ、次の写実及び自然主義の導入が必要だ、と訴えたごとく、茅盾は写実と自然主義をひとくくりにしていた。一九二一年初頭まで、両者は厳密に区別されていなかった。それは、西洋文学に触れて間もなく、歴代の文学思潮が横並びに流れ込み、いまだ区別がよく理解できなかったからだろう。だが、日本自然主義が大々的に導入される二一年半ば以降、両者は明確に区別されるようになる。

一九二〇年、新浪漫主義が大々的に主張されていた段階では、例えば宋春舫《そうしゅんほう》（一八九二―一九三八年）の「近世浪漫派戯劇之沿革」（『東方雑誌』第十七巻第四号、一九二〇年二月二十五日）が、簡単に、「自然主義はもっぱら人生の表面の事実を描写することをもって能とする。科学的視点、悲観的態度をもって、生命問題を解釈する」とまとめたように、自然主義は否定的な扱いを受けていた。茅盾も二〇年の段階では、「失望」と「悲悶」に満ちた自然主義に否定的だった（「為新文学研究者進一解」前掲）。ところが二一年に入ると、これら暗いイメージは変化し始める。

自然主義が脚光を浴びるのは、以下論じるように、日露戦後に日本文学を刷新した運動としての自然主義像がもたらされてからではないか、と思われる。早稲田系の文芸評論家で文学史家でもあった宮島新三郎が、大正半ばの文壇を総評した時評の翻訳、「日本文壇之現状」（李達訳、『小説月報』第十二巻第四号、一九二一年四月。明記されていないが原著は「文壇の現状を報ずる書」『文章倶楽部』第六年第一／二号、一九二一年一／二月）はその一つで、冒頭は自然主義への言及から始まる。

自然主義が単に文芸のみならず、広く日本人の生活、思想の上に一の転機を劃するに至つたことは何人も認める点である。而して其れ以降に於てこれほどに文芸界、思想界に渦巻を起こした主義主張は未だ現はれない。自然主義は明かに旧時代と新時代とを劃する一線であつた。而も此の新時代と更に来るべき新時代を劃する分水嶺は未だ現はれない。（中略）此の意味に於て吾人は今日の文壇をも総括して自然主義当初よりの時期に自然主義以降といふ名称を与へたい。而して此の間に起つた享楽主義、理想主義、人道主義、浪漫主義、象徴主義、曰く何々主義は、大体に於て自然主義の延長であり、対抗であつて、其等様々の主義傾向が輻輳《ふくそう》し来たつて一大海洋となつたのが現文壇だとも見られる。

宮島がここで示した、自然主義こそ近代文学史上の「分水嶺」だとの認識は等閑視できない。先に引用した昔塵「現代文学上底新浪漫主義」とともに、一大転機としての意義の大きさを強く印象づけることになるからである。ほかにも、山岸光宣著、李漢俊訳「近代徳国文学的主潮」（署名は海鏡、『小説月報』第十二巻第八号、一九二一年八月）も、各国の近代文学はいずれも自然主義から始まるという文学史になっている。

では、自然主義はいかなる意味でそれほど画期的なのだろうか。当時積極的に日本文学を紹介していた謝六逸は「小説作法」（『文学旬刊』第十六号、一九二一年十月十一日）で、紋切り型の自然主義観をくつがえす。謝六逸は、小説とは「一方で人生の諸相を描写するものであるとともに、一方面では自己表現である。だから小説とは自己表現本能の産物である」と述べた上で、「自然派の小説家はまったく客観によるだけでは完全とはいえないことを発見した」という。

客観を偏重するのではまるでカメラのようなもので、作者の個性や人生観を抹殺してしまい、似たり寄ったりのものになる恐れがある、と彼らは考えた。だから彼らは主観を偏重せず、といって客観も過度に重視せず、両者を適度に調合する。なぜなら客観的な態度のおかげで、人生の真相が得られるのだし、主観的態度のおかげで、自己を表現する本能を発揮できる、小説を書く際に自己の思想や概念、材料などを展開できる。

ここで謝六逸のいう自然主義の内実は、実際には前年に自身も提唱していた新浪漫主義と極めて近い。しかもこの、文学を自己表現本能の産物だとする議論は、日本自然主義の代表的論客だった島村抱月が、「芸術と実生活の界に横たはる一線」（『早稲田文学』第三十四号、一九〇八年九月）で、「人間は自己を表白せんとする本能的衝動を有してゐる」と主張したのと重なる。抱月は、「芸術の成るはたゞ芸術みづからの為でなくして、作家が自己を表現せんためである」、「自己の表現が其作品の価値の目安になる境地がある」という。[15]さらにのちに、『新文学百科精講』（前掲）前編の「芸術論講話」第三章「芸術本能」でも、「凡て芸術は自己を外界に表現せんが為に、生ずる者である」との論を展開した（二四頁）。

謝六逸はまた、翌二二年『小説月報』誌上に連載する「西洋小説発達史」で、三回にわたって自然主義を紹介したが（第十三巻第五-七号、一九二二年五-七月）、その初回には、次に見る抱月の「文芸上の自然主義」にもとづく図式が見られる。謝六逸は留日期に早稲田系の評論家たちに直接触れた経験を持つことから、抱月の論に触発された可能性は高い。[16]

謝六逸が『文学旬刊』で「自己表現」の本能を十全に発揮できる自然主義を提唱した直後、同じく文学研究会の拠点だった『小説月報』で日本の自然主義が紹介される。抱月の代表的評論「文芸上の自然主義」（『早稲田文学』第二十六号、一九〇八年一月）の翻訳がそれである（「文芸上的自然主義」陳望道訳、署名は暁風、『小説月報』第十二巻第十二号、一九二一年十二月）。付された「記者附誌」には、中国での自然主義の誤った理解を正し、正確な認識を広める目的で掲載した、とあり、この「記者」とは編集者茅盾だと思われる。十三年も昔の、それも日本の自然主義論が、正しいとされているのである。

しかも紹介された抱月の議論は、中国で前年に新浪漫主義の名のもと主張された主義と重なる。新浪漫主義については、自然主義を経過することで主観に客観が加わり、最高の境地に達した、とくり返しいわれたが、抱月は同様の論法で、「自然主義は単に自然といふ以上に或る条件を加へたものを、単に模写といふ以上の或る方法で写す」、つまり、「其の方法は客観から刺戟せられた主観の傾向すなはち情趣によつて其の自然を全円の形に充実せしむるにある」とする。さらに自然主義を、「客観のまゝを真写し細写しやう」という「純客観的」な「本来自然主義」と、「作家の主観を或る方式で再び挿入しやう」という「印象派的自然主義」とに分類した上で、次のように述べる。

斯《か》くの如き描写法上の区別は、事実に於いても存すること明かで、而《しか》も二つながら自然主義であるとすれば、理論上の解決は何《ど》うなるか。吾人の見る所を以てすれば此の両面は作者が筆を湿し、刷毛《はけ》を染めて紙面に莅《のぞ》むときの態度即ち覚悟、即ち気持によつて統一せられるものである。（中略）消極的態度が勝つときは純客観の自然主義を産し、積極的態度が勝つときは主観挿入の自然主義を産する。けれども極致は二者の調和にある。[17]

このように抱月の説く自然主義の真骨頂は、客観描写と主観表白の融合にあった。それは一九二〇年の中国で、新浪漫主義についていわれたことと実質的に同じである。実は抱月にしても、帰朝後の日露戦争直後に提唱したのは、ポスト自然主義たる「シンボリック」の文芸、欧州で最新流行の象徴主義を中心とした新浪漫主義だった（「囚われたる文芸」『早稲田文学』第一号、一九〇六年一月）。ところが一年半後には、「何年かの後には、フランスの跡を追つかけて、自然主義が神秘主義なり、標象主義なりに移つて行くかも知れぬ。（中略）フランスではもう一立て場前に行つてゐるから、自然主義を過去のものとして取り扱はんとする者もあるのだらう。日本では自然主義が正にプレゼント、テンスだ」と譲歩する（「『蒲団』合評」『早稲田文学』第二十三号、一九〇七年十月）。

しかも日本の自然主義は、フランスのそれとは異なる運動として展開したと思われる。島村抱月はのちに、単なる一文芸思潮の流行としてではなく、「真実を妨げるやうな一切の形式や条件を打破しようとする一つの運動」として自然主義を回顧した（「自然主義運動の意義」『新潮』第二十五巻第四号、一九一六年十月）。真実を求め、既存の形式を打破したあとに、自然主義は「真実を客観的に外形上いろいろに求めよう」として、「事物の形を徹底的に自然に描写しようとする形式」となった。だが自然主義は、このような客観描写の問題に止まらない。「最も真実なるものは自己の経験」だと主張する、「真実を主観的に求める者」たちは、「自己告白」へと至った。つまり日本自然主義は、単にフランス自然主義の輸入、遺伝や環境による実証的決定論、科学的観察などの技術的側面に止まる運動ではない[18]。

島村抱月が、「日本の芸術、殊に小説界を中心とした文学は、此の明治四十年期を以て、殆んど面目を一新するやうな革命を成し遂げた。今日に於て、此の以前の文学と以後の文学とを比べると、世界を異にするやうな感じがする」と回顧するのは（「自然主義運動の意義」前掲）、自然主義が既成の形式を破壊した上に、客観描写と自己告白の融合、つまり自己という主観を客観的に表現することこそ文学だと、文学を定義しなおす運動だったゆえである。このような認識を、大正の、ことに早稲田系の批評家たちは共有しつつ文学史を書き、それが中国へと移入されていく。

4　中国自然主義の提唱

日本から自然主義が移入される一九二一年、茅盾は自然主義に注目し、そして二二年『小説月報』誌上の論戦をきっかけに大々的に提唱する。

茅盾が自然主義を論じた最も長文の批評は、「自然主義与中国現代小説」（『小説月報』第十三巻第七号、一九二二年七月）である。前半は同時代の作家たちの創作上の欠点を指摘し、後半ではこの欠点を補う方策として自然主義を提唱する。茅盾によると、中国の現代小説の欠点は、「描写方法において客観的な態度を欠いていること」、及び「題材の採用において目的を欠いていること」の二点だが、自然主義はこれらの病根に対し治癒の薬となりうる。その理由は、自然主義には「実地に観察する精神」があり、「完全に客観的で冷静な頭脳をもって人生を見る、そこには主観的な真理は一切まぎれ込んでいない」からだという。二二年の茅盾は、自然主義をその客観描写にしぼり提唱する。

だがこれまでの検討からすれば、自然主義の客観性を強調したのは、自然主義自体を到着目標としたゆえとはいえない。茅盾は論の末尾で、新浪漫主義の立場からの、自然主義があまりに客観的で主観を無視する、という批判に対し、「新浪漫主義は理論的にはもしかしたら現在もっとも円満なものかもしれない、しかし自然主義の洗礼をいまだ受けず、浪漫主義の余光さえうんぬんできない中国現代の文壇では、まるで盲者にあでやかな美を誇るようなものだ」と回答する。茅盾が「客観」性を強調するのは、中国の文壇がその欠点を補い前進するために、客観性を一旦経過すべきだ、との観点からである。

実はこのような写実主義待望論は、一九二〇年からなされていた。新文学勃興期、文学批評の確立を唱えた胡愈之（一八九六–一九八六年）は、長文の「近代文学上的写実主義」（署名は愈之、『東方雑誌』第十七巻第一号、一九二〇年一月十日）を書き、ヨーロッパ文芸思潮の変遷を系統的に紹介する。近二百年の思潮を、古典、浪漫、写実及び自然、そして新浪漫主義と、四段階に区別し、写実主義が最も優勢を占めるとして詳細な解説を施した。胡愈之によれば、写実主義の特色は「科学的態度」にあり、「ただ客観的で冷静な態度でもって、事物の真の像を細心に観察する」という。写実主義は現在では新浪漫主義に取って代わられつつあるとはいえ、「われらが中国も目下科学思想が徐々に芽生えてきた、将来の文芸思想も、必ずや写実主義の時期を通過してこそ、正規の発展を望める」と主張する。

われわれは、新興の文芸思潮が写実主義とまったく関係しないと誤解してはならない。文学の進化史からいうと、近代の写実主義は、新旧文学の中間にある渡し舟である。（中略）新浪漫派の文学と以前の浪漫派の文学とは、いずれも感情や主観本位とはいえ、旧文学では空想に偏していたが、新文学は精緻な観察力に富んでいる。旧文学にあったのはただ空虚な「驚異」だったが、新文学の「驚異」は、現実生活から体得したものである。（中略）これは新文学が写実主義の洗礼を経過して、多くの役に立たぬ廃物を淘汰し、多くの充実した材料を加えたからこそ、燦爛たる輝きを発することができるようになった。よって浪漫主義の文学がなければ、写実主義の文学は生まれず、写実主義の文学がなければ、新浪漫主義の文学は生まれない、これが文学進化の真相である。

中国が古典主義時代を脱け出していないと認識する胡愈之は、目標が新浪漫主義にあるとしても、一足飛びにヨーロッパの現在形を実現できるとは考えない。「新文学の道へと向かうならば、写実主義の渡し舟に乗らないわけにはいかない。なぜならわが国旧文学の最大の病根は、空虚なことであり、人生から遠く離れている、これはちょうど写実主義と反対である。もし写実主義文学の時期を経過しないならば、わが国の新文芸は、発展できないばかりか、発展したとしても、充実せず、精錬されず、現代の需要に応えられないものとなろう」。その方策としてまず写実主義文学の翻訳紹介を切望するのである。

ほかに、朱希祖（一八七九‐一九四四年）も、厨川白村『近代文学十講』の訳「文芸的進化」に付した「訳者案」で、「わが国の文芸がもし進化を求めるなら、まず先に自然派の写実主義を経過せねばならない、科学的な製作方法を重んじてはじめて新浪漫派の境地に達することができる」としていた（『新青年』第六巻第六号、一九一九年十一月）。これらに触発されてかどうか分からないが、茅盾も『小説月報』「改革宣言」（第十二巻第一号、一九二一年一月）で、世界的にはすでに衰微したが、中国でその「真精神」が実現されてない以上、「写実主義は今日においてなお紹介される切実な必要がある」としていた。これが二二年、自然主義の提唱へとつながるのである。

茅盾は「通信　文学作品有主義与無主義的討論」（『小説月報』第十三巻第二号、一九二二年二月）で、「自然主義は世界の文壇では過去のものとなったようだが、しかしこれまでずっと遅れをとっているわれわれの中国文学が前進しようとするならば、自然主義を飛び越すわけにはいかない」と論じる。また「主義……」（署名は雁冰、『小説月報』第十三巻第九号、一九二二年九月）でも、「たとえその主張が世界的にはすでに過去のものとなっていたとしても、われわれの必要にかなっていると判断したならば、恐れずそれを主張するべきである。われわれが文芸上の自然主義に対して、このような態度で臨むべきだと考える。人が「主義」を皮肉ったからとて、しり込みするわけにはいかない」と述べる。

しかもその自然主義は、必ずしも西洋の文学だけを直輸入して発想されたものではないと思われる。抱月の「文芸上の自然主義」という用語を「主義……」で使用するように、日本経由で導入された自然主義の存在もかなり大きな割合を占めたと思われる。茅盾がどれだけ『小説月報』の編集に力を持っていたのか容易には計れないが、恐らくは宮島評論の掲載などを境に、自然主義こそ時代の画期である、との認識が深まり、さかのぼって抱月の論が翻訳されたのではなかろうか。とすると、茅盾の自然主義提唱に至る過程で日本自然主義の果たした役割は大きいといわざるをえない(19)。

もちろんこの時期の中国文壇には、多様な経路をたどって海外の文芸思潮が流入しており、日本だけを重く見ることはできない。ただし、一九二一年の『小説月報』誌上で登場した日本の自然主義を分水嶺とする認識は、日本自然主義の紹介翻訳によって広まり、これが、中国でも自然主義を提唱せねばならぬという責務へと、新文学の文学者たちを駆り立てた、一つの原動力になった点は確認できよう。しかもその自然主義は、第2節で見たように、単なる一文芸思潮に止まるものではない。客観描写と自己告白の融合、つまり自己という主観を客観的に表現することこそ文学だと、文学の概念を刷新するものとしてあった。自然主義の議論は、主義の是非の水準に止まらず、中国近代文学史上初めて、文学の理念や創作のあり方をめぐる議論として機能したのである。

5　流行の相同性

周作人（一八八五－一九六七年）は「日本与中国」（『京報副刊』一九二五年十月十日。『談虎集』下巻、北新書局、一九二八年所収）で、日中の「新文学の発達の歴史」について次のように述べる。

明治文学史を見ると、はっとせずにいられない、まるで一幅の推背図《すいはいず》を見るかのようで、中国の将来三十年の文壇の運勢を予知している。白話文、訳書体の文、新詩、文芸思想の流派、小説と通俗小説、新旧の劇の混合と区分、さまざまな過去の史蹟、これらはみな私たちの眼前で行ったり来たりする火急の問題である。（中略）中国新文学の発達は日本の様子を見習わねばならないといいたいのではない、ただ事実にもとづいて私が言いたいのは、最近二十五年歩んできた道がほとんど日本と同じで、現在ようやく明治三十年（一八九七）前後に至ったところだということだ、私たち自身は中華民国の新文学はすでに黄金時代に至ったと思っているけれども。[20]

周作人がいうごとく、一九二五年の時点で中国文学がようやく、日本の一八九七年辺りにたどりついたのかどうか、は分からない。だが、両国の文学が近代化する過程で、共通する課題や運動、主義が登場したことは事実である。

中でも、新文学が勃興した日露戦後と五四新文化運動後の文壇では、自然主義が一つの鍵になる概念として働いた。フランスにはるか遅れて出発したことは、逆に、日中の自然主義がフランスとは別個の文学的事件として独自の展開を見せる上で有利な時差となった。それぞれ伝統文化の文脈は異なるが、自然主義の議論が文学の概念を変革する一つの契機となったのである。

ただし、中国の自然主義は、日本ほど文学運動としての盛り上がりを見せることなく終わる。これには、自然主義が圧倒的に有力な主義として力を振るうだけの時間的な余裕があった日本と異なり、横並びでモダニズムからプロレタリア文学までが流入した中国の文学状況を考慮せねばならない。自然主義の独壇場を許さないほど、中国の文壇には同時に多種多様な主義が花開いていたのである。

だが、中国で自然主義が提唱された過程を見たとき、それが多くの主義の中の一選択肢、あるいは一過性の流行というより、自然主義の名のもと展開した、文学の概念をめぐる本質的な議論だったことが分かるだろう。客観描写、主観表白、あるいは自己表現など、近代文学を論じる際の主要な概念が、自然主義の議論を通じて設定され、文学の定義を刷新していく。日本がそうであったように、中国の自然主義も、文学が近代化する際の、一つの指標として機能したといえるのではなかろうか。

第7章　郁達夫と佐藤春夫・再考——大正作家と中国人留学生の交流

1　郁達夫と佐藤春夫

現代中国を代表する作家の一人、郁達夫（一八九六－一九四五年）と日本近代文学の比較文学研究において、これまでしばしば取り上げられたのは、佐藤春夫（一八九二－一九六四年）との関係である。田漢（一八九八－一九六八年）の紹介によって、郁が佐藤を訪問するのは日本留学中の一九二〇年代初頭のことで、やがて一人でもしばしば訪れた。二七年七月、佐藤の中国旅行の際には、上海・杭州で接待に当たった。また三六年十一月、再来日した際にも、郁は佐藤に会っている。(1)

のち日中戦争勃発後、佐藤春夫の時局に便乗した小説「アジアの子」（『日本評論』一九三八年三月。のち「風雲」と解題して小説集『風雲』宝文館、一九四一年に収録）を読んで激怒した郁達夫が、「日本的娼婦与文士」（『抗戦文芸』第一巻第四期、一九三八年五月十四日）を書いて、敬愛の念を捨て去ることになるが、それまでは郁の最も親炙《しんしゃ》する日本人作家は佐藤だった。「日本の現代の小説家のうち、私が最も崇拝するのは佐藤春夫だ」（「海上通信」『創造週報』第二十四号、一九二三年十月二十日）と、郁は佐藤に熱烈な讃辞を贈った。[2]ここから、個人的な交友関係も含め、両者の比較研究が進められてきた。

これまでの郁達夫と佐藤春夫の比較文学研究は、二つの方向から進められてきた。一つは『田園の憂鬱』と「沈淪」の影響受容関係、もう一つは両者の伝記的な接点に関する研究である。佐藤の代表作の一つ『田園の憂鬱』（新潮社、一九一九年）と、郁達夫「沈淪」の影響受容関係については、伊藤虎丸の詳細な先行研究があり、「沈淪」の「構想に当って、作者はかなり細かい点にまでわたって、「田園の憂鬱」の形式を踏襲した」とする。[3]また鈴木正夫は、両者の交流と断絶、理解とすれ違いについて丁寧に検証している。[4]

しかし、『郁達夫全集』（浙江大学出版社、二〇〇七年）に収録された、主に一九二〇年代の小説や評論・翻訳を、『定本佐藤春夫全集』（臨川書店、一九九八－二〇〇一年）所収の大正期の小説や評論と照らし合わせると、郁達夫が佐藤春夫から受けた影響は『田園の憂鬱』一作に限定できず、評論や文学観など多岐にわたることが分かり、その影響の仕方にも再検討の余地がある。本章では、郁が佐藤から受けた影響の痕跡をたどることで、郁が佐藤から何を受けとめたのか論じたい。[5]また同時に、郁の目を通すことで、大正期の佐藤がどのような文学観を抱いていたのかも明らかにしてみたい。

2　佐藤春夫との交流

『郁達夫全集』を通覧すれば分かるが、郁達夫の中で佐藤春夫は、絶対的に特別な位置を占める作家ではない。生涯を通じて膨大な読書量を誇った郁の、読書の大半は文学書で、古典も含む中国文学と海外の文学に分かれる。日本語以外に英・独語も達者だった郁は、これらの言語を通して、日・英・独文学以外に、ロシアや北欧、アイルランドやアメリカ文学なども読んだ。青春時代の約九年間を日本で過ごし、日本語を自在に操り、日本で文学に耽溺した郁達夫にとって、日本の文学が特別な存在でなかったはずはない。しかし日本文学は、骨の髄まで滲み込んだ文学愛好の、あくまで一部にすぎない。佐藤についていえば、以下見ていくように、郁が好んだ大正の作家のうちの一人にすぎない。

これは、郁達夫が初めて佐藤春夫に会った当時にあっては、よりそうだったと推察される。佐藤が本格的に文壇へ登場するのは、一九一七年一月発表の「西班牙犬の家」（『星座』）によってで、同年六月には代表作の一つ『田園の憂鬱』の原型となる「病める薔薇」を発表し（『黒潮』）、翌一八年発表の続稿「田園の憂鬱」（『中外』九月）と合わせて改稿され、小説集『病める薔薇』（天佑社、十一月）に収録された。大正の文壇を回想した江口渙《かん》（一八八七－一九七五年）は、「一九一六年（大正五年）が芥川龍之介を文壇に送り出した年であるならば、一九一八年は佐藤春夫と菊池寛とをおなじく文壇へ送り出した年」だとする。(6) 当時名古屋の第八高等学校に在学中だった郁は、雑誌に掲載された「田園の憂鬱」を読み、日本人の文学仲間と「互に興奮して賞め合った」という。(7) 一九年、旧制高校を卒業した郁が東京帝国大学に入学する頃には、佐藤は同い年の芥川龍之介（一八九二－一九二七年）と並ぶ人気作家となっていた。

佐藤春夫は郁達夫の文学仲間だった陶晶孫を囲む座談会で、次のように語っている。

佐藤　（前略）創造社の田漢、郁達夫などの暫らく留学した時代でその諸君がもう帰る時期が僕の出始めた頃ですね――大正七、八年頃。それで帰りに日本の作家を知つておかうと思つたときに、老大家は訪ねにくいといふのでせう。芥川や丁度売出しの僕などのところへ訪ねて来たわけです。（中略）

陶　郁はしじゆう佐藤先生のことを言つてゐました。

佐藤　僕は渋谷の家に住んでゐました、目黒に。そこへ郁君その他四、五人で来た事があります。はじめは田と二人で来てそれから四五人づれが、しまひに郁君一人で来たかな。田のはうが言葉が達者だし、積極的な人だから親しくしてゐましたけれども、それで上海で訪ねて行つたら、田は向うの生活に忙しくて、郁のはうが親切によく世話をしてくれたのでその後は郁の方が親しくなった。

陶晶孫・佐藤春夫ほか「陶晶孫氏を囲む座談会[8]」

また、佐藤春夫が一九二七年上海を訪れたとき、現地の新聞が「日本の郁達夫のやうな作風の人だ」と紹介したというので、郁達夫にその批評の当否を尋ねたところ、郁は、「当つてをりませう。僕はあなたの作品を沢山読んで影響を受けてゐるから……」と語ったという（「陶晶孫氏を囲む座談会」）。

郁達夫と佐藤春夫の初対面についてはかつて簡単に検討したが[9]、ここでもう一度確認しておきたい。佐藤の回想「旧友に呼びかける」（一九四五年十二月二十日放送用原稿）によれば、郁は田漢の紹介を通して、佐藤と面識を得た[10]。田漢が初めて佐藤に会ったのは、小谷一郎編「創造社年表」によれば、一九二一年十月十六日である[11]。年表は、田漢の日記『薔薇之路』の同日の、「昼食ののち、佐藤春夫君との約束に応じ、上目黒五九三を再訪する、以前の訪問では会えなかった」との記述にもとづく[12]。

郁達夫が佐藤春夫と会うのは田漢と佐藤が知り合って以降、となるが、その直前の九月から、郁は安慶で教員の職に就いて一時帰国中だった。郁が日本に戻るのは翌二二年三月で、また同年七月には最終的な帰国となる。よって、郁が初めて佐藤と会い、その後もしばしば面会したのは、二二年三月から七月までに限定される。しかも、途中五月から六月にかけて一時帰国しており、かなり限られた時間しかない。ただしこの時期であれば、佐藤の回想「旧友に呼びかける」の、初対面は佐藤が三十歳になったばかりの頃で、台湾・福建紀行（一九二〇年夏）から二、三年後、その後すぐ郁は学士となって帰国した、という記述に符合する[13]。

佐藤の回想によれば、郁は佐藤に向かい、「僕〔＝佐藤〕の作品は高等学校時代から親しんでいると話し」たという。つまり、「君〔＝郁〕は僕がはじめて文壇に出た頃からの読者だつた」（「旧友に呼びかける」）。

君のうちとけた話ぶりと人なつかしげな応対に初対面の客に対しては一たいに口数の少い僕も話がはづんで二時間以上もお喋りをした上、君が帰ると云ひ出した時には、夕日のなかをわざわざ近所の黄色くなりはじめてゐる稲田の間の道を駅の方へ案内したら君は市中とも思はれぬ田園の趣を喜んでくれました。(14)

両者が出会う一九二二年の時点では、郁達夫も前年、処女作品集『沈淪』（泰東図書局、一九二一年十月）を刊行済みだった。また郁は日本人の文学仲間と同人雑誌を作り、日本語で小説を書く試みさえしていた。(15) 四歳年上にすぎない佐藤は必ずしも手の届かない存在ではなかっただろう。とはいえ、流行作家の厚情は嬉しく、また以後複数回訪れる中でより懇意になっていったと思われる。

佐藤春夫と郁達夫の交流は、郁が中国へ帰国してからも続く。一九二七年七月、佐藤が夫人や姪とともに中国を訪れた際には、郁が上海や杭州を案内した。三六年十一月から十二月にかけて、郁が十四年ぶりに日本を再訪した際には、佐藤と何度も旧交を温めた。

ただし、郁達夫が敬愛した大正の作家はほかにもいる。佐藤春夫の回想によれば、郁は佐藤を訪れる前に、芥川龍之介を訪問していたという。「君は前から芥川龍之介と面識が出来てゐたとかで、芥川から僕への紹介状をと思つたのに、芥川は君が田漢君を通じて申し入れてゐる以上は別に改まつた紹介状にも及ぶまいと云つたからといふやうな挨拶もあつたと思ひます」（「旧友に呼びかける」(16)）。ただし、佐藤は異なる証言も残しており、「西湖の遊を憶《おも》ふ」（『セルパン』第五十五号、一九三五年九月）には、「郁は日本留学中たしか僕の紹介で芥川に面会した」と記している。(17) 回想の時期としては「西湖の遊を憶ふ」の方が早いが、具体性に富むのは「旧友に呼びかける」で、やはり芥川と先に面会していたのではなかろうか。

3　大正作家たちと中国人留学生

佐藤春夫と芥川龍之介は一九一七年、両者を知る江口渙を通して知り合い、爾来《じらい》交遊を重ねた。芥川が二年ほど早く文壇に登場し、一九一七年の処女創作集『羅生門』（阿蘭陀書房）で人気作家としての地位を不動とした。刊行の翌年、佐藤らの肝入《きもい》りで出版記念会が開かれたが、まだ無名だった佐藤は、「自分は迚《とて》も希望のない自分の文学的生涯を考へ乍《なが》ら、颯爽として席の中心にゐる芥川を幸福だ」と眺めるばかりだった（「芥川龍之介を憶ふ」[18]）。佐藤は同時期に知り合った谷崎潤一郎（一八八六―一九六五年）と親しくなったが、友人の少なかった佐藤にとって芥川は「可なり重要な友人」で、文通のみならずお互い訪問し合い、また文学観を戦わせた。両者の年下の友人、小島政二郎（一八九四―一九九四年）は二人の間柄を、「争友とも云ふ可きもの」と評したという（「芥川龍之介を憶ふ」[19]）。

一九一九年に海軍機関学校の教職を辞め、大阪毎日新聞社に入社した芥川は、田端の自宅で創作に専念する。日曜日に面会日を設けて我鬼窟《がきくつ》、のち澄江堂《ちょうこうどう》と称した書斎に文学青年らを迎え、朝から夜更けまで座談にふけった。出入りした瀧井孝作（一八九四―一九八四年）によれば、「書斎には、小説家の仕事の空気も濃厚で、ぼくらは語り合つてゐる中に先生の制作慾に感染してしまふ」雰囲気だったという[20]。郁達夫が芥川に会った一九二二年は、二一年の中国旅行を経て、体調や私生活に暗い影がきざしつつも、「藪の中」（『新潮』一月）を発表するなど、脂がのり切っていた時期に当たる[21]。

芥川龍之介の全集に面会に来た中国人留学生として記録が残るのは、郁達夫と同じく創造社の同人だった、滕固《とうこ》

（一九〇一–四一年）である。一九二四年三月二十五日の手紙（西村貞吉宛）に、「けふは滕固と云ふ支那留学生に会つた。上海の「創造」同人のよし。又支那が恋しくなつた。もう一度豚のゐる町を歩いて見たい」との記述がある。(22)滕固が東京へ留学に来たのは二〇年十月で、田漢と同じ下宿に住んだことがきっかけで知り合い、留学仲間の田漢や沈《しん》澤民《たくみん》、張聞天らが劇作にふけるのを見て刺激を受け、自身も劇作を試みて翌年二月に「紅霊 Red Soul」を書き上げる（『曙光』第二巻第三期、一九二一年六月）など、文学青年となった。(23)翌二一年夏、体調不良を覚え、故郷に帰省し静養するが、初秋に日本へ戻る前後に記した日記にもとづく散文「生涯的一片　病中雑記」に、二一年夏に上海で郭沫若（一八九二–一九七八年）から出たばかりの詩集『女神』をもらった、と記されているように、(24)二一年七月に結成された創造社のメンバーと交流が広がる。二一年東洋大学哲学科に入学、創造社の雑誌『創造季刊』や『創造月刊』に寄稿し、小説集『壁画』（獅吼社、一九二四年）所収の優れた短編や中編小説『銀杏之果』（群衆、一九二五年）などを発表するが、後年には美術史家として大成した。

郁達夫や滕固のケースを見れば分かるように、日本の大正作家たちと中国人留学生の交流において先駆者・仲介者の役割を果たしたのは、田漢である。田漢は日本留学中に大正作家たちと交流した最初の中国人作家であり、後年中国・上海を訪問した日本人作家との交流においても主役を務めた。小谷一郎によれば、日本人作家との交流は一九二一年十月十六日、佐藤春夫宅を訪問したことに始まる。(25)同年夏には秋田雨雀《うじゃく》（一八八三–一九六二年）とも面識を得ていた。これ以降、田漢は日本の文士との交際を広げていく。

田漢は一九二二年に帰国するが、二三年四月、村松梢風《しょうふう》（一八八九–一九六一年）が佐藤春夫に書いてもらった田漢宛の紹介状を持って上海を訪れ、日本留学経験のある田漢、郭沫若、成仿吾、郁達夫らと交流を持った。(26)二六年一月、谷崎潤一郎が上海を訪れると、連れて行かれた内山書店の内山完造（一八八五–一九五九年）から紹介を受けて、やはり田漢、郭沫若、欧陽予倩《おうようよせん》（一八八九–一九六二年）、方光燾《ほうこうとう》（一八九八–一九六四年）、謝六逸《しゃろくいつ》（一八九八–一九四五年）、陳抱一（一八九三―一九四五年）らと知り合い、大歓迎を受けた(27)。同年四月、金子光晴（一八九五―一九七五年）が谷崎から田漢や内山宛の紹介状をもらって訪れた際にも、やはり田漢、欧陽予倩、方光燾、陳抱一らと交流したが、金子を最も歓待したのも田漢だった(28)。八月には、村松から田漢宛の紹介状を持った中河与一が中国を訪れ、田漢らと会う。二八年には金子が上海を再訪・再々訪し、今度は郁達夫や魯迅と交流を深めた(29)。

日本留学中の郁達夫や滕固に日本の作家たちを紹介したのも田漢である。田漢と交流のあった秋田雨雀が一九二〇年代から三〇年代にかけて、数多くの中国人留学生と面識を持ったことはよく知られているが(30)、滕固もその一人だった。『秋田雨雀日記』第一巻（尾崎宏次編、未来社、一九六五年）の二二年六月二十二日に、「支那人の勝固〔＝滕固の誤記と思われる〕君がきていたそうだ。留守にして残念だった」とある（二八七頁）。一週間も経たない二十八日に、「支那の勝固君来訪。英詩人だ。いいセンチメントの人らしい」との記述があり（二八八頁）、再訪で対面したらしい。二年近く経った一九二四年三月二十五日には、次の記述がある（三四三頁）。

支那の英詩人勝因〔＝滕固の誤記〕君来訪。ヨネ野口氏に紹介状を書いた。勝君は揚《ママ》君、黄女史などの友人だ。支那の学芸大学の創立についても努力しているそうだ。この大学が出来たら日支親善（本当の意味での）のためにいいだろう。

ここで出てくる、「揚君」とは、日記の一九二二年十二月二十九日（三〇一頁）に出てくる「揚恵慈君」なる人物で、「黄女史」とは、同年五月二十七日（二八五頁）に出てくる、北京女子高等師範学校の「黄英という女学生」かと思われるが、詳細は不明である。この日、滕固は創造社に関わる人間関係について説明したらしく、それを雨雀は図示して、郭沫若と滕固、郁達夫がつながり、また郭沫若と成仿吾、張資平がつながり、さらに郁達夫と張資平がつながる形で書き留めている。

滕固の回想「聴説芥川龍之介自殺了」（『一般』第三巻第二号、一九二七年十月）によれば、一九二三年春、屠謨《とぼ》や王道源らとともに演劇の上演を試みた折に、滕固は有島武郎宅を訪問し、有島に批評してもらったことがあるという。有島に上演を見てもらったという意味なのか、脚本等を見てもらったという意味なのか判然としないが、滕固が有島を訪ねた事実は確認できる。

先に見た芥川龍之介の手紙と対応して、滕固の「聴説芥川龍之介自殺了」にも芥川訪問の話が出てくる。一九二四年三月二十五日、佐藤春夫の紹介を受けて、滕固が田端の芥川宅を訪れたところ、書斎に通された。筆を止め、敷島《しきしま》の煙草を吸いながら応対した芥川は、二、三ヶ月も散髪せず、眼光なく、痩せて長い顔の「怪相」だった。文学を語りながら、「芥川は現代人ではなく、古代の伝説中の人物の化身」だと感じ、「死気」が迫り、小説中の人物と対話し名著を読み耽る気分になったという。芥川は中国人留学生に親切で、『傀儡師《くわいらいし》』に署名して贈ってくれた。『傀儡師』（新潮社）の刊行は一九一九年一月である。なぜ五年も前の本を贈ったかというと、面会の前年の関東大震災で春陽堂や改造から出した本（第四短編集『影燈籠』春陽堂、一九二〇年。第六短編集『春服』春陽堂、一九二三年。短編選集『沙羅の花』改造社、一九二二年）が焼けてしまい、古い『羅生門』や『傀儡師』は「未だに罪障消滅せず」、本屋に残っていたということらしい（前掲一九二四年三月二十五日の手紙[31]）。

滕固自身は、芥川の全作品のうち十分の二、三に届かない程度しか読んでいなかった。留学仲間で熱心な読者だったのは、のち帰国後の一九二七年、上海でともに獅吼《しく》社を創設し雑誌『獅吼』を発刊した、方光燾だったという。郭沫若が上京して滕固の部屋に泊まったときは、郭と方光燾の二人が大いに芥川を論じ、滕固が口をはさむ余地もなかった。文壇の寵児だった芥川は、留学生の間でも相当読まれていたと想像される。

「聴説芥川龍之介自殺了」にはほかに、「支那通」として知られる軍人、佐々木到一《とういち》（一八八六―一九五五年）も登場する。芥川が自殺したと教えてくれたのはこの佐々木で、一九二四年に帰国した滕固は、上海美術専門学校で教えていたが、二七年退職し、邵洵美《しょうじゅんび》の誘いを受けて南京の金陵大学の教員となっていた。一方の佐々木も二七年南京の領事館への移駐を命ぜられて着任していた。二人がどういったきっかけで知り合ったのかは分からないが、南京の秦淮《しんわい》の酒楼で佐々木らと飲んでいるとき、芥川自殺の話を聞かされたという。滕固の記事が書かれたのが八月三十日で、その一ヶ月ほど前に知ったとのことだが、芥川の自殺は七月二十四日なので、時間の平仄《ひょうそく》は合う。佐々木は蔣介石をはじめ南京の政府要人と昵懇《じっこん》の仲だったが(32)、交友範囲に美学者で作家の滕固も入っていたわけである。

このように日本の若い作家たちと中国人留学生には交流があった。一九二一年の中国旅行の記憶が新しい芥川龍之介は、恐らく、中国から来た文学青年の田漢や郁達夫、滕固らを歓迎しただろうし、また郁らも才気のほとばしる田端の書斎の文学的空気に酔わされたことだろう(33)。一九二七年、郁が佐藤を杭州へと案内したとき、両者の間で芥川が話題に上ったが、その直後、佐藤は上海で芥川の自殺を知る（「旧友に呼びかける」前掲）。

郁達夫は大正を代表する作家である、志賀直哉（一八八三-一九七一年）や谷崎潤一郎に対しても深い敬意を抱いていた。郁が志賀を初めて訪ねたのは、再来日の一九三六年、奈良訪問の折で、その感激は「従鹿囿伝来的消息」（『宇宙風』第三十三期、一九三七年一月十六日）に、「もし十数年前の青年時代、このような状況であれば、感傷の涙を流すのを禁じえなかっただろうと思う」と書き留められている。郁の留学時代の末期、佐藤春夫や芥川龍之介を訪れた一九二二年当時は、志賀の我孫子《あびこ》時代の最後に当たる。佐藤や芥川は熱心な志賀礼讃者だった。芥川の書斎で交わされる文学談にも志賀がしばしば登場し、「滅多に人に許さぬこの書斎の主人が、常に敬重の語気を洩らしていた」と、面会日の常連だった小島政二郎は回想する(34)。もしかすると郁は志賀を訪れる機会も探していたかもしれない。

一九三六年に再来日した際にも、出迎えた旧知の小田嶽夫《たけお》（一九〇〇-七九年）との会話で、郁達夫は志賀直哉の名を出した。後進に対する影響力が大きいあまり、志賀の枠から逃れ出るのに苦しむ作家が少なくない、と小田が話すと、郁はすぐ、「志賀直哉は亜流の存在を許さない、ただひとりの人でしょう」ときっぱり語ったという。[35]とはいえ郁の創作スタイルは志賀の衣鉢《いはつ》を継ぐもので、郁が日本の作家で最も傾倒したのは志賀ではないかと推測されるほどである。[36]志賀は一九三〇年に北京を訪れたことがあり、その際には周作人や銭稲孫《せんとうそん》（一八八七―一九六六年）、創造社のメンバーで北京大学教授だった徐祖正《じょそせい》（一八九五―一九七八年）ら、日本留学経験者の北京在住の面々と会っている。[37]

郁達夫は谷崎潤一郎も深く敬愛した。『郁達夫全集』に登場する中国や欧米・日本の作家のうち、最も頻度が高いのは、谷崎ではないかと思われる。『日記九種』の一九二六年十一月三日の項には、前年出版の『痴人の愛』（改造社、一九二五年七月）を読んだと記している（「労生日記」『日記九種』北新書局、一九二七年九月）。また「在熱波里喘息」（『現代』第一巻第五期、一九三二年九月）では、『蓼《たで》食う虫』（改造社、一九二九年十一月）を読んだ感想を記し、数年来離れていた谷崎だが、「今回春陽堂発行のこの薄い小説を手に入れて、本当に寝食を忘れて、幸せに炎暑の季節の午後と夜とを過ごした」、「この一作は、私の見るところ、谷崎の一世一代の傑作であるだけでなく、およそ日本のすべての文学作品の中でも、十本の指に数えられるだろう」と絶讃した。[38]

佐藤春夫、芥川龍之介、志賀直哉、谷崎潤一郎の四人には、いずれも中国を訪れた経験を持つという共通点がある。最初に中国を旅行したのは谷崎で、一九一八年に二ヶ月の間北京や上海など各地をめぐった。これに刺激を受けた芥川が二一年に中国へ向かい、やはり上海や北京などを訪れる。一方佐藤は二〇年の台湾旅行の際に、台湾海峡をはさんで対岸の福建省廈門《アモイ》などを訪れた。ただしこれらの中国訪問では、中国で勃興しつつあった新文学の作家らとの交流はない。志賀の中国訪問は後年の二九・三〇年である。

四人のうち、中国の若い文人らと広く深く交流したのは、一九二六年一月に二度目の中国旅行をした谷崎潤一郎である。上海で内山書店の内山完造の世話もあって、谷崎は中国の新進文学者らと交遊を持ち、先に見たように田漢、欧陽予倩、郭沫若、謝六逸、方光燾、陳抱一らが谷崎を歓待した。田漢は谷崎に対し、谷崎の顔を映画で見たり撮影の現場を見物したことがあると語り、謝六逸は早稲田で谷崎の弟、谷崎精二（一八九〇－一九七一年）から教わったと語った。(39)ただしこの、上海における谷崎と中国の若い文士らとの交歓の場に、郁達夫は同席しなかった。谷崎文学の愛読者だった郁だから、上海にいれば喜んで座に加わったはずだが、一九二五年末に武昌師範大学の職を辞し、翌年上海を経て広州の広東大学へと赴任するまで、杭州や富陽で療養していた時期に当たったと思われる。翌二七年、佐藤が上海を訪問した際には、郁達夫や田漢らが歓迎している。

このように見てくると、郁達夫は大正の錚々《そうそう》たる新進作家たちに敬意を払っていたのであり、佐藤春夫だけが特別だったわけでない。少なくとも郁が佐藤を訪れた時点で、どれほど傾倒していたかは分からず、「沈淪」がつねに『田園の憂鬱』の影響関係において論じなければならないわけではない。

4　佐藤春夫の小説の受容

ここでもう一度、郁達夫が佐藤春夫の文学、特に小説からどのような影響を受けたのか検討してみたい。

これまでの研究において、郁達夫の佐藤春夫に対する共感は、佐藤の世紀末詩人としての風貌、つまり、モダンな憂愁を帯び、神経過敏な、放蕩無頼《ほうとうぶらい》をよしとする、デカダン詩人に対する共感、という見方だったと思われる。伊藤虎丸は、郁が佐藤とその文学について、「当時の最も新しい傾向を代表する、いわばハイカラな作家と見ていた」、「「世紀末の退廃」なり「現代人の苦悶」なり、あるいはそれを描いた芸術家、具体的には佐藤春夫を、一種の社会的な反抗者という風に見ていた」としている。(40)

このような世紀末作家としての佐藤春夫イメージは、詳しくは後述するが、佐藤と郁達夫の両者が愛した、英国世紀末のデカダン詩人、アーネスト・ダウスン（もしくはダウソン、一八六七—一九〇〇年）のイメージとも重なる。矢野峰人《ほうじん》はダウスンについて、「彼こそはげに所謂デカダン詩人の尤《ゆう》なるもの」、「われらは彼の中に世紀末 tedium vitae（生の倦怠）の精神が苦しきばかり息づけるを見る」とする。「彼は繊鋭敏感なる神経と蒲柳《ほりゆう》の資《し》を懐《だ》いて悲痛極まりなき失恋の苦杯をすすり、蝕《むしば》まれゆく胸の病に悩みつつ饑《う》ゑて陋巷《ろうこう》にさまよひ、遂に血を吐いて死んだ」(41)。佐藤はダウスンに深く傾倒して小説『剪《き》られた花　或はその日暮しをする人』（新潮社、一九二二年八月）でその詩を訳し、郁は小説「銀灰色的死」（『時事新報』副刊「学灯」一九二一年七月七日—一三日）でダウスンに自らを重ね合わせつつ主人公を造型した。郁が佐藤に対し、日本における世紀末文学の体現者として共感を抱いていたことは間違いない。

しかし、郁達夫は佐藤春夫をデカダン作家としてのみ評価していたのだろうか。大正半ばの佐藤と郁の小説を並べて見た場合、創作の面でその影響がどれほどの深さか、首をかしげざるをえない点がある。というのも、佐藤の作風は、文壇に登場したときから百花繚乱の多様さだった。

作家であるとともに大正半ばを代表する評論家でもあった広津和郎（一八九一—一九六八年）は「『田園の憂鬱』の作者」（原題「新人佐藤春夫氏」『雄弁』一九一八年九月。のち改題して『作者の感想』聚英閣、一九二〇年三月に収録）で、その「行くところ佳ならざるはない才」を讃えた。昭和の批評家、小林秀雄は「佐藤春夫論」（『文学界』一九三四年六月）で、佐藤を「才能の濫費《らんぴ》者」と呼んだ。実際、小林が、「もう一度佐藤氏の悉《ことごと》く傾向の変わっている諸作品を読み返し、これが同一人の手になったという事実に思いを凝《こ》らしてもらいたい」と注意を促したように、佐藤は長編・短編・戯曲・批評・随筆・紀行・実録・翻案と、多ジャンルを書き分けた。その小説のみをとっても、一作ごとといっていいほどがらりと作風を換えた。

「夢見心地になることの好きな人の為めの短篇」とのサブタイトルのついた幻想小説風の「西班牙犬の家」（『星座』

一九一七年一月。『病める薔薇』所収）に始まるその小説は、中国古典に取材した寓話調の「李太白」（『中央公論』一九一八年七月。同所収）、犯罪小説「指紋」（『中央公論』臨時増刊、一九一八年七月十五日。同所収）、女性の問わず語りの形式を生かした「お絹とその兄弟」（『中央公論』一九一八年十一月。『お絹とその兄弟』新潮社、一九一九年二月所収）、北海道行を追憶した回想風の「私記」（『中外』一九一九年一月。同所収）、キリストに取材したお伽噺《とぎばなし》「どうして魚の口から一枚の金が出たか⁉ といふ神聖な噺」（『新潮』一九一九年四月。『美しき町』天佑社、一九二〇年一月所収）、身辺小説風の『田園の憂鬱』（新潮社、一九一九年六月）、先駆的なモダニズムの都市小説「美しい町」（『改造』一九一九年八月。『美しき町』所収）、中国の古典小説仕立ての「星」（『改造』一九二一年三月。『幻燈』新潮社、一九二一年十月所収）と、驚くべき多彩さである。佐藤は大正作家の中でも、谷崎・芥川だけが比肩できる、稀有というべき華やかな才能を持っていた。

一方、このような華やかな作風の多様性は、郁達夫には見られない。一九二七年以前の郁の初期作品については別に検討したが[42]、郁の作品の本流はあくまでその自伝的作品にある。郁達夫のよく知られた文学観を引用すると、「私の創作に対する態度については、これを口にすると、あるいは人は笑うかもしれないが、「文学作品はすべて作家の自叙伝だ」という言葉は、まことに正しいと私は思っている。（中略）私が思うに作者の生活は、作者の芸術と緊密に結びついているべきで、作品の individuality 個性は決して失われてはならない」と述べた（「五六年来創作生活的回顧」『文学週報』第五巻第十一・十二号合刊、『達夫全集』第三巻『過去集』開明書店、一九二七年十一月）。郁達夫は「海上通信」（前掲）で、古くからの友人で創造社メンバーの何畏《かい》（一八九六―一九六八年）が、「達夫、君の中国における地位は、佐藤の日本における地位と一緒だな」と語ったと記す[43]。しかし実のところ、両者の小説の作風には、通じるところがあるにしても、大きな隔たりがある。

ここで改めて、郁達夫が佐藤春夫に讃辞を呈した「海上通信」を見てみると、「指紋」や「李太白」を「優美無比」

としながらも、「彼の作品のうち第一のものとしては当然彼の出世作『病める薔薇』、すなわち『田園の憂鬱』を推さねばならない」とし、また近作『剪られた花』(新潮社、一九二二年八月)について、「近来の最大の収穫」と称讃する。これら郁が高く評価する二作は、佐藤の創作の中でも、身辺を扱った、自伝的な色彩の濃い作品である。[44] 周作人が訳した「「たそがれの人間」」などの四篇については、郁は大したものでないとしている。[45]

しかも、郁達夫が訪問していた当時、佐藤春夫は恋愛問題で苦しんでいた。佐藤が谷崎潤一郎夫人の千代に対し恋情を抱くのは、両者の交遊が深まる一九一九年から二〇年にかけてで、谷崎からないがしろにされる貞淑な千代に思いを寄せるようになった。鬱屈を持てあました佐藤は、一九二〇年夏には台湾・福建へと旅に出るが、傷ついた心はいやされず、妻譲渡の話合いも、年末には谷崎の翻意で決裂に終わった(小田原事件)。一九二一年以降、佐藤は「情痴の徒と呼ばるるとも今は是非なし」(「序」『殉情詩集』)との覚悟のもと、詩や小説に自らの心境を記していく。「その日暮しをする人」(『中央公論』一九二一年十月。翌年にかけて続編を発表し、『剪られた花』新潮社、一九二二年八月に収録)、「寂しすぎる」(『中央公論』一九二三年四月)などがそうで、やがて集大成として長編『この三つのもの』が書かれる(『改造』一九二五年六月―二六年十月)。

郁達夫は日本を離れる際に書いた「海上通信」(前掲)で、愛読する作品として、佐藤春夫の『田園の憂鬱』や「指紋」、「李太白」とともに、『剪られた花』を挙げ、「作中主人公の失恋を描いた箇所はまことに細やかで隅々まで行き届いている、私もその水準まで学んで達したいものと思うが、いつも出来損ないに終わってしまう」と讃嘆した。[46] 当時の郁達夫は男女間の感情をテーマとする小説を多く書いていた。郁が感情豊かな男性だったことはよく知られている。例えば、母があつらえた同郷の妻に対し不満がなくはなかったが、何ら罪もない妻を気の毒に思っており、その結果として代表作の一つ「蔦羅行《ちょうらこう》」(『創造』季刊第二巻第一号、一九二三年五月)が書かれた。ここには、佐藤が描いた谷崎夫人千代の面影が、何がしか影を落としているかもしれない。郁は佐藤の心境に対し一定の共感を抱いていたことだろう。

しかし、佐藤春夫の持っていた幻想小説、あるいは犯罪小説への嗜好は、郁達夫がまったく共有しなかったものである。深い共感は自伝的小説に限定され、佐藤の多彩な活動の中でもごく限られた作風と類似するにすぎない。これは何を意味するのだろうか。

実は佐藤春夫の多才は、大正の文壇では命取りになりかねなかった。広津和郎は、佐藤の作品には共通した「味」はあっても、「本体」がどこにあるのかつかめないという「才の重味の運命」、佐藤が「背負って生まれた一つの悲劇」があると指摘した（「『田園の憂鬱』の作者」）。また小林秀雄も同様に、その「豊饒な才能」をたたえながらも、同時に「豊富な才能は、その所有者に必ずしも幸福を齎《もたら》さない」という「才能の悲劇」を見る。「作家は作家の着物をぬぎすてて単なる反省する一個の人間」にならねばならない時代において、作品の「一つ一つに見附かる佐藤氏の顔は仮面」という作風、「自分の才能の重荷をよく知り乍ら、個性の名の下に才能をしばる事なく、又才能が個性を征服する事を許さない」という作風、つまり「氏の才能上の一見自在な戯れが、どれくらい危険に充ちた綱渡りであるか」を論じた（「佐藤春夫論」）。

実は郁達夫も、佐藤のある種の作風が軽く見られがちであったのを承知していたのではないかと思われる。「海上通信」では、「彼は日本現代の作家の中では、さほど流行しているとはいえない、しかし読者のうちのごく一部は、彼に対し十二分に好意を抱いている」としていた。(47) 郁が佐藤の小説に対して抱いていた共感の傾向は、かなりしぼられたものとなってくるのである。

5　佐藤春夫の評論の受容

佐藤春夫と郁達夫の全集を仔細にながめていくと、両者がしばしば同じ作家を好んでいることに気づく。日本はもちろん海外の作家についても、同じ作家を好むケースは枚挙にいとまない。ともに大正日本で文学の世界に耽溺したため、大正の流行を共有した、ということはあるだろうが、中には郁が佐藤の文芸批評から影響を受けたと推測されるものもある。郁は佐藤の文芸批評を愛読し、その文学観に共感を抱いていたと思われる。

まず外国の作家や思想家について見てみよう。郁達夫に影響を与えた作家や思想家として、英国のオスカー・ワイルド、アーネスト・ダウスン、ロシアのツルゲーネフ、ドイツのシュティルナーなどが挙げられる。これらの作家のうち、英国世紀末文学の代表者であるワイルド（一八五六−一九〇〇年）は、大正日本で一世を風靡した。郁が敬愛した谷崎潤一郎や佐藤春夫も若い頃は熱烈な「ワイルド党」で、郁は彼らのワイルド崇拝の影響を受けた可能性が高い(48)。

同じく、佐藤と郁の両者が好んだ英国世紀末の小詩人として、アーネスト・ダウスンが挙げられる。英国の文芸雑誌『イエロー・ブック』、及びダウスンを紹介した、「*The Yellow Book* 及其他」（『創造週報』第二十／二十一号、一九二三年九月二十三日／三十日）が、厨川白村（一八八〇−一九二三年）の「わかき芸術家のむれ」（『小泉先生その他』積善館、一九一九年）に多くを負うことは、すでに伊藤虎丸が指摘している。「彼のダウスンに対する関心や乃至《ないし》はその性格に対する理解の仕方には、少なくともこの、当時留学生の間に大きな権威をもったと考えられる厨川白村からの影響があったものと考えられる(49)」。

ダウスンは実は大正日本でひそかに流行した詩人の一人であり、佐藤春夫もこれを偏愛した。南條竹則は佐藤を、「大正年間に於けるダウスンの最大の宣伝者」と呼んでいる(50)。身辺小説「墓畔《ぼはん》の家」（『新潮』一九二二年八月。『剪られた花』新潮社、一九二三年八月に収録）で、ダウスンにいかに親しみ、その詩に「心ひかされたか」を長々と語っている。その詩を引用して、口癖になるほど幾度も読み返したこと、詩が優れているかどうかはともかく「それがその日ごろの私の心持にさながら」だったこと、「屈託を忘れるよすがにもならうかと」訳し出しては読み返したことを記す(51)。佐藤はダウスンの肖像を次のように描き出している。

私は自分の無益なさうして浅ましく愚かな考へを思ひ紛らさうと思つて再び今まで拾ひ読みをしてゐたあの高貴で温雅で柔和でたとへば素直に人生を思ひあきらめた人の口角に絶えずある微笑そのままのやうなその詩風や、困窮と流浪と不治の病気とそれから伊太利人の酒場の娘に対する失恋と、さうして七十章あるか無いかのそれも後になるほど光を失つて行く小さい詩と、それらだけがその短い生涯であつたこの小詩人のことを考へつづけてみた。彼こそはほんたうに剪られた花のやうにして生を萎《しな》びて行つた人であつた(52)。

また佐藤は、「僕の詩に就て　萩原朔太郎君に呈す」（『日本詩人』第五巻第八号、一九二五年八月。『退屈読本』新潮社、一九二六年に収録）でも、「僕のものは恐らくアアネスト・ダウスンとともに千八百九十年代のものであらう」と親近感を表明した(53)。

郁達夫がダウスンに最初に言及したのは、一九二一年発表の「銀灰色的死」（『時事新報』副刊『学灯』七月七日－一三日）の末尾、行き倒れた主人公のポケットにダウスンの詩文集が入っていた、という記述においてである。「銀灰色的死」に描かれた、酒色に溺れる主人公は、佐藤がダウスンの肖像として記した、「困窮と流浪と不治の病気とそれから伊太利人の酒場の娘に対する失恋」と趣向が重なる。郁自身、英文の付記で、小説構想の際にダウスンの人生から着想を得たと記しているが、夭折したダウスンは友人たちの回想により伝説が形作られた(54)。

郁達夫がダウスンを知ったのは、執筆時期からして、佐藤春夫を通してではなく厨川白村経由だと思われ、「銀灰色的死」は佐藤から影響を受けての作ではない。とはいえすでに見たように、郁は佐藤の『剪られた花』（前掲）を愛読していた。「*The Yellow Book* 及其他」を記した時点で、世紀末のマイナー・ポエットに対する大正の詩人の偏愛を承知していたことは間違いない。「*The Yellow Book* 及其他」では、「イエロー・ブックの天才詩人群中、最も優美な抒情詩を作り、最も悲痛な人生の苦しみを嘗め、世紀末の種々の性格を有し、失恋の結果、生まれつき蒲柳の質ながら日々アルコールと女色に耽溺し、慢性的な自殺を遂げたのが、薄命の詩人アーネスト・ダウスンである」と紹介した上で、次のように記す。

> アーネスト・ダウスンの詩文は、私が近年来退屈したときや、孤独で憂鬱なときの最もよい伴侶となった。以前ある小説の中で、その性格をざっと描いたことがあると記憶する。およそ私の描写にまだ力がなかったからか、今日に至るも、まだダウスンの清々しい詩句に讃辞を贈る人が出てはこない。しかし私のダウスンに対する親愛と敬慕は、世間の人がダウスンに冷たいほど、かえってますます強まるのである。(55)

ダウスンの受けとめ方が佐藤と非常に近いことが分かる。もし佐藤と面談の際に、言たまたまダウスンに及べば、さぞ意気投合したことと想像される。

また、郁達夫がツルゲーネフ（一八一八-八三年）を早くから愛したことは、その前半生を紹介した、「屠格涅夫《ツルゲーネフ》的『羅亭《ルージン》』問世以前」（『文学』第一巻第二号、一九三三年八月）の冒頭に詳しい。「数多くの古今の大小の作家のうちで、私が最も好ましく思い、最もよく知っていて、その作品と最も長く親しみながらも、いやにならない作家は、ツルゲーネフだ」と記している。

実は佐藤春夫にとっても、ツルゲーネフはその文学耽溺の端緒を開いた作家だった。「中学へ来てから読書の趣味が違つて、翻訳書類に移つた。三年級の時に読んだ相馬御風《そうまぎょふう》氏訳の「父と子」には非常に感激した。かうして文学書類を耽読した結果、学校の成績は悪くなつて行つて、三年から四年に進む年に落第した」という（「恋、野心、芸術」『文章俱楽部』第四巻第二号、一九一九年二月）[56]。

郁達夫はそのシュティルナー（一八〇六―五六年）紹介やワイルド愛好において、『唯一者とその所有』や『獄中記』の邦訳者、辻潤《つじじゅん》（一八八四―一九四四年）から大きな影響を受けたと推測される[57]。佐藤春夫がのちに、「彼も亦、「都会の憂鬱」時代からの友人」と振り返るように、辻と佐藤には一九一〇年代後半から親しい往来があった[58]。郁も読んだ佐藤の「指紋」の続編、「月かげ」（『帝国文学』一九一八年三月。『病める薔薇』所収）の冒頭には、佐藤は辻から、ド・クインシー（一七八五―一八五九年）の『阿片常用者の告白』の訳本（デ・クインシィ『阿片溺愛者の告白』山陽堂書店、一九一八年五月）をもらった、との記述がある[59]。郁がこの大正文壇の奇人の名とその文業について、佐藤から耳にした可能性は否定できない。

以上のような事情を考慮すれば、佐藤春夫と郁達夫の間に、お互いの趣味を信頼する、細やかな感情が生まれたことは想像に難くない。当然その感情は、作品の評価の上にも及んだろう。一九二三年十月に書かれた「海上通信」（『創造週報』第二十四号、一九二三年十月二十日）の、佐藤に対する讃辞には、趣味の共有が大なり小なり関わると思われる。

佐藤春夫と郁達夫の好みが共通するのは外国作家だけではなく、日本の作家についても同じである。郁は恐らく佐藤の文芸評論を熱心に読み、その鑑識眼に非常な信用を置いていた。

佐藤春夫は大正後半以降、詩や小説の分野で活躍するのみならず、『芸術家の喜び』（金星堂、一九二二年三月）や『退屈読本』（新潮社、一九二六年十一月）に収められる、膨大な量の作家論や文芸時評などの評論・随筆を書き、批評家としても文壇に一席を占めていた。(60)郁は佐藤の評論にも相当な注意を払っていたと思われ、郁の「閑情日記」（一九二七年四月二十九日）には、「『公論』五月号を買った、中に佐藤春夫の文芸時評が掲載されていて、とてもいいと思う」との記述がある。(61)これは『中央公論』一九二七年五月号を指し、佐藤は「文芸時評」を前後六回にわたり連載していた。

郁達夫が一九三六年、帰国後唯一の再来日を果たした際に、東京駅まで出迎えた小田嶽夫との会話は、もっぱら日本の文壇や作家の話題だった。郁は東京行の寝台車の中で、発表されたばかりの佐藤春夫「芥川賞　憤怒こそ愛の極点」（『改造』一九三六年十一月）を読み、そこに描かれた太宰治に、「あの若い作家は面白そうな人ですね」と興味を示したという。(62)「芥川賞」は、太宰が佐藤に芥川賞受賞を懇望したにもかかわらず、落選したことに端を発する、両者の感情のもつれを、佐藤が実名小説に仕立てたもので、当時文壇の話題になっていた。(63)

郁達夫はこのように、佐藤春夫が『新潮』『改造』などの雑誌に掲載した評論や小説にも目を通していた。佐藤の犀利な批評から、郁は啓発されるところが多かったと思われる。文学談義を好んだ郁は、留日時代の佐藤との交流の中で、佐藤の座談を耳にする機会もあったのではと推測される。

別稿で論じたように、郁達夫は志賀直哉を熱烈に礼讃し、その創作スタイルや文学観から大きな影響を受けた。(64)実は佐藤春夫も志賀に対し最大の讃辞を送った批評家の一人で、志賀が一九一四年からの三年間の沈黙を破って文壇に再登場したとき、真っ先に支持を表明したのも佐藤だった。『新潮』一九一七年十一月号に発表した、「人と作品とがそつくり」（のち『芸術家の喜び』収録の際に「志賀直哉氏に就て」と改題。『退屈読本』収録の際に「志賀直哉氏のこと」と改題）で、「自分は「濁《にご》つた頭」の時から志賀氏のものを愛してゐた。自分丈《だ》けでは氏を最初に敬愛した読者たるの名誉を、私も分与されてもいいと思つて居る」と、愛読者であることを告白する。その作品について、「人間性の美しい真実が滲《にじ》み通るやうである。併し、それ等の後を一貫した或る性格的な淋しさがある。それが氏の作を可なり

深いものにして居る」と絶讃した。(65)

葛西善蔵《かさいぜんぞう》（一八八七―一九二八年）についても同様の事態を指摘できる。郁達夫は「村居日記」（一九二七年一月六日）で、「葛西善蔵の短編二作を読んだ、やはりいい作品だ、とても感服した。昨日の午後路上の古物商から古雑誌を十冊買った、中には小説が二、三十篇ある。私は葛西の小説がやはりこの二、三十篇の中で上乗の作品だと思う」と記した。同じく「窮冬日記」（一九二七年二月十二日）では、「『新潮』の新年号を買った、中には葛西善蔵の「酔狂者の独白」と題する小説がある、実によく書けている」と称讃した。(66) 一九三六年、小田嶽夫に会った際にも、「葛西善蔵はぼくはいい作家だと思うんですがね」と、「どこか詠嘆味を帯びた口調で言った」という。(67)

葛西善蔵についても佐藤春夫は礼讃者の一人だった。「創作月旦1　一九一九年八月」（『新潮』一九一九年八月。のち『芸術家の喜び』及び『退屈読本』に収録）で、「葛西善蔵君は「子をつれて」（『子をつれて』新潮社、一九一九年）一巻を愛読して以来私の最も敬愛する作家の一人である」と、葛西の愛読者であることを表明した。(68) また「秋風一夕話」（『随筆』一九二四年十／十一・十二月。のち『退屈読本』に収録）でも、友達でこそないものの「愛読者」、「昔からひいき」で、「「子をつれて」あたりの慎ましい深さを深く湛《たた》へた作品が好もしいのだ。全くあれは鬱結した人生を沈静に描き出した立派なものばかりだつた」と絶讃している。(69) のちのことであるが、「葛西君と僕」（『改造社文学月報』一九二九年年十月十日）でも、『子をつれて』出版の前から「僕は彼の讃美者」であったと記している。(70)

6　「最高の彼自身を現し得る人」

ここまで見たように、郁達夫が佐藤春夫の文芸評論に周到な注意を払っていた以上、佐藤の文芸評論の本質と郁に対するその影響については再考する必要がある。

佐藤春夫はデビュー当時、「私の書いたものは、どれもこれも、所謂「小説」とは言ひにくいやうなものばかりです」、「私の書いたものは今までのところ、大部分散文詩のやうなものです」と述べている（「叙事散文詩的の作品」『新潮』一九一九年十二月。『芸術家の喜び』収録の際に「自分の作品に就て」と改題。『退屈読本』所収）[71]。後年には、「僕は詩も小説も随筆も童話も戯曲も、一切その区別を知らないし、知る必要をも感じない。知らうと考へてみたことすらない、（中略）／できることなら、僕は自分の詩も、自分の評論も、小説も、戯曲も、自分の持つてゐるかぎりのありとあらゆるものをうつて一丸として、自分の芸術世界創造のために全人格を賭けて試みたいと思ひながら、この企画に無理があるのか、いや自分の非力のためであらう。遂にそれができないでゐる」と述べた（「うぬぼれかがみ」）[72]。

佐藤春夫が目指した文学とは、「たとひ何人がなんと言つても、「これこそ真に自分の血と肉と骨と霊とを削つてつくつた。自分の実感を一ぱいに盛り上げた」と自分自身のなかの芸術家が自分自身のなかの批評家に向つて言い張ることの出来るやうな作品を、一つでも（！）速く（！）持ちたい」というものである（「自分のなかの批評家」）[73]。ただしそれは、単に作品と作者が一体化した境地というわけではない。「芸術即人間」（『新潮』一九一九年六月。『芸術家の喜び』『退屈読本』所収）で、「いい人間のないところにはいい芸術はない」という考え方、つまり「人間即芸術」という考え方を「一知半解」と呼ぶ。そして、「実生活の上で、人徳（最も広い意味での）を具へた行動を表はさなかつた人間が、寧ろ、少々反対の行為を現はした人間が、その創造した芸術品のなかで、道徳的（最も広い意味での）な何物かとして我々にアッピールするものを、我々に示すやうな場合」を想定する。佐藤はブランデス『十九世紀文学主潮』（全六巻、一九七二–九〇年）を引きつつ次のように述べる。

芸術家が彼自身に沈潜する場合、平生はさまざまなものに故障されて、完全に働かせることの出来ないところのすべての彼が、そこに本来の姿をもつて悉く現はれて、彼自身のなかに、複雑な霊妙な活躍を初める。例へば言葉の芸術家なる詩人や作家に於ては、それらさまざまな彼自身の動きが、さまざまな言葉の形で彼の前へ、さまざまの言葉で浮かんで来る。（中略）さうしてそこに一つの彼自身、最もいいと信ずるところの自分を自分で作り出す。その時、彼は彼自身のうちに革命的の動乱を惹起して、更にそれを最高の自分自身で統治する。彼は彼自身のすべてを坩堝《るつぼ》のなかへ投げ込む。さうしてその燃えて溶けてゐるところの彼自身のなかから、自分自身のうちの貴金属をのみ択《えら》び出す。この心の作用を芸術的衝動と呼ぶ。この作用の方法で、最高の彼自身を現し得る人を芸術家と呼ぶ。(74)

い、芸術家は、高潮のうちに雑然紛糾する己の心を見つめて、それのなかに没頭して、彼がこれこそ真の彼自身であると直感し、認め、信じたところのものをのみ捉へる。それをしつかりと握つてその正体を究める。さうしてそれらの自己を自ら許して最高の自己として人々に示す。彼が彼の芸術によつて示すものは、彼の極地に於ての自分自身をのみである。――恰《あたか》も人格ある人が、人格の統一ある彼自身をもつて常に人々に現はれると全く同じく。(75)

そして佐藤は、「芸術家が、彼自身のあらゆる機能の最高の飛躍のうちに、それの満足した統一のうちに、彼自身を自ら見出した時に、彼はそれを「永遠不朽の我」と呼ぶ。「絶対の我」と呼ぶ」と述べる。(76)具体的には、斎藤茂吉『赤光』について、「彼の芸術のいいところにはすべて人格的の背景があるやうに私には考へられる」（「『赤光』に就て」『アララギ』大正四年四月。『退屈読本』所収）、『和解』について、「私には志賀さんを作品と人とが切り離して考へられない」（「人と作品とがそつくり」）と記したような芸術のあり方を指すと思われる。

郁達夫が一九二〇年代に書いた文学論にも、佐藤のこれらの文学観と近いものを見出すことができる。郁は「文学上の階級闘争」（『創造週報』第三号、一九二三年五月二十七日）で、「芸術のための芸術」「人生のための芸術」といった区別に触れて、「私の見るところでは、この二つの名詞を創り出した文芸批評家は、その罪万死に値する。芸術とは人生であり、人生とは芸術である、いったいどうして両者を分けてむやみに騒ぎ立てる必要があるのか？」と述べた。趙敏は郁における佐藤の受容を論じる中で、「郁達夫と佐藤春夫は、小説の創作においても同様に、「詩の精神」を求める傾向があり、多くの作品でこの精神を主張する」と論じている。[77] 郁が佐藤から受けとめたのは、芸術家とは「最高の彼自身を現し得る人」であり、「最高の自己」を表現することが芸術だ（佐藤「芸術即人間」）との信念ではなかろうか。

郁達夫が佐藤春夫から受けた影響は、『田園の憂鬱』からの直接の影響にとどまらず、両者が好んだ海外や日本の作家、文芸評論、さらには両者の文学観にまで及ぶ。佐藤は郁が留学した大正日本において、確かに活躍していたが、郁が佐藤と接触したとき、佐藤は郁にとって、芥川龍之介や志賀直哉と同じく、学ぶべき目標の一人だったにすぎない。

しかし佐藤春夫との交流が始まると、郁達夫は佐藤の文芸評論を通して、海外や日本の作家を数多く知ることになった。佐藤と同じくワイルドやダウスン、ツルゲーネフを愛好した郁達夫は、佐藤の文芸評論を重視した。郁が敬愛した作家、谷崎潤一郎や志賀直哉と佐藤との間には交流があり、また佐藤は彼らに敬意を抱いていた。これら大正文学を代表する作家のみならず、郁は葛西善蔵や辻潤ら、文学愛好者から好まれた作家たちを好んだ。葛西は佐藤が重視した作家であり、辻は佐藤の友人だった。佐藤は大正文学を代表する批評家の一人で、その文学論は郁達夫が文学観を形成する上で大きな影響を持ったと思われる。

第Ⅲ部　革命・モダニズム文学の時代——一九二〇年代後半

第8章　魯迅・周作人とロシア・ソビエト文学受容——昇曙夢を経由して

1　ロシア文学者・昇曙夢

明治末年の日本に留学した現代中国の文学者、周作人（一八八五―一九六七年）は、当時の読書経験について次のように回想する。

　のちに東京へ来て洋書が手に入りやすいのを見て、買って読むようになり、得るところは少なくなかった。ただし私が読んだのは英文学ではない。英語を媒介にして雑多に読んだのであり、その一部はヨーロッパの弱小民族の文学だった。当時日本では長谷川二葉亭〔四迷〕と昇曙夢《のぼりしょむ》がもっぱらロシア文学を訳し、馬場孤蝶は大陸文学を紹介していた。私は特別な関心を抱いた。その原因には、『民報』が東京で発刊され〔一九〇五年刊行の中国同盟会の機関誌〕、中国革命運動がちょうど盛り上がっており、私たちは民族思想の影響を受けたので、強国の文学よりもいわゆる虐《しいた》げられ侮辱を受けた国民の文学に対し尊重と親近感を抱いていた、ということがあるだろう。中でも、ポーランド、フィンランド、ハンガリー、ギリシャなどが最も重要で、ロシアも当時は専制に抗《あらが》っていたので、弱小民族ではないがこの列に加えた。〔傍線引用者、以下同じ〕

「私の雑学（五）　外国小説」（『華北新報』一九四四年六月四日）(1)

周作人は日露戦後の一九〇〇年代後半の日本で、英語や日本語を通してロシア文学に触れた。一方、中国でロシア文学が翻訳されるようになるのは、主に二十世紀に入ってから、本格的には一〇年代末以降である。『中国翻訳詞典』の項目「中国におけるロシア・ソビエト文学」によれば、ロシア文学が中国に入ったのは一九〇三年のプーシキン『大尉の娘』以降で、ソビエト作家で最も早く訳されたのは一九〇七年のゴーリキーだとする。一九年の五四運動以後、翻訳数が増加し、八年間に訳された外国文学の単行本は百八十七種、うちロシアは三分の一強を占めたという。「二〇年代末からは、多くの文壇の大家たちがロシア・ソビエト文学を翻訳した。例えば魯迅訳のゴーリキー『ロシア童話集』など。（中略）革命文学運動が必要としたため、魯迅や瞿秋白は率先してレーニン、プレハーノフ、ゴーリキー、ルナチャルスキーの文学理論を翻訳した(2)」。

中国におけるロシア文学受容には、本国からの直接の受容以外に、欧米あるいは日本を経由した受容があった。中でも日本を経由した受容は、明治末から大正、昭和初期にかけて多くの留学生が来日し文学に触れたゆえに、重要である。周作人が回想するように、彼らはロシア文学に強い関心を抱き、帰国後も関心を継続しつつ、旺盛な文学活動を展開した。ロシア語のできる者が少なかったため、多くの場合、英・独・日本語訳を通しての受容であった点にも特徴がある。

この受容の過程で、奄美《あまみ》大島出身のロシア文学者、昇曙夢（一八七八－一九五八年）の果たした役割は大きい。魯迅や周作人は曙夢の紹介や翻訳に触れたし、ほかにも曙夢の活動から恩恵をこうむった留学生は多い。曙夢は一九〇三年ニコライ正教神学校を卒業し、母校などでロシア語の講師をしつつ、ロシア・ソビエト文学の紹介や翻訳者として息長く活動した。戦前から戦後にかけての代表的な翻訳・研究者の一人である。(3)

以下、中国における昇曙夢を経由したロシア文学受容を検討するが、その前に、曙夢の主要なロシア文学研究の著作を簡単に紹介しておく。曙夢は半世紀以上にわたり孜々《しし》として著訳に従事した。著作は膨大な量で、全貌をうかがうのは困難だが、大きく、一、ロシア・ソビエトの文学・芸術の紹介と翻訳、二、ロシア伝統文化の紹介と翻訳、三、故郷の奄美大島に関するもの、に分かれる。(4) 本章で扱うのは一で、戦前の主著には以下の三種がある。

明治末年に刊行された『露西亜文学研究』（隆文館、一九〇七年）は、曙夢の最初の本格的なロシア文学論である。ドストエフスキーなど近代文学を論じた「序文」では、体系的なロシア文学研究としては本邦初の試み、と胸を張る。

我が文壇に於て露国の作物は、仮令《たとひ》重訳にもせよ、比較的多く伝播せらるゝが如しと雖も、文学としての系統的研究に至りては極めて零砕なる断片を除くの外、吾人未だ之有るを聞かざるなり。斯の如くにして果して能く露文学の神髄に徹底し得べきや、是れ吾人が敢て拙著を公にして広く世に問はんとする所以なり。（中略）幸ひにして露文学に関する概念の幾分にても我が読書界に与ふるを得ば著者の望や足れり。

大正半ばに刊行された『露国現代の思潮及文学』（新潮社、一九一五年二月）は、前著につづく時代を対象とし、アンドレーエフら次世代の作家を論じる。(5) その意図を「序」で次のように説明する。

一面此の時勢の機運（欧州大戦後の「国民的転化」）に促され、一面現代の露西亜を知らんとする我が読書界の要求に副《そ》はんが為め、過去十年間の研究を組織的に纏《まと》めたのが則ち本書である。此意味に於て本書は実に私の半生の事業中最善の努力を傾注したものであつて、私自身に於ては寧ろ今迄の翻訳事業よりも、遙かに多大の価値を此書に置いて居る。今迄の私の翻訳などは寧ろ此書を完成せんが為の準備的労作に過ぎなかつたと言つてゐゝ。（中略）

現代文学全般に関して一の纏まつた研究が露西亜本国ですら未だ出て居ない今日、此書が不完全ながらも是程までに纏め得たといふことを認めて貰へば、筆者はそれで満足である。之を諸外国に就いて見ても、現代露西亜文学に関する著書は甚だ稀である。殊に其全般に関する纏まつた研究に至つては露西亜同様一つも見当たらない。

『露国現代の思潮及文学』は、昇曙夢の自負するように、自らが続々と訳出していたアンドレーエフら、同時代のロシアの作家たちを総合的に論じている。後述するように、アンドレーエフの翻訳は、曙夢によるロシア語からの翻訳、及び他の作家による重訳を通して、明治末年の日本で熱心に読まれた。日本に来た中国人留学生も、曙夢の著作によって同時代のロシア文学に接近することができた。

一九一七年のロシア革命を経て、二二年にソビエト社会主義共和国連邦が誕生した後も、曙夢は同時代の文学を追いかけ、紹介に努めた。代表的な著作が『革命後のロシヤ文学』（改造社、一九二八年五月）で、「はしがき」で次のように述べる。

本書は則ち革命以来最近十年間に亘《わた》る新ロシヤ文芸の発達と趨勢と傾向、各流派の消長、思潮の推移、作品の特質等に就いて、著者が年来研究したものを、革命十年の記念に纏めたもので、謂はゞ新ロシヤ文芸の鳥瞰図であり、またその過ぐる十年間の総決算である。既刊『露国現代の思潮及文学』の直ぐ後を承けてゐる点から言へば、その姉妹篇とも言ふことが出来よう。(6)

以上のように、昇曙夢は明治末年から昭和・戦後にかけて、ロシア文学の紹介・翻訳・研究に尽力した。中国人日本留学生でロシア文学に関心を持つ者は、留学中はもちろん帰国後も大きな恩恵を受けた。本章では、中国における日本を経由したロシア・ソビエト文学受容の一側面として、一九二〇年代後半までの中国で、曙夢の紹介・翻訳がいかに読まれたかを概観してみたい。

2　昇曙夢を通したロシア文学の受容——明治末年から大正半ばにかけて

中国で最初に昇曙夢の著作を翻訳したと思われるのは、一九一九年から二二年まで日本に留学した経験のある、汪《おう》馥泉《ふくせん》（一九〇〇－五九年）である。汪は杭州出身の翻訳者・編集者で、ワイルドやツルゲーネフなどを日本語から翻訳した。ロシア文学紹介の過程において、汪は曙夢『露国改造の悲劇』（豫章堂、一九二〇年四月）の「ロシヤ文学と社会改造運動」を、当時の代表的な総合誌『東方雑誌』に訳出した（「俄羅斯文学与社会改造運動」、第十九巻第五号、一九二二年三月）[7]。

ただし、中国のロシア文学翻訳において、日本語からの重訳が必ずしも多くはなかった点は確認しておきたい。秋吉收「中国におけるツルゲーネフ受容」は、汪馥泉による昇曙夢翻訳を例に挙げて、当時中国でロシア文学を導入する際に、日本文壇の動きに注目していたこと、また魯迅や周作人ら日本留学生の存在が大きかったことに言及しつつも、訳出の際に依拠したのは英語もしくは独語訳で、「日本語訳を媒介としたものは見られない」と指摘する[8]。また三宝政美「中国におけるチェーホフ」は、一九二〇年代の翻訳紹介について、流入のルートとしては英訳からの重訳が多く、「その分日本語訳からがなかったのは意外」だと述べる[9]。留学経験者の存在によって、日本の流行が反映されつつも、訳出の際には必ずしも日本語経由ではなかった。

昇曙夢のロシア文学紹介は、汪馥泉が翻訳するはるか前から、日本留学生によって読まれていた。一九〇六年から留学した周作人が曙夢の著作に親しんでいたことは冒頭で見たが、周はのちの『知堂回想録』でもロシア語を学んだ経験について回想している。

私たちのこのロシア語学習クラス〔一九〇六年、留学生の友人六名で、ロシア人女性教師に習った〕は、成立の当初からやや無理なところがあった。学費が高すぎたので、長くつづけることが困難だったのだ。〔中略〕私たちがロシア語を学んだのはその自由を求める革命精神と文学に心服していたからで、語学の修得は失敗に終わったが、当初の意図はずっと変わることはなかった。英語あるいはドイツ語を用いて間接的に追求しようという計画である。その際に日本語を用いることができれば便利なのだが、当時ロシア文学の翻訳の人材は日本でも欠乏していて、しばしば目にするのは長谷川二葉亭と昇曙夢の二人のみだった。たまたま翻訳が雑誌などに発表されているのを目にすると、昇曙夢はまだ忠実な訳だが、二葉亭のは自らが文人であるゆえに、訳文の芸術性が高く、つまりはより日本化されていて、忠実度では劣る。私たち材料を求めている者からすると、参考の資料とはなっても、翻訳において依拠するところとはできなかった。[10]

上記のロシア語学習者には、周作人の兄、魯迅〔一八八一―一九三六年〕も含まれる。魯迅がいつ昇曙夢の著作に触れたのか明らかではないが、『魯迅全集』で曙夢が出てくるのはかなり遅く、日記の一九二五年二月十四日においてである。

晴、風。午前、東亜公司〔北京の日本語書店〕の店員、『露国現代の思潮及文学』一冊を届けて来る。三元六角。[11]

魯迅が購入した昇曙夢の大正期の主著『露国現代の思潮及文学』（前掲）は、初版ではなく増補改訂版（改造社、一九二三年）である。一方、弟の周作人は初版を、刊行後すぐに入手していた。日記の一九一七年六月二十日及び七月一日には次の記述がある。(12)

午後に東京堂が二十日に郵送した『露国現代の思潮及文学』を受け取る。（中略）

『露国現代の思潮及文学』を読む。(13)

『露国現代の思潮及文学』を購入した魯迅が、次に昇曙夢に言及するのは、「『窮人』小引」〔「『貧しき人々』小序」〕（『語絲』第八十三期、一九二六年六月十四日）である。(14)

中国がドストエフスキーを知って十年近くになる。彼の姓はすでに聞き慣れたが、作品の翻訳はまだ見られない。（中略）このたび叢蕪〔韋叢蕪（一九〇五―七八年）〕がやっと彼の最初の作品を、はじめて中国に紹介することになって、わたしは欠けていたところがちゃんとおぎなわれたような感がする。この書はConstance Garnettの英訳本を主とし、Modern Libraryの英訳本を参考にして訳出している。異同のあるところは、私が原白光〔原久一郎、一八九〇―一九七一年〕の日訳本〔『ドストエフスキー全集』第五巻、新潮社、一九二五年所収の『貧しき人々』か〕と比較してどちらに従うかを決め、さらに素園〔韋素園（一九〇二―三二年）〕が原文によって校定した。（中略）ドストエフスキーの人とその作品については、もとより短時間で研究し尽くせるものではなく、全面的に論ずることなど、わたしの能力のおよぶところでは絶対ない。そこで、これは管見の説とするほかなく、わずかに、Dostoievsky's *Literarishe Schriften*, Mereschkovsky's *Dostoievsky und Tolsoy*、昇曙夢の『露西亜文学研究』の三冊をひっくりかえしてみただけなのである。[15]

『露西亜文学研究』（前掲）は昇曙夢の明治末年の主著だが、魯迅がいつ入手したのかは不明である。しかし回想からして、周作人はこれも手にしていた可能性が高く、また一九二三年の絶交以前の周兄弟の仲睦《なかむつ》まじさからして、弟だけが早くから曙夢に触れていたとは考えづらい。[16]

魯迅は日本語や、中国で学びはじめ日本でみがきをかけたドイツ語を通して、ロシア文学にとどまらず、広く外国文学の知識を獲得した。飯倉照平は、魯迅は日本語が達者だったのみならず、残した業績の半分は翻訳で、しかも翻訳は独語よりも日本語からなされたと指摘しつつ、「彼にとって日本語は、世界に目を開くための、もっとも有力な手段であった」とする。[17] 中でもロシア文学理解は、曙夢をはじめ日本のロシア文学受容に多くを負っていた。

日本のロシア文学受容における昇曙夢の活動の影響は、紹介・研究よりも翻訳の方が大きい。明治末年における曙夢の翻訳で重要なのは、アンドレーエフ「霧」などを含む翻訳集、『露西亜現代代表作家　六人集』（易風社、一九一〇年）、及び同「地下室」などを含む、『毒の園　露国新作家集』（新潮社、一九一二年）の二冊である。『六人集』の「自序」で、曙夢は翻訳の姿勢について次のように語る。

六人も異つた作家を一人の手で訳して、而《しか》も各作家の特色を原作其儘《そのまま》に彷彿させやうとするには一通りではない。動《やや》もすると、訳文が型に嵌《はま》つて、千篇一律になつて了《しま》ふ虞《おそれ》がある。（中略）斯《か》かる場合、訳者の取つた態度は、何処《どこ》までも我を殺して原作に活きると云ふ精神であつた。それが為には邦文としては随分無理な点もあると思つて居る。（中略）訳者は書中の六人を訳するに当つて、言ひ表はされるだけは――そして其れが日本の読者に了解出来るだけは――忠実に原文其儘に言ひ表はさうと努力したのである。[18]

先に引用した周作人の回想に、二葉亭四迷の訳と比べて、「昇曙夢はまだ忠実な訳」との評があった。曙夢以前のロシア文学翻訳は、二葉亭のように原語から直接翻訳したものでも、森鷗外・上田敏のように独語もしくは仏語から重訳したものでも、訳者の個性が強く出ていた。例えば鷗外と敏の両者が、ほぼ同時期に訳した「クサカ」は、いずれも翻訳臭を感じさせない、あたかも各自の創作であるかのような、渾然たる作品に仕上がっている。[19] ところが曙夢の翻訳に至って、原作者よりも訳者一流の文体が強く印象づけられる翻訳から、訳者の個性が出ない、悪くいえば訳文らしい無味で平板な文体の翻訳へと移行した。曙夢自身、「邦文としては随分無理な点もある」と認めるように、「忠実」であるがゆえに、原文に引きずられることもある訳文は、訳者よりも原作者を意識させる。そしてこの翻訳が、明治末年の文学を愛好する青年たちに強い印象を残した。

昇曙夢の還暦を記念して復刻された、『六人集と毒の園　附文壇諸家感想録』（昇先生還暦記念刊行会、一九三九年九月）には、副題の通り、数多くの文学者たちが、若き日に曙夢の二冊の訳書から受けた印象を記している。[20] 例えば、小川未明（一八八二―一九六一年）は次のように語る。

明治の末葉から、大正へかけての文学を新興文学とすれば、その黎明期に於て我が文野に、最も影響を与へたものは、何といつてもロシア文学であります。ロシア文学の感化は、独り我が国だけでなかつたでせう。芸術のための芸術に反省を与へて、人類のための芸術であり、正義のための芸術であることに、深く作家を自覚せしめたのであつた。洵《まこと》に十九世紀のロシア文学は、血で書かれた悲痛な民族の記録でありました。

当時、昇さんの訳された、数多くの作篇や、二葉亭の翻訳が、新に雑誌に発表されると、私達は、争つてこれを読み、そのたびに、胸の血が熱し、感激に浸つたものでした。

「胸の血の熱するを覚ゆ」（『六人集と毒の園』前掲、五七二頁）

同伴者作家だった未明の感想は、民族問題を通したロシア文学への共感など、周作人の回想と通じる部分がある。曙夢の翻訳が雑誌に掲載されるのを待ちかねて読んだとの回想は多く見られる。相馬御風（一八八三－一九五〇年）は、「「六人集」、「毒の園」、いづれも懐かしい名著である。中には雑誌に掲げられた時に幾度となく読ませて貰ひ、更に一冊にまとめられてから幾十度読み返したかわからないやうなものも少くない。そしてそれによつてどれほど多くお蔭《かげ》を蒙《こうむ》つたかわからない」と回想する（「意味深いお企て」、五四七頁）。

ロシア文学への関心が高まるも、翻訳が多くない中、曙夢の翻訳は旱天の慈雨だった。豊島与志雄《よしお》（一八九〇－一九五五年）は、旧制高校時代、ロシア文学に惹かれていたものの、翻訳は極めて少なかったといい、「雑誌などを漁つたり、時には仏語訳や英語訳のものを求めたりして、僅《わずか》に渇《かわき》をいやしてる際で、昇曙夢氏訳の右の二書が相次で出たことは何よりも嬉しく、繰返し愛読した」と懐かしむ（「思ひ出深い愛読書」、五三七頁）。

愛読の体験が、明治末年に文学青年として過ごした、共有の記憶として語られることも多い。秋田雨雀（一八八三－一九六二年）は、「アンドレーエフの「霧」などを読んだ時の印象を今でもはつきり思ひ浮べる事が出来ます。（中略）「六人集」や「毒の園」は、この転換期に日本の若い作家や読書家たちに愛読されてゐたのです」と記す（「ロシヤ近代古典の再吟味」、五六八頁）。中村星湖（一八八四－一九七四年）も同様に、「『六人集』や（中略）『毒の園』に収まつてゐるロシヤの諸作品は（中略）私なども、それらが単行になる前、初雑誌の上で愛読して、影響さる丶点もすくなくなかつたやうである。多分、当時の文壇人または文学青年で、此の頃の昇氏の翻訳のお蔭を蒙らない者は無かつたであらう」と語る（「二葉亭を嗣ぐ者」、五五四頁）。加藤武雄（一八八八－一九五六年）も、「われ〳〵同時代者が、青年時代に於て最も魅力を感じたのはロシア文学です。（中略）「六人集」「毒の園」の二集の如きは、とりわけ愛誦《あいしょう》措《お》かなかつたもので、これほど強い深い影響を受けた書物はありません」と回想する（「昇先生への感謝」、五二四頁）。

宇野浩二（一八九一－一九六一年）も当時の感激を次のように語る。

『六人集』と『毒の園』に収められた、前記の作家の外に、ソログウブ、ア・トルストイ、カアメンスキイなどの作品が、私ばかりでなく、その頃二十歳の文学書生であつた私たちに、つまり、昇曙夢の翻訳する作品が、それぞれ最も共鳴するところが多かつたからである。言い換へると、私たちより二十歳ぐらゐ年長の、花袋、独歩、その他の先輩が、二十歳代に最も愛読し共鳴したのが二葉亭の翻訳であつたやうに、私たちの二十歳の頃の文学書生の最も愛読し共鳴したのは、無論、二葉亭や鷗外の翻訳も愛読したけれど、主として、曙夢の翻訳であつたのである。

「永遠に新しい『六人集』と『毒の園』」（『六人集と毒の園』前掲、五三二頁）

上記の回想は、一八八二年生まれの小川未明から、九一年生まれの宇野浩二まで、明治末年に二十から三十歳までくらいの、潑剌《はつらつ》たる青年期を送っていた文学者たちのものである。八一年生まれの魯迅や八五年生まれの周作人は、出身国こそ違え、彼ら日本人文学者たちと同世代に属する。中国人留学生独自の感性も働いただろうが、同時に、同じ文学の空気を共有することで、曙夢が訳したアンドレーエフらのロシア文学に対する強い共感を抱いたと想像される。

明治末年、ロシア文学への関心が高まる中、同時代の文学を原書からいかにも翻訳調で訳し出す、昇曙夢の貢献は大きかった。加藤百合『明治期露西亜文学翻訳論攷』は、曙夢による世紀末文学の翻訳が出はじめて、明治日本の読者にとって「ロシア文学は急に身近で若いものと感じられるようになった」と指摘する。曙夢は、欧米の英語やドイツ語経由でロシア文学を受容していた文学者たちと異なり、「ロシアの同時代文学に絶えず目を配り、注目した若い作家の作品を追跡して発表直後に訳出していた」のである。(21)

日本の読者が、ロシアの読者と時期を同じくして同時代の作家を読んでいる感覚を抱くに至ったことは、ロシアからの留学生だったエリセーエフ（一八八九―一九七五年）が、『露西亜現代代表作家　六人集』（前掲）に付した「序文」からも伝わる。

彼等は皆それ〴〵異つて居る。異つては居るが、彼等は等しく私に取つて、又恐らく現代文学に興味を有する凡ての人に取つて、最も親密に、最も貴い感じがする。我々は何等かの点に於て各作家と繋がつて居る。彼等の作物に接すると屹度《きつと》何物か我等の心に残る。例へばアンドレーエフ、ザイツェフ、ソログープの如き、まるで近親のやうな感じがする。我々は彼らと共に生き、共に思想して居るやうな、内面生活に於て共通の点が多い。

一九三二年からハーバード大学で教えるなどして、数多くの日本研究者を育てたエリセーエフは、周兄弟と同じ時期の、日本留学生だった。一九〇八年に来日し、東京帝国大学で国文学を学んだエリセーエフは、夏目漱石を愛読して木曜会に出入りし、小宮豊隆らと親しく交わるなど、一四年の帰国までの六年間、日本語や日本文化にふける生活を送った。その間、漱石が主宰する『東京朝日新聞』の文芸欄でアンドレーエフの紹介を行う（「アンドレイエフの近作「アナテマ」の批評」上下、署名はセルゲイ、エリセイフ、一九一〇年三月十四／十五日）など、ロシアの同時代文学を紹介していた[22]。

3　明治末年の日本におけるアンドレーエフ流行

昇曙夢の翻訳の中でも、アンドレーエフ（一八七一―一九一九年）の翻訳は文学青年たちに強い印象を残した。先ほどの『六人集と毒の園　附文壇諸家感想録』でも、吉江喬松《たかまつ》（一八八〇―一九四〇年）は、「アンドレーエフの「霧」

もまた我々の記憶に永久消すことの出来ぬ幻影を刻んだ作品」だと回想する（「昇曙夢氏の翻訳文学礼讃」、五二一頁）。同じく中村武羅夫《むらお》（一八八六―一九四九年）は、その感動を次のように記す。

「六人集」や、「毒の園」が出版されて、逸早《いちはや》くそれを手にした時の感激と興奮とは、今でもアリ〳〵と覚えてゐる。（中略）／内容に至つては、全くの驚異だつた。（中略）アンドレーエフの「霧」など、一作々々を読みすゝんで行くに従つて、異常な感動に圧倒されて、息詰まるやうな気がしたものだ。初めてロシヤの近代文学に接して、僕などはちやうどその時期でもあつたのか、人生にたいし、文学にたいして、急に眼を開かれたやうな気がした。

「最初の感激と興奮」（『六人集と毒の園』前掲、五二二―三頁）

もう少し下の世代でも、矢野峰人《ほうじん》（一八九三年―一九八八年）は自伝の中で、中村春雨訳を通して「アンドレーフ宗の信者」となった、と回想する。

ロシアの作家中、私が最も愛読したのはアンドレーフである。彼に対する私の病みつきの抑《そもそ》もは、中村春雨の訳した『信仰』（アンドレーフ著、中村春雨訳『信仰』杉本梁江堂、一九〇九年）を繙《ひもと》いた時にはじまる。それはかなりな長篇で、巻末には「沈黙」と題する短篇を添へてあつた。（中略）この春雨訳によつて魅了せられた私は俄《にわか》にアンドレーフ宗の信者となり、彼のあらゆる作品を集めようとするに至つた。

『去年の雪　文学的自叙伝』(23)

加藤百合によれば、アンドレーエフの翻訳は、明治四十年代に飛躍的に増え、大正期には明らかに減る。「「アンドレーエフの時代」は急激に訪れ、急激に去った」[24]。短い期間ではあるが、「病みつき」になったのは矢野だけではない。上田敏や二葉亭四迷が先鞭をつけ、昇曙夢が大きな役割を担った翻訳は、アンドレーエフ宗の信者の群れを生み出した。源貴志は、ほかにも影響を受けた作家として、森鷗外・夏目漱石・志賀直哉らの名前を挙げている[25]。影響がこれら大作家にとどまらないことは、『六人集と毒の園　附文壇諸家感想録』に見る通りで、しかもアンドレーエフ宗の信者には中国からの留学生も含まれる。

魯迅もアンドレーエフ偏愛を共有していた。周作人は魯迅の文学趣味について次のように回想する。

> 『域外小説集』二冊中には都合イギリス・アメリカ・フランス各一人一篇、ロシア四人七篇、ポーランド一人三篇、ボスニア一人二篇、フィンランド一人一篇を収めている。（中略）そのうちロシアのアンドレーエフ作二篇、ガルシン作一篇は、予才〔＝魯迅〕がドイツ訳から翻訳したものだ。予才はどうしたわけかアンドレーエフが大好きだった。（中略）当時日本ではロシア文学の翻訳はまだ盛んでなく、わりに早くそしてやや多く紹介されたのはツルゲーネフくらいのものだった。私たちも熱心に彼の作品を集めたが、それはただ珍重するだけで、べつに翻訳する気はなかった。毎月の初めに各種の雑誌が出ると、私たちは蚤取《のみと》り眼《まなこ》でさがして、一篇でもロシア文学に関する紹介なり翻訳なりがあると、必ず買ってきて、その部分だけ切り取って保存しておいた。
>
> 「関於魯迅之二」〔「魯迅について　その二」〕[26]

魯迅はアンドレーエフを独語から訳したが、日本語訳がある場合はそれも参照したと思われる。周作人によれば、魯迅は「日本文学に対しては当時は少しも注意せず、森鷗外、上田敏、長谷川二葉亭等、ほとんどその批評や訳文のみを重んじた」という。(27) いずれもアンドレーエフの訳者である。

周兄弟が留学中に共訳で出した『域外小説集』二冊（東京で出版、一九〇九年三月／七月）の所収作品のうち、第一冊のアンドレーエフ「嘘」（「謾」）「沈黙」（「默」）は、魯迅が独訳から重訳した。『域外小説集』が刊行される一九〇九年の段階では、アンドレーエフの邦訳は出はじめたばかりで、まだ数が少ない。川戸道昭・榊原貴教編『世界文学総合目録第8巻　ロシア編』の「アンドレーエフ編」を参照すると、一九〇九年三月までに訳されたアンドレーエフの作品は、「旅行」（上田敏訳、『芸苑』一九〇六年一‐二月）、「これはもと（昔話）」（上田訳、『趣味』一九〇七年五月）、「血笑記」（二葉亭四迷訳、『趣味』一九〇八年一月）、「天使」（草野芝二訳、『新小説』一九〇八年八月）、「嘘」（山本迷羊訳、『太陽』一九〇八年十二月）だけである。(28) 魯迅の訳した「沈黙」は、上田敏の仏語からの翻訳が、『域外小説集』と同時期の一九〇九年五月に出る。アンドレーエフが大量に訳されるのは一九〇九年以降のことで、魯迅の翻訳が日本での流行の開始と同時期だったことが分かる。

『域外小説集』から十年あまりのちに刊行された、魯迅・周作人・周建人の共訳書『現代小説訳叢』第一集（商務印書館、一九二二年五月）の所収作品のうち、アンドレーエフ「暗澹たる靄の中に」（「黯澹煙靄里」）、「書籍」も、魯迅による独語からの重訳である。「暗澹たる靄の中に」は、昇曙夢がまず「薄暗い遠方へ」と題して一九一三年に訳し（『文章世界』十月）、「靄の中」と改題して『零落者の群　露西亜現代作家選集』（春陽堂、一九一七年）に収録、さらに魯迅が訳す二年あまり前の二〇年十月には、『露西亜現代文豪傑作集第1編　アンドレーエフ傑作集』（大倉書店）に収録した。後述するように、魯迅はこの『露西亜現代文豪傑作集』の他の巻を所持しており、この巻も持っていた可能性がある。また「書籍」についても、二〇年に中村白葉が「書物」と題して訳し（『中央文学』八月）、単行本『チェエホフ以後』（叢文閣、一九二〇年九月）に収めた。

魯迅によるアンドレーエフ受容については、藤井省三『ロシアの影　夏目漱石と魯迅』に詳細な検討がある。魯迅の短編「薬」（一九一九年四月）における、反清革命家の夏瑜が斬首される場面の描写法について、「魯迅は明らかにアンドレーエフが得意とした主観的描写法をここで用いている」と指摘する。[29] 実際魯迅は、『中国新文学大系』小説二集の「序」で、「「薬」の結末にも、アンドレーエフ式の暗鬱をはっきり、とどめていた」と自ら評した。[30]

また、両者の世界観に共通性のあることも認められる。昇曙夢は『露国現代の思潮及文学』（前掲）の「アンドレーエフの思想と作風」で、次のように記す（一四三−五頁）

アンドレーエフは前代の露国インテリゲンチヤ（知識ある階級）から二つの矛盾した傾向を承継《うけつ》いで居る。一つは社会問題に対する病的傾向で、一つは之を評価する際の絶望的厭世観である。之が又アンドレーエフの創作の根柢に横《よこた》はる矛盾である。此の社会的本能と社会的厭世観との結合はアンドレーエフが専《もっぱ》ら人生を写実的に描写して居た時代には別段矛盾でも何でもなかつた。何故と言つて、実生活には多くの悲しむべきこと、俗悪なる事、病的の事があつて、始終作者に活きた材料を提供するから、作者は其れを描きさへすれば宜いのだ。（中略）アンドレーエフが現実の描写を去つて、社会問題を芸術的に解決しようとするに従つて、其矛盾は愈々《いよいよ》明瞭になつて来た。（中略）アンドレーエフは実生活の真に対して、無理な迫害と変改とを加へて、強ひて自分の作物の芸術的真を亡ぼしたのである。

この「社会問題に対する病的傾向」、及び「絶望的厭世観」は、魯迅の初期の短編「狂人日記」や「薬」などにうかがえるものである。

以上のように、明治末年の日本に留学した魯迅・周作人がロシアの現代文学に接触する上で、昇曙夢の翻訳紹介は案内としての役割を果たした。魯迅のアンドレーエフ偏愛は、同時代の日本の文学青年たちと共有されていた。ただし留学を終えて帰国した魯迅が、再び曙夢を通してロシア文学に接近するのは、明治末年から約十五年が経過した、一九二五年に入ってからのことである。その背景には、ロシア革命後のソビエト文学への関心があった。

4　一九二八年前後の中国における「革命文学論争」

本節では、魯迅がソビエト文学に強い関心を寄せるきっかけとなったと思われる、中国で一九二八年に交わされた「革命文学論争」、及びその前後の魯迅による昇曙夢受容について見ていく。

その前にごく簡単に文学史を整理しておくと、一九一一年の辛亥革命で清朝が倒れ、中華民国が成立するのは一二年だが、近代的な文学の登場は少し遅れる。文学史では一七年に始まる「文学革命」が画期とされており、雑誌『新青年』に掲載された胡適「文学改良芻議」（第二巻第五号、一月）、陳独秀「文学革命論」（第二巻第六号、二月）がその口火を切った。翌一八年に魯迅の短編「狂人日記」が発表され（『新青年』第四巻第五号、五月）、周作人の評論「人的文学」（第五巻第六号、十二月）がこれにつづいた。一九年の五四運動はこの文学革命をいっそう推進し、前後に反封建・反帝国主義の「五四新文化運動」が盛り上がる。魯迅や周作人は文学革命に先立って、アンドレーエフをはじめとするロシア文学を受容し、五四新文化運動の渦中で、留学時代を中心に吸収し養分とした外国文学の知識や文学観を生かした、と考えられる。

しかし一九二〇年代の半ばを過ぎると、新たな潮流が勃興する。マルクス主義とそれにもとづくプロレタリア文学である。文学革命につづく大きな転換期は、二八年の「革命文学論争」前後に訪れた。革命文学論争とは、プロレタリア文学を提唱する創造社・太陽社と、魯迅・茅盾との間で交わされた論争である。個人攻撃を含む激しいやりとりがなされたが、この論争を経て、三〇年に左翼作家連盟が結成され、中国文壇の主流を形成した。

革命文学論争で一方の当事者だった魯迅は、論争前から、ソビエト文学に対し一定の関心を抱いていた。山田敬三「火を盗む者」によれば、魯迅の関心があらわになるのは、一九二四年以降のことである。日記の各年末に付された書帳（購入図書目録）からして、「マルクス主義文芸理論に対する魯迅の知識は、こうして一九二四年末より着実に蓄積されはじめていた」[31]。その知識は主に昇曙夢の著作から吸収したもので、購入書籍は以下の通りである。

昇曙夢『赤露見たまゝの記』（「新ロシヤ・パンフレット」第一編、新潮社、一九二四年六月）
＊一九二四年十月購入
同『革命期の演劇と舞踊』（同第二編、新潮社、一九二四年六月）
＊一九二四年十二月購入
同『新ロシヤ文学の曙光期』（同第三編、新潮社、一九二四年十月）
＊一九二五年購入
同『プロレタリヤ劇と映画及音楽』（同第五編、新潮社、一九二五年六月）
同『第二新ロシヤ美術大観』（同第六編、新潮社、一九二五年十二月）
同『無産階級文学の理論と実相』（同第七編、新潮社、一九二六年七月）
＊以上一九二六年購入

読書の成果は、魯迅が関わる「未名叢刊」の一冊として出た、任国楨訳『蘇俄的文芸論戦』（『ソビエト・ロシアの文芸論戦』北新書局、一九二五年八月）の、魯迅が書いた「前記」にうかがえる。ただし山田敬三「詩人と啓蒙者のはざま」によれば、この「前記」は魯迅のオリジナルな記述とはいいがたく、執筆と同年に購入した前年出版の昇曙夢

『新ロシヤ文学の曙光期』（前掲）を、「部分的につなぎ合わせて作りあげた、いうなれば抄訳」である。律儀に参考文献を記すことが多い魯迅が、「前記」の場合、典拠である曙夢の著作に触れていない理由について、山田氏は、「あるいは、当時の出版事情が影響していたかもしれない」と推測する。[32] またこの「前記」の内容が、『新ロシヤ文学の曙光期』の「新ロシヤ文壇の右翼と左翼」の章にもとづき、「レフ」の紹介に終始する点について、中井政喜は『魯迅探索』で、参照できる資料が乏しい中、「一九二三年の論戦以前（一九一七年―一九二二年）のソビエト・ロシア文芸界を代表する潮流が未来派にあるとする昇曙夢の見解に、魯迅も頷《うなづ》くところがあったこと、によると思われる」と指摘する。[33]

こうして魯迅が一九二四年以来、左翼文学への関心を深めつつある中の、二八年、創造社・太陽社の文学者と、魯迅との間で、革命文学論争が起きた。長く役人として北京に住んでいた魯迅は、廈門《アモイ》を経て、二七年一月広東へ移り、中山大学で教授を務める。しかし四・一二クーデターに抗議して辞職し、秋には上海へ移った。この魯迅に対し激しい攻撃を加えたのが、プロレタリア文学を提唱する、創造社と太陽社の新進の批評家たちである。

創造社はメンバーの多くが日本留学経験者だった。第一期の、評論の面での代表者である成仿吾、また第三期と呼ばれる、主に一九二〇年代前半に留学した馮乃超《ふうだいちょう》や李初梨《りしょり》らが中心になって、魯迅を攻撃した。彼らは日本でマルクス主義の洗礼を受け、プロレタリア文学の知識を用いて「革命文学」を標榜し、プチブル階級の文学者として魯迅を攻撃した。ソ連から帰って来た太陽社の蔣光慈《しょうこうじ》や、批評家銭杏邨《せんきょうそん》も攻撃に加わった。

この論争の背景には、軍閥を打倒し、全土の統一を目指した北伐の過程において、国民党と共産党の国共合作が、四・一二クーデターで崩壊し、左翼が挫折の中で高めていた危機感がある。増田渉は、「この革命の挫折、革命勢力の交代は、知識階級に大きな衝撃をあたえ、動揺をおよぼした」といい、中でも「先鋭分子」は、革命勢力をもり返すため、「すでに広東時代から多少、声のあがっていた「革命文学」のスローガンを、再び上海で声高く叫びはじめた。そしてそのスローガンはやがて、一そう具体的な内容を加えた「無産階級革命文学」として打ち出されるようになった」と説明する。[34]

また阿部幹雄「成仿吾における「文学観」の変遷」は、革命文学論争の背景に、日本の福本イズムの影響を見ている。一九二〇年代半ば、福本和夫のマルクス主義理論は、日本の左翼学生たちの間で一世を風靡した。強い影響を受けた中には、当時京都帝国大学などで学んだ馮乃超や李初梨ら、中国人留学生も含まれる。阿部は革命文学論争における「文学」について次のように論じている。

「文学」の新たな役割は、資本主義的な生産活動におけるイデオロギー批判であると、明確に認識されたのである。ここで注目すべきは、イデオロギー批判と経済過程の批判が「円環」という言葉で、一つのものとして捉えられていることである。このような理解は、日本経由の福本イズムから来た、新しいマルクス主義理解があって初めて可能だったことであり、成仿吾が若い世代から大きな影響を受けたのもこのような観点についてであったといえるであろう。[35]

魯迅がプロレタリア文学に触れた初期の文章は、一九二七年四月の講演記録、「革命時代的文学　四月八日在黄埔軍官学校講」（『而已集』北新書局、一九二八年所収）である。かなり皮肉な調子で文学と革命の関係を揶揄している。

この革命の中心地〔広州〕にいる文学者〔創造社の郭沫若・成仿吾らを指す〕は、文学は革命に大いに影響を及ぼす、と言いたがっているらしい。たとえば、それでもって革命を宣伝し、鼓吹し、扇動して、革命を促進し、また革命を完成させることができると思っているらしい。だが私は思う。そのような文章は無力であります。なぜならば、よい文芸作品というものは、他人から命令を受けず、利害をも顧みず、おのずと心のなかから湧き出たものと相場が決まっております。もし前もって題がきまっていて、それに合わせて文章を作るなら、それは八股文《はっこぶん》とおなじことで、文学的にはいささかの価値もなく、まして人を動かす力など、あろうはずがないからであります。(36)

この講演は、直接には成仿吾の、「完成我們的文学革命」(『洪水』第三巻第二十五期、一九二七年一月十六日)などに対する反撃である。第2章で見たように、かつて魯迅の小説集『吶喊』(一九二三年)に対する成の批評に対し、魯迅が反感を抱いて以来、両者は関係が悪かった。魯迅が言うのは、いわゆる「主人持ちの文学」(志賀直哉が小林多喜二に送った書簡の言葉(37))に対する反感である。ただしこの段階での、魯迅のプロレタリア文学に対する態度はまだ明確ではない。

しかし翌一九二八年に入ると、両者は正面からやり合う。(38)馮乃超「芸術与社会生活」(『文化批判』創刊号、一九二八年一月十五日)や成仿吾「従文学革命到革命文学」(『創造月刊』第一巻第九期、一九二八年二月)などに対して、魯迅は「「酔眼」中的朦朧」(『語絲』第四巻第十一号、一九二八年三月十二日。『三閑集』北新書局、一九三二年所収)を書き、流行の主義が入れ代わり立ち代わり提唱され、しかもその主義に内実が伴わない点を厳しく指弾する。

遅まきのきらいはあるが、創造社は、一昨年は株式募集をやり、昨年は顧問弁護士をやとい、今年ついに「革命文学」の旗をかかげた。かくて復活した批評家成仿吾は、「芸術の殿堂」守護の職務を棄てて「大衆獲得」に乗り出し、しかも革命文学者に「最後の勝利を保証」するに至った。この飛躍は、当然といえば当然である。文筆業者は敏感なものが多い。絶えず自分の没落を気にして、それを防ぐのに懸命であること、大海に漂流するものが手当り次第に何でもつかみたがるのと同然である。二十世紀このかた、やれ表現主義、やれダダイズム、やれ何やらイズム、その興亡のはげしさがよい証拠だ。しかも現在は、大いなる時代、動揺の時代、転換の時代である。中国以外の国では、おおむね階級の対立が十分に先鋭化しており、労働者農民大衆の力はますます大きくなりつつある。もし自分を没落から救いたいなら、かれらの側につくのが当然だ。(39)

「文学」観自体の変革（阿部論文）を促す、成仿吾ら創造社からの攻撃を、魯迅は正面から受けて立った。それは同時に、自らを攻撃する際に旗印とされた「革命文学」を深く理解するため、魯迅がプロレタリア文学の理論書を読み、マルクス主義文学と向き合うきっかけともなったと思われる。(40)

魯迅は「「硬訳」与「文学的階級性」」（『萌芽月刊』第一巻第三号、一九三〇年三月。『二心集』合衆書店、一九三二年所収）で、皮肉な調子で論敵の不勉強を指摘しつつ、ソビエトの文芸理論書を訳した理由を述べる。

私のような「硬訳」で難解きわまる「天上」理論（ルナチャルスキー文芸論の日本語からの重訳『文芸与批評』水沫書店、一九二九年を指す）は、いったいどんな意図で訳したのか。（中略）

私の答えはこうである。自分のために、また、無産文学批評家をもって自任する少数の人のために、また、一部の「気分爽快」を目的としない、困難をおそれずに少しでもこの理論のことを知りたいとねがう読者のために訳すのである、と。

一昨年このかた、私への個人攻撃はきわめて多い。どの雑誌にも「魯迅」の名が見つからぬことがないくらいだ。そしてその筆者たちは、ちょっと見にはいずれも革命文学者づらをしている。だが私は、その何篇かを読んでみて、どれもくだらぬと思うようになった。メスが皮膚をつき刺さず、銃弾は急所をそれていた。（中略）そこで私は考えた、こうした点での理論的な参考書があまりに少ないために、みんな頭の整理ができないのだろう、と。

いまや敵を解剖し、敵を嚙みくだくことを避けるわけにはいかない。(41)

このように魯迅は革命文学論争を通じて、プロレタリア文学とは何なのか学ぶこととなった。丸尾常喜は、創造社の主張は「理論の水準も低く、何よりも中国の現実に対する真剣な考察を欠いた観念的なもの」で、魯迅はこの欠点を批判したが、それと同時に魯迅自身も、「この論戦をとおして、彼自身もマルクス主義やその文芸理論を熱心に研究するようになっていく」と論じる。(42) また丸山昇は、魯迅が革命文学論争で展開した文学観が、マルクス主義の芸術論に触れる以前から、「彼の内部に形作られていた」ことをくり返し強調しながらも、魯迅が昇曙夢訳のルナチャルスキー『マルクス主義芸術論』を購入するのは、論争が始まって以降の一九二八年九月であり、蔵原惟人《これひと》訳のプレハーノフ『階級社会の芸術』を購入するのは同年十月、外村《そとむら》史郎訳『芸術論』は同年十一月というように、「彼がマルクス主義芸術論を系統的・集中的に読み、訳すのは、自分でもいっているように、創造社、太陽社に「押しやられて」の二八年後半以降」だと指摘する。(43)

アンドレーエフをはじめとするロシア文学の日本における流行を、留学生だった魯迅も共有していたこと、またその過程で昇曙夢の翻訳紹介が重要な役割を果たした点については先に見た。それから十五年あまり後、革命文学論争を経て、ソビエトの文学理論に接近する際に魯迅が依拠したのも、やはり曙夢の紹介翻訳だった。明治末年から昭和にわたる曙夢の息の長い活動が、魯迅にロシア・ソビエト文学理解の基盤を提供したのである。

5　昇曙夢を通したソビエト文学の受容——大正末年から昭和初期にかけて

魯迅は一九二四年から、ソビエト文学に対し昇曙夢の紹介を通して接近した。そして革命文学論争を経て、マルクス主義文学論への理解を深めるため、ソビエト文学の評論を日本語から翻訳するようになる。曙夢「最近のゴーリキー」（『改造』第十巻第六号、一九二八年六月）を訳した、「最近的戈理基《ゴーリキー》」（魯迅編訳『壁下訳叢』北新書局、一九二九年四月）がその最初である。

つづいて、ソビエトの文芸理論家ルナチャルスキー（一八七五-一九三三年）の著作の、昇曙夢による日本語訳『マルクス主義芸術論』（「マルクス主義文芸理論叢書」第2編、白揚社、一九二八年七月）を、『芸術論』（「芸術理論叢書」第一種、大江書鋪、一九二九年六月）として訳した。「小序」には次のように記している。

この小さな本は、日本の昇曙夢の訳を重訳したものである。（中略）

原本は圧縮して精髄にしたような本であり、また生物学的社会学に依拠し、その中は生物、生理、心理、物理、科学、哲学などにかかわっており、学問の範囲はきわめて広い。美学および科学的社会主義についてはなおのこと言うまでもない。これらについて、訳者はおよそ素養がないので、筆が滞り、わからないところが出てくるたびに、茂森唯士の『新芸術論』（「芸術と産業を収める」）（『新芸術論』至上社、一九二五年十二月）および「実証美学の基礎」の外村史郎の訳（『芸術の社会的基礎』叢文閣、一九二八年十一月）、また馬場哲哉（＝外村史郎）の訳（『実証美学の基礎』人文会出版部、一九二六年四月）を参照した。(44)

魯迅は昇曙夢のソビエト文学紹介を購入したのみならず、曙夢の訳した理論書を、他の訳も参照しながら、さらに中国語に訳した。この頃魯迅は、曙夢が過去に訳したロシア文学の集成である、『露西亜現代文豪傑作集』全六編（大倉書店、一九二〇-二二年）も購入しており、日記の一九二九年六月十二日には、「内山書店に行き、『露西亜現代文豪傑作集』の二、六各一冊、計二元四角を買う」との記述がある。(45)魯迅の蔵書は、第二編「クープリン・アルツィバーシェフ傑作集」、第三編「ザイツェフ・ソログープ傑作集」、第五編「チェーホフ傑作集」、第六編「現代露国詩人傑作集」だが、第一編「アンドレーエフ傑作集」も購入した可能性がある。恐らくロシア文学への関心がよみがえったものだろう。

魯迅は文学のみならず、ソビエトの美術にも関心を抱いていた。『新俄画選』（『新ロシア画選』、朝花社編「芸苑朝華」第一期第五集、光華書局、一九三〇年五月）は、革命後のロシアの前衛絵画、構成派の版画の紹介である。「小序」では、昇曙夢『新ロシヤ美術大観』（「新ロシヤ・パンフレット」第四編、新潮社、一九二五年二月）を利用した点について、

　本文中の説明と五幅の画は、昇曙夢の『新ロシア美術大観』から抜粋したものであり、その他の八幅は、R. Fueloep-Miller の "The Mind and Face of Bolshevism" 所載のものを複製したことを、あわせてここに明らかにしておく。[46]

と記す。辻田正雄は、日本留学時代に始まる魯迅のロシアに対する関心は、「一九二七年ころから、ソ連の文学・芸術関係書（そのかなりの部分は日本語訳のもの）の購入がめだち、また中国への紹介もおこなっている」と指摘するが、成果の一つがソビエト芸術の紹介だった。[47]

昇曙夢の紹介や翻訳を通してソビエト文学への接近をはかっていたのは、魯迅ばかりではない。一九二九年頃から上海で魯迅と親しく交わり、教えを受けることになる馮雪峰《ふうせっぽう》（一九〇三―七六年）は、それ以前の、北京大学で聴講生をしていた二五年から日本語を自習し、二六年からの曙夢の「新ロシヤ・パンフレット」の部分訳を発表した。『新俄文学的曙光期』（北新書局、一九二七年二月。昇曙夢編『新ロシヤ文学の曙光期』前掲の訳）、「蘇俄的二種跳舞劇」（『莽原』第二巻第五期、同年三月十日。『革命期の演劇と舞踏』前掲の訳）、『新俄的無産階級文学』（北新書局、同年三月。『無

産階級文学の理論と真相』前掲の訳）、『新俄的演劇運動与跳舞』（北新書局、同年五月。『革命期の演劇と舞踏』前掲の訳）などがそうである。これらの訳は、馮雪峰がソビエト文学の現状を知るために行ったもので、魯迅も注目していた。馮雪峰は次のように回想する。

柔石《じゅうせき》（馮雪峰の師範学校時代の先輩。上海で馮を魯迅に引き合わせた）は、しかも私にこう言った、魯迅先生はかつて私を話題にしたことがあると。私が訳したソビエトの『文芸政策』という本は、当時すでに出版されていたが、魯迅先生も訳し、『奔流』に連載していた。（中略）柔石によれば、魯迅先生は、私が一九二六年から二七年にかけて訳した、日本の昇曙夢のソビエトの文学・演劇・ダンスなどに関する三冊のパンフレットにも言及して、こういった紹介は中国の文芸界に役立つものだと考えているという。(48)

魯迅自身、昇曙夢のソビエト文学紹介を中国語に訳していたので、馮雪峰の翻訳に注目したのも当然といえる。ただし魯迅にしても馮にしても、曙夢自身に対する関心があったわけではない。関心の対象はあくまで曙夢の紹介する、ソビエトの文学動向や文学理論であった。芦田肇「馮雪峯における「同伴者」論の受容と形成」は、曙夢のソビエト文学紹介について、「自説を展開したものというより、当時としては最新のソビエトの文学評論家、文学史家の説、原資料に依りながら、革命以後、内容と形式の両面で大きな変貌を遂げたその国の新文芸をめぐる様々な現象、動向についての客観的紹介を基調とした、かなり啓蒙的な性格を帯びた論述」だとした上で、馮雪峰にとって曙夢の著作を翻訳することは、革命後のロシア文学を広く知るために役立ったのであり、「そのことがソビエトの「同伴者」論を受けとめ、中国の文芸状況にそれを適用することまで可能にさせる間接的な素地とでも言うべきものを彼に提供した」と指摘している。(49)

魯迅・馮雪峰以外にも、昇曙夢を経由してソビエト文学を受容した中国人作家は数多く存在する。芦田肇の労作『中国左翼文芸理論における翻訳・引用文献目録（1928-1933）』を参照しつつ[50]、筆者の目に入った文献も加えながら挙げると、以下のようなものがある。

李可訳「最近之高爾基」（『小説月報』第十九巻第八号、一九二八年八月）
＊昇曙夢「最近のゴーリキー」（『改造』第十巻第六号、一九二八年六月）
林伯修訳「理論与批評　無産階級文学論末章」（『海風週報』第一-五号、一九二九年一月一日-二十七日）
＊ペ・コーガン著、昇曙夢訳『プロレタリア文学論』（白揚社、一九二八年三月）所収の「理論と批評」
陳俶達訳『現代俄国文芸思潮』（華通書局、一九二九年十月）
＊昇曙夢『露國近代文藝思想史』（大倉書房、一九一八年）か？[51]
沈端先（＝夏衍）訳『新興文学論』（南強書局、一九二九年十一月）
＊ペ・コーガン著、昇曙夢訳『プロレタリア文学論』（白揚社、一九二八年三月）
沈端先（＝夏衍）訳「伊里幾的芸術館」（『拓荒者』第二号、一九三〇年二月十日）
＊レージュネフ著、昇曙夢訳『マルクス主義批評論』（白揚社、一九二九年七月）所収の「レーニンと芸術」？
沈端先（＝夏衍）訳『偉大的十年間文学　新興文学論続編』（南強書局、一九三〇年九月）
＊ペ・コーガン著、昇曙夢訳『最近十年間の文学』（白揚社、一九二八年三月）
許亦非訳『俄国現代思潮及文学』（現代書局、一九三三年八月）

情報の不明な、あるいは筆名のために判然としない訳者もいるが、沈端先＝夏衍（一九〇〇-一九九五年）は、一九二〇年代に日本に留学、帰国後翻訳に従事していた。

翻訳を自分の職業にしてからというもの、しじゅう北四川路の内山書店へ本さがしに出かけましたが、日本語が話せたことと、いつも買うのが左翼の定期刊行物と進歩的な書物だったところから、たちまち書店の主人、内山完造と知り合いました。内山はとても客好きで、そのころ、日本から帰ったばかりの、馮乃超、李初梨、彭康といった文化人がみなこの書店の常連であるだけでなく、魯迅、陳望道、夏丏尊、郁達夫、田漢まで、みなが内山完造の友だちでした。当時は日本の左翼運動の全盛期で、上海ではまた内山書店でのみ左翼系書店の出した書籍や雑誌を入手できたのです。

『夏衍自伝　上海に燃ゆ[52]』

このようにして日本留学経験者たち、夏衍のみならず魯迅や、あるいは革命文学論争で魯迅と敵対した馮乃超らも、内山書店で昇曙夢の著作を含む日本の左翼関係の文献を手に入れ、翻訳した。

昇曙夢が中国でもっとも熱心に読まれたのは、この一九二〇年代末から三〇年代前半にかけてかと思われるが、ロシア文学の紹介者としてのその仕事は継続して注目された。白井澄世は、一九三四年から三五年にかけて、日本文壇の流行を受けてさまざまなドストエフスキー論が中国に流入したことを論じる中で、当時の総合的な文芸誌『文学』の一九三四年七月号（第三巻第一期）の欄外には、日本で昇曙夢『綜合研究ドストエフスキー再観』（ナウカ社、一九三四年）が刊行されたとの紹介が掲載されている、と言及している[53]。

昇曙夢に限定せず、日本を経由したソビエト文学の受容へと視野を広げるなら、無数の文献が視野に入ってくる。芦田編『中国左翼文芸理論における翻訳・引用文献目録（1928–1933）』は、「まえがき」で次のように述べる。

魯迅の『藝術論』（1930.7　光華書局）『文藝与批評』（1929.10　水沫書店）と題する訳文は、それぞれプレハーノフ、ルナチャルスキーの邦訳を底本とした重訳であるという事実を考えるとき、私の手元にあるこの書籍と同じものを、魯迅がページを開き、翻訳していたのだ、という私個人のひとりよがりな感慨を越えて、中国の左翼文芸運動を支えた当時の青年達が、日本の青年達と同じように、魯迅訳の文芸理論書に傍線を引き、書き込みをして厳しい運動に精一杯かかわろうとし、かかわっていったその姿が、やはり眼前に浮び上ってくるのである。

日中間には、当時のいわゆるマルクス主義文学論を必要とし、受容した時代の共有性に加えて、日本の、または日本を経由したソビエトなどのマルクス主義文学論の中国への移入という点で、1930年代文芸における日本と中国の特殊な影響関係を設定するとき、そこには極めて興味深い問題をはらんでいると言えよう。（中略）

中国の1930年代文芸のもつ中国的独自性を認めつつも、文芸理論に限らず、外国の影響を捨象することは、やはり実状に即していない。今まで例えば、創造社系の日本留学生による「福本イズム」の影響、「蔵原理論」の中国への移入などいくつかの問題がとり上げられ、明らかにされつつある。そして全体的にみたとき、日本の、または日本を経由したマルクス主義文学論の影響がかなり強いことは、ほぼ大方の指摘するところである。[54]

芦田の触れている、ルナチャルスキーの著書を昇曙夢による日本語訳から重訳した、魯迅訳『文芸与芸術』（水沫書店、一九二九年十月）は、「科学的芸術叢書」の一冊である。これは馮雪峰が魯迅とともに編んだ翻訳の叢書である。また、プレハーノフの著書の訳である『芸術論　附二十年間的序文』（光華書局、一九三〇年七月）は、タイトルはルナチャルスキーのそれ（大江書鋪、一九二九年）と同じだが、外村史郎訳『芸術論』（「マルクス主義芸術理論叢書」一、叢文閣、一九二八年）からの重訳である。この『芸術論』訳が収められた光華書局の「科学的芸術論叢書」は、水沫書店のそれと同様の装幀で、連続性を持たせてある。

以上のように、中国におけるソビエト文学の受容においても、昇曙夢の果たした役割は軽視できない。ただしその影響力については、中国はもちろん日本においても検討が必要である。楠山正雄（一八八四－一九五〇年）は曙夢の影響について次のように述べた。

　わたくしなど、従来ロシア文学の影響からもつとも遠い者ですら、このたび再刊される「毒の園」と「六人集」の中の小説は殆どのこらず一度ならず読んだ記憶があり、（中略）一般に専門の文学者たちの間に昇さんによるロシア文学の感化は、少くとも大正中期までは支配的であつたでせう。共産革命後は本国の文壇も、その影響をうけたこちらの翻訳文壇も、同様に混乱と不透明をつゞけるうちに、いつかわたくしたちもロシア文学への関心を失ひかけてゐる有様ですが（後略）

「昇曙夢と上田敏」（『六人集と毒の園』前掲、五五七－八頁）

日本でプロレタリア文学に親近したのは、小川未明や秋田雨雀ら同伴者作家を除き、楠山ら大正の文学者よりも一回り下の、生年が一九〇〇年前後より後の世代である。楠山らはプロレタリア文学への関心はもちろん、ソビエト文学に対してはかなり距離があったと思われる。では若い世代のプロレタリア文学愛好者が、ソビエト文学に共感を抱いていたかというと、少なくとも文壇を挙げて、といった規模ではない。当然昇曙夢の影響の範囲にも限定があったと思われる。プロレタリア文学が席巻したという意味では、一九二〇年代半ばから三〇年前後の日本と中国の文壇は同様である。しかし日中のマルクス主義文学は、必ずしもソビエトのそれをそのまま受け入れるというものではなかったし、ソビエト文学との距離においても同じではなかった。

以上、一九〇〇年代後半から二〇年代、明治末年から昭和初期まで、昇曙夢の翻訳紹介を中心に、中国における日本を経由したロシア・ソビエト文学受容について見てきた。曙夢の翻訳紹介が、日本においてのみならず、中国においても大きな役割を果たしたことが理解できるだろう。

ただし、その受容の過程において、昇曙夢自身の独自な視点が影響を及ぼすことはなかった点は指摘しておきたい。本章の目的は曙夢の文学を論じることにはないので、ごく簡単に触れるにとどめるが、魯迅らの曙夢を通したロシア・ソビエト文学受容において、曙夢は透明なフィルターとしての機能を果たしたと思われ、曙夢独自の見解が組み込まれることは見かけられない。そもそも曙夢自身、ロシア文学の翻訳紹介においては黒子《くろこ》に徹していた。『露西亜現代代表作家　六人集』（前掲）の「自序」で、昇曙夢は次のように記した。

> 此の六人はそれ〴〵の方面に於て、それ〴〵の意味に於て、現代露西亜文学を代表する作家である。彼等の作物には優美にして多方面な、そして始終何物かを憧憬して永久に動揺の止まない現代精神が最も鮮やかに表現されてゐる。それ等の作に接すると作者の不安な言葉の蔭に我々の精神が波打ツて居るやうに思はれる。そこに我々は現代人共通の生命を認むるのである。[55]

しかし昇曙夢自身の著作からは、「始終何物かを憧憬して永久に動揺の止まない現代精神」がさほど見えてこない。それは紹介者に徹した曙夢の意志だったのかもしれないし、あるいは故郷の奄美を描いた『大奄美史　奄美諸島民俗誌』（奄美社、一九四九年）などにこそ、曙夢の創作者としての個性が表れているのかもしれない。

第9章　郁達夫と日本の初期プロレタリア文学
――シンクレア・前田河広一郎・『文藝戦線』の作家たち

1　郁達夫のシンクレア翻訳

現代中国を代表する作家の一人、郁達夫（一八九六―一九四五年）は、一九二八年四月から雑誌『北新』に、米国の作家アプトン・シンクレア Upton Sinclair（一八七八―一九六八年）の『拝金芸術』*Mammonart*, 1925を中国語に翻訳、連載した（第二巻第十期、四月一日―第三巻第十四期、一九二九年八月一日、途中不掲載の号あり。原著百十一章のうち十九章までの部分訳）。

シンクレア翻訳には直接のきっかけがある。米国の批評家バビット Irving Babbitt（一八六五―一九三三年）に依拠してルソーを批判した梁実秋《りょうじっしゅう》（一九〇二―八七年）に対し、ルソーを好む郁達夫は、擁護を目的に「盧騒《ルソー》伝」（『北新』第二巻第六期、一九二八年一月十六日）等を発表した。つづいて、バビットと同じく米国の、しかし立場を大きく異にするシンクレアの『拝金芸術』を訳すことで、さらに反撃を加えたのである。

しかし郁達夫がシンクレアを選んだ背景には、より広い角度からの考察が必要である。なぜシンクレアなのか、いかにして知ったのか、訳した背景にどのような日中の人間関係や文学世界が広がっていたのか、など。郁は日本の文壇における流行を通して、シンクレアに関心を抱き、『拝金芸術』翻訳に至った、と筆者は考えている。一九一三年から約九年間日本に留学した郁は、得意だった日・英・独語を通して、古今や洋の東西を問わず、文学を読み漁った。その興味の範囲は日本文壇における流行と軌を一にする。シンクレアについても、日本を経由した受容を重視すべきではないかと考える。そしてその過程を検証する作業は、当時日本で流行していた米国の新興文学＝社会主義文学、及び前田河広一郎《まえだこうひろいちろう》らの初期プロレタリア文学を文学史の視野へ入れることにつながる、と思われる。

本章では、一九一七年前後の文学を扱った拙著『郁達夫と大正文学』の続編として[1]、一九二三年の関東大震災前後、米国の新興文学が、日本を経由して中国へと翻訳されていった過程、及び郁と初期プロレタリア作家たちとの関わりについて、輪郭を描いてみたい。

2　郁達夫とアプトン・シンクレア——米国新興文学の日本への移入

筆者は『郁達夫と大正文学』で、大正日本に長く滞在した郁達夫が、志賀直哉・有島武郎・佐藤春夫・江馬修《えまなかし》・大正教養主義など、当時日本で流行していた文学・思想のみならず、ツルゲーネフやシュティルナー、オスカー・ワイルド、ルソーなど海外の文学についても、日本の流行を反映しつつ受容していたことを論じた。郁が最終的に帰国するのは一九二二年七月である。翌年二三年九月の関東大震災を挟む大正末年は、日本文学の転換期の一つに当たる。一九一七年前後に最盛期を迎えた大正文学を全身で吸収した郁も、帰国の前夜には、昭和初期へとつづく新しい文学の息吹を、徐々に感じつつあったと思われる。

関東大震災前後に勃興した文学とは、『種蒔く人』（一九二一年十月から東京版刊行）、『文藝戦線』（二四年六月創刊）を代表とするプロレタリア文学であり、『赤と黒』（二三年一月創刊）などのアナーキズムの文学であり、また未来派やダダイズムなどのアヴァンギャルドの芸術、『文藝時代』（二四年十月創刊）に代表されるモダニズムの文学、それらを包み込む、『中央公論』や、『改造』（一九一九年四月創刊）・『文藝春秋』（二三年一月創刊）などの月刊総合雑誌に代表される、大規模な出版産業の勃興である。

郁達夫は帰国後も、これら日本の文学や雑誌に注意を怠らなかった。中でもプロレタリア文学に対しては、志賀やワイルドから影響を受けたその文学とは傾向を異にすると思われるにもかかわらず、強い関心を抱いていた。ただし、郁が特に共感を抱いたのは、関東大震災前後の、初期プロレタリア文学だと思われる。そして初期プロレタリア文学には、ジャック・ロンドンやアプトン・シンクレアら米国新興文学＝社会主義文学からの強い影響があった。

まず、郁達夫がどのようにしてシンクレアを知るに至ったのか、考えてみる。

コロンビア大学入学前から執筆活動を始めたシンクレアは、生活費を稼ぐため売文生活を送りつつ、社会主義に接近する。一九〇一年の『春と収穫』*Springtime and Harvest* から本格的な創作活動を開始、文学作品によって米国政財界の腐敗や弊害を暴露し、社会の改革を唱える、「マックレイカーズ」muckrakers の代表的な作家として活躍した(2)。膨大な量の作品を残したシンクレアの代表作には、一九〇六年の『ジャングル』*The Jungle* や、一七年の『石炭王』*King Coal* や、二七年の『石油！』*Oil!* などの長編がある。また芸術が商業主義に支配される現状を批判した『拝金芸術』などの評論も数多い。

郁達夫がシンクレアをどのようにして知ったのか、判然としない。郁の『拝金芸術』訳の序文、「関於本書的作者」（「本書の作者について」、『北新』第二巻第十号、一九二八年四月一日）によれば、シンクレアの出世作『アーサー・スターリングの日記』*The Journal of Arthur Stirling*, 1903 を読んだのは「七、八年前」とのことだから、一九二〇、二一年頃である。これが最も早いものと思われるが、きっかけは不明である。ただし、この時期はすでに留学して七年ほどが経過している。第一高等学校予科、第八高等学校、東京帝国大学と学んだ郁は、当時の日本の典型的なエリート教育を受け、読書傾向を日本の文学青年たちと同じくする。日本の文壇からシンクレアの存在を知った可能性が高い。

シンクレアが日本で熱心に読まれるのは、大正末から昭和初期にかけてである。[3] 最初の翻訳は、堺利彦による『ジャングル』の一節の訳「屠畜場」（『家庭雑誌』一九〇七年三／四月）だが、本格的には、堺利彦・志津野太郎による『スパイ』*100%: The Story of a Patriot*, 1920の訳（英国で出版の際は *The Spy*、天佑社、一九二三年一月）、堺による『石炭王』訳（白揚社、一九二五年三月）に始まり、前田河広一郎による『ジャングル』訳（叢文閣、一九二五年十二月）、同訳『義人ジミー』*Jimmie Higgins*, 1919（改造社、一九二六年十一月）、木村生死《しょうじ》による『拝金芸術』訳（金星堂、一九二七年十月）、再び前田河と長野兼一郎共訳の『ボストン』*Boston*, 1928（『文藝戦線』一九二八年三月から連載。上下巻で改造社から刊行、一九二九年十一月／三〇年六月）とつづく。

シンクレアの文学は、米文学者の亀井俊介が、『ジャングル』が「圧倒的な迫力をもって読者に衝撃を与える」一方で、「文学としては欠点も目立ち」、結果として「社会主義の宣伝パンフレット」になった、と指摘するように、現在高い評価を受けているとはいいがたい。[4] しかし、シンクレアが続々紹介されるのを目睹した木村毅《き》（一八九四―一九七九年）は、プロレタリア文学勃興後、『ジャングル』は「再評価、再吟味の下にさらされ、気の早い批評家は、あらたに起ったマルクス文学論の洗礼を受けていないので、それは旧式のものだとして葬り去ろうとした」が、一九五九年時点で、「その後ソ連にあらわれた諸作をも含めて、プロレタリヤ小説として第一級」だと評価する。[5]『ジャングル』の最新の邦訳者大井浩二は、「ユルギスが直面する問題のすべてが社会主義に目覚めることで一挙に解決する」展開に読者は「鼻白む」かもしれないが、「諸悪の根源としての資本主義の魔手に捉えられた都市の醜悪な現実を描く」ことで「その仕事は十二分に達成されている」と評する。[6] シンクレアに先駆けて活躍、若くして亡くなったジャック・ロンドンJack London（一八七六－一九一六年）が、大正後半から昭和初期に流行したのを受けて、シンクレアは米国を代表する社会主義作家、新興文学の代表者としての扱いを受けた。

ロンドン、シンクレア紹介で先駆的な役割を果たしたのは堺利彦（一八七一－一九三三年）だが、郁達夫が『拝金芸術』を訳す一九二八年前後では、前田河広一郎（一八八八－一九五七年）による紹介の影響は大きい。中田幸子は、前田河の『ジャングル』訳の影響について、「前田河廣一郎による完訳（一九二五年）は二十年も世界に遅れはしたが、その遅れを取り戻そうとするかのようにこれが直接のきっかけとなって、日本は昭和初期、いわば「シンクレア時代」になだれ込んだ」と表現する。[7]

『拝金芸術』についても前田河広一郎の紹介は大きい。一九二五年に『拝金芸術』が刊行されると、千葉亀雄がすぐに紹介し（「既成文壇否定の巨弾　シンクレヤの『マンモナアト』を読む」『讀賣新聞』一九二五年六月二十二日）、つづいて前田河が翌二六年七月号の『文藝戦線』に「唯物史観的文芸論　シンクレエアー」を書き、木村生死が翻訳中だと伝え、「世界の文芸発達史を最も厳格なマルキシズム的論拠から縦横に解剖批評し、トルストイ以上の力をもつて文芸至上論者を粉みぢんに踏み砕いた」と紹介した。木村の訳は一九二七年十月の刊行である。郁達夫が『拝金芸術』を読んだのは、日記を見る限り遅くとも一九二八年二月二十八日で、原書の第九十六章を読んでいる。[8] よって、それ以前に購入し読み始めていたと思われる。やがて翻訳の際には、郁は作者紹介で、木村生死の日本語訳を大いに参照した、と記す。ただし木村の訳は計二十八章の抄訳で、冒頭から訳出した郁と重ならない章も多く、また訳文はお世辞にも読みやすいとはいいがたい。[9]

郁達夫は『拝金芸術』を翻訳する際に、長文の作家紹介を書いている。そこで参照されているのは、前年出版の、フロイド・デル Floyd Dell（一八八七－一九六九年）による評伝 *Upton Sinclair : A Study in Social Protest,* New York:

G. H. Doran, 1927である。郁の日記によれば、一九二八年二月二十七日、銭杏邨《せんきょうそん》（一九〇〇‐七七年）から借り、翌日にかけて読了した。そこで郁は、革命に名を借りて民衆を殺戮《さつりく》、圧迫することで自らの利益を図る偽の革命家を痛罵、決して騙されることのないよう民衆の目を醒まし、偽の革命家を追いやらねばならぬと記し、「小説でこの目的を達成するならば、恐らくアプトン・シンクレアやフランク・ノリス〔Frank Norris、一八七〇‐一九〇二年〕、デビッド・グラハム・フィリップス〔David Graham Phillips、一八六七‐一九一一年〕ら先進者の手法に学ばねばならない」とする。[10]

フロイド・デルの評伝については、木村生死が『拝金芸術』の「訳者の序」で、著者からその校正刷を送ってもらった、と記している。郁達夫がそれで評伝の出版を知った可能性もあるが、当時郁が読んでいた『文藝戦線』一九二七年十二月号には、「H・M」つまり前田河の訳で、デルの「アプトン・シンクレーアの立場」が掲載されており、郁がこの記事でデルを知った可能性もある。

実は前田河広一郎にとって、フロイド・デルは米国時代の重要な先達だった。面識があり、デルが編集する新聞に記事を掲載してもらったことや、合作の小説を発表したことがある。[11]デルによる評伝はのち、邦訳が『アプトン・シンクレーア評伝』（小野忍訳、先進社、一九三〇年）として出たのみならず、デルの作品を含む翻訳は、『アメリカ尖端文学叢書』第一巻（新潮社、一九三〇年）、『機械時代の恋愛』（先進社、一九三一年）、『結婚せざる父』（同前）と続々出た。デルは「プロレタリア文学」を米国で最初に打ち出した人物の一人である。[12]

以上のように、前田河広一郎は一九二〇年代の日本のシンクレア紹介や翻訳の中心人物である。『拝金芸術』を訳す頃の郁が前田河を知らなかったとは考えがたい。シンクレアは前田河という中継者を経て、郁達夫により中国へと紹介されるのである。

3　郁達夫と前田河広一郎——上海での交流

次に、郁達夫と前田河広一郎の関係について見てみよう。『郁達夫全集』（浙江大学出版社、二〇〇七年）を見る限り、郁が前田河に言及したことはない。しかし両者には面識があった。前田河は一九二八年十月から翌年三月にかけて、小説の取材をし、新境地を開拓しようと、上海を中心に中国に滞在した(13)。その姿を、金子光晴（一八九五－一九七五年）が『どくろ杯』に描いている。

鳴物入りで、にぎにぎしく入ってきたのは、当時の文壇の花形で、左翼小説の代表作家の前田河広一郎であった。彼は、雑誌『改造』の連載小説をたのまれて、その取材をするために、意気軒昂として乗り込んでくると文路に近い日本人の旅館に投宿し、しょびったれた私たちの眼からは、有卦《うけ》に入った株成金が、湯水のように金をつかい、日夜、酒にひたっているのとおなじにみえたものだった。内山先生〔＝内山完造、内山書店主人〕は、四馬路で常連をあつめて歓迎の宴を張った、その席に、魯迅や郁達夫もいた。赤ら顔で、精力的な前田河は、魯迅を前時代的な文人と呼び、郁達夫を蒼白《あおじろ》いインテリときめつけたが、『三等船客』という短篇でのしあがってきたアメリカで労働をしていたというこのタフな作家の時世という風雲に駕《が》して、懐疑のない一直路のきめつけかたに、魯迅も郁達夫もなに一つ返すことばがなく、ひっそりとしているのをそばにいた私は歯がゆいおもいをするばかりだった(14)。〔傍線は引用者による、以下同じ〕

金子光晴は、「だだっ子のようないなか文士」前田河広一郎の、単純で荒削りな態度、小児的《しょうに》な思考を、辛辣かついささかの憐憫を込めて描いている。現在、前田河という作家が認識されるのは、残念ながらその作品を通してではなく、金子のこの著名な回想を通してだろう。人気左翼作家の前田河から歯牙《しが》にもかけられなかった屈辱が、金子はよほど悔しかったのか、はるか後年の回想で、江戸の仇《かたき》を長崎で討つがごとき仕打ちをしている。年齢が十近く離れ、考え方もまるで違う両者の上海体験や中国観察には、大きな相違があった(15)。

しかし、当時の日中文人間の交流が、「前田河は、魯迅を前時代的な文人と呼び、郁達夫を蒼白いインテリときめつけた」と金子光晴がきめつけるようなものだったかどうか、魯迅や郁達夫が前田河に辟易するばかりだったかどうかは分からない。

前田河広一郎の来華を郁達夫は歓迎し、何度も会っている。まず一九二八年十二月二十一日、魯迅の招待で前田河・内山完造と会食した。翌年一月二十六日には郁自ら、魯迅・前田河・金子光晴夫妻・林語堂夫妻らを招待した。郁による記録は残念ながらないが、この二つの宴会については魯迅の日記に記録があり、後日の二月十一日には前田河から魯迅宛に葉書も届いたという(16)。

前田河広一郎は帰国後すぐの報告で以下のように記している。

私などより遙かに酒の好きな郁達夫君は、曾遊《そうゆう》の日本の美を説き、出来るならもう一度日本へ行きたいと述懐してゐた。

魯迅は懐疑的であり、悲観的であり、虚無主義的であるが、（中略）郁達夫は楽天的に見え、ローマンテイックであり、支那のインテリゲンツイアの最後のブルジョアジーを克服しようとして苦悶してゐる、殆どもう一と息の転換でプロレタリアの領域まで接触してゐるやうな作家である。二人とも、一般的な意味に於ける社会主義作家であることに論はない。（中略）

或る会合の席上で、郁達夫と私とが熱心に討論してゐたことである。私は、支那の情実的な文壇の封建関係を無視して、かなりはげしく彼と論争した。

彼れの日本語の上手なことに感心したばかしでなくて、私は、彼れの執着力には全く驚いた。（中略）翌《あく》る朝早く私の宿へ来た彼は、もう出発に間もないことだから、一日、支那の女詩人や二三の作家と食卓を囲まうと云つて、陶楽春へ私達を誘つたのである。私ともう一人はK——といふ詩人〔＝金子光晴か？〕であつた。

「支那の文学者」（二）（『讀賣新聞』一九二九年二月十三日）

前田河のいう「陶楽春」における送別の宴会が、魯迅の記す二度目の宴会、一月二十六日夜のそれに当たる。前田河広一郎の口吻《こうふん》からうかがう限り、郁達夫は決して議論に負けてはいないし、前田河の勢いに呑まれることもなく、機嫌よくつき合っていたこと、一方前田河も、中国で交流した作家の中では、「楽天的」ながらも過去の自身の文学と対峙し、粘り強く語る郁に対し、好意を抱いていたことが分かる。『讀賣新聞』に三日にわたり掲載された「支那の文学者」は、『悪漢と風景』（改造社、一九二九年）の第八章「大きく動く支那」に収録された。魯迅は福建省生まれだといった、粗忽者《そこつもの》らしい誤記があるが、出会った中国の文人たちの横顔を印象的に記している。

前田河広一郎が上海でもっとも親しくつきあった中国の文人は、郁達夫の創造社の友人である、鄭伯奇《ていはっき》（一八九五－一九七九年）だったと思われる。鄭は前田河をたびたび訪問して、印象記を『文芸生活』に二回にわたり書いたというが（「支那の文学者」（一）『讀賣新聞』一九二九年二月十二日）、残念ながら見ることができない。[17]前田河は田漢（一八九八－一九六八年）にも会ったが、立場的に共感できなかったようで、「この作家は仲々日本人に知己《ちき》を持つてゐてなかなか芸術家肌なところがある人だが私の見たところでは、少からず思想は反動的である。それは、何よりも、先づ、彼れの国民政府の芸術顧問の一人であるという事実が雄弁にそれを語る」と記した（「支那の文学者」（完）『讀賣新聞』一九二九年二月十四日）。ただし、「日本人よりも良く日本語を話す」田漢の、南国社の上演を見に行った記録も残しているので、交流は決して浅くない（「芝居と活動」『悪漢と風景』前掲、二七四–五頁）。

前田河広一郎は一九〇七年に渡米、各種の労働に従事しながら、米国の文学や社会主義に親しんだ。(18) シカゴ滞在時、英語で書いた短編が、夕刊紙の文芸部長をしていたフロイド・デルに認められ、英文での創作の場を広げるも、やがて日本語での創作を決意し、二〇年帰国。二一年八月『中外』に発表した「三等船客」で注目され、『三等船客』（自然社、一九二二年十月）を最初に、『赤い馬車』（同、一九二三年四月）、『麺麭』（大阪毎日新聞社、同年十二月）などの短編集や、長編『大暴風雨時代』（新詩壇社、一九二四年十月）を続々と刊行した。(19)『改造』の紙面を飾ることも多かった前田河は、一九二八年改造社から、代表作を集めた『新選前田河広一郎集』二冊を刊行した。また、山田清三郎が、前田河が文壇の注目を惹いたのは、「三等船客」よりも「普通席から観た文壇」（『讀賣新聞』一九二一年十一月十二日–）などの、「文壇への一種彌次馬《やじうま》的な毒舌」によってだと述べたように、(20) 文芸批評や評論にも健筆を振るい、初期プロレタリア文壇を代表する作家・論客として活躍した。

林房雄（一九〇三–七五年）が一九三六年の時点で、「前田河氏はプロレタリア文学者の第一人者であつたんだ、事実。さうして多くの影響を与へたんですよ」と語り、(21) 立野信之《たてののぶゆき》（一九〇三–七一年）が後年、一九二一年頃を回顧して、「折柄《おりから》、日本の文壇には、社会主義運動の影響でプロレタリア文学前期の無産派文学が擡頭していた。アメリカ帰りの前田河廣一郎などが新進作家としてもっとも華やかな存在」だったと回顧するように、(22) 一九二〇年代の文壇における前田河の存在感は極めて大きい。郁の帰国前後、文壇で最も華々しく活躍していた作家の一人が、前田河だったわけである。

近年、中田幸子による伝記『前田河広一郎における「アメリカ」』が出たものの、研究はまったく盛んではない。盟友だった青野季吉《すえきち》（一八九〇–一九六一年）は、くり返し前田河の未完成や不遇を嘆いた。「そのすべてにおいて逞しく、振幅がひろく、簡単な尺度では容易に割り切れないケオス（混沌さ）を内に蔵していた」「稀有」な存在で、「作家としても人間としても前田河ほど謂《いわ》ゆる大きさをもった存在をわたくしは知らない」[23]。また『文藝戦線』を編集・経営の面で支えた山田清三郎（一八九六－一九八七年）は、関東大震災直前頃を回想して、「プロレタリア文学の旗がしら」だった前田河の家は、プロレタリア文学青年の集まる「梁山伯」で、前田河は「首領」「親分」だったと懐かしむ[24]。

しかし、『三等船客』を出版した自然社に勤めていた壺井繁治《しげじ》（一八九七－一九七五年）は、「当時としては珍らしいほどの売れ行きを示し、わたしが入社したときはすでに五千部以上に達していた。今日の流行語でいえばプロレタリア文学のベスト・セラーの一つ」だったものの、「「プロ文壇の菊池寛」などとゴシップされ、昭和初期に華々しく活躍したが、戦争中から戦後へかけては全く忘れられ」たと回想する[25]。

充分な筆力を備え、一時的とはいえ華やかに活躍、数多くの作品を残したにもかかわらず、埋没している作家は数多く、前田河広一郎もその一人にすぎないともいえる。しかし前田河は、改造社の『新選前田河広一郎集』二冊のみならず、平凡社のプロレタリア文学の円本「新興文学全集」では、秋田雨雀ら先達につづき第四巻（日本編四、一九二八年八月）に金子洋文とともに収められ、改造社「現代日本文学全集」第五十篇の『新興文学集』（一九二九年七月）では、岸田國士《くにお》・横光利一を抑えて巻頭に置かれた。初期プロレタリア文学の中心人物としてのみならず、中国での取材を生かした作品集『支那』（改造社、一九三〇年）、長編『支那から手を引け』（里村欣三との合作、日本評論社、一九三〇年）なども、現在の視点から読み直されてしかるべきである[26]。しかしそれら前田河の上海ものが沿線の小駅のごとく黙殺される一方で、前田河と同じ一九二八年に上海へ旅した横光の『上海』論は馬に食わせるほどある。

前田河広一郎はシンクレアの評価について、一九三〇年、シンクレア『資本』（日本評論社、四月）を翻訳出版した際の「序」に、「よく小生意気な青年から、シンクレーアは社会主義作家であつて、コムミユニストの作家でない

——と云つて、直ちに、だから、といふ言葉を聞くことがあるが、さういふ雑誌や新聞の高等ゴシップを吸つて生きてゐる昆虫には、それだけの生命しかない」、「私自身も、往々にして、シンクレーアの作中に潜在する複雑な夾雑物については、時々反感を催し、又時にはその遅鈍と偏重さを感ずることを告白するのであるが、大体に於て、ゴールド〔＝Michael Gold、一八九四–一九六七年〕と共に『ほかに誰一人としてやつてゐないぢやないか？』と反問すべく余儀なくされる」と記した。[27] 同じ危惧は、「夾雑物」はあってもあれほど「やつてゐ」たはずの、前田河自身にも当てはまる。

日本のプロレタリア文学は、一九二〇年代後半に思想的立場の相違から分裂期に入っていた。前田河らの『文藝戦線』の流れを汲む労農芸術家聯盟は、一九二八年創刊の『戦旗』に集った、日本共産党を支持するナップと激しく対立した。マルキシズムを精緻に会得し前時代の遺物を攻撃する、高学歴のインテリ左翼青年らに対し、前田河は苛立ちと嫌悪を隠さない。シンクレア『資本』の「序」では、「いつもどの邦《くに》にも同じことであるが、極左《きょくさ》小児病の病弊は、排撃するとなると、人間の存在権をも否定せずに置かない、その清浄徒主義《ピュリタニズム》である」と記した。[28] だが、その作品は文壇登場当時から、思想的にはともかく、どれだけ文学的に成長していただろうか。

『文藝戦線』の同志だった平林たい子（一九〇五–七二年）は、健啖《けんたん》、酒豪で濫費家《らんぴか》、原稿は夫人の筆記で、「豊満な体力から流れだす口述は淀みなく、一晩に百枚と言ふ原稿があつさり出来上る」こともあった前田河には、「シンクレアの大味な所が自然に乗りうつ」ったのではないかと惜しむ。[29] 浅見淵《ふかし》（一八九九–一九七三年）の回想によれば、一九二九年に小林多喜二『蟹工船』や徳永直『太陽のない街』が現れるまでは、「前田河広一郎を筆頭に」、葉山嘉樹ら労働者出身の作家が多い「文芸戦線」派の作品が目立っていた」。しかし一九二八年のナップの結成などで、「にわかに「文芸戦線」派の作品が影が薄くな」り、「尖鋭な知的インテリの学生出の作家が結集」した『戦旗』が表舞台に出てくる。[30]『改造』編集者だった水島治男（一九〇四–七七年）は、「昭和五年以前は、旺盛をきわめ、『改造』誌面は前田河の独壇場の観があった。揺るぎなきプロ派の大御所」だったものが、「分裂左派ナップ系の抬頭によって、自然淘汰の状態になった」と語る。(31)

日本のプロレタリア文学の淵源は複数にわたる。木下尚江《なおえ》（一八六九―一九三七年）・堺利彦ら、明治末年の社会主義運動以来の伝統や、宮地嘉六（一八八四―一九五八年）・宮嶋資夫《すけお》（一八八六―一九五一年）など自然主義に連なる労働者文学、有島武郎（一八七八―一九二三年）・小川未明（一八八二―一九六一年）・秋田雨雀（一八八三―一九六二年）・江口渙《かん》（一八八七―一九七五年）・藤森成吉（一八九二―一九七七年）らのいわゆる同伴者作家、『種蒔く人』の創刊に見られる第一次大戦後の欧州からの触発、そしてソビエトと連なる左翼文学が考えられる。やがてソビエト文学の影響が増大するとはいえ、ロンドンやシンクレアなど米国新興文学、それを背景にした前田河広一郎の存在は決して軽視できない。特に関東大震災前後の段階では、ソビエト文学よりも米国新興文学の方がより影響力があったのではないかと考えられる。郁達夫がシンクレア翻訳に至ったのも、そのような背景があり、やがて初期プロレタリア作家たちとの直接の交流へとつながるのである。

4　郁達夫と『文藝戦線』の作家たち――「私小説」を一掃する

郁達夫が親近感を抱いたのは、前田河広一郎に対してばかりではない。郁が最初にプロレタリア文学に言及したのは、一九二七年、「無産階級専政和無産階級的文学」（署名は曰帰、『洪水』第三巻第二十六期、二月一日）である。清朝の帝政を打倒する辛亥革命で主役となった、軍閥や官僚・資産階級が、革命後は反動と化した現在、真正の徹底した革命は無産階級、つまり労働者と農民が中心となってなされる、と論じたもので、無産階級の文学については、無産階級による独裁が達成されたのちに生まれる、とする。この時期、郁達夫は左翼思想に対し共感を抱きつつあった。(32)

つづいて同年、郁達夫は日本の『文藝戦線』第四巻第六号（六月）に、中国語と日本語で記された、「日本の無産階級文芸界同志に訴ふ」を発表した。新しい軍閥である蔣介石が、英国帝国主義や日本の資本家らと連合して民族を圧迫している現状を憤り、「プロレタリヤ文芸戦線戦士は国境の観念があつてはならない」、「日本の無産階級は正に、その全力を尽して支那の無産階級を援けなければならぬ」と訴えるこの一文は、郁が中文・日文いずれも自ら筆をとった。

郁達夫が一九二七年、『文藝戦線』に寄稿したのにはきっかけがある。同年四月、『文藝戦線』同人の小牧近江《おうみ》（一八九四－一九七八年）・里村欣三《きんぞう》（一九〇二－四五年）が上海に出張した。小牧の回想『ある現代史』によれば、二人が朝日新聞社と中央公論社から原稿料の前渡しを得て上海へ向かったのは、もともと「汎太平洋反帝会議」へ出席するためだった。しかし、北伐が進む緊迫した時期にあって、日本側も中国側も警戒が厳しく、会議は結局流れた。

> このまま帰るのは情けない。里村の知っている内山書店のおやじさんの紹介で、郁達夫、田漢、周作人（魯迅がいたかどうかは、わかりません）その他二十人ばかりの中国文士たちと交流することにしました。はじめ、私たちがお招きし、つぎの日私たちが招かれました。
>
> これは、はじめての日中文士の交流にちがいありません。それを記念するため、〝共同〟宣言をしようということになりました。（中略）
>
> 内容はいうまでもなく、帝国主義打倒でした。文案は郁達夫さんによるもので、しかも同君は、それを日本語にまで訳出してくれました。同君は戦時中、日本軍の犠牲になったともいわれております。私は、機会あるごとに、たとえば田漢氏などを通じて、ぜひ彼の死を弔いたいと連絡し、田漢氏からそのことで手紙をもらいましたが、ついに実行に移せないままでいます。[33]

日中文士の交流は、もちろん小牧近江らの場合が初めてではない。前年の一九二六年一月、谷崎潤一郎（一八八六–一九六五年）が二度目の中国旅行をした際に、上海で中国の新進文学者らと交流した。同年四月には、谷崎から紹介状をもらった金子光晴が、上海の内山書店を訪ね、谷崎のときと同じく田漢・欧陽予倩・方光燾・陳抱一らと会った。この金子の上海訪問は一九年に欧州へ向かう途上で寄港したのにつづき二度目で、前田河広一郎と一緒になった二八年十二月から二九年四月にかけての滞在は、二八年二–五月につづく四度目である。(34) 以降、二七年四月の小牧・里村、同年七月の佐藤春夫、そして二八年十二月の前田河広一郎と、日本の作家たちの上海訪問・中国の文人らとの交流がつづく。実は、これらの作家に先立ち、二三年三月から五月にかけて、佐藤から田漢宛の紹介状をもらった村松梢風《しょうふう》（一八八九–一九六一年）が上海を訪れている。田漢・欧陽予倩・郭沫若・成仿吾・郁達夫ら中国の新文学者たちと、日本でなく中国で交流を持った最初の日本の文人は、村松だと思われる。(35) そして郁達夫は、これら中国を訪問した文人のうち、谷崎を除く全員と会っている。

郁の宣言が掲載された『文藝戦線』同号には、小牧と里村の報告「青天白日の国へ」が掲載されている。後年の回想と細部が異なり、報告によれば、上海で「支那の無産派文学者に会見」しようと試みた二人は、難儀の末、東亜同文書院の学生が書いた新聞記事を頼りに、北四川路の内山書店を訪ねる。すると、主人の内山完造が、「谷崎も芥川も知つてゐる。郁も田漢もみんな自分の家にやつて来る。主人は誇らかな顔付で、如何に日支の有名な文学者が自分のうちに寄り集まるかを語つた」。その日の深夜、郁が二人の宿を訪ねてきて、日中文士の交流となったという。

二人の目に映った郁達夫は、「流暢な日本語を操る三十を出でない青年で」、「柔かい眼付の、非常におだやかな人」だった。握手を交わした瞬間、「私たちと郁君の間には「堅苦しい儀礼」が除かれて、全くの親愛な友人になり切つてゐた」。郁が案内した料理屋で中華をつつきながら、革命、蔣介石、中国のプロレタリア文学について語り合った。「郁達夫もまた反動軍閥の手に追はれて、逃亡の間に難をさけてゐる人」だったという。翌日の昼には再び郁達夫が田漢を連れてきて、揚州料理を食べながら、田漢が南国社で作っているプロレタリア映画の話に花が咲き、夜には郁と田が宴を張って傅彦長《ふげんちょう》・張若谷《ちょうじゃくこく》・周文達らに紹介した。

こうして郁達夫執筆の「日本の無産階級文芸界同志に訴ふ」発表へとつながったわけだが、郁がプロレタリア文学を主張した直接の原因には、日本留学時代に結成した文学団体である創造社の同人、郭沫若や成仿吾らとの齟齬がある。一九二六年三月に上海を離れ、国民党政府のあった広東へと、郭沫若らと向かった郁達夫だったが、広東政府の腐敗に失望し、創造社総部の整理のため、年末には上海に戻る。そして発表したのが、広東政府を痛罵する「広州事情」（署名は曰帰、『洪水』第三巻第二十五期、一九二七年一月十六日）で、郭らと対立するに至った。

しかし、広東政府や蒋介石に対する反発だけが、郁をプロレタリア文学へと開眼させたのではない。関東大震災前後から日本で盛り上がりつつあった初期プロレタリア文学への共感が、郁にはすでにあったと思われるからである。

郁達夫が『日記九種』（北新書局、一九二七年九月）で、日本留学時代に読んだ、江馬修《えまなかし》（一八八九―一九七五年）の大正半ばの自伝的恋愛小説『受難者』（新潮社、一九一六年）に触れていること、その意味については、『郁達夫と大正文学』の中で論じた。郁は一九二七年三月二十六日から二十九日にかけて、数ヶ月前に出たばかりの江馬の最新作『追放』（新潮社、一九二六年十月）を読む。『追放』は、江馬自身の要約によれば、「若い自由主義的な主人公が複雑な家庭の悲劇的葛藤をとおし、対社会関係をとおして、否応なく左傾化してゆく過程を描いたもの」で、「多分に観念的」「公式的なきらい」はあるものの、「初めて自分のコンミュニストとしての立場をはっきりと表明した」作品である。[36] 山田清三郎は『プロレタリア文学史』で、「江馬修の人間記録であり、同時に、良心的なインテリゲンチャのこの時代における自己改造の一つの道程をしめした、記念さるべき作」と評する。[37]

三分の一強読んだ段階では、「一人の文芸批評家が、思想上の変化を起こし、徐々に社会主義へと傾いていく」という『追放』について、郁達夫は否定的だったが、翌日の読了後には讃辞を呈する。

今や彼は年を重ね、文章も固定した杓子定規《しゃくしじょうぎ》のものとなってしまった。『追放』のテーマは主人公の思想転換期の苦悶を描くことにあるようだが、この苦悶は、周りの共感や共鳴を呼ぶことはできない。江馬はとうとう過去の小作家と成り果ててしまったのだ。今後十分な発展は望めないと思う。『追放』を書いてから、ヨーロッパへ留学に向かったと聞く〔『追放』脱稿後渡欧した、引用者注〕が、もし江馬が偉大な作家なら、従来の個人主義化した人道主義を捨て去り、新たに世界化された新芸術の基礎を築くべきだ。文芸は時代の潮流の先頭を走るべきで、時代の潮流に追随して芝居がかった不自然なことをするものではない。

〔一九二七年三月二十八日の日記〕

『追放』を午前二時まで読み、一気に読み終えた。読み終わった現在、全体を評価すると、やはり大作品だといえる。それ自体の生命を持っている。途中で主人公が帝国主義資本主義に圧迫され、共産主義の道へと歩まざるをえなくなるあたりは、感動的だ。昨日途中まで読んだ段階で下した批評は、正しくなかったようだ[38]。

〔三月二十九日の日記〕

永平和雄によれば、『追放』は日本の文壇ではほとんど反響がなかった[39]。しかし中国の郁が深い感銘を記したことを、江馬は太平洋戦争中、偶然手にした小田嶽夫訳の『同行者　支那現代小説三人傑作集』（竹村書房、一九四三年）で知る。「日本で殆んど黙殺されている自分の作品が、思いもかけず中国の作家、しかもすぐれた作家郁達夫によってこのように評価されているのをみて心からうれしかった[40]」。

郁達夫と日本の初期プロレタリア文学との関わりは、一九二七年の『追放』読書、小牧近江らとの面会、二八年のシンクレア翻訳、二九年初頭にかけての前田河広一郎との交流にとどまらない。一九三一年一月の翻訳「両位日本作家的感想」（『新学生』月刊、創刊号）は、細田源吉「出家と自殺」と葉山嘉樹「自己短評」の翻訳で、いずれも直前の三〇年十二月号の『文藝戦線』に掲載されたばかりの随筆である。郁は両者を「日本の無産階級作家のうちの中堅分子」と呼び、二篇を『文藝戦線』誌上で読んで「とても面白いと思い」訳した、と付記に記す(41)。

一九一八年に「空骸」（『早稲田文学』十一月）で文壇に登場した細田源吉（一八九一－一九七四年）が、文壇的地位を確立するのは二〇年『死を恃《たの》んで行く女』（新潮社、一九二〇年八月）で、労働者文学の代表的作家の一人となり、二六年には青野季吉や前田河広一郎に誘われて労農芸術家聯盟に参加した。また葉山嘉樹（一八九四－一九四五年）は、いうまでもなく『文藝戦線』の代表作家の一人で、二六年十月刊行の『海に生くる人々』（改造社）は刊行当時絶大な反響を呼んだ。郁は二八年、編集する雑誌『大衆文藝』（現代書局）に、葉山の代表作「淫売婦」の翻訳を載せている（君喬訳、第三期、十一月）。

注目したいのは、これらの随筆の内容である。『文藝戦線』の同号では、一九三〇年を回顧した前田河広一郎が「歴史的な展望」、金子洋文が「左翼演劇一年」において大いに気炎を吐く一方で、細田の「出家と自殺」は、労働者文学の代表格の宮嶋資夫が出家、生田春月が投身自殺したことについて記した、沈痛な文章である。ことに宮嶋について、「拳《こぶし》のやうな君の自我が、君の所謂心身脱落脱落心身、喪命失身の難境を透過した後に、果して僕達になにを語るか、今は只、深い霧の中へ去つて行つた君の後姿を、僕はいたづらに見送るものだ。而も僕の足は、君の方向の方へ一歩も行かうとしない」と、訣別の辞ではあるものの、宮嶋への深い共感をたたえる。

葉山の「自己短評」も内省的な文章である。「切り口上《こうじょう》丈《だ》けでものを言う者があるが、その事は一口に云へば、自身が無いのだ。腹が練れてゐないと人の口真似許《ばか》りになる」、「用語や詭弁や、語気丈だけで他人の弁論を封ずるなど、云ふ事は、慎むべきだ」と、教条主義が幅を利かせる現状に対し、自戒を込めて問いかけた文章である。「個人主義のアンコを、階級の皮でくるんで差し出す者がある。そんなのは皮を剝《む》くと個人主義が出てくる」という語り口は、かつて個人主義を唱え、今それを脱出する方向を模索している郁達夫にとって、敏感に響くものがあったろう。

実は以上のような文脈に、シンクレア『拝金芸術』も重なる。『拝金芸術』はごく簡略にいえば、個人主義と社会主義の対立から構想された世界文学史である。それが顕著なのが、邦訳の最後に置かれたロンドンを論じた章で、シンクレアはロンドンの文学を、過去の偉大な文学者たち同様、「自己訓練対自己放縦《ほうじゅう》」、「禁欲主義対自己表現の問題」として捉える。「自分の霊魂内で凄しい戦争」をしていたのが「雄大な頭脳と巨豪な意志を持つた男」ロンドンで、それは「個人主義と社会主義との争闘」だった。最終的に、「資本主義米国、個人主義貪慾と自己本位の哲学がこの男の霊魂をその至高な貴重な才能と共に盗み去つた」のは悲劇だが、「彼はそんなに明かに私達の提携と社会上の正義の幻を見た」(42)。

大正日本に留学した郁達夫は、徹底して自我にこだわる個人主義者だった。それも、日本の文学の変化に対応して、帰国し文壇に登場した一九二〇年代前半の、田山花袋『蒲団』などから影響を受けた、主観的な自己を客観化にさらすことで表現する〈自己表現〉を掲げた文学から、二〇年代半ばには、志賀直哉や大正教養主義から影響を受けた、創作を通して自己を完成させようとする〈自己実現〉の文学へと移行する。

しかし、関東大震災前後、日本の文壇ではこの個人主義を相対化する、新たな波が押し寄せる。前田河広一郎は一九二九年の時点で、帰国した二〇年頃の意気込みについて、「私は一つ新しい運動を起さうと思つた。それには、私小説《イッヒ・ローマン》でふやけきつた文壇の空気を一掃するやうな物を発表することが動機とならねばならない。それには新しい地平線を文壇へ展開する作物であらねばならない。（中略）主人公のない小説、すべての人物が主人公となる小説、群集それ自身の占有する小説の舞台――かう企図して描出したのは、『三等船客』である」と語る（「四十二歳の現在迄」(43)）。実際には、プロレタリア文学とて、自身の体験に取材した「私小説」が多く、それまでとは異なる別な〈自己〉をめぐる物語である。二〇年代末の郁が、初期プロレタリア文学の作家たちと共有していたのは、この、日露戦後の明治末年以来、文学の中心的な価値を占めてきた〈自己〉へのこだわりを、いかに社会化し新たに提示するかという、〈自己〉との新たな関係の構築だったのではないか、と思われる。[44]

5　関東大震災前後の文学

前田河広一郎は一九三六年の座談会で、帰国時「日本の思想方面についてどんな気持でゐた」のか問われた際に、「私はとにかく小説を書かうと思つてきたんですよ。それだけですよ。で、私にやゝ縁故のあるものとつながつたわけです」と語る。[45]その自伝は、文学を愛し作家になりたいと念願した半生の記録である。[46]

旧友小牧近江に誘われて、『種蒔く人』に加わった金子洋文《ようぶん》（一八九四―一九八五年）は、一九三六年の座談会で、動機について、「その当時僕などはわからないまゝに社会主義かぶれしてゐたんだよ。青年が大抵さうだつたらう」と語る。当時の金子は「文学第一主義」で、「白樺の匂ひをふんだんにもつてた」青年だった。[47]郁達夫同様、志賀に傾倒し、大正教養主義に触れ、「私はプロレタリア文学を好かない」立場で、膨大な読書の記録でもある『あの日この日』で前田河にほとんど触れていない尾崎一雄《かずお》（一八九九―一九八三年）でさえ、大正末年を振り返り、「当時にあつて、それにくみするか否かは別として、左翼思想に関心をもたぬ青年は（尠《すく》なくとも私の周囲には）居なかつた」と回想する。[48]

しかしそれは、単に社会主義へのシンパシーというより、日本の文学にもたらされた一つの変化の波である。およそ関東大震災前後の文学を考える上で、左翼思想の影響力を無視することはできないが、それは日露戦後以来、個人主義の伸長とともにあった文学にとって、個人が社会化の波にさらされ相対化されるという点で、文学内部の問題でもあった。

尾崎一雄同様、プロレタリア文学とほど遠い位置にあったはずの舟橋聖一（一九〇四－七六年）でさえ、震災後の「プロレタリア作家とわれわれとの間に非常に敵対意識が生じた」が、「それは今から考えてみると、敵対意識じゃなく」、「それより前にいろんな日本社会を形成していた政治家や、宗教家や、教育家や、科学者や、経済学者や、資本家が占めていた大きな思想の面積」、「そういうものとの闘いから、一緒に権威の崩壊と価値の転換をやっぱり考えていた」と語る[49]。

そしてこの文学の大きな変化は、帰国後も日本の文壇に注意を払いつづけていた郁達夫にも及んでいた。小林多喜二が志賀崇拝から、葉山嘉樹を読んでプロレタリア文学へと向かうのと同様の軌跡は、郁の文学にも刻み込まれていたのである。

第８章で見たように、一九二〇年代半ば、魯迅も昇曙夢などの日本の書籍を通してマルクス主義への関心を深めつつあった。郁達夫は一九二六年三月、広州へ向かい、革命の策源地の現実を見てから、年末に上海へ戻り、以降広東の国民党政府を批判した。一方魯迅も、郁達夫に遅れること一年、二七年三月に広州に向かい、半年にして上海へと去る。二七年七月に佐藤春夫の来華を歓迎した郁達夫は、まもなく創造社を脱退し、郭沫若や成仿吾らと絶縁した。

その一方で、十月以降、上海に来た魯迅との交流を深める。魯迅と初めて会ったのは、一九二三年二月、郁達夫が安慶法政専門学校の職を辞めて北京の長兄郁曼陀宅にいた頃で、十月に北京大学の職に就いてからは、魯迅としばしば交流した[50]。旧知の魯迅と上海で再会し、創造社に対し同じような立場にあった二人は、一九二八年六月、共同編集で雑誌『奔流』（北新書局）を創刊する[51]。一九二八年十二月から翌年四月まで上海に滞在した金子光晴や、同じ時期に上海へ来た前田河広一郎は、形影相伴う二人の姿を描いているが、この時期は魯迅と郁達夫がもっとも親しく、また文学上の共同戦線を張っていた時期だった。異なる経路を通してだが、中国新文学勃興期の旗手だった二人の作家は、日本のプロレタリア文学から養分を吸収し、新たな道を歩みつつあった。

第10章　恋愛妄想と無意識──施蟄存と田山花袋『蒲団』

1　田山花袋『蒲団』の与えた刺激

一九二六年、中国の文学者夏丏尊《かべんそん》（一八八五―一九四六年）の手によって、田山花袋（一八七一―一九三〇年）の『蒲団』（『新小説』第十二年第九巻、一九〇七年九月）が翻訳され、『綿被』のタイトルで上海商務印書館の総合雑誌『東方雑誌』に掲載された（第二十三巻第一―二号、一九二六年一月十日―二月十日）。日本で原著が登場して以来、約二十年を経過してのちのことである。この『蒲団』訳を読んで創作欲を刺激された作家がいる。一九三〇年代の中国モダニズムを代表する作家の一人、施蟄存《しちっそん》（一九〇五年―二〇〇三年）である。施蟄存は『蒲団』訳から受けた刺激を二度に渡って回想している（傍線引用者、以下同じ）。

自分で作り出した刊行物に上述の短編二作（＝「上元鐙」と「周夫人」、引用者注）を発表してからは、小説を書きたい気持ちが私の胸の中でうごめくようになった。しかし私は書く材料を提供してくれるものがどうにも見つけられなかった。その頃『東方雑誌』で夏丏尊先生の訳した日本の田山花袋の中編『棉被』を読んで、模倣をし、「絹子」を書いて、『小説月報』に発表した。

「我的創作生活之歴程」（『創作的経験』天馬書店、一九三三年）(1)

一九二七年、『小説月報』（『東方雑誌』の誤り）で夏丏尊の訳した日本作家田山花袋の短編小説『綿被』を読み、啓発された。これは東洋の雰囲気が濃厚な小説で、ヨーロッパ作家の短編小説とはまったく違っていた。私はそのスタイルを模倣して「絹子姑娘」を書いた。（中略）「絹子姑娘」と『綿被』は、ストーリーはまったく異なるが、目の鋭い人ならきっと両作に多くの類似点があるのを見出すことができるだろう。

「我的第一本書」（『書訊報』一九八五年十二月五日／十五日）(2)

このように施蟄存は、最初に文壇の中心的な雑誌『小説月報』に掲載（第十九巻第一号、一九二八年一月）し、文壇への第一歩を記した短編「絹子」が、『蒲団』訳から受けた啓発と模倣の産物だとする。これ以降施蟄存は、翌年一九二九年八月出版の『上元鐙及其他』（水沫書店）をはじめとし、三〇年代には、『将軍底頭』（新中国書店、一九三二年）、『梅雨之夕』（同前、一九三三年）、『善女人行品』（良友図書印刷公司、一九三三年）、『小珍集』（同前、一九三六年）などの、実験的でしかも完成度の高い短編集を続々と世に送った。さらに大型文芸雑誌『現代』の編集を担当して、中国モダニズムの中心的な作家へと成長を遂げる。左翼文芸とは一線を画し、解放後は創作の筆をとらず華東師範大学教授として古典文学を講じていたゆえに、文学史的には長く不遇だったが、新時期を迎え文学史の書き換えが進むこの二十年では、再評価の最も進んだ作家の一人である。(3)

一九三〇年代には八面六臂の活躍を見せる施蟄存だが、二〇年代後半は自己独自の創作スタイルを模索する試作期だった。多くの海外小説を原作・翻訳で読んでいた施蟄存にとって、『蒲団』訳は一つの啓示だった。それは施蟄存の創作にどのような影響をもたらしたのだろうか。『蒲団』と「絹子」の関連については、すでに斎藤敏康による、プロットや人物配置の類似の指摘があり、「絹子」は三〇年代の非日常的な世界を幻想的に描く作風へとつながる「ひとつのターニング・ポイント」になった、と評されている。[4] ただし「絹子」が一つの画期であるにしても、さらにその一年半後に発表され、作家が自己の創作スタイルを確立したと回顧し、また新生面を切り開いたと評価された「梅雨之夕」との間には、容易に連続性を見出しがたいような、飛躍的な創作技術の進展があるのも事実である。中年教授の性欲を描いた平凡なリアリズム小説「絹子」から、行きずりの恋の心理分析を繊細な筆致で描いてみせ、モダニスト施蟄存の真面目《しんめんぼく》を発揮した代表作の一つ「梅雨之夕」へとたどりつくには、相当大きな段差の梯子《はしご》を上らねばならない。

　施蟄存が『綿被』を手にしたのが雑誌掲載時だとすると、模倣作「絹子」が発表された一九二八年一月までには二年間の時間があり、次いで「梅雨之夕」が『上元鐙及其他』に収録されて登場するのは一九二九年八月、つまり一年半後のことである。『蒲団』訳を読んだ刺激は、施蟄存の創作活動のかなり深いところにまで浸透し、その影響は「絹子」の模倣に止まらないのではないだろうか、と筆者は考えている。『蒲団』訳を読むことで直接の模倣作「絹子」を産んだだけでなく、心理分析小説とされる「梅雨之夕」などのちの作品にまで『蒲団』は痕跡を残しているのではないか。

　本章ではまず『蒲団』の中国における受容を概観し、次に『蒲団』と「絹子」を比較検討し、さらに『蒲団』がどのような形で「梅雨之夕」にまで受けつがれ、またどのような新境地を拓いたのかについて論じる。

2　中国における『蒲団』の受容と翻訳

まず『蒲団』が近代中国でどのように受容されたのか、簡単に整理してみたい。

五四新文化運動後の一九二一年前後に勃興した新文学で、中心的な役割を演じた文学結社のうち、メンバーが日本留学生で構成された創造社はもちろん、文学研究会にも多くの日本留学経験者がいた。ことにその精神的支柱だった周作人（一八八五‐一九六七年）は、明治末年に留学、帰国後の五四時期から多くの日本文学を紹介翻訳する。

周作人の「日本近三十年小説之発達」（『新青年』第五巻第一号、一九一八年七月）は、日本の文学は「明治の四十五年間で、ヨーロッパのルネッサンス以来の思想を、ほぼ逐次に通り過ぎてきた。現在に至って、すでに現代世界の思潮に追いついた」という視点から、系統的に小説史を紹介した、最初期の日本近代文学紹介である。大正半ばの文学史観に倣い、自然主義の隆盛を分水嶺として論じる周作人は、「自然主義は次第に勢力を占めた。藤村の『破戒』（三十九年）花袋の『蒲団』（四十年出版、蒲団とは棉被のこと）が出現し、これが最盛期といえる」と『蒲団』に言及した(5)。

周作人が日本に留学したのは明治三十九年、時あたかも日露戦後新文学の主流となる自然主義勃興の年であり、その代表作たる『蒲団』が文壇を大いににぎわすのは翌四十年である。もちろん留学生もその評判を聞かぬはずはなく、弟周作人とともに留学中で、自然主義に興味を示さなかった魯迅（一八八一‐一九三六年）でさえ、『蒲団』だけは読んでいたという（「関於魯迅之二」）(6)。日本の近代文学史については、明治末年から大正初年の雑誌特集を経て(7)、大正半ば以降文学史的な著作が続々と刊行され(8)、中国へも紹介翻訳がなされていく。明治末年から大正半ばに日本へ留学した文学青年なら、『蒲団』の評判、あるいは文学史的地位について、何がしか耳にしていただろう。周作人は、

『蒲団』発表当時の反響と、大正での文学史的位置づけとの両方から、『蒲団』に言及しているのである。

周作人以降、一九二〇年代になされる日本文学紹介は、大正半ばまでに確立された近代文学史を受けて、自然主義を頂点とした文学史観を反映する。一九一八年から留日した謝六逸《しゃろくいつ》（一八九八―一九四五年）は、二〇年代に旺盛な批評活動を展開、日本文学紹介の中心的役割を担った。「留学時期では、忘れられない場所が二ヶ所ある。早稲田大学の図書館と、東京郊外の吉祥寺である。この二つの場所に助けられて、私はより多く本を読むことができた」(9)と回顧するように、かつて島村抱月や相馬御風《ぎょふう》・片上天弦《てんげん》らの自然主義の論客、それを継承し文学史に定着させた本間久雄や高須梅渓《ばいけい》・宮島新三郎らの文学史家を生んだ早稲田大学で、謝六逸は読書に励み、帰国後の一九二〇年代は日本文学あるいは日本を通した西洋文学の紹介に務めた。

謝六逸による系統的紹介としては、『日本文学』（開明書店、一九二七年）や、『日本文学史』（北新書局、一九二九年）などの著作があるが、比較的早いものに、「近代日本文学」（『小説月報』第十四巻第十一号／十二号、一九二三年十一月／十二月）がある。大正期の代表的文学史の一つである高須梅渓『近代文芸史論』（日本評論社出版部、一九二一年）などにもとづくこの紹介も、周作人同様、日露戦後の自然主義を頂点とした文学史記述である。「第四期（日露戦争前後から大正初年）は文学史上最も注意すべき文学革新時代である」とした上で、自然主義文学勃興の原因と過程を詳述し、代表作として国木田独歩『運命』、島崎藤村『破戒』に触れたのち、「四十年には田山花袋が『蒲団』（棉被）を書き、新興文学の巨匠となった」と記している（「日本近代文学（下）」『小説月報』第十四巻第十二号、一九二三年十二月）。またこの二〇年代前半は、日本だけでなく西洋の文学史についても、厨川白村《くりやがわはくそん》『近代文学十講』（大日本図書、一九一二年。羅迪先訳、上海学術研究会、一九二二／二三年）などの日本語で書かれた著作が、原作・翻訳によって広く読まれていく(10)。

このように、近代文学発達の分節点に自然主義を置き、その代表作として田山花袋『蒲団』を据える、という文学史が、文学進化のモデルとして紹介される中、夏丏尊が『蒲団』を翻訳する。夏丏尊は一九〇六年から八年まで日本滞在、つまり周作人と同時期の日本にあって、自然主義の勃興から隆盛を目の当たりにした。また魯迅とは帰国後同じ学校で教鞭を執った親しい関係にあり、やがて新文学運動に参加していく中で、一九二〇年代には自然主義の翻訳を手がけ、『蒲団』の翻訳と同時期には『国木田独歩集』（文学週報社、一九二七年八月）も訳出する。[11]

夏丏尊の『蒲団』訳が単行本『綿被』として出版された（商務印書館、一九二七年一月）とき、これまた日本留学経験者で、帰国後夏丏尊の同僚となった方光燾《ほうこうとう》（一八九八－一九六四年）が、「愛慾（代序）」と題する長文の序文を寄せている。のちに『正宗白鳥集』（開明書店、一九三二年）を翻訳出版する方光燾は、創造社の一員で、大正半ばの一九一八年から二四年までの留学中、『蒲団』を読んだ。そこに描かれた読書体験は、日本でのそれとかなり距離があって興味深い。

同居の友人たちが『蒲団』に心酔し、「毎日下宿の小さな部屋に集まっては、彼らの恋愛哲学を熱心に語っていた」ことから、自分も借りて読んでみた方光燾は、これまた『蒲団』に酔わされる。「書中の深刻な悲哀や人生の煩悩などは理解できなかった。しかしこの扇情的な物語は、私の当時の夢想の材料になった」といい、女主人公横山芳子の口ぶりを真似したり、芳子の面影を思い浮かべたりしては、いずれ帰国後作家になったら、女弟子をとって文学を教え、やがては……などと夢想にふけっていたという。『蒲団』は「甘い夢」を誘う夢見心地の恋愛小説として読まれていたのである。[12]

ただし翻訳の出現を機会に再読して得た、やや異なる感銘を、方光燾は次のように述べている。

> 田山花袋は煉獄の中で真剣に生きることができた人である。『蒲団』は彼の懺悔の実録である。作中の主人公が、田山氏自身であるかどうかはいわなくともよい！　彼が霊肉の衝突、愛欲の闘争において、大胆真摯に叙述し、厳

粛露骨に描写した。私が初めてこの書を読んだとき、扇情的な事実に注目するばかりだったのは、作品を踏みにじるようなものだった。中国語訳が世に出て、中国にはこの書を愛読する青年たちがきっとあることと信じる。その中には私のようにうっかりした者もいて、事実だけに注目し、鵜呑《うの》みの読書で『蒲団』を台無しにしてしまうかもしれないが、その責任は訳者の負いきれるものではない(13)。

『蒲団』は、発表当時自然主義の代表作として大反響を呼んだだけでなく、その後も日本近代文学の一時期を劃した作品として論じられてきた。しかしこれまで『蒲団』が論じられるときは、作家が自身の性的な内面生活を赤裸々に告白したという、主人公竹中時雄＝作家田山花袋の、いわば作家が「扇情的な事実」を描いた私小説としてのスキャンダラスな側面が強調され、文学史上の地位のみが突出してきたことは否めない。よって作品自体の評価は現在でも低く、テクスト自体の画期性を明確に指摘した論文はいまだに多くはない(14)。

だが『蒲団』が中国へ輸入されるとき、方光燾は「懺悔の実録」としながらも、主人公＝作家という読みを用心深く留保し、作品そのものの価値を称揚している。『蒲団』が作家の実生活に取材しているかどうか、あるいは作品に書かれた「事実」に注目する読みは、解釈の一つにすぎない。ことに日本の文壇から遠く離れた中国では、生身の作家の個人生活が参照されるはずもなく、読者には時雄と花袋をイコールで結ぶための情報は与えられない。こうして作品をとりまく情報がカットされ、スキャンダラスな「事実」が除かれたとしても、『蒲団』が中国の作家たちに対し強烈なインパクトを持ちうること、それこそが作品を「台無しにしない」読み方であることを、方光燾は作品からの引用を重ねて力説する。

そして方光燾は最後に再び、『蒲団』がいかに「構成の厳密な作品」であるか、作家花袋がいかに「霊肉の衝突を描写するに大胆で厳粛」であるかに言及して、次のようにいう。

もともと『蒲団』はさほどすぐれた作品というわけではない、竹中時雄もさしてすばらしい人物ではない。（中略）彼は平凡な私たちとまったく同じく、愛欲の闘争や霊肉の衝突において、苦悶と悲哀があっただけである。しかし彼はこの苦悶と悲哀の中で、真摯に、厳粛に自己を客観し、いつわりなく大胆に自己を暴露した。この点が竹中時雄の偉大で、また田山花袋が偉大なところでもあるのだ。[15]

ただし、この肯定的な『蒲団』読解は、方光燾が独自に当の作品のみから編み出したものではないと思われる。共通する用語や文学観からして、一九二四年から五年にかけて、魯迅を始め三種もの翻訳がなされ盛行していた、大正の文芸評論家厨川白村（一八八〇－一九二三年）の『苦悶の象徴』（改造社、一九二四年）の影響が色濃く見られる。厨川白村は西洋文学の紹介者、あるいは文明・社会批評家としても広く読まれたが、中国でも一九二〇年代に数多く翻訳され[16]、極めて大きな影響を及ぼした[17]。白村は、『苦悶の象徴』第一部の、フロイトを援用しつつその芸術観を吐露する「創作論」で、「精神と物質と、霊と肉と、理想と現実との間には絶えざる不調和があり不断の衝突葛藤がある」（第三章「強制抑圧の力」）、「生きてゐると云ふことは即ちこの戦の苦悩を繰返してゐると云ふことに他ならぬ」（第五章「人間苦と文芸」）、そのように「悶えつつも、また悲みつつも」（魯迅の中国語訳では「苦悶着、悲哀着」となる[18]）、人生に執着するときに、「人間が放つ呪詛《じゅそ》、憤激、讃嘆、憧憬、歓呼の声が即ち文芸ではないか」（第五章）という文学観を披瀝《ひれき》している。これを簡略化すれば、文芸とは「厳粛にしてまた沈痛なるべき人間苦の象徴」（第五章）、芸術とは「苦悶の表現」（第六章「苦悶の象徴」）である、ということになり、方光燾の『蒲団』論に重なるのが分かろう。

また厨川白村の、「創作家が飽くまでも忠実に客観の相をありの儘《まま》に再現しようといふ態度に出てこそ、そこに初めて作家の無意識裡から、その自我や個性が無理をせずに渾然として自然の儘に表現せられる」（第六章[19]）という創作論も、方光燾が『蒲団』についていう、「真摯に、厳粛に自己を客観し、いつわりなく大胆に自己を暴露した」という表現方法に重ね合わせることができる。方光燾の『蒲団』の読みは、いわば明治末年に書かれた文学作品に、大正末年の創作論の価値基準が、海を隔てた中国の地へともたらされあてはめられたことで、成立しているのである。

方光燾はこうして『蒲団』に自分の理想とする文学のあり方の体現を見、やがてそれが中国の若い作家たちを新たな創作に向かわせる起爆剤になると期待した。そしてそれに真っ先に応えたのが、一九二七年当時まだ二十代前半の若い作家、施蟄存だった。

3　田山花袋『蒲団』と施蟄存「絹子」

すでに見たように、施蟄存は「絹子」が『蒲団』訳の模倣だと認めていた。本節では「絹子」がいかなる意味で『蒲団』の再生産となっているか、論じてみたい。

「絹子」は大学教師蕪村が、妻ある身ながら自宅に同居させた従妹絹子に恋着し、その恋人朱英に嫉妬するあまり、興奮して絹子に襲いかかる、というものである。まず両作品の類似点を見ると、斎藤論文の指摘通り、「絹子」はその登場人物の設定とストーリーの点で、明らかに『蒲団』を下敷きにしている。『蒲団』の主人公竹中時雄が中年の冴えない地理書編集者・文学者なのに対し、日本人の姓名を連想させる「絹子」の主人公蕪村も大学教授・作家である。時雄が自宅に寄宿させた女弟子横山芳子に恋着するように、蕪村も同居させた学生絹子に情欲を感じる。さらに芳子にも絹子にも若い恋人がおり、師として監督者しての責任を感じながらも、時雄と蕪村は女弟子の恋人を敵視し、禁じられた思いをつのらせていく、というメインストーリーも同様である。

このような設定だけでなく、個々のシーンも多くが『蒲団』を彷彿させる。「絹子」は蕪村が夕刻、絹子に恋人朱英がいると知って悩みながら帰宅し、妻に「絹子は家にいるか？」と尋ね、妻にいぶかしがられるシーンから始まる。ほぼ同様のシーンは『蒲団』の第四章にあり、時雄は芳子に恋人がいたことを知って苦悶をかみしめつつ、職場から自宅へと帰る。時雄を待っていたのは、芳子からの恋人上京を知らせる手紙だった。時雄は苦しみのあまり地面に身を投げ出して悶えたりしながら、芳子が一時的に下宿している妻の姉の家を訪れ、「芳さんは何うしました？」と質問し、これまた慌てた態度をいぶかられる。「絹子」は多くがこのような『蒲団』を焼き直したと思われるシーンで満たされている。さらに伝言や手紙が物語展開の上で頻用される点、会話に文学作品のタイトルが頻繁に挟まれる点なども、「絹子」が『蒲団』から受けついだものだろう。

だが、『蒲団』と「絹子」を読み比べたとき、作家をしてのちに拙劣な模倣作にすぎないといわせるに至った、大きな相違点も目につく。

主人公が大学教授へと変更されているのは、方光燾が「愛慾」で紹介した、中国の人生哲学の教授が起こした恋愛事件がヒントになっているかもしれない。方光燾は、ある師範学校教授が、妻もありながら女学生二人と四角関係に陥り、周囲の了解を得たものの、やがて軍閥に追われ、のちに文章を書いて恋愛を否定した、という事件を紹介している。方光燾はこれについて、仮面を被った中国人には「恋愛の存在する余地はない」、「一人の竹中時雄を見つけ出すのも難しいのだ」と嘆く[20]。施蟄存が方光燾の代序を読んでいたとすれば、「絹子」では『蒲団』とこの恋愛事件を組み合わせて、いわば中国の竹中時雄を描こうとした、と考えることができる。ただし当時の施蟄存は二十二歳、前年中学教師となったばかりの未婚の青年である。『蒲団』の模倣は、作家花袋が主人公時雄に託して自己の性的な生活を暴露したのだ、というようなものではない。つまり「絹子」は施蟄存にとって、他人事として書かれている。

また「絹子」は、『蒲団』の人物造型やプロットをより単純化する方向で書き直されている。人物造型では、『蒲団』の芳子が、「美しい顔と謂ふよりは表情のある顔、非常に美しい時もあれば何だか醜い時もあつた。眼に光りがあってそれが非常によく働いた」〔三〕とあるように、美醜ではなく表情豊かな瞳の力に魅惑されていくのが分かるような、意図的造型が施されている。これに比して絹子は、「まるで彼女は古い詩賦《しふ》の中に描かれた美人のようで、赤い唇、雪のように白い歯、象牙に似た頬、微笑するとできるえくぼ」〔一〕といった書き振りで、紋切り型の美人としてのみ造型される。

プロットにしても、『蒲団』の、時雄が疑惑と嫉妬に悩みつつ感情を抑制し、逡巡《しゅんじゅん》と激昂《げきこう》が交差する複雑な経緯は、「絹子」では省かれ、蕪村は一直線に思いをつのらせる。『蒲団』では芳子の恋人の存在を知って、二人の関係を疑いながらも、「一方痛切に嫉妬の念に駆られながら、一方冷淡に自己の状態を客観した」〔四〕というような、自己を抑制する力が働いてしまう。その結果、「熱い主観の情と冷めたい客観の批判とが絡《よ》り合せた糸のやうに固く結着けられて、一種異様の心の状態を呈した」〔四〕というごとく、欲望と抑制力の葛藤する鮮明な自意識が浮かび上がる。だが「絹子」では、最初から絹子の恋人朱英には否定的で、絹子に向かい「君は朱英が愛する値打ちのある人物だと思ってでもいるのか?」〔二〕などと罵倒し、「騙されないように気をつけな」と暴言を吐き、二人の関係を既定事実と見なして激昂する。

ことに鮮明な対比をなすのは、両者ともに布団に顔を埋めるラストシーンである。絹子宛の朱英の手紙を見た蕪村は激怒する。「自分の凶暴な態度を後悔した、彼自身絹子に対してひどかったと思った、しかし彼は凶暴な興奮から自分を抑えることができなかった」〔三〕とあるように、蕪村は絹子への欲望のあまり、我を忘れ、結局ラストでは、「「分からないのか、絹子、私はこんなに……」猛《たけ》り狂う獅子のように蕪村は重々しくこの言葉を吐いた後、一歩前へ進んで絹子に抱きつこうとした」〔四〕と、絹子に襲いかかる。絹子が逃れ去ったあとに残された蕪村は、「神経が完全に錯乱し、彼女が全力で逃れたとき、彼女の赤いシャツを抱いて彼女のベッドの上に倒れこんだ。彼は赤いシャツをかぶり、頭をベッドに横たえた」。

このように、「絹子」は『蒲団』のラストを連想させる、愛しい人の布団に横たわるシーンで閉じられるが、もちろん『蒲団』に女弟子を襲うシーンなどない。『蒲団』と「絹子」の最大の差は、『蒲団』では、欲望とそれを抑制する力の葛藤に悩む時雄の自意識が明晰に描かれていたのに対し[21]、「絹子」の主人公蕪村には、そのような葛藤は一切なく、欲情が一方的に女弟子へと注がれ、やがて実際の行動へと移るに至る点にある。

こう見てくると、「絹子」は必ずしも『蒲団』の忠実な模倣とはいえず、そこには施蟄存による単純化が働いていることが分かろう。蕪村の絹子への感情は恋愛というよりも直接的な肉欲で、しかも『蒲団』のように恋愛への禁忌が働くことで葛藤劇が生じることもなく、絹子を襲うラストへ向けて蕪村が錯乱していく伏線が張られつつ、単線的で誇張された物語が展開されるにすぎない。「絹子」は『蒲団』の模倣でありながら、性欲が招く事件性のみが強調された、センセーショナルな小説となっている。先に引用した六十年後の回想では、時間による記憶の風化があるのか、施蟄存は「スタイルを模倣して」「ストーリーはまったく異なる」としているが、実際にはストーリーが大筋模倣され、スタイルは大きく異なる、というべきである。

ここで再び方光燾の「愛慾」を想起すると、「絹子」は、方光燾が『蒲団』を台無しにしてしまうといった、「扇情的な事実」（「愛慾」）、施蟄存自身の言い方だと、「材料」（「我的創作生活之歴程」）にのみ注目し、再現しているにすぎない。施蟄存は『蒲団』訳を雑誌で読んだとしているが、同時に一九二七年出版の単行本も手にし、方光燾の「愛慾」を目にしたならば、「扇情的な事実」だけを再現した「絹子」では、『蒲団』を本当の意味で読んだことにはならない、と気づかされ、それがのちに拙劣な模倣だと反省せしめるに至ったのかもしれない。

しかし、施蟄存が一年半後、「梅雨之夕」を書いたとき、『蒲団』は再び異なった形で中国の作家に影響を及ぼす。

4　施蟄存「梅雨之夕」の誕生

「梅雨之夕」は、多様な創作スタイルを試みた施蟄存の作品の中で、心理分析小説の最初の傑作とされている。そこでは、単なる技術的な成熟だけでなく、「絹子」とはスタイルそのものが大きく変貌を遂げており、習作期の面影はもうない。

一九三三年の時点で施蟄存は自分の創作について、同時代の批評家、楼適夷《ろうてきい》（一九〇五–二〇〇一年）がレッテルを張ったような新感覚主義などではなく、[22]「私は自分の小説が Freudism を応用した心理小説にすぎないと知っている」と述べている（「我的創作生活之歴程」[23]）。中国モダニズム文学を代表する作家としては、施蟄存のほかに劉吶鷗《りゅうとつおう》（一九〇〇–三九年）・穆時英《ぼくじえい》（一九一二–四〇年）などがおり、ことに劉吶鷗は日本の新感覚派の直接の影響を受けている。しかし施蟄存はそれを否定、フロイトの精神分析を応用したと認めていることから、その影響を「梅雨之夕」に読みとる研究がなされている。[24]

中国へフロイト精神分析がもたらされたのは、銭智修「夢之研究」（『東方雑誌』第十巻第十一号、一九一三年六月）や秋山「析夢篇」（『東方雑誌』第十三巻第十二号、一九一六年六月）などを先駆とし、二〇年代に入ると、張東蓀「論精神分析」（『民鐸』第二巻第五号、一九二一年二月）、朱光潜「福魯徳的隠意識与心理分析」（『東方雑誌』第十八巻第十四号、一九二一年七月）などが書かれる。

日本経由の移入も大きく、謝六逸「精神分析学与文芸」（松村武雄原著の翻訳、訳者署名は路易、『文学旬刊』第五十七–七十一期、一九二二年十二月一日–二三年四月二十二日。単行本は『文芸与性愛』開明書店、一九二七年）や、すでに触れた、フロイトを援用しつつ文学論を展開する厨川白村『苦悶の象徴』翻訳などが出る。こうして文学と精神分析の結びつきは、二〇年代半ばには広く認識されていた(25)。

施蟄存がフロイトに興味を持ったのはいつかはっきりしないが、その可能性を強く認識したのは、創作スタイルを模索する中で関心を持ち翻訳した、シュニッツラー（A. Schnitzler、一八六二―一九三一年）との接触かもしれない。シュニッツラーはフロイトと親交のあった作家で、施蟄存はその翻訳集『婦心三部曲』（神州国光社、一九三一年五月）に付した「訳者序」で、収録の三篇は「いずれも女性の心理を描いているので、併せて「婦心三部曲」と冠した」と述べている(26)。施蟄存が心理分析小説に創作の未来を見出すには、この翻訳経験が大きく作用しているだろう(27)。

ただし、先ほどの施蟄存の自作自解は、「梅雨之夕」ののちに書かれた「在巴黎《パリ》大戲院」（『小説月報』第二十二巻第八号、一九三一年八月）及び「魔道」（『小説月報』第二十二巻第九号、一九三一年九月）についての言及である。しかも、「梅雨之夕」と後者二作が発表される間に、二年間のブランクがあることは注意せねばならない。

この時期、施蟄存は「梅雨之夕」のような心理分析小説だけでなく、「追」（『無軌列車』第四／五期、一九二八年十／十一月）のごときプロレタリア文学、あるいは「鳩摩羅什《くまらじゅう》」（『新文芸』創刊号、一九二九年九月）、「将軍底頭」（『小説月報』第二十一巻第十号、一九三〇年十月）など、歴史上の人物に取材した作品も書いており、多様な創作スタイルの試作中にあった。「梅雨之夕」はもともと『上元鐙』に収録されていたが、「当時私は思った、「梅雨之夕」の一篇は、『上元鐙』の他の諸篇と雰囲気が完全に異なる、しかし「在巴黎大戲院」や「魔道」の両篇とはとても近い、なぜならそれらはみな一種の心理過程を描いたからである。そこで私は「梅雨之夕」を抜き出すことにした」（「後記」『梅雨之夕』一九三三年三月(28)）と記すように、やがて一九三一年十月『上元鐙及其他』の改編再版を出すに際し、「梅雨之夕」は削られ、一九三三年三月出版の『梅雨之夕』で「在巴黎大戲院」や「魔道」とともに収められ、同一系統の心理分析小説とされていく。

施蟄存自身、「私はこれらの方向に沿っていくつか短編を書き、各種の心理を描いて、『将軍底頭』の浪漫主義を抜け出そうと決心した」（「後記」『梅雨之夕』前掲）としているように、書かれて二年のちに、「梅雨之夕」が自分にふさわしいスタイルとして選ばれ、一連の心理分析小説が書かれる。一九三一年、再び心理分析小説を書き出すときには、シュニッツラーの翻訳で得た具体的な方向性があったにしても、一九二九年の段階で「梅雨之夕」を書くに際し、フロイトがどれほど血肉化されていたか明確でない。

心理分析小説の系列でぽつんと離れた位置にある「梅雨之夕」が書かれた段階で、施蟄存にとって主要な先行テクストとしてあったのは、大きな刺激の源泉として二度も想起された、『蒲団』だったのではなかろうか。まだはっきりとつかめない精神分析的手法を具体的に作品化するための枠組みやスタイルを、『蒲団』は提供してくれたのではないか。以下、「梅雨之夕」の枠組みや独白のスタイルが『蒲団』を色濃く受けついでいる点について論じてみる。

まず作品の枠組みについて検討してみよう。『蒲団』は冒頭、職場へと向う途中の、竹中時雄の独白から物語が始まる。

小石川《こいしかわ》の切支丹阪《きりしたんさか》から極楽水《ごくらくすゐ》に出る道のだら〳〵阪を下りやうとして渠《かれ》は考へた。『これで自分と彼女との関係は一段落を告げた。三十六にもなつて、子供も三人あつて、あんなことを考へたかと思ふと、馬鹿々々しくなる、けれど……けれど……本当にこれが事実だらうか。あれだけの愛情を自分に灑《そゝ》いだのは単に愛情としてのみで、恋ではなかつたらうか』（一）[29]

物語が突然に通勤途上空想にふける時雄の独白から始まることは、まず、『蒲団』全編の枠組みがいかなるものかを見せてくれる。「朝起きて、出勤して、午後四時に帰つて来て、同じやうに妻君の顔を見て、飯を食つて眠るといふ単調なる生活につく〴〵倦《あ》き果てゝ了つた」（二）という時雄は、思いもうけぬ恋愛によって単調な現実から逃れたい、という「痛切」な願望をめぐらせている。唯一日常の単調さを破る、通勤途上の女性との接触は、時雄を強く刺激する。「出勤する途上に、毎朝邂逅《であ》ふ美しい女教師があつた。渠は其頃此女に逢ふのを其日其日の唯一の楽みとして、其女に就《つ》いていろ〳〵な空想を逞うした。恋が成立つて、赤坂下あたりの小待合《こまちあい》に連れて行つて、人目を忍んで楽しむだら何《ど》う…。細君に知れずに、二人近郊を散歩したら何う…。いや、それ処ではない、其時、細君懐妊して居つたから、不図《ふと》難産して死ぬ、其後に其女を入れるとして何うであらう。平気で後妻に入れることが出来るだらうか何うかなどと考へて歩いた」〔二〕。

この女教師について、花袋は『蒲団』のはるか以前に、「女教師」（『文芸倶楽部』第九巻第八号、一九〇三年六月）を書いており、また通勤途上の女性への妄想は、『蒲団』の直前に、「少女病」（『太陽』第十三巻第六号、一九〇七年五月）として描かれるのだが、こんな突拍子もない恋愛妄想をたくましくしているところに忽然と現れたのが、女弟子横山芳子だった。表情豊かな芳子の眼に魅せられた時雄の頭の中では、現実には生じえない二人の恋愛の世界が翼を広げていく。このように『蒲団』とは、恋愛に飢えた男の通勤途上の妄想が、女弟子の登場で具体的対象を得て、一気に膨張する物語、として解釈することができる。

これには、『蒲団』発表直後、モデルだった岡田美知代の「『蒲団』について」（署名は蒲団のヒロイン横山よし子、『新潮』第七巻第四号、一九〇七年十月）が、「中には、時雄が芳子に対する情緒、それを直ぐ事実と見なし、時雄は即ち作者自身で、「蒲団」は実に花袋先生の大胆なる表白である等と云つて居る人もあります相《そう》で、馬鹿々々しい、そんな事があつて堪るものですか」と、はっきり事実でないと否定していることを、もっと考慮していいだろう。女弟子自身は、師の素振りからその思慕を感じとることはなかった。当時の同時代評でも、ゴシップ欄である六号活字を除けば、時雄を花袋自身として読んだものは大勢を占めてはおらず[30]、のちの研究でも、時雄＝花袋の読みの公式はくり返し否定されている[31]。実際に花袋が女弟子を愛していたかどうかは依然定めがたいが、出発点は事実上のやりとりでなく時雄の恋愛妄想であり、そこに女弟子が現れたのである。

『蒲団』における想像の多くは、時雄による女弟子の胸中をめぐってのものだが、当然のことながらこれはかなり一方的な思い込みである。「年若い女の心理は容易に判断し得られるものではない、かの温い嬉しい愛情は単に女性特有の自然の発展で、美しく見えた眼の表情も、やさしく感じられた態度も都《すべ》て無意識で、無意味で、自然の花が見る人に一種の慰藉《なぐさみ》を与へたやうなものかも知れない」〔一〕と認識されてはいるものの、芳子のさして意味もないだろう目つきや態度から、時雄は相手の意志や感情を一方的に想像し、昂《たか》ぶっていく。「二人の関係は何うしても尋常《よのつね》ではなかつた。妻があり、子があり、世間があり、師弟の関係があればこそ敢て烈《はげ》しい恋に落ちなかつたが、語り合ふ胸の轟《とゞろき》、相見る眼の光、其底には確かに凄じい暴風《あらし》が潜んで居たのである。機会に遭逢《でつかは》しさへすれば、其の底の底の暴風は忽ち勢を得て、妻子も世間も道徳も師弟の関係も一挙にして破れて了うであらうと思はれた。少くとも男はさう信じて居た」〔一〕と、時雄は芳子との間に確かに恋愛感情が存在したと信じている。

実際には芳子からの働きかけは一切ない。にもかかわらず、「女は確かに其感情を偽り売つたのだ。自分を欺いたのだ」〔二〕と憤慨するとき、時雄は芳子が誘惑したとまで思っている。この前提から出発した妄想では、女弟子が恋人と間違いを犯したことについても、芳子の手紙の「謎を此身が解いて遣らなかつた」ゆえに、「かの女は失望して、今回のやうな事を起したのかも知れぬ」〔二〕と、自身のうかつさを責めるほどである。さらには、「道義の力、習俗の力、機会一度至ればこれを破るのは帛《はく》を裂くよりも容易だ。唯、容易に来らぬはこれを破るに至る機会である。此機会が此一年の間に少くとも二度近寄つたと時雄は自分だけで思つた」〔三〕と、二人には一線を越えるチャンスがあった、とまで決めつけてかかっている。

ただしここで注意しておきたいのは、時雄の恋愛妄想が一人よがりな仮定にもとづくものであることが、「少くとも男はさう信じていた」〔一〕、「時雄は自分だけで思つた」〔三〕と、作中でくり返し認識されていることである。実際、女弟子に恋人がいて深い関係まであったという事実によって、時雄は手ひどいしっぺ返しを受けるのだが、その想像が自閉的であることは、〔十〕の、実家へと連れ戻される芳子を見送って感慨にふける時雄は、見送りの人々の背後にその恋人がいたことを「夢にも知らなかつた」、というシーンで決定的にさらされる。妄想がうずまく一方で自制力が働く意識のありようを、『蒲団』は方光燾のいうように「客観」化して、鮮明に捉えているのである。

一方、一人称の語り手「我」〔以下「ぼく」と訳す〕が、帰宅途上で雨宿りする女性と接触するいきさつを描く、施蟄存の「梅雨之夕」は、通勤途上の空想から生まれた恋愛という、『蒲団』と共通する物語の枠組みのもと、現実とも妄想ともつかぬ朦朧たる雰囲気の中で、「ぼく」の想像がふくらんでいく過程を描く。「梅雨之夕」でも、主人公には帰宅を待つ妻があり、また単調な日常から逃れる刺激が、ふとしたことから生じる女性との恋愛に求められている。彼らは禁じられた恋愛によって想像力を刺激されるわけだが、当の女性に直接挑むことは決してなく、その欲望があくまで脳中から漏れ出ることはないのも同様である。

驟雨の中、帰宅途上にあった「ぼく」の前に、電車から降りた若い女性が忽然として現れる。その美しさに吸い寄せられた「ぼく」は、彼女に性的な魅惑を感じたことから、想像をめぐらせ始める。人力車は現れず、空の色は暗くなる。「ぼく」は、彼女の目つきからその胸中を想像する。

この少女の長い眉がいっそうひそめられ、眸《ひとみ》がかがやき、心の中でいらいらしているのが分かる。彼女の憂鬱そうな視線がぼくのそれと交わる、彼女の目つきから、ぼくがいぶかしがられているのが理解できる。どうして立ったまま去ろうとしないの？　傘もあるし、革靴もはいてる、誰か待ってるの？　雨なのに路上で誰を待ってるの？　こんな鋭い目つきで私を見てるのは、悪い考えを抱いてるからじゃないの？　ぼくを見つめていた視線を暗い空へと移した動作から、彼女はきっとこんなふうに考えていたのだと推測した(32)。

『蒲団』の芳子がそうであったように、雨宿りの女性も眼の表情が豊かで、「ぼく」はその視線から情報を引き出そうとする。ふと「ぼく」は、自分の傘で彼女を送ればいいのだと気づき、思案の末、「突然、ぼくは分かった、どうして前に気づかなかったのか、不思議なのだが、彼女はぼくが傘をさして送るのを待っているようだ」と、相手の意図を一方的に断定する。それは、「傘を持っているのに、あなたは去ろうとしない、傘の半分に私を入れたいのでしょう、でもまだもっといいタイミングを待ってるのでしょう？　彼女の視線はぼくにこう言っていた」というような、女性の目つきから組み立てられた想像にもとづく。「ぼく」の申し出に対し、微笑を浮かべながら受諾のしるしにうなずいた彼女の心理について、「ぼく」はさらに、雨はまだやまないのかしら、人力車は本当に来ないのかしら、とりあえず傘に入れてもらおうかしら、「かまわないかしら？……かまわないわ。もし知りあいに会ったら疑われないかしら？……でももう晩いし、雨は弱まりそうにないし」などと悩んだ挙句に受け入れたのだ、と憶測を加える。このように「梅雨之夕」の「ぼく」も、時雄同様、手前勝手な忖度を積み重ねていく。

実はこのような行きずりの恋愛を、施蟄存はすでに、「花夢」（初出不明、『娟子姑娘』亜細亜書局、一九二九年所収）でも描いていた。「花夢」は、恋愛に不慣れだが出会いを求める主人公が、仕事帰りの夕暮れ、ふとしたことから女性の後をつけ、デートにまでこぎつけるものの、金銭目的だったことが分かる、というものだが、三人称客観小説の形で書かれたこの「花夢」では、『蒲団』同様、女性も主人公を愛していると想像していたのは一方的な恋愛妄想だったことが明らかにされる。それが、一人称の独白体で書かれた「梅雨之夕」になると、主人公の妄想はひたすら羽ばたきつづける。のちに主人公は雨宿りの女性が初恋の人だと思い込み、「寝ているあいだの夢あるいは白日夢の中で、彼女が成長するのを見た、ぼくは自分で彼女を美しい二十歳ほどの少女に仕立てあげていた」というのだが、この作品全体が、一つの白日夢として描かれているのである。

このような白日夢としての文学作品は、当時の精神分析移入後の中国文学界では、必ずしも唐突なものではない。

すでに触れた、厨川白村『苦悶の象徴』は、文学と関連させて白日夢の効果を論じている。フロイトに依拠した「創作論」で、抑圧作用から解放された無意識の表現としての夢を、「是れは即ち明かに一般文芸の表現法であるところの象徴主義《シンボリズム》」だとする白村は、「如何に馬鹿々々しい空想的な取りとめの無い夢であつても、それは必ずやその人の経験の内容に存する事物が、色々に組合はされて再現せられたものに他ならない。その幻想その夢幻は、畢竟ずるに自己の胸奥に宿れる心象を写生し描写してゐる」（第六章）と述べている。さらに、夢の一歩手前の空想や幻想としての白日夢について、白村は第三部「文芸の根本問題に関する考察」で一章を割き、文芸創作の心境とは「醒めたる者の白日の夢」だと論じている（第四章「白日の夢」）[33]。ここで『蒲団』が、方光燾ら中国人留学生にとって、夢想へと誘う作品だったことを想起したい。白村の「創作論」を媒介としたとき、『蒲団』の一見ばかばかしい恋愛妄想は、「花夢」を経て、「梅雨之夕」の白日夢へと連なるのである。

また、『蒲団』の冒頭は、時雄の独白から始まっていた。「梅雨之夕」は独白体の一人称小説であり、『蒲団』は三人称客観小説であるため、一見文体が異なる。「梅雨之夕」の文体については、「梅雨之夕」の二年後に刊行される翻訳集『婦心三部曲』に収められたシュニッツラー『令嬢エルゼ』（*Fräulein Else*、一九二四年）を考慮すべきだろう。完成度の高い内的独白の手法で、崩壊していく少女の心理を微細に描く『令嬢エルゼ』は、「梅雨之夕」の一人称独白体成立に大きく寄与した可能性が高いのだが、ただし、「梅雨之夕」執筆以前に施蟄存が触れていたかどうか明らかでない。実は「梅雨之夕」の「ぼく」による独白は、『蒲団』から時雄による独白の箇所を抜き出せば、類似した独白体となる。

両作品の独白は、自らに問いかけ自ら答える形で、無根の事実の上に想像を積み上げていくことを特徴とする。『蒲団』の場合、冒頭の時雄の独白は、「けれど……けれど……本当にこれが事実だらうか。あれだけの愛情を自分に灑《そそ》いだのは単に愛情としてのみで、恋ではなかつたらうか」（一）という、疑問によって始まっていた。自らに問いかけ、相手の態度を思い起こし、ご都合主義な仮定のもとで再検証を試みる。この脳中の台詞は、括弧でくくられている場合もあれば、地の文における時雄の精神状態の描写から、推量形と疑問形を多用しつつ、そのまま括弧なしで独白へと移行することもある。いったん時雄の煩悶を描き出すと、「さま〴〵の感情が時雄の胸を火のやうに燃えて通つた。其田中といふ二十一の青年が現に此東京に来て居る。芳子が迎えに行つた。何をしたか解らん。此間言つたことも丸で虚言《うそ》かも知れぬ。（中略）今度も恋しさに堪へ兼ねて女の後を追つて上京したのかも知れん。手を握つたらう。胸と胸とが相触れたらう。人が見て居ぬ旅籠屋《はたごや》の二階、何を為て居るか解らぬ。（中略）時雄の胸は嵐のやうに乱れた。着いたのは昨日の六時、姉の家に行つて聞き糺《ただ》せば昨夜何時頃に帰つたか解るが、今日は何うした、今は何うして居る？」〔四〕というように、独白と地の文が明確に区別できなくなる。

これが、中国語訳『綿被』では、中国語の疑問文では通常文末に疑問符を置くゆえに、自問のほとんどに「？」が付されることになる。実は、方光燾が「愛慾」で『蒲団』から数多く引用したのも、独白体の妄想シーンに集中していた。時雄の妄想は、芳子がすでに恋人と罪を犯していたと知ったとき、最高潮に達する。

あの男に身を任せて居た位なら、何も其の処女の節操《みさを》を尊ぶには当らなかつた。自分も大胆に手を出して、生慾の満足を買へば好かつた。かう思ふと、今迄上天の境に置いた美しい芳子は、売女《ばいぢよ》か何ぞのやうに思はれて、其身体は愚か、美しい態度も表情も卑しむ気になつた。（中略）其胸に手を当て丶時雄は考へた。いつそかうして呉れやうかと思つた。何うせ、男に身を任せて汚れて居るのだ、此儘《このまゝ》かうして、男を京都に帰して、其弱点を利用して、自分の自由にしやうかと思つた。と、種々なことが頭脳に浮ぶ。芳子が其二階に泊つて寐《ね》て居た時、もし自分がこつそり其二階に登つて行つて、遣瀬《やるせ》なき恋を語つたら何うであらう。危座して自分を諫《いさめ》るかも知れぬ。声を立て丶人を呼ぶかも知れぬ。それとも又せつない自分の情を汲んで犠牲になつて呉れるかも知れぬ。さて犠牲になつたとして、翌朝は何うであらう、明かな日光を見ては、流石に顔を合せるにも忍びぬに相違ない。日長《ひた》けるまで、朝飯をも食はずに寐て居るに相違ない。〔九〕[34]

このような自問自答による妄想は、一人称独白体の「梅雨之夕」でも多用されており、全編が「?」でおおわれているといってもいい。「梅雨之夕」の想像力は、女性が蘇州なまりで「ありがとう」と応えたことで、頂点に達する。彼女は誰なのだろうと疑い始めた「ぼく」は、蘇州で過ごした時代の幼馴染、「初恋のあの少女」だと思い込む。

しかし彼女はどうしてこんなにあの娘に似ているのだ? 横顔は、まだ十四歳のときの面影を保ってる、まさか彼女自身ではあるまいに? 彼女が上海に来ないともいえまいが? 彼女だ! 世界にこんな完全にそっくりの人がいるか? ぼくのことが分かったかしら……彼女に聞いてみよう。

——蘇州の人ですか?

——はい

まちがいなく彼女だ、めったにない偶然だ! 彼女はいつ上海に来たんだろう? 家族で上海に引っ越したのか? それとも、あ、もしかして、上海に嫁いで来たのか? ぼくのことを忘れてるに違いない、さもなければぼくに送らせたりしないだろう。……ぼくの顔つきが変わったのかもしれない、彼女はぼくが分からないのだ、たしかに長い年月だ。……でも彼女はぼくがもう結婚したこと知ってるのだろうか? もし知らないとして、今ぼくだと分かったら、どうしよう? 彼女にいうべきだろうか? そうする必要があるとして、どういう風にいえばいい?……[35]

些細な情報から幼馴染だと断定し、さらに疑問を投げかけて想像をふくらませることで「梅雨之夕」は展開していく。女性の姓が初恋の少女と異なると知れても、「きっとうそだ。もうぼくが誰か分かったんだ、きっとぼくのことが分かって、だましてるんだ」との口実が作られる。

このように「梅雨之夕」は、物語の枠組みだけでなく、自問自答の独白体によって恋愛妄想が膨張していく文体の点でも、『蒲団』の痕跡をたどることができる。また、『蒲団』が、すでに事件の完了した地点から、過去の恋着の顚末を、時雄の脳中で再整理する形で進行するように、「梅雨之夕」も冒頭近くに「昨日の午後」とあるように、過去の事件を再現する形式をとる。妄想にふける主人公の造型など、頭でっかちな印象を作り出すことにおいて、両作は共通する。このように「梅雨之夕」は、『蒲団』の恋愛妄想物語としての特徴を遺憾なく継承して作られている。施蟄存が「絹子」について、『蒲団』と「ストーリーはまったく異なるが、目の鋭い人ならきっと両作に多くの類似点があるのを見出すことができるだろう」と回想したのは、実は「梅雨之夕」にこそ当てはまるのだ。

しかし、三人称小説「花夢」を経て、一人称で主人公の心理を描くところに至った「梅雨之夕」では、男を取り囲む客観世界は抜け落ち、もはや現実から辛辣に復讐されることはない。そこでは『蒲団』のごとく、主人公の自閉的様態の滑稽さ、無様さを明るみに出すような相対化の視線は働いておらず、足かせを解かれた想像力は、現実を超えて、美しい白日夢の世界へ、さらにより深い意識の層にまでたどりつこうとする。「梅雨之夕」が『蒲団』の野暮ったさと異なり、モダンで鮮やかな印象を与えるのは、方光燾が『蒲団』を褒めていった、「霊肉の衝突、愛欲の闘争」などというレベルの深刻なテーマが完全に捨て去られていて、本来深い意識の層にひそむはずの記憶が意識の表層へと浮かび上がる仕組みが繊細に描かれているからだろう。

そもそも「梅雨之夕」の邂逅は、驟雨で景色の一変し、「朦朧として詩趣に富んでいると感じた」上海の街で発生する。さらに、「「感じた」といっても、何か具体的な考えがあったわけでなく、「ここで曲がるんだ」という以外に、何も意識していなかった」とつづくように、ふだんと異なる朦朧とした街の雰囲気が、帰途にある彼のくっきりした意識の表層をくもらせ、日常と乖離した世界へと誘う。そんな中忽然と少女が登場するのだが、もともと「梅雨之夕」の恋愛は、「この少女が慕わしかったからか？　いや、そんな慕わしいなんて意識は絶対なかった。でも家で帰りを待って灯りの下でいっしょに晩御飯を食べようとしてる妻ゆえでもない。そのときぼくには妻がいるなんて考えさえなかった」と、妻の存在を消去し、さらに実際に目の前にいる女性ですら恋愛の対象ではない地点から始まっていた。そこでは明確に意識化できる層は消去されている。そして彼はなぜこの少女に惹かれるのかを発見する。

ぼくはそれで一つの新しい発見をした。彼女はある人に似ている、誰だ？　ぼくは誰だか追い求める、追い求める、よく覚えている人のようだ、どころか……ほとんど毎日思っている人、ぼくの知ってる女の子、今並んで歩いているこの人と同じような体格で、同じような顔だち、でもどうして今いくら考えても思い出せないんだ？……あ、そうだ、どうして思い出せなかったのか不思議だけど、それは不可能だったんだ！　ぼくの初恋のあの少女、クラスメートで、近所に住んでた、彼女にえらく似てやしないか？(36)

当初はこのめぐりあいが不思議に思われ、事態の推移に半信半疑だった「ぼく」も、彼女が初恋の人を連想させると気づいてからは、安心してその想像に身を任せる。実はこの初恋の女性のモチーフは、施蟄存の初期作品集『上元鐙及其他』所収の「扇」「上元鐙」や「旧夢」で、懐かしさと残酷さを込めてくり返し描かれており、それが「梅雨之夕」へとこだましている。彼は今でも彼女をときに思い浮かべているが、それは、「ときどき夢の中、寝ているあいだの夢あるいは白日夢の中で、彼女が成長するのを見た、ぼくは自分で彼女を美しい二十歳ほどの少女に仕立てあげていた」というように、妻ある身となった今では、ふだんは意識の奥にしまい込まれ、夢や白日夢でのみ登場することを許された記憶だった。

ここで再びフロイトを援用した『苦悶の象徴』を持ち出すと、与謝野晶子『愛、理性及び勇気』（阿蘭陀書房、一九一七年）から、「人が夢を見てゐるといふことは眠つてゐるのでなくて芸術家としての最も純粋な活動をして居ることに当ると思ひます」という一節を引用しつつ、白村は、「『白日の夢』に於て、われらの肉眼は閉ぢて心眼が見開く」、「渾沌として無秩序無統一なるが如きこの世界が、一つの纏まつた、秩序あり統一ある世界として観照せられる」と述べる。よって、顕在意識のような「上つつらな表面的な精神作用」から生まれた創作は、しょせん「拵へ物」や「造り事」にすぎず、現実の生活から離れた「深い無意識心理の底」から産み出されたものこそ、創作の名に値する（四　白日の夢）。「梅雨之夕」はまさに、雨模様の現実が溶け去った街で女性と邂逅することで、深い無意識の底に眠っていた初恋の少女の記憶がよみがえり、ぼんやりしていた世界に意味が与えられていく物語である。秘められた記憶が白日夢の世界で具象化されるのである。

ただし「白日夢」は意識を支配してしまえるわけではない。初恋の人と上海の街を歩く想像に身を任せていたとき、ふと傍らの店からの暗い視線に気づいた「ぼく」は、「それは妻ではないかという気がした。妻がなぜここにいるのだ？」と思う。かつて意識の表層にあり、今一時的に消去されていただけの、妻の存在が顔を出しているのである。そしてこの白日夢にも終わりが来る。雨宿りの女性の化粧の香りが妻のものと同じで、そこから妻の唇が想起されたとき、白日夢は雲散霧消する。再び彼女をじっと見ようとした「ぼく」は、「不思議だ、今では彼女は、ぼくがさっきまで誤解していた初恋の女の子とは違うのだと思った」、「この見知らぬ少女の姿は、まるでもうぼくの心の鳥籠から解き放たれたようだった」と感じる。妻が登場し日常の意識が戻ってきたとき、彼女はもはや恋愛の対象ではなくなる。

女性と別れた「ぼく」は家路へと人力車に乗る。「車上のぼくは、まるで目覚めてすぐに忘れてしまう夢の中を飛んでいるようだった。まだなし終えてないことがあるようで、心にはまだ気になることがある。でもそれはくっきり意識されてはいない。ぼくは何度か手の中の傘を開こうとした、でもすぐこれは無意識だと失笑した」。傘を再び開こうとするしぐさは、雨宿りが見せた白日夢を呼び戻そうとする願望のなせるわざだろう。なし終えてないこと、気になることは、もはや再び深い意識へと沈んでしまった今、取り戻すことはできない。夢の時間は終わったのだ。『蒲団』の枠組みや独白のスタイルから出発した「梅雨之夕」はこのようにして、ふだんは意識されない層へと触手を伸ばし、その輪郭をかたどろうとする。「ぼく」が少女と通りを歩いたのはわずか数分に過ぎないが、その瞬間に深い意識に潜んだ記憶がよみがえる。「無意識に」という言葉が散見される「梅雨之夕」は、まさに無意識のレベルが意識の層を浸食するような瞬間の記述へとたどりつくのである。

5　『蒲団』からモダニズムへ

施蟄存は「我的第一本書」（前掲）で、「「五四」新文学運動から教えられたのは、文芸創作では「創」であることが重視されるべきだということである。作家は決して、他の作家の作品を真似たり模倣したりして、自分の作品を書いてはならない。一篇の小説は、ストーリー、構成から風景描写に至るまで、自分の観察と思考から出たものでなければならならず、それでようやく「創作」といえる」と述べている。[37] 人物設定やストーリー、構成などの点であからさまに『綿被』から借用した「絹子」を模倣として切り捨てるのは、このような「創」、つまりオリジナリティという至上の価値を新文学から学んだからというわけだが、ではなぜのちにそれほど嫌悪することになる「絹子」を、当時文壇の檜《ひのき》舞台だった『小説月報』に送りつけ掲載してもらったのか、という疑問も湧く。「絹子」は記念すべき文壇登場の処女作となるはずだった。

施蟄存としては「絹子」とて自信の作であったはずである。ただし「絹子」と比べた場合、「梅雨之夕」には、枠組みやスタイルにおいて『蒲団』の痕跡を残すものの、ストーリーなどでの明白な模倣はない。作品はその作家の「自分の観察と思考」から出たものでなければならならないという、施蟄存のいう「創」なる価値は、作家が先行する作品や創作理論をいかにわがものとして消化し、自己の作品へ渾然と溶かし込んでいるか、と理解すべきだろう。「絹子」などそれまでの作に比べても、「梅雨之夕」は飛躍的に作品としての完成度が高いのである。

『蒲団』で描かれた中年作家の女弟子に対する恋愛が、まずスキャンダラスな恋愛事件として「絹子」に再現され、次に禁じられた恋愛ゆえの、妄想のうずまく意識を描く手法が「梅雨之夕」に取り入れられ、フロイト精神分析の文学への応用によってさらに磨きをかけられて、モダンな心理小説の誕生をもたらす。とても傑作とは称されぬ作品とて、多様な読みを許し、新しい文学を生み出す原動力になりうる。『蒲団』が中国語に訳されたとき、日本の文壇的文学史的文脈では思いもうけぬような読みを施され、モダンな文学の誕生をうながす一因となった。『蒲団』は単に自然主義というリアリズムの典型としてだけでなく、翻訳を介し、さまざまな読みを付されることで、モダニズムを産み出す一つの原動力ともなったといえるかもしれない。

筆者はまた、施蟄存が「梅雨之夕」のあとに書く歴史小説にも、実は『蒲団』が遠く響いているのではないかと考えている。「鳩摩羅什」では、性欲を禁じられたはずの高徳の僧が、妻や妓女の肉の誘惑にさらされて葛藤する経緯が描かれ、「将軍底頭」では、町娘を襲ったかどで兵士を制裁した軍律に厳しい将軍が、今度は自分がその娘に惹かれてやがて命を落とすさまが描かれ、「石秀」（『小説月報』第二十二巻第九号、一九三一年二月）でも、義兄弟の妻に誘惑されて揺れ動くうぶな青年任侠の内面が描かれる。今度はスキャンダラスな小説としてでも、夢想の空間へと誘う恋愛小説としてでもなく、方光燾が『蒲団』について最も力説した、恋愛における「霊肉の衝突、愛欲の闘争」というテーマが、ここでは実現されている、と感じるのは牽強付会にすぎるであろうか。

第11章　鉄道の魔物とモダニズム文学——施蟄存「魔道」における世紀末の病理

上海近郊の都市へと向かう列車の中で、「私」は向かい座席に腰かけた老婆に対し、強い「恐怖」を覚える。「私」が視線を向けると、老婆はぼんやり遠くを見るが、「私」が視線をそらすと、老婆は「私」を凝視してくる、と感じる。魔術を施されるのではないかとの「恐怖」が湧き起こり、自分は「神経衰弱」ではないかと疑い、「かつて老婦人ゆえに戦慄を覚えたことなどない」というのに、「私の感覚と意識はまるで完全に老婆に支配されたかのよう」に、妄想の網の目に絡みとられてしまう。この「恐怖」の原因とは、いったい何なのか。

施蟄存《しちっそん》（一九〇五－二〇〇三年）の「魔道」（『小説月報』第二十二巻第九号、一九三一年九月。『梅雨之夕』新中国書店、一九三三年所収）は、鉄道と文学が交錯する地点に生じる、典型的なイメージの表現である。文学にとって鉄道とは、魔物がひそむ空間だった。

十九世紀に英国で誕生した鉄道ほど、近代という時代の刻印が鮮やかに押された産物はない。貨物をスピーディかつ安く大量に運ぶ交通手段の一つとして、産業革命の結果誕生した鉄道は、本来の目的にとどまらず、「社会経済のなかに深く組み込まれることによって、人々の生活スタイルも大きく変」えた（湯沢威「鉄道」(1)）。鉄道文化史の古典、シヴェルブシュ『鉄道旅行の歴史』は、十九世紀に登場した鉄道が、技術や経済・社会にもたらした衝撃はもちろん、人間の空間や時間認識、精神病理などに変化を促したと論じる。(2)原田勝正『鉄道と近代化』も、鉄道が日本に、地域や階層を超えた社会関係、乗車券が保障する平等の原理と個人性の消去、公共空間の提供など、近代の価値観をもたらしたと論じる。(3)

そして鉄道は、十九世紀の欧米諸国で本格的に近代化する文学にとっても、欠かせない題材や舞台となった。鉄道と文学の関係については、小池滋《しげる》の古典的名著『英国鉄道物語』をはじめ、数多くの先行研究がある。(4)日本文学については十川《とがわ》信介『近代日本文学案内』に記述があり、近代的交通手段の中で主役の座を占めるのは、やはり鉄道である。(5)十九世紀の鉄道と文学の関係を論じた研究は枚挙にいとまないが、中でも両者が最も親和性を見せるのは、推理小説においてである。英国のアガサ・クリスティーやわが国の松本清張を持ち出すまでもなく、推理小説から鉄道という要素を除くことは不可能だろう。(6)

これらの十九世紀を中心とした小説における、鉄道と人間の関係において顕著なのは、「乗客の時間の過ごし方、客同士のコミュニケーションのあり方にも違いをもたら」した(7)(湯沢威)点である。例えば、夏目漱石(一八六七－一九一六年)『三四郎』(一九〇八年)の冒頭、三四郎が熊本から鉄道で上京するシーンに、鉄道が人間関係にもたらした変化が見られる、つまり「汽車や鉄道」が「共同体的社会の中から個人を引きはがし、それまでの論理とは全く異なった近代国民国家の論理の中で動かしていく機能を担っている」点については、小森陽一以来の指摘がある。(8)新たな人間関係を用意する一方で、鉄道は、「轢死《れきし》」に象徴される、突然不条理に訪れる孤独な「死」のイメージをも体現している。

田山花袋(一八七二－一九三〇年)の「少女病」(『太陽』一九〇七年五月)は、少女趣味で周りからデカダン呼ばわりされる主人公が、通勤電車の中で少女を鑑賞中、列車から落ちて轢死する話である。「轢死」は日露戦後に至ると、死の一つの場面として、文学作品に頻繁に登場する。[9] 鉄道は人々を新たな論理でつなぐとともに、突然の切断、人々が陥った近代的な人間関係における孤独の象徴でもあった。また「少女病」では、退屈な毎日を送る文学者崩れの中年男が、通勤電車を唯一非日常の空間として、少女への妄想にふける。「少女病」は視姦という、一方的に注がれる視線と妄想の物語の先駆けで、作中の対人関係においては、視線、及び視線の誘発する思考の回路が他を圧して優位に働いている。[10]

そして二十世紀のモダニズム文学も、鉄道とは極めて親和性が高い。十九世紀、鉄道・電信などの近代的交通・通信手段によって、世界が高速でつながれ、均質で中央集権的な空間が整備された。これに対し、フロイトの精神分析を代表とする二十世紀の新たな思想は、人間の内面世界、無意識という、混濁して均質化を拒む未知の大陸を発見した。均質化を実現するかと思われた鉄道の空間においても、混沌とした無意識がよみがえる。鉄道が民主化を進めるという、人間と鉄道の牧歌的な関係に、鉄道自身が亀裂を走らせる。

世紀末の芸術・文化観を代表する一冊、マックス・ノルダウ（Max Nordau, 一八四九－一九二三年）の退化論、『現代の堕落』（*Die Entartung*）は、世紀末の代表的な病理であるヒステリーに多くの紙幅を割き、その原因の一つとして鉄道の強烈な刺激を挙げる。「多くの神経病の中には、近代文明の影響の直接の原因たることを明らかに示せるもの数多之あり。例へば、鉄道脊髄骨又は鉄道脳髄等の名称が是等の器官の或状態に与へられたり。是等は或は鉄道に於ける事故の結果より、或は鉄道旅行中に起る絶えざる振動より来れるものなり」。[11] 東欧ユダヤ人で医師だったノルダウの、一八九二年に刊行された代表作である本書は、欧米はもちろん、日本でも漱石や谷崎など多くの作家に読まれた。

ノルダウ同様、東欧ユダヤ人だったジークムント・フロイト（Sigmund Freud, 一八五六－一九三九年）は、生涯汽車の旅を苦手とし、鉄道旅行のもたらす抑圧を「鉄道不安」と名づけ、憧れのイタリアにもなかなか出かけられずにいた。[12]ギルマン『フロイト・人種・ジェンダー』によれば、世紀の転換期において、ノルダウに典型的なように、「現代文化というトラウマのイメージは、列車と密接に結びついていた」のであり、「鉄道、鉄道事故、「現代生活のせわしなさ」がすべて結びついて、ヒステリーが起きる」とされていた。しかも、ユダヤ人であったフロイトにとって、代金さえ払えば差別なく座席を占めることが可能な列車の空間は、同時に、「いやらしいユダヤ人め」と罵声を浴びせられたりする、「自己と他者の間に横たわる本来的な差異を暴き出すような、恐ろしい出来事が起こる場」でもあった。[13]それがフロイトの鉄道恐怖症をいっそうかき立てたのである。

そして、フロイトによる無意識の発見を創作の一つの源泉とするモダニズム文学においては、鉄道は均質化の装置どころか、均質化を拒み侵犯をくり返す、無意識という広大な領域が顕在化する、神経に対して強烈な刺激を与える空間として機能する。人々の暮らしに大きな変化を強いた鉄道という魔物は、世紀末以降、人々の内面にまで衝撃を与えるのである。

一例として、日本における世紀末文学の表現といえる、谷崎潤一郎（一八八六―一九六五年）の「恐怖」（一九一三年）を見てみよう。「私」は突然、「神経病の一種」である「鉄道病」に罹《かか》る。

　汽車へ乗り込むや否や、ピーと汽笛が鳴つて車輪ががたん、がたんと動き出すか出さないうちに、私の体中に瀰《び》漫《まん》して居る血管の脈搏は、さながら強烈なアルコールの刺戟を受けた時の如く、一挙に脳天へ向つて奔騰し始め、冷汗がだくだくと肌に湧いて、手足が悪寒に襲はれたやうに顫《ふる》へて来る。（中略）血が、体中の総ての血が、悉く頸《くび》から上の狭い堅い円い部分――脳髄へ充満して来て、無理に息を吹き込んだ風船玉のやうに、いつ何時頭蓋骨が破裂しないとも限らない。さうなつても、汽車は一向平気で、素晴らしい活力を以て、鉄路の上を真ツしぐらに走つて行く。（中略）洗面所へ駈け込んで頭から冷水を浴びせるやら、窓枠にしがみ着いて地団太《ぢだんだ》を蹈《ふ》むやら、一生懸命に死に物狂ひに暴れ廻る。

ただしこの狂態は、汽車の中でだけ起きるのではない。「電車、自動車、劇場――凡て、物に驚き易くなつた神経を脅迫するに足る刺戟の強い運動、色彩、雑踏に遭遇すれば、いついかなる処でも突発するのを常とした」[14]。すぐ外へ逃げられる劇場や電車と異なり、容易には逃げられない鉄道は、断末魔の叫びを上げそうなほど主人公を苦しめる。

このように見てくると、フロイトや谷崎から大きな影響を受けた施蟄存の「魔道」も、モダニズム文学における鉄道表現の典型の一つだと分かる[15]。すでに施には、車中でこそないものの、雨が降り朦朧とかすむ上海の路上で、路面電車から降りてきた女性を初恋の人と思い込み、恋愛妄想を積み重ねる、「梅雨之夕」（『上元燈及其他』水沫書店、一九二九年八月）があった（本書第10章を参照）。また、映画館という、無関係な他人が一斉に閉じ込められる、静謐な雑踏と呼ぶべき空間で、異常なほど妄想をふくらませる、「在巴黎《パリ》大戯院」（『小説月報』第二十二巻第八号、一九三一年八月）がある。そして翌月、谷崎のいう、「神経を脅迫するに足る刺戟の強い運動、色彩、雑踏」の典型として、汽車の中で他人の視線を受けて強烈な不安をつのらせる、「魔道」が発表された。

「魔道」は冒頭、「汽車が×州駅に入ったとき」とあることから、上海発蘇州もしくは杭州行と思われるが、詳細は明らかでない。ここで中国の鉄道について確認しておくと、中国最初の鉄道は、一八七六年、上海-呉淞《ウースン》間に敷かれた。日本に遅れることわずか四年にすぎない。しかし英国人の手になるこの鉄道は、住民の反感ゆえにまもなく撤去された。鉄道が中国人の意志によって敷かれるのは、一八八〇年李鴻章が河北省に敷設したものが最初だが、日清戦争までに敷かれたのは、天津まで延長されたこの鉄道や台湾北部の鉄道など、わずかにすぎない。中国で鉄道が本格的に敷かれるのは、日清戦争後の列強による中国進出以降である。中国では、外国からの借款で敷設され、経営権も外国に握られ、利権の対象だった鉄道は、列強による侵略の象徴だった。[16]近代史において鉄道が、「進歩」の名の下における帝国主義の「触手」の一つであったことは、疑問の余地ない。[17]

しかし鉄道が、特に一九二〇年代以降日常化するにつれ、欧米や日本におけるそれと同様の変化や効果を、人々の生活習慣やものの考え方にもたらしたことも疑いない。大正の日本に九年間滞在、鉄道が身近な交通手段だった、郁達夫（一八九六‐一九四五年）の作品にも、鉄道がしばしば登場する（「南遷」『沈淪』泰東書局、一九二一年十月など）のはもちろん、例えば馮沅君《ふうげんくん》（一九〇〇‐七四年）の短編「旅行」（『創造週報』第四十五号、一九二四年三月）の冒頭も、列車の中から始まる。かつて属していた共同体から離れ、自由ではあるが孤独な、一対一の、個と個が向かい合う人間関係へと移行する主人公の、一種の成長小説に、イニシエーションとして設定されたのは、恋愛と鉄道である。単なる移動の手段としてではなく、近代的な人間関係の象徴として、鉄道は中国現代文学においてもごくありふれた光景となる。

モダニズム文学においても、そもそも施蟄存が戴望舒らと創刊した雑誌が『無軌列車』（第一線書店、一九二八年）と命名されたように、都市の交通手段がモダニズムの一構成要素として認識されていた。

施蟄存が大きな影響を受けた盟友、劉吶鷗（一九〇五‐四〇年）の短編集『都市風景線』（水沫書店、一九三〇年四月）所収の「風景」は、記者の主人公が乗車する特別快速の描写から始まる。向かいに座った、「近代的な都会が産み出した」モダンな女性に惹きつけられて観察していた主人公は、突然その女性から、「鏡に映った自分を見ているようなものですよ、可愛らしい男性の顔をなさって」と声をかけられ、一驚する。しかし、「彼女の視線の圧迫」を受けても視線を外さずたじろがずに返答したことから、両者の間に行きずりの情事が生まれる。これは、フロイトの表現を借りれば、鉄道のもたらす「快楽」の表現である。

しかし対照的に「魔道」では、「私」は向かいの老婆の視線にさらされることで「恐怖」に陥る。「神経衰弱」ではないかと疑う「私」の念頭には、恐らく当時の「鉄道不安」、神経衰弱の病因の一つとしての鉄道という、当時流通していた世紀末病理の観念があった。「私」の携行する本が、レ・ファニュ（Le Fanu, 一八一四－七三年）の怪奇小説とともに、『性欲犯罪檔案』（不明だが、ノルダウに強い影響を及ぼした世紀末の流行現象の一つ、ロンブローゾ（Cesare Lombroso, 一八三五－一九〇九年）の、犯罪に関する精神医学が連想される）や『心理学雑誌』であることも、傍証になる。世紀末文学における鉄道と神経衰弱の関連という点で、谷崎「恐怖」と思考の回路が共有されているのである。

もちろん以上のような鉄道とモダニズム文学の関係は、直接の影響関係のない作家の作品にも見出される。日本統治期の台湾の作家、周金波（一九二〇－九六年）の「郷愁」（『文芸台湾』第五巻第六号、一九四三年四月）は、本島人ながら東京留学を経て外貌はすっかり内地人となった主人公が、列車の中で向かい合った老人の視線から、自身のアイデンティティについて深い懐疑に陥る話である。「すぐ差し向かいに腰かけてゐる老人の視線にぶつかつて思はずぎくりとした」主人公は、「顰《しか》め面《つら》らしく周囲の人々対・私について仔細らしく考へていた矢先にひよいと突き出された生々しい現実面」に圧迫されて、次々と過去の記憶がよみがえる。「自分が自分の故郷と恋ひ慕つて帰つてきたこが自分を遇するにこの冷淡さ、無理解さ、不親切さを以てした」ことや、「住み馴れた東京の空を遥かに想ひ慕う心」などが渦巻いて、「孤独」を感じ、「とりつく島もない足掻《あが》き」に浸る。そんな気持ちを「見透かされることを怖れ、怖れるために昂然と老人を見据ゑようと構え」る。[18]

「魔道」の主人公も、同じように「おまえをじっと見つめてやる、どうだ！　この力強く、鋭い目つきでひれ伏させてやる、どんなもんだ！」と威勢はいい。しかし車中はもちろん、降車してからも、老婆の与えた「恐怖」が消えることはない。窓ガラスに着いた黒いしみを老婆の姿と勘違いし、洗濯する村娘の母親をつかまえて「妖怪」呼ばわりする始末である。視線のドラマに引き込まれ、相手が何者で自分が何者なのかも分からなくなった主人公は、週末を過ごしに招待された友人陳の家ではもちろん、翌日夕刻に上海へ戻ってからも妄想しつづける。無意識の中から湧き上がる、陳夫人への恋慕。カフェの女給でさえ陳夫人に見えて、「目を半分開けて生身の陳夫人の笑顔を動作を見、目を半分閉じて幻の陳夫人という享楽をむさぼる」。主人公が心の中でつぶやくように、これは「白日夢」だが、「白日夢」の方が現実世界よりも、強く感情を動かすことにおいてリアリティを持つのが、モダニズムの文学である。

最後に、小説の末尾で突然、「私の三歳の娘が死んだ」、という電報が届く点だけは言及しておきたい。電報は本当に旅の終わりに届いたのだろうか。電報が届いてから、主人公の現実逃避である「白日夢」が始まったのではないのか。娘の死という唐突な切断こそ、この堂々巡りの果てしない悪夢のごとき「白日夢」を生み出したのではないのか。この短編の終結は、実は冒頭へと戻る円環構造をなしているのではないのか……。世紀末の病理が充満する「魔道」は、ふとこの作家がアルゼンチンの作家ボルヘス（一八九九 - 一九八六年）と同世代でもあることを思い出させる。二十世紀、文学がもはや現実の何かを指すだけでは満足できなくなるほど熟した姿、その成熟が中国でもごく短時間で起きたことを、「魔道」は見せてくれるのである。

研究案内

第12章　中国人日本留学生の文学活動——清末から民国期へ　研究の現在

1　中国人日本留学生の世代区分

筆者は先に、『郁達夫と大正文学〈自己表現〉から〈自己実現〉の時代へ』（東京大学出版会、二〇一二年）で、日本に約九年間留学した中国の作家・郁達夫（一八九六–一九四五年）の目を通して、大正六年前後の日本文学について、もう一つの大正文学史を描くことを試みた。しかし、日本に留学し、日本文学、及び当時流行していた海外の文学や思想から強い影響を受けた中国人の文学者は、ほかにも数多くいる。本章は、清末から民国期にかけて、二十世紀前半の中国人日本留学生の文学活動について、日本でどのような研究が進められてきたのか、研究の現在を管見の限りで記すことを目的とする。(1)

小林共明「留日学生史研究の現状と課題」によれば、戦前における中国人の日本留学には、以下のような消長がある。(2)日清戦争で敗戦した結果、日本の近代化に目を向けた知識人が、日本への留学を提唱し、一八九八年の戊戌変法時に留学生派遣が決定され、一九〇一年以降留学生数が増加した。特に、一九〇四年の「日露戦争開戦を契機に留学生数はさらに激増して一九〇五年から〇六年にかけて約八千名と推定されるほどにな」ったものの、〇七年から次第に減少する。一一年の「辛亥革命が勃発すると三千余名の留日学生は大部分が帰国」するも、一二年に「中華民国が成立して政局が安定すると再び留学生が来日しはじめ」、「一九一四年には留日学生は四千名に達した」。二〇年代には平均二、三千名が留日した。三〇年代に入ると、満洲事変などで留学生は一時総引き上げとなるが、戦火がおさまると再び来日し、三七年には六千名近くまで達する。しかし、七月の日中戦争開戦後、ほぼすべての留学生が帰国した。

なぜこれほど多くの中国人留学生が、海を渡り日本を目指したのだろうか。留学生研究の古典、さねとうけいしゅう『中国人日本留学史』は、中国人が日清戦争後、日本に数多く留学した理由について、一、「日本の勝利のかげには教育の普及と法律による政治があると、中国の人々はかんがえた」、二、「中国はひどく近代化におくれたので、大急ぎでおいつく必要がある。それには本家本元にいって精密なことをまなぶよりも、さして必要のないことはきりすてている日本の学問をまなんだ方が簡便で、有利であるとかんがえた」、三、「両国ともに漢字をもちいている」、四、「日中両国の風俗習慣ににたところが多く、留学生活に便利」、五、「両国の距離が近い」、六、「西洋にくらべれば、日本はなんといっても生活費がやすい。為替相場のぐあいでは、中国々内の学校にまなぶ費用で留学ができた」、といった点を挙げた(3)。さねとうは『中国留学生史談』では、ごく簡略に、「中国から日本に留学にきたのは、西洋文化、しかも簡単な、実用的な西洋学を、速成的にならいにきた」とまとめている(4)。

本章は、これら日本留学経験者の文学活動について、複数の世代に分類した上で、これまで日本でどのような研究が行われ、現在どのような研究が進められつつあるのか、またどのような研究の可能性があるのかについて、研究の現在の紹介を行う。自らも一九三〇年代半ばの日本留学生だった、賈植芳《かしょくほう》「中国留日学生与中国現代文学」に従い(5)、戦前の中国人留学生たちを以下の五世代に分類し、順次その研究の現状について紹介する。

第一世代：戊戌変法運動後（一八九八年）〜
第二世代：辛亥革命後（一九一一年）〜
第三世代：五四運動後（一九一九年）〜
第四世代：国共合作崩壊・北伐完了後（一九二七・二八年）〜
第五世代：満洲事変後（一九三一年）〜日中戦争勃発（一九三七年）

ただしこの世代分類は、中国の政治的事件や中日関係の変化に従い、留学生数に大きく増減が生じたことにもとづくもので、便宜的な分類にすぎない。当然ながら、ある時代区分の以前から、あるいは複数の時代にまたがって留学したケースが多くある。しかし同時に、留学生たちが世代、もしくは留学した時期によって、中日の政治情勢や日本文壇の流行から大きく影響を受けたため、共通した特徴を帯びたことも事実である。

本章自体には新発見等は含まれず、また網羅的な研究文献目録でもない。戦前の日本留学を経験した中国人作家たちのうち、研究の進んでいる人物について、管見の限りで研究案内の一文を草するにすぎないことを、はじめにお断りしておきたい。以下の記述を行う上で、伊藤虎丸・北岡正子・小谷一郎・絹川浩敏らの諸氏による詳細な研究、中でも小谷氏の研究、及び事典等に多く負っていることを記しておきたい[(6)]。また、目下留学に関してまとまった資料集などはないが、東方書店・人民中国雑誌社編『わが青春の日本　中国知識人の日本回想』（東方書店、一九八二年）には数多くの文学者たちの回想が収められており、時代の雰囲気を理解する手立てとして使用した[(7)]。

2　第一世代——戊戌変法運動後（一八九八年）〜

中国から日本への留学は、戊戌変法（一八九八年）以降に始まる。この日本留学の最初の世代、第一世代については、さねとうけいしゅう『中国人日本留学史』に検討があるが、その精神生活については厳安生『日本留学精神史　近代中国知識人の軌跡』（岩波書店、一九九一年）が詳細に論じ、さらに総括的な酒井順一郎『清国人日本留学生の言語文化接触　相互誤解の日中教育文化交流』（ひつじ書房、二〇一〇年）が刊行されて、全貌がつかめるようになった。

さねとうけいしゅうは第一世代について、「明治年代（清末）の留学教育には、二つの特徴があった。ひとつは、その教授内容が専門の学でなく普通学であったこと、ひとつは正式の教育でなくて速成教育であったことである。／1903年《奏定学堂章程》によって統一的な新学制がしかれたとはいえ、それは法制のうえだけのことで、学堂の建設せられる数がすくなく、そのうえ教師を得るのに困難であった。つまり普通学（中学程度の諸学科、専門の学にたいしていう）の業をうけるのすら困難であった。そこで「留学して」普通学をおさめるという変則的な現象を生じた」、「明治年代の留学生教育は普通学を教授したことが一大特徴であると同時に教育の主流が速成ということにあったことも大正（民国）いごにくらべて大きなちがいをみせている」と述べる[8]。つまり、本国の教育制度が整う前の段階において、すでに近代的教育制度の整っていた日本に学生を送り、「速成」で「普通教育」を学ばせた、というのがこの世代の最大の特徴である。その分、中国の近代化に貢献する数多くの人材を輩出した[9]。

実際この世代の留学生たちは、のちの世代に比べ、滞在が短く、かつ留学生のために別枠に設けられた教育制度のもとで学んだケースが多い。よって、日本人のための教育制度とは必ずしも関わらず、学業そっちのけで革命運動を盛んに行っていた人物もいる。また魯迅のように専門教育に進んだ場合でも、文学を専攻するケースは稀である。たとえ文学活動を行っても、日本人の文学青年や作家とは交流が少なく、留学生で独自の文学活動を行っていた。ただし、のち文学者となった留学生でも必ずしも文学を専攻しなかった点、また政治運動に従事する者が相当数いた点は、戦前の留学生すべての世代に共通する。

近代中国を代表する作家魯迅は、この第一世代に属する。魯迅の回想によれば、「すべて留学生が、日本に到着すると、急いで尋ね求めたものは、大抵、新知識であった。日本語学習、専門の学校へ進学する準備のほか、会館に赴き、書店を駆けまわり、集会に行き、講演を聴くことであった」という（「因太炎先生而想起的二三事」[10]）。ここでいう「新知識」とは、明治の日本で新たに作り出されたオリジナルなそれではなく、日本が欧米諸国から輸入した「新知識」を指す。彼らが日本に求めたのは、近代化＝西洋化という認識の下、より理解しやすく応用しやすい形で日本に持ち込まれた、西洋の知識であった。日本語の習得もそれを目指しての道具の入手であった。「会館」とは、主に出身地ごとに組織された同郷団体であり、また集会・講演とは日本人の催すそれではなく、主に「滅満興漢」の革命運動に関わるものである。本国で認められない活動が日本を根拠地に展開され、ますます増える留学生たちに革命熱を吹き込んだ。第一世代の留学はその点で、西洋の新知識と反清の革命熱に彩られていた、というべきだが、のちの一九三〇年代の第五世代においても、マルクス主義を吸収しつつ、反国民政府運動などに従事していたことを考えれば、根本的な性格は戦前の留学生において共通する。

この世代の留学生の記録としては、呉玉章（一八七八－一九六六年、留日は一九〇三－一一年）の、留日時代を含む回想『辛亥革命の体験　老革命家の認識と回想』（渡辺竜策訳、弘文堂、一九六四年）、景梅九（一八八二－一九五九年、留日は一九〇三－〇八年）の回想『留日回顧　一中国アナキストの半生』（大高巖・波多野太郎訳、平凡社東洋文庫、一九六六年）、宋教仁（一八八二－一九一三年、留日は一九〇四－一〇年）の日記『宋教仁の日記』（松本英紀訳注、同朋舎出版、一九八九年）、黄尊三（一八八三年－？、留日は一九〇五－一二年）の日記『清国人日本留学日記　一九〇五－一九一二』（さねとうけいしゅう・佐藤三郎訳、東方書店、一九八六年）などがある。特に宋教仁の日記の邦訳は、詳細な訳注が施され、革命運動に従事した当時の留学生の生活が手にとるように分かる[11]。

革命家の秋瑾《しゅうきん》（一八七五－一九〇七年、留日は一九〇四－〇五年、弘文学院速成師範班）も日本に留学したが、一九〇五年の清国留学生取締規定に反発して帰国した。魯迅と同じく紹興出身で、帰国前のその姿を魯迅も同郷会で目にしたという。武田泰淳（一九一二–七六年）の独特の伝記『秋風秋雨人を愁殺す　秋瑾女士伝』（筑摩書房、一九六八年。ちくま学芸文庫、二〇一四年）がある。

のちに著名な文学者となる、この世代の代表的な人物とその研究について、簡単に紹介する。第一世代はまさに多士済々である。ただしこの世代は、のちの世代と比べて、日本の文学から受けた直接的な影響は比較的少ない。

中国の新文学運動にとって、先駆的な作家としての役割を果したのが、蘇曼殊《そまんじゅ》（一八八四–一九一八年、留日は一八九八–一九〇三年、早稲田大学高等予科等）である。蘇曼殊は中国人を父、日本人を母として生まれたとされ、若くして日本に留学した。『断鴻零雁記』は清末の旧小説の中ではロマンチシズムの香り高く、そこに作家個人の主観的な経歴が書き込まれている点で近代文学の先駆とされる。飯塚朗による翻訳及び詳細な解説がある。[12]また、戦前の北京滞在経験を小説や回想に描いた作家、中薗英助（一九二〇–二〇〇二年）による『桜の橋　詩僧蘇曼殊と辛亥革命』（第三文明社、一九七七年。河出文庫、一九八四年）は、自身の経歴も書き込まれた、これまた独特の伝記である。藤井省三による研究（「蘇曼殊〈断鴻零雁記〉論」『桜美林大学中国文学論叢』第十一号、一九八六年三月）以外に、近年では日野杉匡大が精力的に研究を進めている（「自伝的な、余りに自伝的な　蘇曼殊『断鴻零雁記』をめぐる言説」『火輪』第二十七号、二〇一〇年三月、「蘇曼殊と崖山　『断鴻零雁記』に流れる亡国の悲しみ」『野草』第百二号、二〇一九年三月など）ものの、[13]日本時代など詳細が明らかではない点が多い。

第一世代の生んだ留学と関わる文学の、一つの典型は、向愷然《しょうがいぜん》（平江不肖生、一八九〇–一九五七年、留日は一九〇七–一三年）の『留東外史』である。湖南出身の向愷然は、二度の日本留学を経て作家として活躍した。日本留学生たちの恋愛を中心とした堕落した生態を、伝統的な章回小説の形式で描いた『留東外史』、及び武侠小説でその名を残した。[14]『留東外史』はのちの世代にも読まれ、例えば第二世代の張資平が愛読し（郭沫若『創造十年』）、周恩来も読んでいる（『周恩来『十九歳の東京日記』1918.1.1~12.23』）。木山英雄「『留東外史』はどういう小説か」（大里浩秋・孫安石編『中国人日本留学史研究の現段階』御茶の水書房、二〇〇二年）などの研究があり、留学生たちの生態のみならず、中国人による日本の女性表象としても注目すべき作品であるが、[15]研究は緒《ちょ》についたばかりである。

第一世代で、最も直接的に日本文学から刺激を受けたと思われるのは、演劇の分野である。中国最初の現代劇（「話劇」）団体である春柳社は、一九〇六年末、東京美術学校（東京芸術大学の前身）に留学していた李叔同・曾孝谷《そうこうこく》らによって組織され、七年「茶花女」（＝椿姫）を上演した。これを見て、欧陽予倩・陸鏡若らが加わり、本郷座で「黒《こく》奴《ど》籲《ゆ》天録《てんろく》」（＝アンクル・トムの小屋）を公演し、多くの反響を呼んだ。留学中の魯迅もその公演を見たという。この春柳社を含む清末の新しい演劇「文明戯」は、日本との関係が非常に深い。

春柳社を含む文明戯については、一九五〇年代から濱一衛《はまかずえ》・中村忠行が研究を進めたが、近年研究が進んでおり、[16]瀬戸宏『中国話劇成立史研究』（東方書店、二〇〇五年）をはじめ、飯塚容・平林宣和・松浦恆雄・瀬戸宏『文明戯研究の現在　春柳社百年記念国際シンポジウム論文集』（東方書店、二〇〇九年）や、早稲田大学演劇博物館における展示の図録『中国人留学生と新劇展　図録』（鈴木直子執筆、早稲田大学坪内博士記念演劇博物館、二〇一一年）がある。

個々の研究者によって数多くの研究が発表されているが、中でも日中比較文学の見地から注目されるのは、飯塚容《ゆとり》による文明戯の演目に関する研究で、『中国の「新劇」と日本　「文明戯」の研究』（中央大学出版部、二〇一四年）にまとめられた。日本の作家による創作や翻訳の脚本が、いかにして「文明戯」へと移植されたかを詳細に論じている。例えば「『文芸倶楽部』と中国の「新劇」」を見れば、明治三十年代の『文藝倶楽部』に掲載された西洋の脚本の日本語訳が、徐半梅（一八八〇―一九六一年、留日経験あり）らによって中国語に訳され、舞台に上げられたことが分かる。[17]また陳凌虹は「中国の早期話劇と日本の新劇　春柳社と民衆戯劇社を中心に」（川本皓嗣・上垣外憲一編『一九二〇年代東アジアの文化交流』思文閣出版、二〇一〇年）などの総合的な研究を進め、『日中演劇交流の諸相　中国近代演劇の成立』（思文閣出版、二〇一四年）にまとめた。

春柳社を創設した李叔同（弘一法師、一八八〇―一九四二年、留日は一九〇五―一一年、東京美術学校）は、近代中国の美術史・宗教史を考える上で外せない重要人物である。天津に生まれた李は、上海の南洋公学で学び、蔡元培（一八六八―一九四〇年）の教えで日本語を学び始め、一九〇五年から日本に私費留学した。東京美術学校西洋画科撰科に入り、西洋美術を身につけて帰国した。近代中国における西洋美術の先駆者である。呉玉章の友人だった経亨頤《けいきょうい》（一八七七―一九三八年、留日は一九〇三―〇八年）に招かれて、[18]一九一二年から浙江官立両級師範学堂（のち浙江省立第一師範学校）で美術と音楽を教え、同校の生徒だった豊子愷に多大な影響を与えるも、一八年出家した。陸偉榮「李叔同の在日活動について」（『日中芸術研究』第三十七号、二〇〇二年三月）など、美術方面からの研究がなされてきたが、豊子愷を研究する西槇偉《にしまきいさむ》により、『中国文人画家の近代　豊子愷の西洋美術受容と日本』（思文閣出版、二〇〇五年）の序章「民国初期の西洋美術受容と李叔同」、同じく大野公賀《きみか》により、「弘一法師（李叔同）と日本　清末から民国期の中日文化交流の一例として」（『東洋文化研究所紀要』第百六十冊、二〇一一年十二月）などが出ている。

田漢・洪深らとともに、中国における現代劇を確立した欧陽予倩《おうようよせん》（一八八九―一九六二年、留日は一九〇二―一〇年）は、現代中国を代表する演劇人・劇作家の一人である。若くして日本に留学、春柳社の公演を見て同社に参加、出演した。帰国後、新劇同志会を組織して上海などで上演し、一九二一年民衆戯劇社、二二年上海戯劇協会を田漢らと創立した。演劇のみならず、映画界においても開拓者の一人である。『欧陽予倩全集』全六巻（上海文芸出版社、一九九〇年）がある。欧陽予倩と日本の演劇、また谷崎潤一郎との関係については、張沖「欧陽予倩『潘金蓮』における谷崎潤一郎文学の影響」（『語学教育研究論叢』第二十五号、二〇〇八年一月）など研究が進みつつあるが、[19]その存在の大きさからしてさらなる研究が期待される。

春柳社に関わった演劇人としてはほかに、曾孝谷（一八七三―一九三七年、留日は一九〇五？―一一？年、東京美術学校）

があり、魏名婕の論文「曾孝谷事績再考」(『野草』第九十六号、二〇一五年八月)がある。[20] 陸鏡若(一八八五—一九一五年、留日は一九〇〇—一二年、東京帝大)については、魏名婕「陸鏡若と日本の演劇人たち」(『社会環境研究』第十号、二〇〇五年三月)などの研究がある。[21] 春柳社とは別に、京都で「進化団」を組織した、任天知(一八七〇?—?年)に関する、陳凌虹「中国の新劇と京都　任天知・進化団と静間小次郎一派の明治座興行」(『日本研究』第四十四集、二〇一一年十月)は、京都における留学生の活動に注目した、裾野の広がりを感じさせる研究である。

反清の革命家、文学革命の提唱者で、中国共産党の初代書記を務めた陳独秀(一八七九—一九四二年、留日は一九〇一—〇二、〇二—〇三、〇六、〇七—〇九、一四—一五年、東京正則英語学校等)は、現代中国の思想や文学・革命運動を考える上で最重要の人物である。近年著作の翻訳『陳独秀文集1　初期思想・文化言語論集』(長堀祐造・小川利康・小野寺史郎・竹元規人編訳、平凡社東洋文庫、二〇一六年)が出て、その仕事を日本語で一望できるようになった。同書には留学時代の漢詩も収める。計五回・約四年に及ぶ日本留学時期については、長堀祐造『陳独秀　反骨の志士、近代中国の先導者』(山川出版社、世界史リブレット、二〇一五年)に、調査にもとづいた考証がある。[22]

第一世代の代表的な作家は、魯迅(一八八一—一九三六年、留日は一九〇二—〇九年、弘文学院・仙台医学専門学校等)である。魯迅と日本の関係についてはすでに膨大な量の研究の蓄積があり、本章では詳しく触れない。[23] 注釈や索引などの備わった邦訳『魯迅全集』全二十巻(学習研究社、一九八四—八六年)があり、日記や手紙を数多く残してくれたおかげで、『魯迅全集』は当時の中国文学界のみならず、中国における日本文学の受容を考える際にも、基礎的資料としての役割を果たしてくれる。

魯迅の日本体験については、全般的なものとして伊藤虎丸『魯迅と日本人　アジアの近代と「個」の思想』(朝日選書、一九八三年)、潘世聖『魯迅・明治日本・漱石　影響と構造への総合的比較研究』(汲古書院、二〇〇二年)がある。留学最初の一年については、北岡正子『魯迅　日本という異文化のなかで　弘文学院入学から「退学」事件まで』（関西大学出版部、二〇〇一年）など、仙台時代については、阿部兼也『魯迅の仙台時代』（改訂版、東北大学出版会、二〇〇〇年）など、[24] 二度目の東京時代については、北岡正子『魯迅　救亡の夢のゆくえ　悪魔派詩人論から「狂人日記」まで』（関西大学出版部、二〇〇六年）などがある。初期の文学論「摩羅詩力説」を比較文学の方法で論じた、記念碑的な北岡正子『魯迅文學の淵源を探る　「摩羅詩力説」材源考』（汲古書院、二〇一五年）が刊行されたことは非常に嬉しい。魯迅と夏目漱石の比較文学研究は数多く、檜山久雄『魯迅と漱石』（第三文明社、一九七七年）、藤井省三『ロシアの影　夏目漱石と魯迅』（平凡社、一九八五年）などがある。[25] 日本で流行していた文学理論との関係については、工藤貴正『魯迅と西洋近代文芸思潮』（汲古書院、二〇〇八年）がある。

魯迅の留学時代の親友に、許壽裳《きょじゅしょう》（一八八三―一九四八年）がいる。[26] 言語学者の銭玄同（一八八七―一九三九年、留日は一九〇六―一〇年、早大）も、留学中魯迅とともに章炳麟（一八六九―一九三六年、一八九八年台湾へ、九九年日本へ亡命、以後日本へ複数回亡命）に師事し、帰国後魯迅とともに国語運動や新文学運動に関わったが、その日本留学経験はあまり論じられていない。[27]

魯迅の弟周作人（一八八五―一九六七年、留日は一九〇六―一一年、立教大学等）は、新文学運動への貢献では兄を凌駕するほどで、絶大な影響を及ぼしたにもかかわらず、日中戦争中も北京に残り、日本に協力したとして、長く冷遇されてきた。しかし一九八〇年代以来見直しが進み、現在最も再評価の進む文学者である。また近年『周作人散文文集』全十四巻索引一巻（鍾叔河編訂、広西師範大学出版社、二〇〇九年）が刊行され、その全貌を容易に見ることができるようになった。[28]『散文全集』には索引も付されており、今後研究がいっそう進むことが期待できる（ただし『周作人日記』全三巻、魯迅博物館編、大象出版社、一九九六年は影印のみで、索引のついた活字版の刊行が望まれる）。

周作人の日本関係の散文の翻訳には『日本談義集』（木山英雄編訳、平凡社東洋文庫、二〇〇二年）があり、回想録『知堂回想録』（一九七〇年）には日本留学部分についての平川祐弘による翻訳「周作人の日本留学　『知堂回想録』第二巻翻訳、あわせて紹介」(『大手前大学人文科学部論集』第七号、二〇〇七年三月)があったが、近年劉岸偉・井田進也による全訳『周作人自伝』(河出書房新社、二〇二二年)が出た。交流のあった日本の中国文学研究者、松枝茂夫(一九〇五–九五年)との間の書簡の翻刻も進められた(小川利康「周作人・松枝茂夫往来書簡」戦前篇一–三/戦後篇『文化論集(早稲田商学同攻会)』第三十–三十三、二〇〇七年三/九月/二〇〇八年三/九月。のち小川利康・止庵編『周作人致松枝茂夫手札』広西師範大学出版社、二〇一三年)。そして二〇一八年には中島長文訳注『周作人読書雑記』全五巻(平凡社東洋文庫)という記念碑的な訳業が生まれた。

筆者の知るかぎり、日本文学について広範かつ深い理解を持っていたのは、周作人と郁達夫ではないかと思われる。周作人と日本文学との関係を論じた研究は数多い(29)。日本における周作人研究を一貫してリードしてきたのは木山英雄で、「正岡子規と魯迅、周作人」(『言語文化』第二十号、一九八三年九月)など数多くの論文がある。周作人と日本文学の関係については数多くの研究が出ており、単著には、劉岸偉『東洋人の悲哀　周作人と日本』(河出書房新社、一九九一年)、于耀明『周作人と日本近代文学』(翰林書房、二〇〇一年)、江戸文学との関係については、呉紅華『周作人と江戸庶民文芸』(創土社、二〇〇五年)がある。日本との関係に詳しい最新の研究は、小川氏の『叛徒と隠士　周作人の一九二〇年代』(平凡社、二〇一九年)である。論文の形でも、柳田民俗学との関係を論じた、趙京華「周作人と柳田國男　固有信仰を中心とする民俗学」(『日本中国学会報』第四十七集、一九九五年十月)など一連の論文、王蘭「周作人と『遠野物語』」(『比較文学』第五十三集、二〇一〇年三月)など一連の論文、永井荷風との関係を論じた、小川利康「周作人と大逆事件　永井荷風との邂逅をめぐって」(『野草』第百二号、二〇一九年三月)、武者小路実篤の新しき村との関係を論じた、尾崎文昭「五四退潮期の文学状況1　周作人の新村提唱とその波紋」上下(『明治大学教養論集』第二百七/二百三十七号、一九八八年三月/一九九一年三月)、留学時代に影響を受けた文学論については、小川利康「五四時期の周作人の文学観　W・ブレイク、L・トルストイの受容を中心に」(『日本中国学会報』第四十二集、一九九〇年十月）、根岸宗一郎「周作人留日期文学論の材源について」（『中国研究月報』第五十巻第九号、一九九六年九月）などがある。

劉岸偉は大部の伝記『周作人伝　ある知日派文人の精神史』（ミネルヴァ書房、二〇一一年）を刊行した。[30] 日中戦争時期の周作人については、日本の中国現代文学研究の達成の一つと呼ぶべき、木山英雄『周作人「対日協力」の顚末《てんまつ》　補注『北京苦住庵記』ならびに後日編』（岩波書店、二〇〇四年）がある。日本の主要な研究者の執筆になる論文集として、伊藤徳也編『アジア遊学164　周作人と日中文化史』（勉誠出版、二〇一三年五月）や、『野草』第九十八号（二〇一六年十月）の「周作人特集」がある。伊藤徳也主宰の周作人研究会からは『周作人研究通信』（二〇一四年六月創刊）が、小川利康主宰の周氏兄弟研究会からは『周氏兄弟研究』（二〇一三年三月創刊）が発行されており、またまた小川氏の属する早稲田大学商学同攻会発行の『文化論集』では第五十五号（二〇一九年九月）で巨冊の「「周作人国際学術シンポジウム」特集号」を組んだ。中国の近年の研究状況を考えると、日本の周作人研究者に課された責務は大きく、それに応えるだけの厚みのある研究が中国の研究者を招いて展開されている。また、濱一衛研究から周作人へと進んだ、中里《なかざと》見《み》敬《さとし》編著『『春水』手稿と日中の文学交流　周作人、謝冰心、濱一衛』（花書院、二〇一九年）などの一連の資料発掘とその紹介は、周作人研究に一生面を切り拓きつつある。

周作人と併称すべき日本文学の理解者に、銭稲孫《せんとうそん》（一八八七―一九六六年、留日は一九〇〇―?年）がいる。清末の著名な外交官の父銭洵、また閨秀作家であった母単《せん》士《し》釐《り》に従って来日、[31] 中学を終えてからベルギーやイタリアなどで学んだ。一九二七年から清華大学で日本語を教えるなど、中国における日本古典文学研究の第一人者であった。日中戦争時期、周作人同様日本に協力、戦後「漢奸」となり、顧みられることがなくなっていたが、鄒双双が「30年代の北京における銭稲孫像　日本人留学生の目を通して」（『東アジア文化交渉研究』第五号、二〇一二年二月）などの研究を進め、『「文化漢奸」と呼ばれた男　万葉集を訳した銭稲孫の生涯』（東方書店、二〇一四年）にまとめた。[32] 北京における銭稲孫と日本から来た学者たちとの交流については、稲森雅子『開戦前夜の日中学術交流　民国北京の大学人と日本人留学生』（九州大学出版会、二〇二一年）に詳しい。

魯迅・周作人と同じく新文学運動に関わった人物に、夏丏尊《かべんそん》（一八八六―一九四六年、留日は一九〇六―〇八年、東京高等工業学校等）がいる。日本での留学経験を生かして新しい教育に励み、のち編集者となる。田山花袋『蒲団』や国木田独歩などを訳した。日本文学紹介に果たした役割は大きく、鳥谷まゆみ「白馬湖派小品文と春暉中学の作文教育　夏丏尊主編『文章作法』にみる１９２０年代初頭の小品文を中心に」（『野草』第八十八号、二〇一一年八月）、同「夏丏尊と日本　宏文学院留学と小品文受容を中心に」（『立命館経済学』第六十四巻第四号、二〇一六年二月）、顔淑蘭「夏丏尊訳・田山花袋『蒲団』の問題系　翻訳と〈新しい知識人〉の構築」（『早稲田大学大学院教育学研究科紀要』別冊第二十二号（二）、二〇一五年三月）、同「夏丏尊訳・国木田独歩「女難」「同情」の力学と日中の自然主義文学」（『野草』第九十八号、二〇一六年十月）、同「「声」の転用　夏丏尊による『支那游記』抄訳の問題系」（『文学・語学』第二百六号、二〇一三年七月）、同「芥川龍之介『支那游記』と夏丏尊訳「中国遊記」の問題系」（『日本文学』第六十三巻第六号、二〇一四年六月）などの研究が進められつつある。また、杭州の浙江官立両級師範学堂（のち浙江第一師範学校）で教員をした際には、李叔同とともに、豊子愷に大きな影響を与えた。

周作人同様、辛亥革命をはさんで留学、その結果明治の文学のみならず大正の文学にも理解を持った人に、陳啓修（一八八六―一九六〇年、留日は一九〇七―一七年、一高特設予科・一高英法科・東京帝大法学部政治学科）がおり、芦田肇によってその日本経験が論じられている（「陳啓修、東京におけるその文学的営為　日本留学から北京大学教授に　陳啓修覚書き（一）」『東洋文化研究所紀要』第百四十一冊、二〇〇一年三月など）[33]。東京帝大で学び北京大教授となった学者には、沈従文を「発見」した哲学者、林宰平（一八七九―一九六〇年）などもおり（今泉秀人「上京前後　沈従文の習作期」中国文芸研究会二〇一五年十月例会）、学者たちについてはまだまだ研究の余地がある。

第一世代にはのち文筆活動を行う女性留学生がいた。米国に留学した言語学者・趙元任（一八九二―一九八二年）の妻として知られる楊歩偉（一八八九―一九八一年）は日本で医学を学んだ。のちに自伝を残しており、宰知恩に紹介「楊歩偉自伝研究序説」（『アジア・ジェンダー文化学研究』第二号、二〇一八年三月）がある。

第一世代の留学生たちは、のちの世代と比べて、清末の新旧が入り乱れた世相を背景に、当時の日本の文学や思想と一定の距離があることもあって、その傾向は多様であり、一つの共通した文学的色彩に染まってはいない。彼らは帰国後、役人あるいは教師となり、近代的な国家の建設、あるいは新しい教育制度の確立、新世代の教育に従事した。この中から、魯迅・周作人兄弟のように、五四新文化運動の時期に至って新文学運動を指導する人々が現れるのである。

3　第二世代――辛亥革命後（一九一一年）～

一九一一年の辛亥革命で翌年中華民国が誕生すると、留学生たちの多くはいったん帰国した。しかしまもなく、第一世代と入れ替わるように、一九一〇年代、中華民国の新しい留学生たちが日本にやって来る。[34]第二世代の留学生たちである。

さねとうけいしゅうは、第一世代と第二世代の受けた教育の違いについて、「明治年代の清国人教育の諸学校は、日本語をおしえるほかに、中等学校程度の普通学をもさずける学校であって、予備教育ではなく、完成教育であった」のに対し、「大正（民国）以後において、中国人教育のための学校といえば、高等専門の学にすすむべき予備教育、すなわち日本語教育をする学校であった」としている。[35]つまり、第二世代の留学生たちは、来日直後は日本語習得のための学校に通ったが、その後は日本人学生と肩を並べて、旧制高校から帝国大学へ、というルートをたどった。従って留学期間は長くなり、日本人学生たちとの交流も密になり、日本文学からより直接的な影響を受けた。中には郁達夫のように、日本人の文学青年たちと一緒になって同人雑誌の刊行を計画する留学生も現れる。第一世代の留学生たちが日本で出した雑誌は、留学生もしくは本国の読者に向けた中国語の雑誌だった。

第二世代の留学生研究の先鞭をつけた伊藤虎丸は、「解題　問題としての創造社　日本文学との関係から」で次のように記す。

時代は、あたかも第1次欧州大戦を間にはさむ大正である。私たちは、創造社の人々の小説や評論や回想記を読む時、屢々《しばしば》、古い画報でも見るように懐かしい大正の風俗に出会う。それは、「イプセンの問題劇、エレン・ケイの『恋愛と結婚』、自然主義作家の醜悪暴露論、刺激性に富んだ社会主義の両性観」（郁達夫「雪夜」）であり、「名女優衣川孔雀《きぬがわくじやく》・森律子らの妖艶な写真、化粧前の半裸の写真、婦女画報にのった淑女や名妓の記事、東京の名流の姫妾たちのスキャンダル等々」（同上）であり、あるいは有楽町のアイスクリーム店や上野不忍の池や大学の図書館や理科大学の研究室や小石川の植物園や井の頭公園等々、また、佐藤春夫・秋田雨雀・厨川白村・河上肇といった人々の名であり、新ロマン派やドイツ表現派、イプセンやダウスンやゲーテ等々、映画「カリガリ博士」や「民衆座」上演の「青い鳥」、そして東京の「カフェー情調」や「世紀末のデカダンス」であった。――郁達夫は、こうした「両性解放の新時代」「世紀末の過渡時代」の渦の中に投げこまれた中国からやって来た一少年が、すっかりその中にまきこまれ「沈没」させられてしまったことを語っているが（同上）、こうした時代の雰囲気の中で、彼ら留学生たちが、日本から受け取り感じ取ったものは何だったのだろうか。〔傍線引用者、以下同じ〕[36]

第二世代の留学生の記録としては、周恩来（一八九八－一九七六年、留日は一九一七－一九年）の日記の邦訳『周恩来

『十九歳の東京日記』1918.1.1~12.23』（矢吹晋編・鈴木博訳、小学館文庫、一九九九年）があり、詳細な注釈が楽しい[37]。同じく彭湃《ほうはい》（一八九六―一九二九年、留日は一九一七―二一年、早稲田大学専門部政治経済科）も、この時期に留学した革命家である（斎藤秋男「彭湃　中国人日本留学生の一典型」『国立教育研究所紀要』第九十四号、一九七八年三月）。

第二世代の留学生たちの中心は、何といっても創造社を結成し、新文学運動を推進した人々である。創造社と日本の関係については、伊藤虎丸「解題　創造社小史」・小谷一郎編「創造社年表」（同編『創造社資料別巻　創造社研究』アジア出版、一九七九年）、小谷一郎「第一期創造社同人の出会いと創造社の成立　創造社と日本」（古田敬一編『中国文学の比較文学的研究』汲古書院、一九八六年。のち小谷『創造社研究　創造社と日本』汲古書院、二〇一三年に収録）の優れた研究がある。

創造社の中心人物は、郭沫若（一八九二―一九七八年、留日は一九一四―二三年、一高特設予科・六高・九州帝大等）である。日本滞在は、留学と亡命を併せて約二十年に及ぶ。日本留学時代を含む自伝の邦訳に、『郭沫若自伝2　黒猫・創造十年他』（小野忍・丸山昇訳、平凡社東洋文庫、一九六八年）があり、留学時代に家族に送った手紙の邦訳に、『桜花書簡　中国人留学生が見た大正時代』（大高順雄・藤田梨那・武継平訳、東京図書出版会、二〇〇五年）がある。

第二世代には、長い留学生活を送った人物が多い。また日本の高等教育を受けた場合、東京で予科、地方で旧制高校、東京もしくは地方で帝大と、数次の移動を経るケースが多い。郭沫若の若き日の留学体験を総括した研究である、武継平『異文化のなかの郭沫若　日本留学の時代』（九州大学出版会、二〇〇二年）も、一高特設予科、六高、九州帝大と、順を追って検証している。ほかにも、六高時代については、名和悦子「岡山における郭沫若」（『中国研究月報』第四十九巻第八号、一九九五年八月）、九州帝大時代については、岩佐昌暲《まさあき》「福岡滞在期の郭沫若文学の背景その他」（『言語文化論究』第十七号、二〇〇三年二月）といった、時代ごとの研究が行われている。

創造社のメンバーのうち、郭沫若・陶晶孫が福岡の九州帝大、張資平が熊本の五高で学び、またメンバーではないが夏衍が北九州の明治専門学校で学んだため、もっぱら中国作家と九州との関わりについて論じた。岩佐昌暲編著『中国現代文学と九州　異国・青春・戦争』（九州大学出版会、二〇〇五年）がある。[38] 福岡には「日本郭沫若研究会」があって、二〇〇三年から『郭沫若研究会報』が不定期で刊行されている（二〇二三年現在、第二十九号まで刊行）。

創造社の中心人物として次に挙げるべきは、郁達夫（一八九六－一九四五年、留日は一九一三－二二年、一高予科・八高・東京帝大等）であろう。郁達夫の日本体験については、稲葉昭二『郁達夫　その青春と詩』（東方書店、一九八二年）、拙著『郁達夫と大正文学』（前掲）などがあり、晩年の郁達夫については、日本の中国現代文学研究が生んだ成果の一つ、鈴木正夫『スマトラの郁達夫　太平洋戦争と中国作家』（東方書店、一九九五年）がある。

近年の注目すべき研究に、李麗君『郁達夫の原像　異文化・時代・社会との葛藤』（花書院、二〇一六年）、荊紅艶「郁達夫における谷崎潤一郎受容　『痴人の愛』と『迷羊』を中心として」（『阪大比較文学』第七号、二〇一三年三月）、趙敏「郁達夫における芥川龍之介の受容　歴史小説「采石磯」と「戯作三昧」、「地獄変」の比較から」（『野草』第九十六号、二〇一五年八月）、大久保洋子「郁達夫『文学概説』について　有島武郎『生活と文学』との比較を中心に」（『国学院中国学会報』第六十三号、二〇一七年十二月）、同「一九二〇年代中期郁達夫における文学論の構想と執筆　横山有策『文学概論』などを手がかりに」（『日本中国学会報』第七十三集、二〇二一年十月）、宋新亜「記憶としての旧制高校　郁達夫「茫茫夜」の〝同性愛〟論争をめぐって」（『野草』第百二号、二〇一九年三月）、同「初期創造社の翻訳観の誕生　郁達夫の旧制高校での留学経験をめぐって」（『野草』第百五号、二〇二〇年十月）、同「「沈淪イズム」の実像　苦悶・同情・大正教養主義」（『日本中国学会報』第七十五集、二〇二三年十月）などがある。郁達夫の名古屋体験については、高文軍の長年の調査が結実した『郁達夫　文学の青春　大正期名古屋における中国人留学生の足跡』（朋友書店、二〇二三年）が出た。[39]

創造社を評論の面で代表する成仿吾（一八九七－一九八四年、留日は一九一〇－二一年、一高予科・六高・東京帝大）については、専門に論じた研究が少なく、厳安生『陶晶孫その数奇な生涯　もう一つの中国人留学精神史』（岩波書店、二〇〇九年）に言及があるほかは、阿部幹雄「成仿吾における「文学観」の変遷」（『言語社会』第二号、二〇〇八年三月。同『中国現代文学の言語的展開と魯迅』汲古書院、二〇一四年に収録）がある程度である。(40)

創造社の同人中、郁達夫と並んで小説の面で活躍したのは、張資平（一八九三―一九五九年、留日は一九一二―二二年、一高予科・五高・東京帝大等）である。戦後「漢奸」となったこともあり、研究が進んでいないが、日中の文学の関係を考える上で重要な作家である。基礎的な資料として、松岡純子により年譜と文献目録（「研究資料　張資平研究資料（1）年譜」『長崎県立大学論集』第三十四巻第四号、二〇〇一年三月、「研究資料　張資平研究資料（2）文献目録」『長崎県立大学論集』第三十五巻第二号、二〇〇一年九月）が整備されたことは大きいものの、全集や著作集がなく、作品数も多いため、全貌に接するのは容易ではない。

留学時代については、永末嘉孝「第五高等学校における張資平」（『熊本学園創立50周年記念論集』一九九二年五月）、松岡純子「張資平の五高時代について　張資平と日本（一）」（『熊本大学教養部紀要　外国語・外国文学編』第二十八号、一九九三年一月）、日中戦争中については、森美千代「日中戦争下の張資平　「和平運動」への参加過程」（『野草』第五十六号、一九九五年八月）、同「占領下の南京はどう描かれたか」（『季刊中国』第五十一号、中国文学あれこれ42、一九九七年十二月）、杉野元子「南京中日文化協会と張資平」（『芸文研究』第八十七号、二〇〇四年）がある。

留学を題材とした作品の研究には、松岡純子「張資平「約檀河之水（The Water of Yoldan River）」論」（『九州中国学会報』第三十号、一九九二年五月）、史雨「張資平「約檀河之水」と外国文学　『蒲団』、『復活』との比較を中心に」（『野草』第百十一号、二〇二三年九月）、同「張資平初期作品における私小説的要素　『沖積期化石』を中心に」（『海港都市研究』第十八号、二〇二三年三月）、林麗婷「余計者としての「留学生」　張資平「一班冗員的生活」を中心に」（『現代中国』第九十号、二〇一六年九月。同『中日近代文学における留学生表象　二〇世紀前半期の中国人の日本留学を中心に』日中言語文化出版社、二〇一九年に収録）などがあり、日中比較文学の研究には、張競「大正文学の陰影　張資平の恋愛小説と田山花袋」（『比較文学研究』第六十六号、一九九五年二月）、同「池田小菊『帰る日』と翻案小説『風に飛ぶ柳のわた』（1）張資平の大正文学受容をめぐって」（『明治大学教養論集』第三百八十六号、二〇〇四年九月）など[41]、翻訳の研究には、松岡純子「張資平『資平訳品集』について」（『東京女子大学日本文学』第八十三号、一九九五年三月）がある。

　中国人作家の中で、日本の作家たちと最も広い交流を持っていたのは、田漢（一八九八－一九六八年、留日は一九一六－二二年、東京高等師範等）だと思われる。日記なども含む『田漢全集』全二十巻（花山文芸出版社、二〇〇〇年）もあり、今後の研究の進展が期待される作家の一人である。田漢と日本の関係についての研究をリードしてきたのは、小谷一郎である。「創造社と日本　若き日の田漢とその時代」（伊藤虎丸ほか編『近代文学における中国と日本　共同研究・日中文学関係史』汲古書院、一九八六年）、「田漢と日本（一）「近代」との出会い」（『日本アジア研究』創刊号、二〇〇四年三月）、小谷一郎・劉平編『田漢在日本』（人民文学出版社、一九九七年）などの極めて優れた成果があり[42]、近年創造社第二期のメンバーに関する研究も含め、『創造社研究　創造社と日本』（汲古書院、二〇一三年）にまとめられた[43]。

　田漢は欧陽予倩とともに、中国現代演劇における功績は絶大であり、またともに谷崎との交流が深い。田漢における谷崎受容については、張沖「田漢の演劇における谷崎潤一郎文学の受容　女性崇拝と官能美を中心に」（『外国語学研究』大東文化大学大学院外国語学研究科編、第十号、二〇〇九年三月）、閻瑜《えんゆ》「一九二〇年代の日中文学者交流のルーツを探る　田漢と谷崎潤一郎の交流を中心に」（『大妻女子大学大学院文学研究科論集』第二十号、二〇一〇年三月）、林茜《りんせい》茜《せい》「谷崎潤一郎と田漢について　戯曲を中心に」（『比較文学年誌』第五十一号、二〇一五年三月。同『谷崎潤一郎と中国』田畑書店、二〇二二年に収録）、秦剛「谷崎潤一郎と田漢　書物・映画・翻訳を媒介とした出会いと交流」（『アジア遊学

200　谷崎潤一郎　中国体験と物語の力』二〇一六年八月）などがある。近年、閻瑜による田漢研究が進められつつあり(44)、応《おう》宜《ぎ》娉《へい》「田漢における石川啄木受容　詩「はてしなき議論の後」をめぐって」（『野草』第百十一号、二〇二三年九月）も新たな視野を切り拓いているが、未詳の部分が多く、さらなる研究が期待される(45)。

幼くから日本に来たため、日本語と中国語を自在に用いた陶晶孫（一八九七―一九五二年、留日は一九〇六―二九年、府立一中・一高・九州帝大等）は、その人物の魅力もあり、かつてより佐藤竜一『日中友好のいしずえ　草野心平・陶晶孫と日中戦争下の文化交流』（日本地域社会研究所、一九九九年）などの研究があったが、厳安生『陶晶孫　その数奇な生涯　もう一つの中国人留学精神史』（岩波書店、二〇〇九年）が出て、長い日本滞在を含むその人生をうかがえるようになった(46)。陶晶孫の日本語による日本論に、『日本への遺書』（東方書店、一九九五年）があるが、その文業のすべてに接する手段がない点が憾《うら》まれ、資料整備の待望される文学者である。

初期の作品に鈴木彦次郎の模倣が顕著に見られることを論じた、中西康代「陶晶孫初期作品集『音楽会小曲』と新感覚派に関する一考察」（『日本文学』第八十三号、一九九五年三月）など、陶晶孫は論ずべき点の多い文学者である。今世紀に入って、小谷一郎「一枚の写真から　帰国前の陶晶孫、陶晶孫と人形劇のことなど」（『中国文化』第五十九号、二〇〇一年。同『創造社研究　創造社と日本』前掲に収録）、小崎太一「陶晶孫による日本モダニズムの持込み」（『現代中国』第七十九号、二〇〇五年八月）など、廖莉平「陶晶孫の日本時代　九州時代の作品とそれ以後の作品との違いは何故生じたのか」（『熊本大学社会文化研究』第八号、二〇一〇年三月）などの研究が進められているが(47)、中でも注目すべきは、中村みどりによる留学に関する実証的な研究で、「「対支文化事業」と陶晶孫　特選留学生としての軌跡」（『中国研究月報』第六十七巻第五号、二〇一三年五月）は新たな事実を提示している(48)。日中戦争下の陶についても注目されるところで、太田進「淪陥期上海の文学　とくに陶晶孫について」（『野草』第四十九号、一九九二年二月）、鈴木将久「「対日文化協力者」の声　陶晶孫の屈折」（同『上海モダニズム』中国文庫、二〇一二年）、中村みどり「日本占領下上海における陶晶孫の言説　大東亜文学者大会と「老作家」・「狗」」（『野草』第百二号、二〇一九年三月）などがある。

創造社の関係者はほかにもいる。留学時期はやや遅れるが、島崎藤村『新生』を中訳した徐祖正（一八九五―一九七八年、留日は一九一六―二二年、東京高等師範等）については、経志江の綿密な調査にもとづく「中日国交断絶期における唯一の日本語・日本文学教授　徐祖正」（『日本経大論集』第四十二巻第一号、二〇一二年十二月）が貴重である。徐と同じく創設メンバーの一人で、北京大教授となった張横（定璜・鳳挙、一八九五―?年、留日は?―一九二一年、東京高師・京都帝大）については、小崎太一「創造社のいわゆる「異軍突起」について　張定璜を中心に」（『九州中国学会報』第三十九号、二〇〇一年五月）があり、創造社のイメージに変更を迫る好論である。鄭伯奇《ていはっき》（一八九五―一九七九年、留日は一九一七―二六年、一高予科・三高・京都帝大）は、創造社第三期のメンバーとともに京都帝大で学んだ。第三期のメンバーが一九二七年に帰国して、革命文学提唱の中心となったのは、鄭伯奇の導きによる。自伝『長安城中の少年　清末封建家庭に生れて』（田中謙二訳、平凡社東洋文庫、一九六五年）で知られる王独清（一八九八―一九四〇年）[49]、仏文学者の穆木天《ぼくぼくてん》（一九〇〇―七一年、留日は一九一八―二六年、三高・東京帝大）[50]、美学者の滕固《とうこ》（一九〇一―四一年、留日は一九一九―二四年、東洋大）らも創造社初期のメンバーであるが[51]、研究が進んでいるとはいいがたい。ただし滕固については中国で美術史家としての再検討が進んでおり、また初期の作品を集めた沈寧編『被遺忘的存在　滕固文存』（台北：秀威資訊科技、二〇一一年）や沈寧編著『滕固年譜長編』（上海書画出版社、二〇一九年）という労作が出ている。田漢らと交流のあった白薇《はくび》（一八九四―一九八七年、留日は一九一六―二六年）も日本に長く留学したが、日本での研究は少ない。わずかに奥野信太郎『随筆北京』（第一書房、一九四〇年）の「冰心型と白薇型」で触れられているくらいだったが、近年待望の濱田麻矢「民国だめんず・うぉ～か～　白薇の東京体験」（『神戸大学文学部紀要』第五十号、二〇二三年三月）が出た。錦江飯店を作った実業家の董竹君（一九〇〇―九七年、留日は一九一五―一七年）の自伝には邦訳『大河奔流　革命と戦争と。一世紀の生涯』（加藤優子訳、講談社、二〇〇〇年）があり、日本留学にも触れている。

創造社とは無関係ながら、五四新文化運動後に新文学が勃興した際、日本で獲得した自然主義や新浪漫主義などの知識にもとづいて、文学論を書き日本文学の紹介を行った人物に、謝六逸《しゃろくいつ》（一八九六－一九四五年、留日は一九一八－二二年、早稲田大等）がいる。日本文学の紹介における謝六逸の貢献は、周作人・銭稲孫・豊子愷に劣るものではない。西村富美子「日本近代文学に於ける中国文学との交流　谷崎潤一郎・謝六逸・田漢・郭沫若・欧陽予倩など」（『愛知県立大学外国語学部紀要　言語・文学編』第三十二号、二〇〇〇年）などの研究がある。[52]

陳望道（一八九〇－一九七七年、留日は一九一五－一九一九年、東洋大・早稲田大・中央大など）は、夏丏尊同様、日本留学を経験してから浙江第一師範に勤め、新文学運動に関わった。一九二〇年には中国で最初に『共産党宣言』を翻訳出版した。陳望道は中国における修辞学の基礎を作った一人で、その『修辞学発凡』は島村瀧太郎（＝抱月）の『新美辞学』（東京専門学校出版部、一九〇二年）などを下敷きにしていることが論じられている（甲斐勝二ほか「修辞学発凡・第一篇　引言（含　訳者解説）」『福岡大学総合研究所報』第二百九号、一九九八年十月など）。また陳が同じく日本留学経験のある汪馥泉《おうふくせん》（一九〇〇－五九年、留日は？－一九二二年）とともに、堺利彦の「売文社」からヒントを得て、一九二八年に設立した出版社、大江書舗については、絹川浩敏「「売文社」としての大江書舗」（『季刊中国』第百十六号、中国文学あれこれ105、二〇一四年三月）に詳しい。

第一世代の李叔同につづいて、第二世代にも、陳抱一（一八九三－一九四五年、留日は一九一三－一四、一六－二一年）のように、のちに著名となる美術家が日本で学んだ。陳抱一については陸偉榮『中国近代美術史論』（明石書店、二〇一〇年）や劉建輝「日中洋画壇の架け橋　陳抱一」（瀧本弘之・戦暁梅編『アジア遊学168　近代中国美術の胎動』勉誠出版、二〇一三年十一月）に詳しい。

4　第三世代——五四運動後（一九一九年）～

第二世代の留学生の多くは一九一九年の五四運動前後に帰国し、次の世代の留学生と入れ替わる。(53) 第三世代は、五四新文化運動後の中国で、魯迅・周作人ら第一世代、及び郭沫若や郁達夫らの第二世代の活躍により、新文学が勃興した時期以降に、日本で留学生活を送った。一九二六年、蔣介石率いる国共合作の国民革命軍が北伐を開始、二七年三月に南京・上海を占領するも、四月には国民党右派が共産党を弾圧する、いわゆる上海クーデターを起こした。第三世代はこの前後に帰国した。

一九二一年から二三年の新文学勃興の際には、第一世代の魯迅・周作人ら、及び第二世代の創造社第一期のメンバーが、対立しつつも活躍し、中国現代文学の大きな転換点となった。一九二八年の革命文学論争時期においても、第三世代のうち、創造社第三期のメンバー、馮乃超や李初梨らが、第二世代の成仿吾らに支持されつつ、「革命文学」を唱えて、第一世代の魯迅らと対立した。創造社が国民党政府によって二九年に閉鎖されるなど、プロレタリア文学陣営内の対立を無化する情勢に伴い、やがて両者は和解、三〇年の左翼作家連盟結成へとつながっていく。

第二世代の第一期創造社研究、中でも田漢研究における貢献が大きい小谷一郎は、第三から第五世代の文学・芸術・演劇と関わる中国人日本留学生研究においても、まさに牽引する役割を果たしてきた。一九二〇年代に留学した第三世代について、小谷氏は「四・一二クーデター前後における第三期創造社同人の動向　留日学生運動とのかかわりから」（『中国文化　研究と教育　漢文学会会報』第四十号、一九八二年六月）で次のように述べる。

彼らの「日本体験」を考えてみた場合、当時の日本の学生運動、とりわけ学生社研〔＝学生社会科学研究会〕との関係が改めて問題になろうかと思われる。それは、彼らが「福本イズム」（福本和夫は一九二四年ドイツより帰国）を学生社研との繋がりの中で受容していった可能性が強いということも含め、「学連事件」（＝京都学連事件。一九二五年、京都の学生社会科学連合会に対する弾圧）や、当時日本の学生の中にあったある種の雰囲気、例えば「新カント主義」から「マルクス主義」へという風潮などが彼らの思想形成にどう関わっていただろうかという問題である。

具体例を見てみよう。王学文（一八九五－一九八五年、留日は一九一〇－二七年、一高予科・四高・京都帝大経済学部・京都帝大大学院）は、文学者ではないが、第二世代と第三世代にまたがって長く日本で学んだ経歴には、第三世代の特徴が刻み込まれている。四高を出て京都帝大経済学部に進学した王は、河上肇《はじめ》（一八七九－一九四六年）に学んだ。回想によれば、「この時期はちょうど河上肇先生がブルジョア経済学の研究からプロレタリア政治経済学の研究に転換する時期」で、「ある観点ではあいまいなところもあった」という（「河上肇先生に師事して」[54]）。王学文は一九二五年大学院に入るが、その前年の二四年、ドイツに留学しマルクス主義哲学を学んだ福本和夫（一八九四－一九八三年）が帰国した。

そのころ、当時の日本共産党の指導者福本和夫がドイツから帰国した。福本はドイツのカール・コルシュの観点で唯物弁証法と史的唯物論の問題で河上先生の哲学観を系統的に批判した。この論争は私たち学生にも影響をあたえた。多くの学生は元来先生を信奉していたが、先生の理論上の欠陥を見て福本和夫を信奉するようになった。先生は（中略）マルクス主義哲学を苦心して学ばれ、（中略）謙虚に以前の自分の不正確な観点を自己批判し、いっぽうでは福本和夫に反批判を加え、福本論文の若干の欠点と誤りを指摘された。（中略）

わたしたちはまたもとのように河上先生を信じるようになった。河上肇を信じることから福本和夫をも信じるようになり、最後には再び河上肇を信じるようになった。これは当時の日本のマルクス主義の変化を反映していると同時に、私たち中国人留学生がマルクス主義を研究するなかでの紆余曲折の過程をも反映している。

京都帝大経済学部を卒業する前、わたしは社会科学研究会に参加した。社会科学研究会は京都帝大の一部の進歩的学生が組織したもので、半非合法の組織だった。その組織は合法的だったが、部分的な活動は秘密だった。彼らは学校外に一部屋借りて（中略）、若干の机や椅子をおき、進歩的な雑誌をそろえて閲覧した。わたしも何度か行った。彼らは学校内にも空き部屋をみつけ、壁にはスローガンや学習の心得を貼っていた。そのころ、わたしはまだ共産党の組織に参加していなかったが、先生の影響でマルクス主義を信じていたので彼らの研究活動に参加した。

「河上肇先生に師事して」[55]

王学文は、中国共産党に関わった日本人の回想、尾崎庄太郎（一九〇六-九一年）『われ、一粒の麦となりて　日中戦争の時代を生きた中国研究家の回想』（桐原書店、二〇〇七年）や、西里竜夫（一九〇七-八七年）『革命の上海である日本人中国共産党員の記録』（日中出版、一九七七年）などにしばしば登場するように、共産党の活動において日中の架け橋となった。

第三世代では、この王学文と同じく、京都帝大で学んだ留学生が帰国後活躍した。李初梨（一九〇〇-九四年、留日は一九一五-二七年、東京高等工業・五高・京都帝大（哲学）等）、馮乃超（一九〇一-八三年、留日は幼時から一九二七年、八高・京都帝大（哲学）・東京帝大（社会学）等）、彭康（一九〇一-六八年、留日は？-一九二七年、一高予科・三高・京都帝大（哲学）等）の三人は、一九二四年にそろって京都帝大文学部哲学科に入学、翌年には李鉄声も入学した。彼らが一九二七年に帰国したのは、年齢的には第二世代だが留学時期が一九二六年までとやや遅く、同じく京都帝大で学んだ、鄭伯奇の導きによる。帰国後は創造社第三期の活動を支えた。ほかに主要メンバーとして、朱鏡我（一九〇一-四一年、留日は一九一八-二七年、東京帝大（社会学）等）、沈起予（一九〇三-七〇年、留日は一九二〇-二七年、京都帝大（文学）等）らがいる。

創造社第三期メンバーの留日については、小谷一郎の前掲論文のほかに、同「東京左連結成前史・（その二）」（『左連研究』第一輯、汲古書院、一九八九年三月。のち同『一九三〇年代中国人日本留学生文学・芸術活動史』汲古書院、二〇一〇年に収録）などの研究がある。創造社第三期のメンバーは、革命文学論争においては活躍が華々しかったが、その後革命運動や政治の世界に入り、文学者としての活躍は、第二世代の郭沫若・郁達夫ら創造社第一期メンバーに遠く及ばない。その結果、研究もさほど盛んではないが、論争や理論的な面では検討がある。

李初梨については、福本和夫受容に触れた、斎藤敏康「李初梨における福本イズムの影響」（『野草』第十七号、一九七五年六月。のち小島亮編『福本和夫の思想　研究論文集成』こぶし書房、二〇〇五年に収録）や、阿部幹雄「「革命文学」における文学言語観　李初梨「怎様地建設革命文学」を中心に」（『言語社会』第一号、二〇〇七年三月。同『中国現代文学の言語的展開と魯迅』汲古書院、二〇一四年に収録）などがある。[56]

第三世代の中で最も著名な文学者は、創造社第三期のメンバーよりも、夏衍（一九〇〇-九五年、留日は一九二〇-二七年、明治専門学校（電気工学）等）である。日本留学時代を扱った自伝の邦訳に、『夏衍自伝　日本回憶』（阿部幸夫訳、東方書店、一九八七年）があり、当時の日記の邦訳に『杭州月明　夏衍日本留学日記　一九二五』（阿部幸夫訳注、研文出版、二〇〇八年）がある。日記からは、九州で学生生活を送った夏衍が、数多くの映画に触れたことなどがよく分かり、詳細な訳注がありがたい。初期の創作には小説などもあるが、本領は演劇・映画活動・ルポルタージュ文学にある。一九三〇年の左翼作家連盟結成においても中心的な役割を果たし、一九四九年の解放後も文芸界において、郭沫若や茅盾につぐ重要な地位を担った。

夏衍の研究では、阿部幸夫の多大な貢献があり、「それ以前の夏衍　沈宰白初期創作とその周辺」（『実践女子大学文学部紀要』第三十八号、一九九六年三月）では、初期の夏衍が留学生の先輩である郁達夫からいかに強く影響されていたかが分かる。(57) また夏衍による藤森成吉らの翻訳については、小谷一郎「東京左連結成前史（その一）（補一）　夏衍の再来日をめぐって、夏衍と藤森成吉のことなど」（同『一九三〇年代中国人日本留学生文学・芸術活動史』汲古書院、二〇一〇年）がある。

中国共産党で重きをなした夏衍と対照的なのが、汪兆銘政府に協力し「漢奸」とされた、章克標《しょうこくひょう》（一九〇〇―二〇〇七年、留日は一九一八―二六年、東京高等師範学校）である。章克標も夏衍同様、留学生たちにとってあこがれの先輩であった郁達夫の影響を強く受け、また郁と王映霞の恋愛を題材として長編小説『銀蛇』を書いた。長く冷遇されてきたが、『世紀振手　百歳老人章克標自伝』（海天出版社、一九九九年）、『九十自述』（中国文聯出版社、二〇〇〇年）、『章克標文集』上下（上海社会科学出版社、二〇〇二年）が出て、その文業の多くを見られるようになった。二冊の自伝は日本留学時代にも詳しい。さらに近年、劉金宝『章克標早期文献輯佚与著訳編年』（上海交通大学出版社、二〇二一年）という貴重な成果が出た。

研究は少ないが、銭暁波「重い歴史を背負い世紀の星霜を振り向く　「百歳文人」章克標と彼の文学人生」（『言語と交流』第六号、二〇〇三年）が先鞭をつけ、日中戦争時代の草野心平らとの人間関係については、大澤理子「〝淪陥期〟上海における日中文学の〝交流〟史試論　章克標と『現代日本小説選集』太平出版印刷公司・太平書局出版目録」（『東京大学中国語中国文学研究室紀要』第九号、二〇〇六年四月）が切り込んでいる。太宰治の翻訳との関係では、劉金宝「太宰治作品の漢訳　章克標を中心に」（『Comparatio』第十八号、二〇一四年十二月。同『太宰治と中国　作品における中国的モチーフについての考察』花書院、二〇一六年に収録）がある。また林麗婷の報告「章克標の人と文学　一九二〇年代の創作活動を手がかりに」（中国文芸研究会例会、二〇一九年一月、関西学院大学大阪梅田キャンパス）は、留学経験に取材したものなど初期作品を論じている。[58]

章克標と同世代で、第一期創造社の若いメンバーで、言語学者となる方光燾《ほうこうとう》（一八九八－一九六四年、留日は一九一四－二四年）や、創造社第二期のメンバーで、著名な画家となる倪貽徳《げいいとく》（一九〇一－七〇年、留日は一九二六－二八年）は、いずれも日本留学経験者であり、雑誌『獅吼《しく》』（一九二四年創刊）や『金屋《きんおく》月刊』（一九二八年創刊）で活躍した。いずれも文学青年としての若き日々があり、今後の発掘が待たれる。

第三世代で異彩を放つのは、豊子愷《ほうしがい》（一八九八－一九七五年、留日は一九二一年、川端美術学校）である。豊子愷はその洒脱かつ辛辣な散文、独特のスタイルを持つ漫画で知られる、現代中国を代表する芸術家の一人である。李叔同と夏丏尊に触発された日本への留学期間は、一年未満と短いものの、竹久夢二から影響を受けて独自の作風を確立、また日本文学の翻訳でも知られ、『源氏物語』を最初に中国語訳した人でもある。

日本でも豊子愷研究は熱心に進められている。単行本に、楊暁文『豊子愷研究』（東方書店、一九九八年）、西槙偉『中国文人画家の近代　豊子愷の西洋美術受容と日本』（思文閣出版、二〇〇五年）、同『響きあうテキスト　豊子愷と漱石、ハーン』（研文出版、二〇一一年）、大野公賀『中華民国期の豊子愷　芸術と宗教の融合を求めて』（汲古書院、二〇一三年）、劉佳『豊子愷の東西芸術比較論　中国近代美学の誕生』（春秋社、二〇二四年）がある。

日本との関係を論じた論文には、西槙偉『中国文人画家の近代』（前掲）の第一章「西洋美術受容の高潮期」、楊暁文「豊子愷と厨川白村　「苦悶の象徴」の受容をめぐって」（『日本中国学会報』第五十七集、二〇〇五年十月）、李愛華・陳洪傑「豊子愷と十ヶ月の日本留学」（『龍谷大学国際センター研究年報』第十七号、二〇〇八年三月）、大野公賀「豊子愷における自己確立のための模索　浙江省立第一師範から東京留学まで」（『東京大学中国語中国文学研究室紀要』第十二号、二〇〇九年十月。同『中華民国期の豊子愷』前掲に収録）などがあり、美術の方面からは吉川健一「中国美術2　豊子愷の芸術　竹久夢二の影響をうけた中国近代漫画の鼻祖」（『アジア遊学』第十六号、二〇〇〇年五月）などがある。[59]

大正の作家たちと広く交流した田漢に対し、大正末から昭和初期の詩人と広く交流したのが、黄瀛《こうえい》（一九〇六－二〇〇五年、留日は一九一四－一九二九年、小学校・正則中学・青島日本中学・文化学院・陸軍士官学校）である。中国籍の作家が日本の文壇で広く受け入れられたのは、黄瀛をもって嚆矢《こうし》とする。第二世代の郁達夫も、八高時代の日本人の文学仲間と同人誌を作る計画を立てたり、日本語で試作したりといった文学活動を展開していたが(60)、文壇的な活動は佐藤春夫などの有名作家を訪問するに止まる。野心はあったものの、日本語による創作で文壇に出るといった活躍は見られなかった。黄瀛に至ってはじめて、日本の文壇で認められた中国人文学者が登場するのである。

黄瀛は中国人の父と日本人の母の間に生まれ、一九一四年千葉県八日市場の小学校に入学、中等教育は青島日本中学校で受ける。二六年文化学院に入学するも、一年で退学して陸軍士官学校に入り、卒業後は国民党政府の軍人となる。二五年『日本詩人』に投稿した詩で新詩人第一席となり、詩壇の脚光を浴びる。広州留学経験のある草野心平（一九〇三－八八年）と文通で知り合い、高村光太郎（一八八三－一九五六年）の彫刻のモデルとなる。宮澤賢治（一八九六－一九三三年）を詩誌『銅鑼』へ誘ったのは草野と黄瀛で、二九年には賢治を病床に見舞った。日本語詩集『瑞枝』（ボン書店、一九三四年）は復刻がある（蒼土舎、一九八二年）(61)。

黄瀛は無名だった宮澤賢治と交流のあったことから注目されてきたが（栗原敦「宮沢賢治と黄瀛　詩的邂逅の意義」『実践国文学』第七十七号、二〇一〇年三月）、その人生や詩には魅力があり、佐藤竜一『黄瀛　その詩と数奇な生涯』（日本地域社会研究所、一九九四年。新版は『宮沢賢治の詩友・黄瀛の生涯　日本と中国二つの祖国を生きて』コールサック社、二〇一六年）は生涯を見渡すのに便利で、岡村民夫「詩人黄瀛の光栄　書簡性と多言語性」（『言語と文化』第六号、二〇〇九年一月）は日本語詩の特徴を鮮明に論じている。

第三世代の留学生たちは、五四運動後の新文学運動の洗礼を受けてから留学した。日本では、一九二〇年代前半のリベラルで芸術至上主義的な空気とともに、二〇年代後半、関東大震災前後から旧制高校を中心に学生たちの間で流行する、マルクス主義の影響を受けたことに大きな特徴がある。

5　第四世代——国共合作崩壊・北伐完了後（一九二七・二八年）〜

国共合作なった広州の国民政府は、蔣介石の指導のもと、一九二六年に北伐を開始する。翌二七年には南京・上海を占領するが、共産党を警戒する蔣介石は一九二七年四月、上海で共産党を弾圧、国共合作はここに崩壊した（いわゆる四・一二上海クーデター）。北伐は二八年に完了し、南京に首都を置く中華民国がようやく全国を統一した。一九三〇年代には近代国家としての整備が進む。

この時勢を背景に、日本留学生たちにも、国民党を支持する一派と、共産党を支持する一派、いずれにも属さない学生に分かれた。このうち文学や芸術を含め活動が目立ったのは、一九二〇年代後半の日本文壇がプロレタリア文学の黄金時代だったこともあって、マルクス主義を信奉する一派だった。

美術家の許幸之《きょこうし》（一九〇四–九一年、留日は一九二四–二九年、東京美術学校）は、上海で美術を学ぶ中、郭沫若・郁達夫・成仿吾と面識を得て、日本留学を勧められ、一九二四年日本へ留学した。二五年東京美術学校（東京芸術大学の前身）に入学するも、二七年国共合作による国民革命軍の北伐に加わっていた郭沫若の援助で上海に戻る。しかし、上海クーデターで逮捕されるなどして、再び日本に留学した。

再渡日してからはわたしは芸術至上主義的な自由主義思想から脱皮しつつあった。（中略）東京で文学活動をしている中国人留学生を集め、青年芸術家連盟を結成した。（中略）／青年芸術家連盟の結成以来、日本の友人との交流も活発になった。京都大学の学生に依頼して講演してもらったこともある。京大では河上肇先生がマルクス主

「東京でかいた一枚の絵」[62]。

義の講義をしていて、彼らも影響を受けていたからだ。

またソ連から帰国して旅行記を出版した秋田雨雀（一八八三―一九六二年）、劇作家の村山知義（一九〇一―七七年）などに講演をしてもらい、新築地劇団が「吼《ほ》えろ支那」を上演した際には、舞台衣装・舞台稽古の顧問をしたという。[63]

司徒慧敏《しとけいびん》（一九一〇―八七年、留日は一九二八―三〇年）は、許幸之同様、東京美術学校で学び、帰国後映画監督等を務めた。[64]日本留学中は、東京に留学している中国人によって一九二八年に結成された「左翼芸術家連盟」（小谷一郎によれば、許幸之のいう「青年芸術家連盟」を指す）に参加した。日本の左翼の演劇人である秋田雨雀・藤森成吉・村山知義らと交流があり、講義を受けたりした。

一九二八年末から一九三〇年代の初めごろまでの間、わたしは左翼芸術家連盟の友人たちといっしょに、よく築地小劇場へいって勉強したり、その公演活動に参加したりしていた。たしか中国の「暴力団の記」や、「西部戦線異状なし」「ガスマスク」などを公演した憶《おぼ》えがある。日本の進歩的な演劇が、一九三〇年代はじめの中国の新劇運動にあたえた影響は、きわめて大きい。当時、上海芸術劇社、その他の劇団が日本語から翻訳した多くの作品を上演しているが、そんなところにも、日本の新劇からうけた影響がよくあらわれている。（中略）

わたしたちは、日本の芸術家たちとの交流を通じて、多くのものを学びとると同時に、相互の理解と友好を深めたのだった。だが、ちょうどそのころ、世界経済の危機は最後の段階をむかえ、日本の軍国主義勢力は日ましにはびこり、ファシズム戦争勃発の危機が迫っていた。日本国内の進歩的な組織や進歩的な活動はひどく抑圧され、わたしたち中国留学生の進歩的な活動も、もちろん、あれこれの制限、監視、迫害をうけるようになった。

「五人の学友たち」[65]

マルクス主義の旗印のもと、日中の学生たちや文学者・知識人の間に連帯の築かれたことが、第四・五世代の左傾した留学生たちの活動の特徴である。日中両国文化人たちの国境を越えた交流は、留学生たちの活動に活気をもたらした。

許幸之・司徒慧敏以外にも、美術関係の留学生がいた。中心人物だったのは王道源（一八九六–一九六〇年）で、小谷一郎「ふたたび一枚の写真から　王道源、そして「青年芸術家連盟」のことども」（『日本アジア研究』第六号、二〇〇九年三月）の考証がある。東京美術学校で学んだ留学生については、吉田千鶴子『近代東アジア美術留学生の研究　東京美術学校留学生史料』（ゆまに書房、二〇〇九年）に詳しい。

王道源と南京の学校で職場をともにしたことがあり、また日本に留学して再会したのが、倪貽徳（一九〇一–一七〇年）である。創造社第二期の活動に加わって小説を発表し、『玄武湖之秋』（一九二四年）や『東海之浜』（一九二六年）などを発表したのち、一九二七年から日本に留学、王道源らと二八年に「中華留日美術研究会」を結成し、演劇の上演も行った。この時期数多くの留学を題材にした小説を発表している。倪貽徳は一九三二年に中国で最初のモダニズム美術団体「決瀾社《けつらんしゃ》」を結成するなど、美術界における活動が著名だが、文学の面での活躍も見逃しがたい。留学の足跡については、蔡涛（濤）「倪貽徳留日事跡初考」（京都国立博物館編『中国近代絵画研究者国際交流集会論文集』京都国立博物館発行、二〇一〇年）、美術関係の研究には、牧陽一「三〇年代モダニズムの行方　決瀾社・中華独立美術協会」（小谷一郎・佐治俊彦・丸山昇編『転形期における中国の知識人』汲古書院、一九九九年）、蔡濤著・大森健雄訳「中華独立美術協会の結成と挫折　一九三〇年代の広州・上海・東京の美術ネットワーク」（『アジア遊学146　民国期美術への

まなざし　辛亥革命百年の眺望』勉誠出版、二〇一一年）などがある。

日本留学の第二世代を代表するのが、創造社を結成した人々、つまり創造社第一期のメンバーで、第三世代を代表するのが、革命文学運動を展開した創造社第三期を支えた人々だとすれば、第四世代は、「青年芸術家連盟」及び「左翼作家連盟東京支部」（東京左連）を作った人々（東京左連前期）、第五世代は、いったん壊滅した東京左連を再建した人々（東京左連後期）である。

左翼作家連盟は、一九三〇年三月に上海で「無産階級革命文学」のスローガンのもとに結成された。魯迅・田漢・鄭伯奇・馮乃超・夏衍ら、世代を超えた団体である。(66)左連結成を受けて、一九二〇年後半から三一年の間に、すでに日本に留学していた、任鈞《じんきん》（盧森堡、一九〇九－二〇〇三年、留日は一九二九－？年、早大）、葉以群（華蒂、一九一一－六六年、留日は一九三〇－三一年、早大等）らが、満洲事変勃発後に来日した北方左連創立者の一人である謝冰瑩《しゃひょうえい》（一九〇六－二〇〇〇年）らとともに、(67)左翼作家連盟東京支部を組織し、これに胡風、聶紺弩《じょうこんど》らも加わった。満洲事変に対する抗議の帰国運動で、葉以群ら主要メンバーが帰国した後は、残った胡風らが日本プロレタリア作家同盟東京支部に加わるなど連携しつつ活動するも、一九三三年胡風らが一斉逮捕され、組織は壊滅した。

第四世代の中でも、胡風（一九〇二－八五年、留日は一九二九－三三年、慶大英文科）は、同時代の作家たちへの影響力や、また建国後の一九五五年の大きな政治事件、胡風事件の中心人物であったこともあって、重要な人物である。一九二九年日本へ留学、プロレタリア文学に触れ、プロレタリア作家同盟に参加、江口渙（一八八七－一九七五年）・中野重治（一九〇二－七九年）・小林多喜二（一九〇三－三三年）らと知り合い、また平野謙（一九〇七－七八年）・本多秋五（一九〇八－二〇〇一年）らと活動した。また留学生たちと一九三一年東京左連を組織、三二年には「新興文化研究会」を組織し、『文化闘争』『文化之光』などを発行した。留学生の抗日運動を行ったため、一九三三年三月に逮捕・拘留され、六月に帰国した。(68)

日本留学時代を含む自伝の邦訳に、『胡風回想録　隠蔽された中国現代文学史の証言』（南雲智監訳、論創社、一九九七年）がある。また胡風と日本の関係については、近藤龍哉による詳細な研究「胡風研究ノート（二）　その理論形成期についての伝記的考察」（『東洋文化研究所紀要』第七十五冊、一九七八年三月）などがある。[69]

胡風の友人聶紺弩（一九〇三–八六年、留日は一九三一–三三年）の雑文は魯迅以後で最高峰とされ、旧詩にも長《た》けたが、[70]留日に関する研究は見当たらない。

第四世代についても研究をリードするのは、小谷一郎である。青年芸術家連盟や東京左連のメンバーについては、『一九三〇年代中国人日本留学生文学・芸術活動史』（汲古書院、二〇一〇年）に詳細な研究がある。小谷氏著書の書評に、絹川浩敏「中国三〇年代文学研究の新しい地平　小谷一郎著『一九三〇年代中国人日本留学生文学・芸術活動史』」（『東方』第三百七十号、二〇一一年十二月）があり、関連文献も紹介して示唆に富む。[71]

この時期の留学生からは、日本で一九二〇年代後半の、マルクス主義の花がもっとも華やかに咲いた時代を経験したゆえか、胡風以外にも複数の文芸理論家が生まれている。胡風のライバルとも呼ぶべきマルクス主義の理論家、周揚（一九〇八–八九年、留日は一九二八年–？）も日本留学経験者である。また文芸批評家の楼適夷《ろうてきい》（一九〇五–二〇〇一年、留日は一九二九–三一年）も日本へ留学し、来日中の蒋光慈（一九〇一–三一年、留日は一九二九–？年）らと、太陽社東京支部を結成した。文芸理論家の胡秋原（一九一〇–二〇〇四年、留日は一九二九–三一年、早稲田大学）もこの時期に留学した。早くに佐治俊彦の論文「胡秋原覚え書き　胡秋原における1930年代文芸」（『東洋文化』第五十六号、一九七六年三月）があり、留学時代にも触れた「胡秋原と三十年代「中間派」知識人」（魯迅論集編集委員会編『魯迅と同時代人』汲古書院、一九九二年）がある。またアナーキスト・エスペランティストの呉朗西《ごろうせい》（一九〇四–九二年、留日は一九二五–三一年、上智大学）や、[72]思想家の艾思奇《がいしき》（一九一〇–六六年、留日は一九二七–三一年、東京高等工業）も、[73]この時期の留学経験者である。

夏目漱石『草枕』『三四郎』などの訳者、崔万秋（一九〇四‐九〇年、留日は一九二四‐三三年？、広島高師・広島文理科大）は、第三から五世代にまたがる時期に留学した(74)。一九三〇年前後の日本の社会や世相を背景に、女子留学生群像を描いた『新路』（一九三三年）があり、林麗婷の論文「「摩登哥児《モダンボーイ》」としての中国人留学生　崔万秋『新路』を読む」（『野草』第九十七号、二〇一六年三月。同『中日近代文学における留学生表象』前掲に収録）が面白く読める。

6　第五世代――満洲事変後（一九三一年）～日中戦争勃発（一九三七年）

一九三一年の満洲事変に対する抗議として、留学生たちの間に帰国運動が起きたが、三三年頃からまた留学生たちが数多く日本にやって来る。この時期の留学生の動機には、「日本へ行った目的は、早く日本語を覚えて、世界の大思想家、大文豪、とりわけマルキシズムの本が読みたかった」（杜宣「戦争前夜の青春(75)」）といった動機以外に、「当時、中国から日本へ行くのはとても簡単で、旅券などの手続きはいらなかった。生活費も安く、北平と変わりなかった。そのため日本に留学して学問を修める若者はとても多く、わたしもまた日本へ行って勉強しようと思った」（林林「ワセダの森でハイネに酔う(76)」）といった、経済的な動機も強かったと思われる。

杜宣は次のように語る。

このころ〔＝一九三四年〕、中国の青年学生が随分日本にやってきていた。それは、日本円が下落し、東京での生活費が上海より少なくてすんだのと、蒋介石政府が独裁政治をはじめたので、マルクス主義の著作が一切出版禁止となったためだ。日本政府は反革命的ではあったが、思想や学術方面の著作はまだ大量に出版されていた。そこで、進歩的な思想をもつ中国青年は、少なからず日本へ勉学にやってきたのだった。

「日本留学時代の演劇活動の思い出(77)」

左翼運動に対し国民党の弾圧が強まる中国より、日本の方が相対的に自由に運動できたということもあるようで、李華飛（一九一四年-九八年、留日は一九三四-三七年、早稲田大学経済学部）は、「一九三四、五年頃、日本に来た中国人留学生は大変に多く、三千名前後いたのではないでしょうか。彼らは中国では不可能な各種の文化活動を組織し、熱心にこれに参加しました。いま記憶をたどるに、雷任民の主催する社会科学研究会、劉披雲の主催する経済学術研究会、董啓翔の主催する婦女座談会が活発な活動を展開していたように思います。これらの組織はいずれも愛国、救国をめざしていました」と回顧している（「戦争前夜・留日学生の文化活動(78)」）。

これら留学生たちの活動の中心が、左翼作家連盟東京支部、つまり「東京左連」の後期である。一九三一年に結成された東京左連は、三三年胡風らが逮捕されて壊滅するも、同年末、林煥平《りんかんぺい》（一九一一-二〇〇〇年、留日は一九三二-三七年）らによって再建された(79)。

第五世代の留学生たちの文学運動の特徴は、日本で文学と関わる雑誌を複数刊行したことにある。「「左連」東京支部は大体二十人ぐらいの会員がいた。当時、わたしたちはみな二十歳を越えたばかりの若者であったから、情熱にかられて、支部会員以外からも同好者二十数名をつのって、『東流』『雑文』『詩歌』の三雑誌をつぎつぎに発行した」（林林(80)）。『東流』（一九三四年八月-三六年七月）、『雑文』（のち『質文』、一九三五年五月-三六年十一月）、『詩歌』（一九三五年五月-十月?）は、上海の左連の共産党グループと連携しつつ、魯迅・郭沫若・茅盾ら中国文芸界の重鎮の原稿を掲載するなどして刊行された。また主要メンバーの関わった雑誌には、日本語と日本文化を学習するための雑誌『日文研究』（一九三五年七月-三六年三月?）があり、そこにも文学関係の記事が掲載された。

『雑文』（『質文』）は、停刊させられたり、特高に監視されるなどした。「東京での三年間、わたしたちは秋田雨雀先生ら進歩的文化人と行き来したほか、最も接触が多かったのは日本の特高警察であった」（林林[81]）。取調べや逮捕されることもあったという。これらの雑誌は、日本で印刷後上海に送られ、留学生に対してのみならず、中国の文学界にも影響を与えた[82]。

これらの雑誌、及び東京左連については、北岡正子「『日文研究』という雑誌（上）　左連東京支部の縁辺」「同（下）左連東京支部文芸運動の暗喩」（『中国　社会と文化』第三／五号、一九八八年六月／一九九〇年六月）、同「『詩歌』の誕生　新詩歌運動の流れ」（『野草』第五十四号、一九九四年八月）、小谷一郎『一九三〇年代後期中国人日本留学生文学・芸術活動史』（汲古書院、二〇一一年）、今泉秀人・絹川浩敏・中野耕市「中国左翼作家連盟東京支部の機関誌『雑文』創刊号について」（『左連研究』第三輯、一九九三年三月）、絹川浩敏「中国人留日学生の文学運動　十五年戦争前期における「東京左連」を中心にして」（『季刊中国』第四十九号、中国文学あれこれ40、一九九七年六月）などの研究がある[83]。北岡氏は、「左連東京支部の活動は、厳しい言論統制の下にあった中国国内での文筆に、「亡命地」東京に於て曲りなりにせよ発表の場を与え、さらに国内では実現の難しかった「文芸界の団結を促す」という役割を担っただけではなく、日本と中国の左翼文学者達の間に価値を共有する友好をも生み出した」と論じる（「『日文研究』という雑誌（上）」）。

再建された東京左連の活動には、新たに中国から来た、林林（一九一〇年–、留日は一九三三–三六年、早大）、陳辛人（?、留日は一九三四–?年）、張香山、雷石楡、蒲風なども加わった。林林については、井上桂子「「漢俳」以前の林林　林林が「漢俳」に込めたもの」（『国際文化表現研究』第五号、二〇〇九年）が、陳辛人については、絹川浩敏「「東京左連」盟員辛人と唯物論研究会」（『関西大学中国文学会紀要』第十七号、一九九六年三月）の研究がある。絹川氏はインドネシア華僑の留学生だった、兪鴻模《ゆこうも》（一九〇八–六八年、留日は一九三三–三七年、明治大学）にも注目し、兪が一九三八年に設立した海燕書店について、「抗戦時期中国人留日学生の出版活動　「海燕書店」を中心にして」（『季刊中国』第九十七号、中国文学あれこれ86、二〇〇九年六月）で考証している。

第五世代も、第四世代同様、プロレタリア文学への親近が見られる。東京左連後期の雑誌刊行に関わった、張香山（一九一四－二〇〇九年、留日は一九三三－三七年、東京高等師範学校）は、一九二八年、故郷の浙江省寧波から北平へ出て、文学に惹かれ、その後日本語を学び日本の雑誌を通じてプロレタリア文学を知るようになったという。一九三二年天津左翼作家連盟に加わり、左翼運動に関係したことから学校を休学、日本へ渡り、東京高等師範学校予科で学んだ。当時を以下のように回想している。

予科では、週に四十四時間、土曜日の午後を除いて、毎日、授業があった。（中略）夜はいつも学校の図書館で九時の閉館までねばり、二重の学習生活をしていた。外務省の庚子《こうし》賠償金（一九〇〇年の義和団事件による各国への賠償金）とかかわりのある奨学金をとりたいので、期末試験の成績を良くしなければならないと、必死になって暗記物をやっていた。もちろん、おもしろくてやっていたものもある。「国語」の夏目漱石の『坊っちゃん』などはそうだ。だいぶ前に中国語訳のものを読んではいたが、原文を読むと、ところどころに出てくる四国の方言に、ユーモアがあった。その年、おびただしい日本の小説を読んだ。藤森成吉、小林多喜二、江口渙、平林たい子、窪川（佐多）稲子など、プロレタリア作家の作品のほか、また明治、大正の名作もひろく読みあさった。わたしの読書は、濫読のそしりをまぬかれないでもないが、それは、作品の思想内容に引かれてではなく、日本文学に対する知識欲からの読書であった。だが、気晴らしに読む場合もある。たとえば菊池寛の恋愛小説などは、そうであった。もちろん、日本に好きな作家がいないわけではない。「私小説の神様」といわれる志賀直哉の作品はひじょうに好きだった。きびしい創作態度、簡潔な文章。小林多喜二も志賀直哉に敬服していたそうだ。

「文学にあけくれた日び(84)」

東京高師本科の文科二部に入ってからは、教室で日本の古典を学びつつ、「中国の民族危機が深刻になる一方、救国運動も高まった」情勢のもと、「いっそう東京での中国左翼文学活動に励」み、「雑誌を出したり、座談会を催したり、会議に出たり」した。また日本人の文学好きの学生たちが結成した大塚文学会に加わり、雑誌『大塚文学』を創刊、築地小劇場でのゴーリキー演劇についての文章や「魯迅論」を発表したという(85)。

第五世代の文学活動の特徴として、雑誌の刊行、プロレタリア文学への親近以外に、演劇活動と詩作が挙げられる。杜宣（一九一四-二〇〇四年、留日は一九三三-三七年）は、当時日本に亡命生活を送っていた郭沫若の紹介で、一九三四年に結成された中国文学研究会の竹内好（一九一〇-七七年）・武田泰淳・岡崎俊夫（一九〇九-五九年）らと交流があった。彼らから、曹禺の劇作『雷雨』を教えられた杜宣は、一九三五年、秋田雨雀の紹介で築地小劇場の協力を受け、邢振鐸《けいしんたく》（一九一二年-?、長崎高商予科、東京商大）らと一橋講堂で上演した。「『雷雨』の公演ののち、東京の留学生の間で演劇をやる機運がもりあがった。しかも文系の学生だけでなく理工系の学生が数多く演劇に対して興味をおこした」といい、杜宣自身、新協劇団と新築地劇団の公演はほぼ一つも見逃さずに見たという（「日本留学時代の演劇活動の思い出(86)」）。杜宣には『杜宣文集』全八巻（上海文芸出版社、二〇〇四年）が出ている。

邢振鐸らの中華同学新劇公演会、杜宣らの中華戯劇座談会以外に、中華国際戯劇協進会もあり、一九三六年には中華留日戯劇協会へと統合された。これらの演劇活動は、秋田のみならず村山知義らの協力も得て行われ、日中の文学者たちの密接な交流という点で見逃せない。杜宣らの活動については、飯塚容「一九三〇年代日本における中国人留学生の演劇活動」（『人文研紀要』第四十二号（中央大学人文科学研究所）、二〇〇一年十月）に検討があり、間ふさ子『中国南方話劇運動研究（１８８９-１９４９）』（九州大学出版会、二〇一〇年）の第五章「東京から東南へ　抗日話劇の課題」は、留学生たちのその後として、盧溝橋事件後故郷の温州に帰り、抗日救国演劇活動を行った、董辛名（一九一二‐七五年）の活動を、方言の問題を交えて紹介している。

第五世代の中で、日本で日本語を用いて詩作を行った点で、雷石榆《らいせきゆ》（一九一一‐一九九六年、留日は一九三三‐三六年、中央大経済学部研究生）は見逃せない。一九三三年の来日後、左翼作家連盟東京支部の活動に参加する一方で文学活動に励み、日本のプロレタリア詩誌である『詩精神』の同人となり日本語の詩を発表、日本語詩集『砂漠の歌』（前奏社、一九三五年）を刊行するなど、注目を浴びた。日本のプロレタリア詩人たち、一九三四年『詩精神』を創刊した新井徹（一八九九‐一九四四年）・遠地輝武《おんちてるたけ》（一九〇一‐六七年）・小熊秀雄《おぐまひでお》（一九〇一‐四〇年）らと交流があった。『日文研究』には日・中の両語で書いた詩が掲載されている。一九三六年に帰国、抗日戦争に従軍した。中国語の短編集『惨別』（一九三六年）、詩集『国際縦隊』（一九三七年）、『八年詩選集』（一九四六年）がある。『国際縦隊』には池澤實芳による翻訳が、(87)『八年詩選集』には池澤實芳・内山加代訳『もう一度春に生活できることを　抵抗の浪漫主義詩人雷石榆の半生』（潮流出版社、一九九五年）、内山加代訳『八年詩選集』（潮流出版社、二〇〇三年）の翻訳がある。『もう一度春に生活できることを』は、訳詩のみならず、自伝・回想的文章・充実した年譜や解説を収める。

雷石榆の研究としては、檜山久雄「日本語詩人雷石榆のこと　日中近代文学交流史の一断面について」（古田敬一編『中国文学の比較文学的研究』前掲）をはじめ、北岡正子「雷石榆『沙漠の歌』　中国詩人の日本語詩集」（『日本中国学会報』第四十九集、一九九七年十月）、田中益三「日中砂漠下の二人の詩人　小熊秀雄と雷石榆」（『野草』第六十四号、一九九九年八月）、池澤實芳に「浪漫主義詩人・雷石榆の誕生　局清の『沙漠の歌』批判及びその他」（『商学論集』第七十六巻第一号、二〇〇七年九月）など一連の研究がある。(88)

雷石榆と同い年の蒲風《ほふう》（一九一一‐四三年、留日は一九三四‐三六年）は、雷がプロレタリア詩壇に登場した頃に来日、当時の日本の諷刺詩や、雷と小熊秀雄がやりとりした「はがき詩」から影響を受けた詩作を行った。蒲風については秋吉久紀夫「蒲風の「明信片詩」を契機として　1930年代の日中文学運動の交流」（『文学論輯』第三十一号、一九八五年八月）、同「蒲風の諷刺詩　1930年代の日中文学運動の交流」（『文学論輯』第三十二号、一九八六年十月）などの研究がある。

この時期の日本留学生についてはことに研究の進んでいないケースが多い。絹川浩敏の懇切な「竹内好・武田泰淳の友人　顧鳳城について」（『季刊中国』第百五号、二〇一一年六月）は、第三回大東亜文学者大会に参加した、顧鳳城（一九〇八–四〇?年、留日は一九三二–三四年、中央大学）を発掘しているが、顧のように日本留学経験ゆえに歴史の波に飲み込まれた文学者は数多くいたものと思われる。その点で小谷一郎の研究は極めて貴重で、探求の足どりは鈍ることなく、「盧溝橋事変勃発前後の中国人日本留学生（1）「『留東新聞』事件」、「『現世界』半月刊事件」、引撃出版社のことなど」（『埼玉大学紀要　教養学部』第五十巻第一号、二〇一四年）、「盧溝橋事変前後の中国人日本留学生（2）『留東新聞』と『留東学報』、併せて『留東週報』のことなどについて」（『日本アジア研究　埼玉大学人学院文化科学研究科博士後期課程紀要』第十二号、二〇一五年三月）などの成果がある。(89)

ほかにも、中国現代文学研究者の賈植芳（一九一五–二〇〇八年、留日は一九三六–三七年、日本大学社会科）は、長くはないが日本に留学した。(90)田漢の作った歌詞に合わせて、中国の国歌「義勇軍進行曲」を作曲した聶耳《しょうじ》（一九一二–三五年、留日は一九三五年）は、来日して日本の進歩的音楽家たちと交際を深めつつあったが、まもなく鵠沼《くげぬま》で溺死した。李華飛は「強烈な印象を残し」たと回想する（「戦争前夜・留日学生の文化活動」(91)）。同じくごく短期間に終わったが、詩人の紀弦（路易士、一九一三–二〇一三年、留日は一九三六年）も日本留学経験者で、『紀弦回憶録第一部　二分名月下』（聯合文学出版社、二〇〇一年）には留学時代の回想を含む。杉野元子「路易士と日本　戦時上海における路易士の文学活動をめぐって」（『比較文学』第五十二集、二〇一〇年三月）(92)、鈴木将久「戦時下において詩はどこにあるか　路易士の詩的活動」（同『上海モダニズム』前掲）がある。

7　満洲国・日中戦争開戦後の留学生

一九三七年、日中が全面戦争に突入すると、中国人留学生たちはその大半が帰国した。しかし日本留学がこれで終結したわけではない。一九四〇年、南京に汪兆銘の新たな国民政府が作られると、そこから日本に留学生がやって来た。また、一九三二年東北地方に作られた満洲国からは、途切れることなく留学生が来日した。『わが青春の日本』にも、東北地方から留学した二人の回想、遼寧省出身の蕭向前《しょうこうぜん》（一九一八-二〇〇九年、留日は一九三八-四二年、東京高師、東京文理科大）、同じく遼寧省出身の孫平化（一九一七-九七年、留日は一九三九-四三年、東京工業大）が収録されている。蕭向前は、「官費の日本留学生に採用され」たことに「心境は複雑」で、「「留学」は箔がつくとして羨む者もいたが、国難のさなか、「高級奴隷」に育てられるために祖国をあとにするのは、逃避ではないだろかという気もした」と回想する（「下宿のおじさん」）。(93) 彼らは戦後の日中関係において外交官として重要な役割を果たした。(94) 浜口裕子『満洲国留日学生の日中関係史　満洲事変・日中戦争から戦後民間外交へ』（勁草書房、二〇一五年）には孫、蕭の二人とも登場する。

満洲国から来た留学生のうち、王度（李民、一九一八年-、留日は一九三五-三九年、日本大学芸術学部創作科）については、岡田英樹編の資料集『留日学生王度の詩集と回想録　「満洲国」青年の留学日記』（「満洲国」文学研究会、二〇一五年）があり、『林時民詩集　新しき感情』（詩集刊行会、一九三七年）や留学時期の回想を収める。また岡田氏の論考に「王度の日本留学時代」（『文学にみる「満洲国」の位相』研文出版、二〇〇〇年）がある。

岡田氏にはほかにも、満洲国からの留学生である于明仁（一九一七-九〇?年、留日は一九三五-?年、一高・京都帝大経済学部）、田琳（但娣、一九一六-九二年、留日は一九三七-四二年、奈良女高師）について、「「満洲国」からの二人の留学生」（『季刊中国』第二十号、一九九〇年三月。同『文学にみる「満洲国」の位相　続』研文出版、二〇〇三年に「田琳の留学時代　「愛の破綻」をめぐって」と改題・改稿して収録）がある。羽田朝子は奈良女子高等師範学校の中国人留学生に関する調査を進める過程で但娣（田琳）に注目し、[95]「満洲国女性作家・但娣の日本留学」（『季刊中国』第百六号、中国文学あれこれ95、二〇一一年六月）、「但娣の描く「日本」　満洲国の女性作家と日本留学」（『野草』第百二号、二〇一九年三月）を発表した。[96]但娣についてはほかに岸陽子「「満洲国」の女性作家、但娣を読む」（『アジア遊学44　日中から見る「旧満洲」』二〇〇二年十月。『中国知識人の百年　文学の視座から』早稲田大学出版部、二〇〇四年に収録）がある。

羽田氏はさらに梅娘《ばいじょう》（一九二〇-二〇一三年、留日は一九三七-四二年）についても研究を進め、「梅娘ら『華文大阪毎日』同人たちの「読書会」　満洲国時期東北作家の日本における翻訳活動」（『現代中国』第八十六号、二〇一二年九月）に始まる一連の論文を発表している。[97]梅娘については研究が比較的多く、張泉著、杉野元子訳「華北淪陥時期の梅娘と日本」（杉野要吉編著『交争する中国文学と日本文学　淪陥下北京１９３７-４５』三元社、二〇〇〇年）、張欣の「梅娘　異邦での文学修行」（『しにか』第十巻第三号、一九九九年三月）など一連の論文（同『越境・離散・女性　境にさまよう中国語圏文学』法政大学出版局、二〇一九年に収録）、岸陽子の「「満洲国」の女性作家、梅娘を読む」（『中国知識人の百年』前掲）など一連の論文、張志晶の「梅娘と『白蘭の歌』」（『東アジア比較文化研究』第七号、二〇〇八年六月）など一連の論文、栗山千香子「梅娘（Mei niang）試論　小説「蟹」を中心に」（『現代中国文化の光芒』中央大学人文科学研究所編、中央大学出版部、二〇一〇年）、南雲智「〈満洲作家〉梅娘の場合　作品書き換えを論ず」（『植民地文化研究』第十号、二〇一一年七月）などがある。

この時期の留学生について、さねとうけいしゅうの研究に批判的に言及した論文に、河路由佳「盧溝橋事件以後（一九三七～一九四五）の在日中国人留学生　さねとうけいしゅう『中国人日本留学史』再考」（『一橋論叢』第百二十六巻第三号、二〇〇一年九月。のち河路由佳・淵野雄二郎・野本京子『戦時体制下の農業教育と中国人留学生　1935〜1944年の東京高等農林学校』農林統計協会、二〇〇三年に収録）がある。河路氏は、一九三七年の盧溝橋事件をもって日本留学史が終わったとのさねとうの見方を否定、実は留学生はその後も日本に来ていたことから説き起こし、さねとうが戦争中も留学生教育に関わり、大東亜共栄圏建設という国家目標に沿って発言するも、敗戦後は一転して時流に流されていたと弁明した、と論じる。戦前戦後で「支那」という呼称の使用についてがらりと態度を変えたことなどにも言及しつつ、戦後一九三七年をもって終結する留学史を書くことで、さねとうは「自らが行った言説もろとも戦時下の留学生教育を抹殺し、新たな政権に沿う形に書き換えた」と痛烈に批判している。近年では日中戦争開戦後の留学についても研究が進んでいる[98]。

以上の研究案内は、中国人留学生研究の中の、文学と関わる人々に関する素描である。日中戦争開戦後の、第六世代についても、今後研究を進める必要があるのはもちろんとして[99]、さねとうの描いたアウトラインに従ってきた留学史そのものが、見直されるべき段階に達しているのかもしれない。

中国人日本留学生たちの文学活動は、その作家たちの存在の大きさから、中国現代文学において重要な位置を占めるのみならず、日中の文学交流においても最重要の課題であり、また日本文学にとって、「もう一つの日本文学」とも称しうる領域を形作る。個別の人物・交流・受容の研究のみならず、今後総合的な見地からの研究が進められる必要がある。中国文芸研究会二〇一四年度夏期合宿の特集「中国人日本留学生研究の現在」（発表者は魏名婕・小川利康・中村みどり・野村鮎子・絹川浩敏・小谷一郎諸氏）や、『野草』第百二号の特集「中国人日本留学生文学」は、その一つの試みだった。本章で提示した見取り図が中国人日本留学生の文学活動に関する研究の一助となれば幸いである。

第13章　創造社から中国人日本留学生文学研究へ――小谷一郎氏の仕事を回顧する

1　業績の概要

小谷一郎氏（一九五〇‐二〇二二年）の業績から、筆者は大きな恩恵を受けてきた。自身の研究の中で小谷氏の研究にたびたび言及するだけでなく、書籍の書評を書いたことがあり、また研究案内においても氏の業績に何度も言及した。

【筆者による書評・研究案内】

1.「書評　小谷一郎『創造社研究　創造社と日本』（汲古書院、二〇一三年）」（『中国研究月報』第六十九巻第五号、二〇一五年五月）

2.「研究案内　中国人日本留学生の文学活動　清末から民国期へ　研究の現在」（『野草』第百二号、二〇一九年三月）

小谷氏の業績を回顧する上で、次の書評が参考になる。

【書評】

1. 絹川浩敏「書評　中国三〇年代文学研究の新しい地平　小谷一郎著『一九三〇年代中国人日本留学生文学・芸術活動史』」（『東方』第三百七十号、二〇一一年十二月）
2. 鈴木将久「書評　小谷一郎著『一九三〇年代中国人日本留学生文学・芸術活動史』（汲古書院、二〇一〇年）・『一九三〇年代後期中国人日本留学生文学・芸術活動史』（汲古書院、二〇一一年）」（『大学史紀要』第二十号、二〇一五年三月）
3. 張維薇「小谷一郎著『一九三〇年代中国人日本留学生文学・芸術活動史』について」（『研究会報告』日本語文法研究会編、第四十五号、二〇一九年九月）

小谷一郎氏の主要な業績は、埼玉大学を退職される直前に刊行された、以下の三冊に収められている。

【著書】

1. 『一九三〇年代中国人日本留学生文学・芸術活動史』（汲古書院、二〇一〇年）
2. 『一九三〇年代後期中国人日本留学生文学・芸術活動史』（汲古書院、二〇一一年）
3. 『創造社研究　創造社と日本』（汲古書院、二〇一三年）

ただし、小谷氏の業績はこの三冊にとどまらない。数多くの論文や、資料集の編集を含むその仕事は、中国人日本留学生文学の研究を志す後進にとって、大きな導き、助けとなった。この領域の研究者で小谷氏から恩恵をこうむらなかった人はいないであろう。

著書三冊に未収録の主要な論文を挙げておく。

【主要論文】

1．「創造社と少年中国学会・新人会　田漢の文学及び文学観を中心に」（『中国文化　研究と教育　漢文学会会報』第三十八号、一九八〇年六月）

2．「四・一二クーデター前後における第三期創造社同人の動向　留日学生運動とのかかわりから」（『中国文化　研究と教育　漢文学会会報』第四十号、一九八二年六月）

3．「「上海芸大」のことども　「一九三〇年代文芸」の一側面」（『東洋文化』第六十五号、一九八五年一月）

4．「日中近代文学交流史の中における田漢　田漢と同時代日本人作家の往来」（『中国文化　研究と教育　漢文学会会報』第五十五号、一九九七年六月）

5．「ふたたび一枚の写真から　王道源、そして「青年芸術家連盟」のことども」（『日本アジア研究　埼玉大学大学院文化科学研究科博士後期課程紀要』第六号、二〇〇九年）

6．「一九三〇年代後期の中国人日本留学生の文学・芸術活動　「文芸同人誌」『文海』について」（『立命館文学』第六百十五号、二〇一〇年三月）

＊一部は『一九三〇年代後期中国人日本留学生文学・芸術活動史』に収録

7．「中国人留学生と新興木版画　一九三〇年代の東京における活動の一端を探る」（『アジア遊学146　民国期美術へのまなざし　辛亥革命百年の眺望』二〇一一年十月）

8.「一九三〇年代日本における中国人日本留学生の文学・芸術活動と日中の交流　雑誌『劇場芸術』を手掛かりに」（『季刊中国』第百八号、二〇一二年）

9.「盧溝橋事変勃発前後の中国人日本留学生（一）「『留東新聞』事件」、「『現世界』半月刊事件」、引擎出版社のことなど」（『埼玉大学紀要（教養学部）』第五十巻第一号、二〇一四年）

10.「盧溝橋事変前後の中国人日本留学生（二）『留東新聞』と『留東学報』、併せて『留東週報』のことなどについて」（『日本アジア研究　埼玉大学大学院文化科学研究科博士後期課程紀要』第十二号、二〇一五年）

11.「ある「留東婦女」の思い　裴曼娜「留東雑感」を読む」（『中国21』第四十三号、二〇一五年八月）

小谷氏は『中国文芸研究会会報』に論考を長く連載された。二〇〇五年から二〇〇九年までの連載は著書『一九三〇年代後期中国人日本留学生文学・芸術活動史』としてまとめられた。氏の連載はその後も続き、著書未収録の主な連載に以下がある。『会報』にはほかに田漢に関する記事なども掲載された。

【主な連載】

1.「黄新波に関するいくつかの写真から　一九三〇年代後期中国人日本留学生文学・芸術活動断章」（一）－（八）（『中国文芸研究会会報』第三百七十四－三百八十六号、二〇一二年十二月－二〇一三年十二月）

2.「続・一九三〇年代後期における中国人日本留学生の文学・芸術活動」（一）－（五）（『中国文芸研究会会報』第三百九十七－四百五号、二〇一四年十一月－二〇一五年七月）

3.「一九三〇年代における中国人日本留学生の演劇活動再考」（一）－（十九）（『中国文芸研究会会報』第四百八－四百三十八号、二〇一五年十月－二〇一八年四月）

連載の最終回は、「一九三〇年代における中国人日本留学生の演劇活動再考（十九）　中華留日戯劇協会第一回公演について（二）」だった。

また筆者は、小谷氏に依頼し、筆者が幹事を務めた中国文芸研究会の、二〇〇八年度及び二〇一四年度夏合宿でご発表いただいたことがある。特に二〇一四年は特集「中国人日本留学生研究の現在」を組み、最終日にお話しいただいた。

【中国文芸研究会夏合宿における発表】

1．「三〇年代日本における中国人日本留学生の演劇活動」（中国文芸研究会二〇〇八年度夏合宿、奈良県吉野郡吉野町吉野山、二〇〇八年九月一日）

2．「留学生研究の現在　私的な思い、現在、そしてこれから」（中国文芸研究会二〇一四年度夏合宿、和歌山市加太淡嶋温泉、二〇一四年九月二日）

この二回の発表では豊富な資料が提供されたのみならず、特に二〇一四年度の発表には、小谷氏が自身の研究の来し方を振り返り行く末を見通す要素があり、氏の中国人日本留学生文学研究に対する思い入れが伝わってくる内容だった。

小谷氏の大きな仕事の一つに、資料集の編集がある。

【資料集】

1．『創造社資料』全十巻・補巻・別巻（伊藤虎丸編、アジア出版、一九七九年）

2.『田漢在日本』（小谷一郎・劉平編、人民文学出版社、一九九七年）

『創造社資料』は、『創造季刊』など当時の日本では入手困難だった雑誌の復刻を主とする。部分的に上海書店の復刻と重複するが、この資料集の恩恵は大きかった。

研究者にとって特に有用だったのは、別巻の、伊藤虎丸編『創造社研究　創造社資料別巻』（アジア出版、一九七九年）である。伊藤氏の執筆になる「解題　創造社小史」、及び「解説　問題としての創造社（日本文学との関係から）」は今読んでも新鮮だが、小谷氏作成の詳細を極める「創造社年表」は特に有用で、筆者は現在も座右に置いている。

大型の科学研究費による共同研究を組織する点においても、小谷氏は精力的であった。小谷氏が研究代表者を務めた科研費には、以下の研究課題がある。

【主な共同研究】

1.「東京左連に関する基礎的研究」（一般研究C、一九九一-九二年度）
2.「転形期における中国の知識人」（基盤研究A、一九九四-九六年度）
3.「一九三〇年代日本における中国人留学生の文学・芸術運動に関する基礎的研究」（萌芽的研究、一九九七-九八年度）
4.「中国における文化批判運動に関する総合的研究」（基盤研究B、一九九九-二〇〇一年度）
5.「一九三〇年代日本における中国人日本留学生の文学・芸術運動に関する総合的研究」（基盤研究B、二〇〇二-四年度）
6.「日中戦争と中国人日本留学生の文学・芸術活動に関する総合的研究」（基盤研究B、二〇〇五-七年度）

7.「一九三〇年代後期から四〇年代初期の中国人日本留学生の文学・芸術活動に関する研究」（基盤研究C、二〇一〇‐一二年度）
8.「一九三〇年代後期中国人日本留学生の演劇・美術活動に関する基礎的研究」（基盤研究C、二〇一三‐一五年度）

これら共同研究の成果は、科研費の報告書や雑誌、書籍となって発表された。

【共同研究の成果物】
1.『左連研究』第一‐五輯（左連研究刊行会編、左連研究刊行会発行、一九八九‐九九年）
2.『転形期における中国の知識人』（小谷一郎・佐治俊彦・丸山昇編、汲古書院、一九九九年）
3.『中国における文化批判運動に関する総合的研究』（小谷一郎研究代表、科学研究費補助金（基盤研究（B））研究成果報告、平成一一‐一三年度、二〇〇二年）
4.『一九三〇年代日本における中国人日本留学生の文学・芸術運動に関する総合的研究』（小谷一郎研究代表、科学研究費補助金（基盤研究（B））研究成果報告、平成一四‐一六年度、二〇〇五年）
5.『日中戦争と中国人日本留学生の文学・芸術活動に関する総合的研究』（小谷一郎研究代表、科学研究費補助金（基盤研究（B））研究成果報告書、平成一七‐一九年度、二〇〇八年）
6.『「磁場」としての日本　一九三〇、四〇年代の日本と「東アジア」』（埼玉大学教養学部、二〇〇八年）

また、科研費を用いて研究を進める過程で、小谷氏は中国の稀覯雑誌の現物やマイクロフィルム等を収集し、埼玉大学に所蔵した。これらについては総目次や目録が作成されている。

【総目次・目録】

1.『一九二〇-四〇年代中文稀覯雑誌目録　附著者別索引』第一、二集（汲古書院、二〇〇二年）

2.『埼玉大学蔵マイクロフィルム・マイクロフィッシュ　一九二〇-一九四〇年代中文稀覯雑誌・新聞目録』（二〇一六年）

若き日の小谷氏は学習研究社『魯迅全集』の訳者の一人でもあった。また中国一九三〇年代文学研究会が編集翻訳した『中国現代文学珠玉選』でも翻訳を担当した。特に『中国現代散文傑作選』の版権取得に際しては、小谷氏が中国との折衝に当たり、「あとがき」も小谷氏の筆になる。

【主な翻訳】

1.『魯迅全集　第十二巻』（古籍序跋集、伊藤正文責任編集・翻訳、山田敬三・小南一郎翻訳。訳文序跋集、丸山昇責任編集、蘆田肇・藤井省三・小谷一郎翻訳、学習研究社、一九八五年）

2.『現代中国文学選集三　史鉄生　わが遥かなる清平湾・他』（檜山久雄・小谷一郎・三木直大・近藤直子訳、徳間書店、一九八七年）、担当は「お婆さんの星」「サッカー」

3.『中国現代文学珠玉選　小説二』（丸山昇監修、芦田肇編、二玄社、二〇〇〇年）、陶晶孫「音楽会小曲」

4.『中国現代文学珠玉選　小説三　女性作家選集』（丸山昇監修、白水紀子編、二玄社、二〇〇一年）、馮鏗「子を売る女」

5.『中国現代散文傑作選　一九二〇-一九四〇　戦争・革命の時代と民衆の姿』（中国一九三〇年代文学研究会編、勉誠出版、二〇一六年）、朱自清「後ろ姿」

退職後は近い世代の研究仲間と同人雑誌を刊行された。

【同人雑誌】

1．『幻境』創刊号（「幻境」同人編、中国文庫、二〇一八年）

2　業績の内容

小谷一郎氏の業績を概観すると、一九八〇年代に進めた創造社研究、中でも田漢の研究から出発し、さらに創造社を含む日本留学経験者へと視野を広げ、九〇年代以降は、一九二〇年代末から三〇年代半ばまでの、中国人日本留学生文学の研究へと展開した、といえるだろう。日本留学経験のある作家たちは、中国現代文学において大きな部分を占めた。小谷氏の研究は、中国人日本留学生がどのような文学活動を展開したか、その全体像に迫るものだった。

小谷氏は、創造社に関心を持ったきっかけについて、著書『創造社研究　創造社と日本』の「はじめに　序章にかえて」、及び「あとがき」で触れている。東京教育大学の学部三年時、伊藤虎丸氏の郁達夫「沈淪」論を手にし[1]、卒論で「沈淪」を論じようと決めたという（四／三四〇頁）。学部二年時に非常勤講師として教えていた丸山昇氏の授業を受け、四年時には伊藤氏から教えを受けた。修士課程は同じく東京教育大で学び、博士課程は東京大学へ進学した。伊藤氏からの刺激は大きく、一九七九年にはともに『創造社資料』を編集刊行した。小谷氏は伊藤氏から、「同じ問題意識、同じ方法論だからといって同じ結論になるとは限りません」と言われ、勇気づけられたと記す（四頁）。

創造社研究は現在でも盛んである。筆者を含め、日本の創造社研究者は、小谷氏の研究から大きな恩恵をこうむっている。

小谷氏が最初に公表した論文は、田漢を対象とした比較文学研究、一九八〇年六月の「創造社と少年中国学会・新人会　田漢の文学及び文学観を中心に」である。その後、『創造社研究　創造社と日本』所収の「創造社と日本　若き日の田漢とその時代」として集大成される、一連の田漢論が断続的に書かれた。伊藤氏は郁達夫と大正文学の比較文学研究で新生面を開いたが、小谷氏はその手法を田漢に応用し、田漢における日本文学受容の研究へと結実した、といえるだろう。

田漢は日本の文化や文学を深く吸収するのみならず、日本の数多くの文人たちと交流を持った。日本では佐藤春夫などを訪問したが、その交流は秋田雨雀や村松梢風、谷崎潤一郎、金子光晴、中河与一、小牧近江や里村欣三、さらに武者小路実篤へと広がった。日本の文人たちとこれだけ広く交流した中国の文人は、田漢をおいてほかにない。

小谷氏の田漢研究のもう一つの方向は、田漢とこれら日本の文人たちとの交流に関する実証的研究である。論文「日中近代文学交流史の中における田漢　田漢と同時代日本人作家の往来」がその総論であり、『創造社研究　創造社と日本』所収の、「村松梢風と中国　田漢と村松、村松の中国に対する姿勢」、及び「金子光晴と中国　一九二六年の最初の「中国行」を中心に」は各論といえる。また劉平氏との共編で、田漢と関わる資料集『田漢在日本』を中国にて刊行した。同書には、前記の日本の文人たちが記した田漢との交流に関わる記録を日本語のまま収録している。

日本で創造社に関する専著が、伊藤虎丸編『創造社研究　創造社資料別巻』しかなかったところに、小谷氏の著書が加わった。これに小谷氏の他の論文を組み合わせると、一九二〇年代に絶大な影響を持った創造社の輪郭を鮮明に描くことができる。『創造社研究　創造社と日本』所収の、「第一期創造社同人の出会いと創造社の成立　創造社と日本」、及び「三徳里の「小伙計」　創造社出版部と上海通信図書館」、さらに論文「四・一二クーデター前後における第三期創造社同人の動向　留日学生運動とのかかわりから」の三篇を読めば、創造社の第一期から第三期までの全体像が見える。その特色は、いわゆる主要メンバーにのみ重点を置くのでなく、周辺的なメンバーにも光を当てている点にある。中でも第二期のメンバー、周全平、応修人、楼適夷らの「小伙計」が活躍する青年群像は、何度読み返しても楽しい。

また、論文「「上海芸大」のことども「一九三〇年代文芸」の一側面」は、一九二〇年代後半の、上海芸大と、田漢、王独清、さらに創造社第三期のメンバーとの関りを描く。左翼作家連盟の成立大会会場となった中華芸術大学や、上海芸術劇社など、創造社関係あるいは夏衍や許幸之らの日本留学経験者が成立や運営に関わった組織が出てくる。上海芸大の西洋画教員として、王道源の名前がちらっと出てくるように、その後の小谷氏の、膨大な数の中国人日本留学生たちを対象とした研究の展開を予期させる論文である。

創造社メンバーの研究には、田漢以外に、「一枚の写真から　帰国前の陶晶孫、陶晶孫と人形劇のことなど」、「郭沫若と一九二〇年代中国の国家主義『孤軍』派　郭沫若「革命文学」論提唱、広東行、北伐参加の背景とその意味」のような各論もある。残念なことに、小谷氏は郁達夫について正面から論じたことがない。師の一人、伊藤虎丸の影を踏むことがないよう配慮されたのだろうか。伊藤氏の没後に刊行された論文集『近代の精神と中国現代文学』（汲古書院、二〇〇七）は小谷氏の編集になるものだった。

小谷氏の研究は、創造社のようなメジャーな研究にとどまらなかった。一九九〇年代に始まる、一九二〇年代末以降の中国人留学生文学の研究こそ、氏の研究の真骨頂といえるだろう。東京左連に関わった人物たちを中心に、雑誌や演劇、美術などの活動について、詳細な目配りがなされた。当時の雑誌や新聞などの一次資料を用い、後年の回想を組み合わせる実証的なスタイルは、他の追随を許さない。

小谷氏の発表や論文における口癖は、「いまようやく緒に着いたばかり」というものだった（例えば『一九三〇年代中国人日本留学生文学・芸術活動史』の「あとがき」）。しかし実際には、前人未到で、かつ後進には乗り越えがたい、山脈のような業績である。ことに一九二〇年代末から三〇年代半ばにかけての中国人日本留学生文学の研究は、今後これ以上の水準の研究が出るとは思いがたい。

一九九〇年代、小谷氏は大型の科研費を組織し、『左連研究』第一‐五輯を発行した。この五冊に掲載した、一九二〇年代末から三〇年代初頭にかけての、青年芸術家連盟や東京左連に関する研究をまとめたのが、『一九三〇年代中国人日本留学生文学・芸術活動史』である。タイトルには「一九三〇年代」とあるが、あつかわれているのは、一九二七年の四・一二事件（上海クーデター）後から、三一年の満洲事変までの時期における留学生の活動である。

『一九三〇年代中国人日本留学生文学・芸術活動史』の研究対象の一つ、青年芸術家連盟は、一九二八もしくは二九年、東京美術学校で学んでいた、王道源や許幸之、司徒慧敏らが結成した団体である。演劇活動などを行ったが、「日本特支」事件によって主要メンバーが帰国を余儀なくされ、活動を停止した。小谷氏には青年芸術家連盟に関して、ほかに、論文「ふたたび一枚の写真から　王道源、そして「青年芸術家連盟」のことども」がある。王道源らに関する研究は、「三徳里の「小伙計」」と並んで、若い芸術家たちの肖像として鮮やかな出来となっている。

『一九三〇年代中国人日本留学生文学・芸術活動史』のもう一つの研究対象、東京左連は、任鈞や葉以群らによって、一九三一年六月に設立された。この東京左連がいつ成立したかを、当時の記事や回想を使って考証した上で、その活動内容について、上海の雑誌『文芸新聞』との関係、謝冰瑩の来日と郭沫若や日本の左派文人らとの交流などから描く。考証は縦横に展開され余すところがない。

小谷氏の著書計三冊のうち、研究対象の時代順にいえば三冊目に当たる、『一九三〇年代後期中国人日本留学生文学・芸術活動史』は、厳密には一九三三年の東京左連再建から、三七年の日中全面戦争勃発により留学生が一斉帰国するまで、つまり一九三〇年代半ばをあつかう。『一九三〇年代中国人日本留学生文学・芸術活動史』が、当時の記事や諸氏の回想を主に使って、東京左連前期の活動内容を特定していったとすれば、『一九三〇年代後期中国人日本留学生文学・芸術活動史』は、留学生たちが出した雑誌を発掘し紹介する形で、一九三〇年代半ばに増加し、恐らく一九〇〇年代に並ぶ日本留学のピークを迎えた時期の、留学生たちの活動を描き出す。

『東流』は東京左連を再建した林煥平らが刊行した雑誌で、これまでも研究があるが、『学術界』『大鐘』『文化』『小訳叢』『言殿』『劇場芸術』『文海』といった雑誌は、小谷氏が発掘し、意義を発見したものである。貴重な雑誌の収集については、小谷氏の勤務先だった埼玉大学に所蔵され、総目次である『一九二〇-四〇年代中文稀覯雑誌目録附著者別索引』第一、二集が作成された。またその所蔵目録に、『埼玉大学蔵マイクロフィルム・マイクロフィッシュ一九二〇-一九四〇年代中文稀覯雑誌・新聞目録』がある。

一九三〇年代の留学生の文化活動を研究する上で、小谷氏が両輪としたのが、美術と演劇の活動である。美術の活動については、論文「ふたたび一枚の写真から　王道源、そして「青年芸術家連盟」のことども」や、論文「中国人留学生と新興木版画　一九三〇年代の東京における活動の一端を探る」、さらに『一九三〇年代後期中国人日本留学生文学・芸術活動史』所収の第五章「中国人日本留学生と中国新興木版画運動」などがある。

これらの論考にも登場する、黄新波の足跡を追ったのが、『中国文芸研究会会報』の連載のうち、「黄新波に関するいくつかの写真から　一九三〇年代後期中国人日本留学生文学・芸術活動断章」(一)-(八)である。これは小谷氏の面目躍如の論考で、香港で黄新波の娘黄元氏から受け取った資料に掲載された写真を、関連する資料を用いて読み解き、一九三五年前後に広東省台山県から日本に来た一群の留学生たちの青春を描く。

一方、演劇活動については、『一九三〇年代後期中国人日本留学生文学・芸術活動史』所収の第四章「東京左連再建後の中国人日本留学生の文学・芸術活動」の第六節「『劇場芸術』について」が、雑誌『劇場芸術』を通して、中華同学新劇会の呉天・劉汝醴・杜宣らが一九三五年四月に行った第一回公演、中華戯劇座談会の呉天・杜宣・黄鼎らが同年十一月に行った第一回公演、さらにこれら留学生らと秋田雨雀ら日本の演劇人らとの交流を描く。論文「一九三〇年代日本における中国人日本留学生の文学・芸術活動と日中の交流　雑誌『劇場芸術』を手掛かりに」はその続編で、さらなる続編といえるのが、『中国文芸研究会会報』の最後の連載で、小谷氏の遺作ともなった、「一九三〇年代における中国人日本留学生の演劇活動再考」(一)－(十九)である。恐らく続編が用意されていたはずで、小谷氏の急な発病と逝去は痛恨である。

小谷氏は、論文「ある「留東婦女」の思い　裴曼娜「留東雑感」を読む」(『中国21』第四十三号、二〇一五年八月)以降、女子留学生の活動にも焦点を当てつつあった。『中国文芸研究会会報』の連載、「続・一九三〇年代後期における中国人日本留学生の文学・芸術活動」(一)－(五)はその続編で、さらに続編が書かれる予定があったと思われる。「書評　丁寧な史料整理の成果　留学生研究のさらなる一歩　奈良女子大学アジア・ジェンダー文化学研究センター編『奈良女子高等師範学校とアジアの留学生』」(『東方』第四百二十八号、二〇一六年十月)を読むと、小谷氏が女子留学生たちの活動のどういったあたりに関心を持っていたかが分かる。

小谷氏の中国人日本留学生文学研究は、日本に筆者のような熱烈なファンがおり、また中国でもその実証的な学風が高く評価されて翻訳が相次いだ一方、(2) 必ずしも学界で広く読まれていたとは思われない。これは、小谷氏の研究が膨大な資料と格闘する実証的なもので、かつ研究対象が多くの関心を引き寄せる、いわゆるメジャー作家ではなかったことが背景にあると筆者は推測する。数多くの日本留学生についての研究は、時に文学研究という枠組みを外れ、留学生たちの活動に対する実証史学の側面を強くしていた。文学研究が価値評価を伴うものである以上、「文学」以前の人物に対し過度な光を当てると、いつしか「文学」研究ではなくなってしまう危険性がある。しかし、この手法であったからこそ、小谷氏の研究に価値があるともいえる、と著者は考える。

小谷氏の最晩年の文章の一つが、『幻境』創刊号に掲載された、「それぞれの妻たち　郭沫若の正妻張瓊華《ちょうけいか》、郁達夫の正妻孫荃《そんせん》」である。エッセイに近いこの論文は、小谷氏が研究対象とした郭沫若と郁達夫の、それぞれの正妻たちの生涯を、関係者の証言や、これらの人物に光を当てた論考を参照しつつ描く。中国の旧式結婚は、自由恋愛にもとづく結婚にあこがれる若い知識人男性たちにとって大きな苦痛だったが、その一方に、彼らの目覚めた自我のために犠牲を強いられた人たちがいた。郭沫若と郁達夫の正妻、張瓊華と孫荃は、生涯を郭家と郁家のために捧げたが、それぞれの夫から報いられることは少なかった。文学研究においても脚光を浴びるのは、郭と郁が恋愛対象とし、人生をともにする時間を長く持った、佐藤をとみや于立群、王映霞といった妻たちである。小谷氏はあえて、正妻たちの生涯に思いを馳せた。これは小谷氏の、忘れ去られた人々を発掘する研究の手法、また埋もれた人生に対し愛惜を抱かずにいられない人柄を表している。

小谷氏はこの論文に、一九九一年、伊藤虎丸氏の代役として、創造社成立七十周年記念の国際シンポジウムに参加した記憶を記している。それから三〇年後、二〇二一年に中国人民大学で、百周年記念のオンライン国際シンポジウムが開催された。いくつかの経緯があって、筆者は「小谷一郎氏の業績を回顧する」という題目による発表を行った。会場からは、小谷氏の研究に対する衰えぬ関心を感じることができ、深い安堵を覚えた。戦後日本における中国現代文学研究は、竹内好や丸山昇、木山英雄、丸尾常喜、北岡正子諸氏の研究が中国語に訳され、関心を集めてきたが、小谷氏の研究もその一つに数えることができる。今後も日本や中国で小谷氏の研究が参照され、この揺るがぬ土台の上に新たな研究が展開されていくことを願って、一文の結びとしたい。

＊　本章は、二〇二一年十二月十二日に中国人民大学にてオンラインで開催された国際シンポジウム、「創造社百年紀念学術研討会」における口頭発表、「従創造社到日本留学生文学　回顧小谷一郎的研究」にもとづいて文章化したものである。

注

第1章　中国人留学生の日常――一九〇〇年代、宋教仁の日記から

（1）　引用は宋教仁著、松本英紀訳注『宋教仁の日記』（同朋舎出版、一九八九年、三一頁）に拠る。

（2）　宋教仁の生涯については、松本英紀『宋教仁の研究』（晃洋書房、二〇〇一年）の第五章「宋教仁をめぐる人々　『我之歴史』を読むために」、宋の留学と読書については、小松原伴子「宋教仁、その青年時代と日本　『我之歴史』に読書の跡を探りつつ」（『呴沫集』第五集、呴沫集発行世話人編、一九八七年）、留学生活については、狭間直樹「宋教仁にみる伝統と近代　《日記》を中心に」（『東方学報』第六十二号、一九九〇年三月）、田中比呂志「宋教仁の日本生活」（『しにか』第三巻第十一号、一九九二年十一月）、土屋光芳「汪精衛と宋教仁の日本留学経験　二人の革命家の比較研究」（『政経論叢』第八十一巻第五・六号、二〇一三年三月）、徐静波「熱血青年から中国近代憲政思想と実践の先駆者へ　宋教仁の東京歳月への一考察」（『アジア遊学』第二百号、二〇一六年八月）を参照した。

（3）　一九〇〇年代の中国人留学生については、厳安生『日本留学精神史　近代中国知識人の軌跡』（岩波書店、一九九一年）、『しにか』第三巻第十一号（一九九二年十一月）の「特集　明治日本と中国人留学生」、酒井順一郎『清国人日本留学生の言語文化接触　相互誤解の日中教育文化交流』（ひつじ書房、二〇一〇年）を参照した。

（4）　魯迅「因太炎先生而想起的二三事」（『工作与学習叢刊』二「原野」、一九三七年三月二十五日）。ただし『魯迅全集』第六巻（人民文学出版社、一九八一年、五五八頁）を参照した。引用は『魯迅全集』第八巻（今村与志雄訳、学習研究社、一九八四年、六二九頁）に拠る。

（5）　湖南から来た留学生の日本での革命運動については、清水稔「清末の湖南留日学生の動向について」（『文学部論集』佛教大

学文学部編、第八十八号、二〇〇四年三月）を参照。
（6）中国人留学生の下宿生活については、欒殿武「中国人留学生の日記から読み取る日常生活　下宿屋という都市空間を中心に」（孫安石・大里浩秋編著『中国人留学生と「国家」・「愛国」・「近代」』東方書店、二〇一九年）に詳しい。
（7）秋瑾は一九〇五年末、文部省の公布した清国人留学生に対する「取締規則」に反対して、「女性の愛国心を発揮せよ」と慟哭しながら演説し、大いに聴衆を動かしたという、周一川『中国人女性の日本留学史研究』（国書刊行会、二〇〇〇年、八〇頁）を参照。
（8）引用は黄尊三『清国人日本留学日記』（さねとうけいしゅう・佐藤三郎訳、東方書店、一九八六年、九六-七頁）に拠る。
（9）引用は周恩来『周恩来「十九歳の東京日記」』（矢吹晋編・鈴木博訳、小学館文庫、一九九九年、一四九-五一頁）に拠る。
（10）谷崎潤一郎『青春物語』（中央公論社、一九三三年）。引用は『谷崎潤一郎全集』第十三巻（中央公論社、一九六七年、四一九頁）に拠る。
（11）度会好一『明治の精神異説　神経症・神経衰弱・神がかり』（岩波書店、二〇〇三年）。
（12）武継平『異文化のなかの郭沫若　日本留学の時代』（九州大学出版会、二〇〇二年、三四-五頁）を参照。
（13）稲葉昭二『郁達夫　その青春と詩』（東方書店、一九八二年、一二五頁）を参照。
（14）小田嶽夫「漂泊の中国作家」（『漂泊の中国作家』現代書房、一九六五年、六頁）の表現。
（15）引用は黄尊三『清国人日本留学日記』（前掲、九七／九九頁）に拠る。
（16）周恩来『周恩来「十九歳の東京日記」』（前掲）の一九一八年一月五日の記述（二六頁）、六月五日の記述（二五一頁）など。
（17）堀切直人『浅草』四部作（栞文庫、二〇〇四年。江戸明治篇・大正篇・戦後篇、右文書院、二〇〇五年）。
（18）和辻哲郎『自叙伝の試み』（中央公論社、一九六一年、三四五-六頁）。
（19）引用は黄尊三『清国人日本留学日記』（前掲、一三一頁）に拠る。
（20）一九〇〇年代の清国人留学生と日本人女性による「異文化異性交流」については、酒井順一郎『清国人日本留学生の言語文化接触』（前掲）の第六章「もう一つの留学生生活」に詳しい検討がある。
（21）留学生が来る前の、日中男女交流史としては、唐権『海を越えた艶ごと　日中文化交流秘史』（新曜社、二〇〇五年）を参照。

（22）周作人『知堂回想録』（三育図書文具公司、一九七〇年）の六十六「最初的印象」。ただし止庵校訂『周作人自編文集　知堂回想録』上（河北教育出版社、二〇〇二年、二〇七-八頁）を参照した。邦訳に劉岸偉・井田進也訳『周作人自伝』（河出書房新社、二〇二二年、一三八-九頁）がある。

（23）冨長蝶如「郁達夫の思い出」（稲葉昭二『郁達夫　その青春と詩』前掲、一六九頁）。

（24）日本人女性を妻とした中国の著名人については、王暁元編撰『民国名人与日本妻妾』（作家出版社、二〇〇四年）を参照。

（25）高文軍『且吟且嘯　斯人独行　郁達夫在名古屋』（南京大学出版社、二〇一五年）の第四章第四節「一段隠情人不知」（二〇六-一六頁）、同『郁達夫　文学の青春　大正期名古屋における中国人留学生の足跡』（朋友書店、二〇二三年）の第四章第四節「人に告げざる秘事」（二三〇-八頁）を参照。

（26）引用は武継平『異文化のなかの郭沫若』（前掲、八六頁）に拠る。

（27）宋教仁が思いを寄せた二人の日本人女性については、池本達雄「『宋教仁日記』に登場する永井徳子及び西村千代子について」（『孫文研究』第六十三号、二〇一九年三月）に詳細な考証がある。永井徳子は米国留学後、浅草オペラのスターとなって夭折した、マダム徳子だという。

第2章　中国人留学生と日本文学——一九一〇年前後

（1）成仿吾「『吶喊』的評論」（『創造』季刊第二巻第二号、一九二四年二月）。引用は『創造季刊』影印本（上海書店、一九八三年）の拙訳に拠る。

（2）竹内好は成仿吾『吶喊』評の背景について、文学研究会を打倒目標としていた創造社にとって、魯迅は絶好の標的で、「これに正面切って鉄槌を下すことができなくては創造社の鼎の軽重が問われる」と考えた、と説明する、竹内好「解説」（同訳『魯迅文集』第二巻、ちくま文庫、一九九一年、四三二-八頁）。

（3）拙著『郁達夫と大正文学　〈自己表現〉から〈自己実現〉の時代へ』（東京大学出版会、二〇一二年）。

（4）周作人「留学的回憶」（『留日同学会季刊』一九四三年二月十五日）。ただし引用は鍾叔河編訂『周作人散文全集』第八巻（広西師範大学出版社、二〇〇九年、七二二―三頁）の拙訳に拠る。邦訳に木山英雄訳『日本談義集』（平凡社東洋文庫、二〇〇二年、三三二―二頁）がある。
（5）小林共明「留日学生史研究の現状と課題」（辛亥革命研究会編『中国近代史研究入門　現状と課題』汲古書院、一九九二年、二二三―七頁）。ほかに、山根幸夫ほか編『増補　近代日中関係史入門』（研文出版、一九九六年）の第十章「日中文化交流　七　中国人の日本留学」（山根執筆）、阿部洋「日中教育交流史研究をめぐって」（小島晋治ほか編『20世紀の中国研究　その遺産をどう生かすか』研文出版、二〇〇一年）を参照した。
（6）さねとうけいしゅう『中国人日本留学史』（くろしお出版、一九六〇年初版。一九八一年増補版第二刷、三二一―三三頁）。中国人の日本留学についてはほかに、阿部洋『中国の近代教育と明治日本』（福村出版、一九九〇年）を参照した。
（7）さねとうけいしゅう『中国留学生史談』（第一書房、一九八一年、九頁）。
（8）さねとうけいしゅう『中国人日本留学史』（前掲、七九―八〇頁）。
（9）賈植芳「中国留日学生与中国現代文学」（『中国比較文学』一九九一年第一期、一九九一年七月）。
（10）魯迅「因太炎先生而想起的二三事」（『工作与学習叢刊』二「原野」、一九三七年三月二十五日）。ただし『魯迅全集』第六巻（人民文学出版社、一九八一年、五五八頁）を参照した。邦訳に今村与志雄訳「太炎先生から想い出した二、三の事」（『魯迅全集』第八巻、学習研究社、一九八四年、六二九頁）がある。
（11）松本英紀訳注『宋教仁の日記』（同朋舎出版、一九八九年）を見ると、東京到着直後の一九〇五年一月三日、十三日、十九日の日記には、会館、演説、書店での購書の話題が出てくる。
（12）伊藤虎丸「解題　問題としての創造社　日本文学との関係から」（同編『創造社資料別巻　創造社研究』アジア出版、一九七九年、五二頁。のち『近代の精神と中国現代文学』汲古書院、二〇〇七年所収）。第二世代のうち、創造社メンバーの留日についてはほかに、伊藤虎丸「解題　創造社小史」・小谷一郎編「創造社年表」（いずれも伊藤編『創造社資料別巻　創造社研究』前掲）、小谷一郎「第一期創造社同人の出会いと創造社の成立　創造社と日本」（古田敬一編『中国文学の比較文学的研究』汲古書院、一九八六年）を参照。

(13) 小谷一郎「四・一二クーデター前後における第三期創造社同人の動向　留日学生運動とのかかわりから」（『中国文化　研究と教育　漢文学会会報』第四十号、一九八二年六月、三六-七頁）。
(14) 第四・五世代については、小谷一郎『一九三〇年代中国人日本留学生文学・芸術活動史』（汲古書院、二〇一〇年）、同『一九三〇年代後期中国人日本留学生文学・芸術活動史』（汲古書院、二〇一一年）など、小谷氏の一連の研究を参照。
(15) 一九〇〇年代の留学生の衣食住については、酒井順一郎『清国人日本留学生の言語文化接触　相互誤解の日中教育文化交流』（ひつじ書房、二〇一〇年）の第五章「留学生活の壁」に詳しい検討がある。
(16) 周作人「留学的回憶」（前掲）。ただし引用は『周作人散文全集』第八巻（前掲、七二三-四頁）の拙訳に拠る。
(17) 周作人『魯迅的故家』（署名は周遐寿、上海出版公司、一九五三年）。ただし『周作人散文全集』第十一巻（前掲、五四〇／五五四-五頁）を参照した。邦訳に周遐寿著、松枝茂夫・今村与志雄訳『魯迅の故家』（筑摩書房、一九五五年）がある。
(18) 秋山稔ほか編『新編泉鏡花集』別巻二（岩波書店、二〇〇六年）の吉田昌志編「年譜」（五七頁）を参照。
(19) さねとうけいしゅう『中国人日本留学史』（前掲、六一／一九一頁）。
(20) 魯迅「『小約翰』序」（『語絲』第百三十七期、一九二七年六月二十六日）。ただし引用は『魯迅全集』第十巻（人民文学出版社、一九八一年、二五四頁）の拙訳に拠る。藤井省三訳「『小さなヨハネス』序文」（『魯迅全集』第十二巻、学習研究社、一九八五年、三二二頁）を参照した。
(21) 周作人「懐東京」（『宇宙風』第二十五期、一九三六年九月十六日）。ただし『周作人散文全集』第七巻（前掲、三二五頁）を参照した。邦訳に松枝茂夫訳『周作人随筆』（冨山房百科文庫、一九九六年、二二六-七頁）がある。
(22) 厳安生『日本留学精神史　近代中国知識人の軌跡』（岩波書店、一九九一年、三五二頁）。
(23) 周作人『魯迅的故家』（前掲）。ただし『周作人散文全集』第十一巻（前掲、五三六頁）を参照した。
(24) 郭沫若「百合与番茄」（『創造週報』第三十-三十二号、一九二三年十二月二／九／十六日。『水平線下』創造社出版部、一九二八年所収）。ただし引用は『郭沫若全集』文学編第十二巻（人民文学出版社、一九九二年、三九六頁）の拙訳に拠る。
(25) 中国人留学生と神田神保町の書店街については、鹿島茂『神田神保町書肆街考　世界遺産的〝本の街〟の誕生から現在まで』（筑摩書房、二〇一七年。ちくま文庫、二〇二二年）の「中華街としての神田神保町」に詳しい。

(26) 魯迅の日本留学については、北岡正子『魯迅日本という異文化のなかで　弘文学院入学から「退学」事件まで』（関西大学出版部、二〇〇一年）、阿部兼也『魯迅の仙台時代　魯迅の日本留学の研究』（改訂版、東北大学出版会、二〇〇〇年）、北岡正子『魯迅　救亡の夢のゆくえ　悪魔派詩人論から「狂人日記」まで』（関西大学出版部、二〇〇六年）、潘世聖『魯迅・明治日本・漱石　影響と構造への総合的比較研究』（汲古書院、二〇〇二年）の第一章「魯迅の明治留学　若干の史実問題についての再考察」を参照した。

(27) 周作人「関於魯迅之二」（『宇宙風』第三十期、一九三六年十二月一日。『瓜豆集』宇宙風社、一九三七年所収）。ただし引用は『周作人散文全集』第七巻（前掲、四五一頁）の拙訳に拠る。邦訳に松枝茂夫訳『周作人随筆』（前掲、二八六頁）がある。

(28) 周作人『魯迅的故家』（前掲）。ただし『周作人散文全集』第十一巻（前掲、五五六頁）を参照した。

(29) 自然主義の作家や漱石ら、日露戦後の日本文学については、拙著『文学の誕生　藤村から漱石へ』（講談社選書メチエ、二〇〇六年）を参照。

(30) 増田渉『魯迅の印象』（大日本雄弁会講談社、一九四八年）。ただし角川選書（一九七〇年、一三一頁）を参照した。

(31) 周作人『魯迅的故家』（前掲）。ただし『周作人散文全集』第十一巻（前掲、五六八頁）を参照した。

(32) 伊藤虎丸『魯迅と日本人　アジアの近代と「個」の思想』（朝日選書、一九八三年、四八‐九頁）。

(33) 藤井省三『ロシアの影　夏目漱石と魯迅』（平凡社選書、一九八五年）を参照。

(34) 北岡正子『魯迅　救亡の夢のゆくえ』（前掲）の第二章「詩の力に賭けた救亡の夢　悪魔派詩人論「魔羅詩力説」の構成」（七八‐九頁）。

(35) 増田渉『魯迅の印象』（前掲）。ただし引用は角川選書（前掲、一三二頁）に拠る。

(36) 成仿吾「『吶喊』的評論」（『創造』季刊、前掲）。引用は『創造季刊』影印本（前掲）の拙訳に拠る。

(37) 周作人の日本留学については、劉岸偉『周作人伝　ある知日派文人の精神史』（ミネルヴァ書房、二〇一一年）の第一章「作家の誕生　一八八五‐一九一七」、小川利康『叛徒と隠士　周作人の一九二〇年代』（平凡社、二〇一九年）の第一章「日本文化との邂逅　周作人における「東京」と「江戸」」を参照した。

(38) 許広平『魯迅回憶録』（作家出版社、一九六一年）の第五章「所謂兄弟」。ただし魯迅博物館ほか選編『魯迅回憶録』専著下冊（北京出版社、一九九九年、一一二七-八頁）を参照した。邦訳に松井博光訳『魯迅回想録』（筑摩書房、一九六八年、七五-六頁）がある。

(39) 周作人「『我是猫』」（『苦竹雑記』上海良友図書印刷公司、一九三五年）。ただし『周作人散文全集』第六巻（前掲、六一〇頁）を参照した。邦訳に『日本談義集』（前掲、一六九頁）がある。

(40) 周作人「序」（夏目漱石著、張我軍訳『文学論』神州国光社、一九三一年）。ただし引用は『周作人散文全集』第五巻（前掲、七六一頁）の拙訳に拠る。

(41) 周作人「島崎藤村先生」（『藝文雑誌』第一巻第四期、一九四三年十月一日）。ただし『周作人散文全集』第八巻（前掲、七九四-六頁）を参照した。邦訳に『日本談義集』（前掲、三三五〇頁）がある。

(42) 周作人「『蛙』的教訓」（『華北日報』一九三五年四月二十四日）。ただし『周作人散文全集』第六巻（前掲、四八一-二頁）を参照した。邦訳に『日本談義集』（前掲、一六五頁）がある。

(43) 周作人「日本的落語」（『北平晨報』一九三六年三月九日）。ただし『周作人散文全集』第七巻（前掲、一三七頁）を参照した。邦訳に『日本談義集』（前掲、二三三頁）がある。

(44) 周作人「『冬天的蝿』」（『大公報』一九三五年六月二十三日）。ただし『周作人散文全集』第七巻（前掲、六五二-六頁）を参照した。邦訳に中島長文訳注『周作人読書雑記』第三巻（平凡社東洋文庫、二〇一八年、二四八-五一頁）がある。

(45) 周作人「市河先生」（『苦竹雑記』前掲）。ただし『周作人散文全集』第六巻（前掲、五六九-七一頁）を参照した。邦訳に『日本談義集』（前掲、一五九-六一頁）がある。

(46) 周作人『知堂回想録』（香港三育図書文具公司、一九七〇年）。ただし止庵校訂『知堂回想録』上（河北教育出版社、二〇〇二年、二二一頁）を参照した。邦訳に劉岸偉・井田進也訳『周作人自伝』（河出書房新社、二〇〇二年、一四八頁）がある。

(47) 周作人における永井荷風の受容については、劉岸偉『東洋人の悲哀　周作人と日本』（河出書房新社、一九九一年）、趙京華「周作人と永井荷風・谷崎潤一郎　反俗・伝統回帰・東洋人の悲哀」（『中国研究月報』第五十巻第五号、一九九六年五月）、小川利康「周作人と大逆事件　永井荷風との邂逅をめぐって」（『野草』第百二号、二〇一九年三月）などを参照。

(48) 周作人における武者小路実篤の受容については、細谷草子「五・四新文学の理念と白樺派の人道主義」（『野草』第六号、一九七二年一月）、于耀明『周作人と日本近代文学』（翰林書房、二〇〇一年）などを参照。

(49) 周作人と「新しき村」の関係については、尾崎文昭「五四退潮期の文学状況― 周作人の新村提唱とその波紋」上下（『明治大学教養論集 外国語外国文学』第二百七／二百三十七号、一九八八年三月／九一年三月）を参照。

(50) 山田敬三「魯迅と「白樺派」の作家たち」（『魯迅の世界』大修館書店、一九七七年、一九二頁）。

(51) 魯迅における武者小路実篤・有島武郎の受容については、丸山昇「魯迅と「宣言一つ」『壁下訳叢』における武者小路・有島との関係」（『中国文学研究』第一号、一九六一年四月。のち『魯迅・文学・歴史』汲古書院、二〇〇四年所収）、山田敬三「魯迅と「白樺派」の作家たち」（『魯迅の世界』前掲）、中井政喜「魯迅と『壁下訳叢』の一側面」（『魯迅探索』汲古書院、二〇〇六年）を参照。

(52) 魯迅「訳者序」（『新青年』第七巻第二号、一九二〇年一月）。ただし引用は『魯迅全集』第十巻（人民文学出版社、一九八一年、一九二頁）の拙訳に拠る。藤井省三訳「訳者序」（『魯迅全集』第十二巻、学習研究社、一九八五年、二五三頁）を参照した。

(53) 竹内好「解説」（『魯迅文集』第二巻、前掲、四四〇-一頁）。

(54) 工藤貴正『魯迅と西洋近代文芸思潮』（汲古書院、二〇〇八年）の第一章「魯迅と自然・写実主義 魯迅訳・片山孤村著「自然主義の理論及技巧」及び劉大杰著「『吶喊』と『彷徨』と『野草』」を中心に」（二一九-三〇頁）。

(55) 秋吉收『魯迅 野草と雑草』（九州大学出版会、二〇一六年）の第十二章「『野草』の成立」（二九三頁）。

(56) 成仿吾の日本留学については、厳安生『陶晶孫その数奇な生涯 もう一つの中国人留学精神史』（岩波書店、二〇〇九年）を参照。選集に編輯委員会編『成仿吾文集』（山東大学出版社、一九八五年）、資料集に史若平編『成仿吾研究資料』（湖南文芸出版社、一九八八年）がある。

(57) 日本における表現主義については、酒井府『ドイツ表現主義と日本 大正期の動向を中心に』（早稲田大学出版部、二〇〇三年）、鈴木貴宇編『コレクション・モダン都市文化30 表現主義』（ゆまに書房、二〇〇七年）の同編「関連年表」を参照した。

(58) 中国における厨川白村受容については、工藤貴正『中国語圏における厨川白村現象 隆盛・衰退・回帰と継続』（思文閣出版、二〇一〇年）を参照。魯迅における厨川白村受容については、丸山昇「魯迅と厨川白村」（『魯迅研究』第二十一号、一九五八年十二月。『丸山昇遺文集第一巻　一九五一―一九六七』汲古書院、二〇〇九年所収）、相浦杲「魯迅と厨川白村」（『中国文学論考』未来社、一九九〇年）、中井政喜「厨川白村と一九二四年における魯迅」（『魯迅探索』汲古書院、二〇〇六年）を参照。

（59）厨川白村『苦悶の象徴』（改造社、一九二四年）の第一「創作論」六「苦悶の象徴」。ただし引用は『厨川白村全集』第二巻（改造社、一九二九年、一六八頁）に拠る。

（60）片山孤村『現代の独逸文化及文芸』（文献書院、一九二二年）。ただし引用は日高昭二・五十殿利治監修『海外新興芸術論叢書』刊本篇第四巻（ゆまに書房、二〇〇三年、二二―三頁）に拠る。

（61）成仿吾の『吶喊』評、及び当時数多く発表された『吶喊』論からうかがえる、五四新文化運動後新文学の性質については、本書第5章を参照。

第3章　国民の肖像――魯迅の「車夫」と国木田独歩の「山林海浜の小民」

（1）ベネディクト・アンダーソン『想像の共同体　ナショナリズムの起源と流行』（白石隆・白石さや訳、リブロポート、一九八七年）。

（2）北京時代の魯迅と人力車については、鄧雲郷『北京の風物　民国初期』（井口晃・杉本達夫訳、東方書店、一九八六年）の「四、生活雑摭（4）乗り物」（一八〇―五頁）を参照。

（3）周作人『魯迅小説裏的人物』（署名は周遐壽、上海出版公司、一九五四年）。引用は鍾叔河編訂『周作人散文全集』第十二巻（広西師範大学出版社、二〇〇九年、二〇九頁）の拙訳に拠る。邦訳に水野正大訳『魯迅小説のなかの人物』（新風舎、二〇〇二年、三八頁）がある。

（4）引用は『魯迅全集』第一巻（人民文学出版社、一九八一年、四五九頁）の拙訳に拠る。竹内好訳「小さな出来事」（『魯迅文集』第一巻、ちくま文庫、一九九一年、六八頁）を参照した。

（5）金子光晴『どくろ杯』（中央公論社、一九七一年）。ただし引用は中公文庫版（一九七六年、一二九―三一頁）に拠る。

（6）引用は『魯迅全集』第一巻（前掲、四五九‐六〇頁）の拙訳に拠る。竹内好訳「小さな出来事」（前掲、六八‐九頁）を参照した。

（7）引用は『魯迅全集』第一巻（前掲、三二一‐二頁）の拙訳に拠る。伊藤虎丸訳「随感録四十」（『魯迅全集』第一巻、学習研究社、一九八四年、四〇一‐二頁）を参照した。

（8）引用は『定本国木田独歩全集』第二巻（増補版、学習研究社、一九九五年、一一五頁）に拠る。

（9）引用は『定本国木田独歩全集』第二巻（前掲、一一八頁）に拠る。

（10）引用は『定本国木田独歩全集』第六巻（前掲、七一頁）に拠る。

（11）引用は『定本国木田独歩全集』第二巻（前掲、一二〇‐一頁）に拠る。

（12）引用は『定本国木田独歩全集』第六巻（前掲、一二九頁）に拠る。

（13）国木田独歩における「風景の発見」については、柄谷行人『日本近代文学の起源』（講談社文芸文庫、一九八八年）を参照した。

（14）近代日本語の成立については、酒井直樹「死産される日本語・日本人　日本語という統一体の制作をめぐる（反）歴史的考察」（『思想』第八百四十五号、一九九四年十一月）を参照した。

（15）S・R・ラムゼイ『中国の諸言語　歴史と現況』（高田時雄ほか訳、大修館書店、一九九〇年、四頁）。

（16）中国における国語統一については、村田雄二郎「「文白」の彼方に　近代中国における国語問題」（『思想』第八百五十三号、一九九五年七月）を参照した。

（17）佐藤成基「ネーション・ナショナリズム・エスニシティ　歴史社会学的考察」（『思想』第八百五十四号、一九九五年八月）。

（18）これらについては、不十分ながら、拙稿「試論日本明治時代之国語運動　関於日語＝国語起源之考察」（中文執筆、『南台科技大学学報』第二十五期、南台科技大学、二〇〇一年三月）、「試論民国初期之出版資本主義」（中文執筆、『南台応用日語学報』創刊号、南台科技大学応用日語系、二〇〇一年五月）で論じた。

第４章　文芸批評の形成――「創作」概念の成立とオリジナリティ神話の起源

（１）引用は厳家炎編『二十世紀中国小説理論資料』第二巻（一九一七－一九二七、北京大学出版社、一九九七年、六五－六六頁）の拙訳に拠る。

（２）本章同様、新文学運動における文学概念の変更を論じた先行研究としては、曠新年「現代文学観的発生与形成」（『文学評論』二〇〇〇年第四期、二〇〇〇年七月）があり、「「文学」という概念は不断の新しい解釈によって異なる意味を担ってきた」（曠新年）との視点を共有する。

（３）文学研究会の成立と『小説月報』の革新については、松井博光『薄明の文学　中国のリアリズム作家・茅盾』（東方書店、一九七九年）の第二章「文学研究会と大革命」、山田敬三「『小説月報』の「革新」と「半革新」「文学研究会」結成の経過」（『古田教授退官記念　中国文学語学論集』古田敬一教授退官記念事業会、一九八五年）を参照。

（４）この宣言は無署名だが、茅盾の手になるという。茅盾『我走過的道路』（『茅盾全集』第三十四巻、人民文学出版社、一九九七年）の「革新〈小説月報〉前後」（一八二頁）を参照。邦訳に立間祥介・松井博光訳『茅盾回想録』（みすず書房、二〇〇二年、一六九頁）がある。

（５）引用は厳家炎編『二十世紀中国小説理論資料』第二巻（前掲、一〇三頁）の拙訳に拠る。編者の注によれば、この「序言」は梁実秋の手になるという。

（６）啓蒙家たちによる伝統的文学観の刷新については、斎藤希史「近代文学観念形成期における梁啓超」（狭間直樹編『共同研究　梁啓超』みすず書房、一九九九年）を参照。

（７）胡適と国語運動との関係については、村田雄二郎「「文白」の彼方に　近代中国における国語問題」（『思想』第八百五十三号、一九九五年七月号）を参照。

（８）樽本照雄の調査によると、旧小説の発行件数は一九一〇年代の半ばに空前の隆盛期を迎え、一九一五年の一年のみで千七百件近くが発行されたという、「清末民初小説のふたこぶラクダ」（『清末小説論集』法律文化社、一九九二年）。

（9）この宣言は無署名だが、鄭振鐸の言によれば、周作人が起草し、魯迅が目を通したという、茅盾『我走過的道路』（『茅盾全集』第三十四巻、前掲）の「革新〈小説月報〉前後」（一八五頁）を参照。邦訳に『茅盾回想録』（前掲、一七二頁）がある。

（10）茅盾『我走過的道路』（前掲）の「生活与闘争」（二〇三頁）を参照。ただし引用は『茅盾回想録』（前掲、一九二頁）に拠る。

（11）茅盾による旧文学批判については、南雲智「茅盾・一九二二〜二三年　通俗雑誌批判の意味するもの」（『桜美林大学中国文学論叢』第六号、一九七六年十二月）に検討がある。

（12）宋炳輝『茅盾　都市子夜的呼号』（上海世紀出版集団・上海教育出版社、二〇〇〇年）の第二章「開拓新文学陣地」を参照。

（13）このような芸術の規則を打ち立てるための闘争の分析については、ブルデュー『芸術の規則』（石井洋二郎訳、藤原書店、一九九五年）に多くを負っている。

（14）引用は芮和師ほか編『鴛鴦蝴蝶派文学資料』上冊（福建人民出版社、一九八四年、一七〇頁）の拙訳に拠る。

（15）松村茂樹「王雲五と鄭振鐸　商務印書館史の一断面」（『中国文化　研究と教育　漢文学会報』第五十二号、一九九四年六月）を参照。

（16）引用は『葉聖陶集』第九巻（文学評論（一）、江蘇教育出版社、二〇〇四年、九頁）の拙訳に拠る。

（17）倉橋幸彦「文学研究会の成立と周作人」（『関西大学中国文学会紀要』第十号、一九八九年三月）を参照。

（18）引用は『茅盾全集』第十八巻（人民文学出版社、一九八九年、一八頁）の拙訳に拠る。

（19）佐治俊彦「初期茅盾の文学観　文学研究会と写実主義」（伊藤虎丸・横山伊勢雄編『中国の文学論』汲古書院、一九八七年）も、茅盾の文学論を周作人の「人的文学」の延長線上に置いている。

（20）周作人の一九二〇年代における影響力の大きさについては、銭理群『周作人論』（北京十月文芸出版社、一九九〇年）の第八章「文芸批評」を参照。ただし筆者が参照したのは台湾萬像図書股份公司版（一九九四年）。また、馬良春・張大明主編『中国現代文学思潮史』（北京十月文芸出版社、一九九五年）の第二編「人的文学的勃興」を参照。

（21）引用は『胡適古典文学研究論集』上冊（上海古籍出版社、一九八八年、一六六頁）の拙訳に拠る。佐藤公彦訳『胡適文選』第二巻（平凡社東洋文庫、二〇二一年、三六頁）を参照した。

（22）施蟄存「懐孔令俊」（一九八二年十二月執筆）。引用は『施蟄存文集文学創作編第二巻　北山散文集二』（華東師範大学出版社、二〇〇一年十月、二八〇頁）の拙訳に拠る。青野繁治訳『砂の上の足跡　或る中国モダニズム作家の回想』（大阪外国語大学学術出版委員会、一九九九年、二一二頁）を参照した。

（23）引用は『魯迅全集』第六巻（人民文学出版社、一九八一年、六三頁）の拙訳に拠る。今村与志雄訳「韋素園君の思い出」（『魯迅全集』第八巻、学習研究社、一九八四年、七八-九頁）を参照した。

（24）芦田肇「鄭振鐸とタゴール文学　文学研究会結成前後における文学意識の一面」（鄭振鐸研究ノート（一）、『東洋文化研究所紀要』第百三号、一九八七年三月）を参照。鄭振鐸の初期の文学論についてはほかに、尾崎文昭「鄭振鐸の「血と涙の文学」提唱と費覚天の「革命的文学」論」（五四退潮期の文学状況（二）、『明治大学教養論集』第二百十七号、一九八九年三月）を参照。

（25）近代日本では日露戦後の明治四十年前後、技術的な完成度から〈自己表現〉によるオリジナリティへと文学の価値評価軸が変更された、拙著『文学の誕生　藤村から漱石へ』（講談社選書メチエ、二〇〇六年）を参照。

（26）引用は鍾叔河編訂『周作人散文全集』第三巻（広西師範大学出版社、二〇〇九年、八七-八頁）の拙訳に拠る。邦訳に木山英雄訳『日本談義集』（平凡社東洋文庫、二〇〇二年、三三一-二頁）がある。周作人の一九二〇年代前半の文学観の変遷については、小川利康『叛徒と隠士　周作人の一九二〇年代』（平凡社、二〇一九年）の第二章「人道主義文学の提唱とその破綻」及び第三章「失われた「バラ色の夢」『自分の畑』における文学観の転換」に詳しい。

（27）一九二〇年代初頭に作家論・作品論が誕生する過程で、最初にその対象となったのが、魯迅『吶喊』及び郁達夫『沈淪』だったと思われる。魯迅『吶喊』の読まれ方については本書第5章を参照。郁達夫『沈淪』が二〇年代初頭にいかに読まれ、読む主体を前面に押し出した批評がいかにして登場したのかについては、拙著『郁達夫と大正文学　〈自己表現〉から〈自己実現〉の時代へ』（東京大学出版会、二〇一二年）の第1章「〈自己表現〉の時代　『沈淪』と五四新文化運動後文学空間の再編成」を参照。

第５章　魯迅『吶喊』と近代的作家論の登場――読書行為と『吶喊』「自序」

（１）拙著『郁達夫と大正文学　〈自己表現〉から〈自己実現〉の時代へ』（東京大学出版会、二〇一二年）の第１章「〈自己表現〉の時代　『沈淪』と五四新文化運動後文学空間の再編成」を参照。

（２）藤井省三『魯迅「故郷」の読書史』（創文社、一九九七年）の第一部「知識階級の「故郷」」のＶ「書店網の拡大と『吶喊』の流通」（四九頁）を参照。

（３）引用は中国社会科学院文学研究所魯迅研究室編『魯迅研究学術論著資料彙編　１９１３‐１９８３』第一巻（中国文聯出版公司、一九八五年）の拙訳に拠る。以下、注記のない限り、同時代評については同書第一巻から第五巻まで、同時代人の回想については魯迅博物館・魯迅研究室・『魯迅研究月刊』選編『魯迅回憶録』専著全三冊・散篇全三冊（北京出版社、一九九九年）を利用した。

（４）魯迅「『阿Ｑ正伝』的成因」（『北新』第一巻第十八号、一九二六年十二月十八日。『華蓋集続編』北新書局、一九二七年所収）。ただし『魯迅全集』第三巻（人民文学出版社、一九八一年、三七七頁）を参照した。邦訳に是永駿訳「『阿Ｑ正伝』の成立ち」（『魯迅全集』第四巻、学習研究社、一九八四年、四二一頁）がある。

（５）魯迅「序」（『中国新文学大系』小説二集、良友図書印刷公司、一九三五年三月。『且介亭雑文二集』三閑書屋、一九三七年所収）。ただし『魯迅全集』第六巻（人民文学出版社、一九八一年、二三八頁）を参照した。邦訳に今村与志雄訳「『中国新文学大系』「小説二集」序」（『魯迅全集』第八巻、学習研究社、一九八四年、二七三頁）がある。

（６）丸山昇『魯迅　その文学と革命』（平凡社、一九六五年）は、『吶喊』を同時代の雑誌に掲載された作品と読み比べれば、「いっさいの説明を抜きにして『吶喊』の占めた位置がわかる。それはそもそも比較を絶している。内容の深さといい、題材の選択といい、だいたいが段違いだといってよい。（中略）中国近代文学が、全体として曲りなりにも魯迅と比較して論ずることのできる水準にまで達するのは、ようやく一九二〇年代後半にはいってからのことである」と断言する（一五七頁）。

（７）一九二〇年代の魯迅論については、中国社会科学院文学研究所魯迅研究室編『魯迅研究学術論著資料彙編』第一巻（前掲）

の「魯迅研究学術史概述」、今村与志雄『魯迅と伝統』（勁草書房、一九六七年。第三刷、一九七六年）の第二部七「中国における魯迅評価の変遷」を参照した。魯迅研究史としては、王吉鵬・臧文静・李紅艶編著『馳騁偉大芸術的天地　魯迅小説研究史』（吉林人民出版社、二〇〇二年）、張夢陽『中国魯迅学通史』上下（広東教育出版社、二〇〇二年）を参照した。

（8）引用は厳家炎編『二十世紀中国小説理論資料』第二巻（一九一七―一九二七、北京大学出版社、一九九七年、一〇二頁）の拙訳に拠る。

（9）例えば伊藤虎丸は、「「醒めた狂人」の眼による暗黒社会の徹底的暴露と見えた「狂人日記」は、裏から見ると、一人の「被害妄想狂」の男の治癒の経過、すなわち作者魯迅の青春からの脱却と自己獲得の記録でもあった。ここには魯迅自身の青年時代から最初の小説を書き出すまでの精神史がかくされていた」と論じ（『魯迅と日本人　アジアの近代と「個」の思想』朝日新聞社、一九八三年、一八〇頁）、藤井省三は、「今は任官して某地に赴任したもと「狂人」とは、北京で教育部に奉職するかたわら、思想の実験を終え再び状況に立ち向かうべく文学的営為を開始した魯迅自身であって一向に差しつかえない」とする（『ロシアの影　夏目漱石と魯迅』平凡社、一九八五年、一七五頁）。

（10）魯迅「俄文訳本「阿Q正伝」序及著者自叙伝略」（『語絲』第三十一号、一九二五年六月十五日。『集外集』群衆図書公司、一九三五年所収）。丸尾常喜は「「阿Q正伝」再考　「類型」について」（『中国学志』第二十一号、二〇〇六年十二月）で、「阿Q正伝」の人物造型について、「小説における「分類」や「類型」を、その伝統を中国演劇の方法の中に見いだすことによって、理論化しようとする試みであり、魯迅の「類型」に対する関心の深さを示している」と論じている。

（11）「魯迅研究学術史概述」『魯迅研究学術論著資料彙編』第一巻（前掲、六頁）。

（12）竹内好『魯迅入門』（初版『世界文学はんどぶっく・魯迅』世界評論社、一九五三年。改訂版『魯迅入門』東洋書館、一九五三年）。ただし引用は講談社文芸文庫版（一九九六年、一五九頁）に拠る。

（13）謝昭新『中国現代小説理論史』（安徽大学出版社、二〇〇三年、九一頁）。

（14）丸尾常喜『魯迅　「人」「鬼」の葛藤』（岩波書店、一九九三年）の第三章「国民性と民俗」（一一九―二〇頁）。

（15）丸尾常喜は、「端午節」が胡適の小説「差不多先生」を意識し、これに諷刺を加えたものだという点を、楊義の論評を紹介しつつ指摘している、『魯迅　「人」「鬼」の葛藤』（前掲、三〇九頁）。

(16) 周作人『魯迅小説裏的人物』（署名は周遐寿、上海出版公司、一九五四年）。引用は鍾叔河編訂『周作人散文全集』第十二巻（広西師範大学出版社、二〇〇九年、三一九頁）の拙訳に拠る。邦訳に水野正大訳『魯迅小説のなかの人物』（新風舎、二〇〇二年、一二〇頁）がある。
(17) 藤井省三は、「端午節」が、発表の三ヶ月前になされたエロシェンコの講演「知識階級の使命」への返答になっていると論じた上で、「端午節」について、「魯迅自身を含めた新興知識階級のペーソスにあふれた戯画」だと指摘している、「インテリゲンチャの端午節　魯迅と『北京風俗大全』」（『しにか』第三巻第三号、一九九二年三月）。
(18) 丸尾常喜『魯迅　花のため腐草となる』（集英社、一九八五年、一七〇頁）。
(19) 丸尾常喜「魯迅《兎与猫》(1)」（『中国語』第五百十九号、二〇〇三年四月）。
(20) 魯迅「我怎麼做起小説来」（『創作的経験』天馬書店、一九三三年）、及び魯迅「序言」（『故事新編』文化生活出版社、一九三六年）。後者については「『故事新編』序言」（『魯迅全集』第二巻、人民文学出版社、一九八一年、三四一-二頁）を参照した。邦訳に木山英雄訳「『故事新編』序」（『魯迅全集』第三巻、学習研究社、一九八五年、二一一-二頁）がある。
(21) 伊藤虎丸『魯迅と終末論　近代リアリズムの成立』（龍渓書舎、一九七五年）の第Ⅱ部「魯迅の進化論と〝終末論〟近代リアリズムの成立」（二三三頁）。同『魯迅と日本人』（前掲、二六二頁）、また今村与志雄『魯迅と伝統』（前掲）の「中国における魯迅評価の変遷」にも同様の指摘がある（三三〇頁）。
(22) 竹内好「解説」（『魯迅文集』第二巻、筑摩書房、一九七六年）。引用はちくま文庫版（一九九一年、四三八頁）に拠る。
(23) 竹内好『魯迅入門』（前掲、一五／一七頁）。
(24) 丸山昇『魯迅　その文学と革命』（前掲、六頁）。
(25) 増田渉「魯迅伝」（『改造』一九三二年四月）、竹内好『魯迅』（日本評論社、一九四四年。講談社文芸文庫、一九九四年）、丸山昇『魯迅　その文学と革命』（前掲）、飯倉照平『人類の知的遺産69　魯迅』（講談社、一九八〇年）、丸尾常喜『魯迅　花のため腐草となる』（前掲）。
(26) 竹内好『魯迅』（前掲、七二頁）。丸山昇以下の諸氏も、「自序」を重視しつつも事実と虚構の関係を慎重に扱い、ことに藤井省三は、「「『吶喊』自序とは一九二二年暮の時点で、魯迅が十五年に及ぶ彼の文学運動に対し、恣意的に事実を選びながら再構成を施した虚構」だと指摘する、「『吶喊』自序」の成立とエロシェンコ」（『エロシェンコの都市物語　一九二〇年代　東京・上海・北京』みすず書房、一九八九年、二九九頁）。同様の指摘は『魯迅事典』（三省堂、二〇〇二年）の項目「自序」（五五頁）にもある。ただし、虚構の内実は論者によって異なる。

(27) 拙著『郁達夫と大正文学』（前掲）の第1章「〈自己表現〉の時代　『沈淪』と五四新文化運動後文学空間の再編成」を参照。

(28) 魯迅「我怎麼做起小説来」（前掲）。

第6章　中国自然主義——日本自然主義の移入

(1) 『三閑集』（北新書局、一九三二年）所収。ただし引用は『魯迅全集』第四巻（人民文学出版社、一九八一年、八七頁）の拙訳に拠る。松井博光・中野清・三木直大訳「額」（『魯迅全集』第五巻、学習研究社、一九八五年、二八二頁）を参照した。

(2) 片上伸著、魯迅訳『現代新興文学的諸問題』（大江書舗、一九二九年）の「小引」。引用は『魯迅全集』第十巻（人民文学出版社、一九八一年、二九一―二頁）の拙訳に拠る。蘆田肇訳「『現代新興文学の諸問題』小序」（『魯迅全集』第十二巻、学習研究社、一九八五年、三六一―二頁）を参照した。

(3) フランスの自然主義については、ピエール・マルチノー『フランス自然主義』（尾崎和郎訳、朝日出版社、原著増補版一九六五年、邦訳一九六八年）、アンリ・ミットラン『ゾラと自然主義』（佐藤正年訳、白水社、原著一九八六年、邦訳一九九九年）、各国への普及については、河内清編『自然主義文学　各国における展開』（勁草書房、一九六二年）を参照した。

(4) 中国における自然主義の導入と議論については、孟慶枢「日本自然主義文芸思潮与中国現代文学」（『中国比較文学』一九九一年第一期、一九九一年七月）、張冠華「創作方法意識的覚醒　一九二二年〝自然主義〟討論的回顧与評述」（『鄭州大学学報』第三十一巻第一期、一九九八年一月）、牛水蓮「自然主義在中国的早期伝播」（『中州学刊』二〇〇〇年第四期、二〇〇〇年七月）など。

(5) 是永駿「茅盾の自然主義受容と文学研究会」（『野草』第六号、一九七二年一月）、南雲智「茅盾の自然主義受容についての一考察」（『桜美林大学中国文学論叢』第四号、一九七三年十月）、青野繁治「茅盾初期文芸思想の形成と発展」一―六（『野草』

第三十一三十七号、一九八二年八月―八六年三月）、中井政喜『一九二〇年代中国文芸批評論　郭沫若・成仿吾・茅盾』（汲古書院、二〇〇五年）の第四章「茅盾（沈雁冰）と「牯嶺から東京へ」」、黄継持「関于茅盾与自然主義的問題」（『抖擻』双月刊、香港、第五十期、一九八二年七月。ただし参照したのは唐金海ほか編『茅盾専集』第二巻上冊、福建人民出版社、一九八五年）、呂効平・武鎖寧「茅盾与自然主義」（『中国現代文学研究叢刊』一九八三年第二輯。ただし参照したのは『茅盾専集』第二巻上冊、前掲）、邱文治・韓銀庭編著「茅盾研究六十年」（天津教育出版社、一九九〇年）の第十三章「関于早期提唱自然主義的問題」など。

（6）引用は『茅盾全集』第十八巻（人民文学出版社、一九八四年、四四頁）の拙訳に拠る。

（7）王向遠『二十世紀中国的日本翻訳文学史』（北京師範大学出版社、二〇〇一年）の第二章第三節「対日本文芸理論的訳介」を参照。

（8）工藤貴正『中国語圏における厨川白村現象　隆盛・衰退・回帰と継続』（思文閣出版、二〇一〇年）を参照。本書の「附録・参考資料編」には「民国翻訳史のなかの西洋近代文芸論に関する日本人著作」のリストなどがある。

（9）厨川白村『近代文学十講』（大日本図書株式会社、一九一二年）の「第九講　非物質主義の文芸（其一）　二　文芸の進化」（四二五頁）。

（10）小谷一郎「創造社と少年中国学会・新人会　田漢の文学及び文学観を中心に」（『中国文化　研究と教育　漢文学会会報』第三十八号、一九八〇年六月）を参照。

（11）厨川白村『近代文学十講』（前掲）の「第九講　非物質主義の文芸（其二）一　新浪漫派」（四〇八／四一一頁）。

（12）茅盾『我走過的道路』（『茅盾全集』第三十四巻、人民文学出版社、一九九七年）の「商務印書館編訳所」（一五〇頁）を参照。併せて立間祥介・松井博光訳『茅盾回想録』（みすず書房、二〇〇二年、一三八頁）を参照した。

（13）初期茅盾の西洋文学理解の多様さと、特にロシア文学から受けた影響については、芦田肇「初期茅盾における原理的文学観獲得の契機　そのロシア文学受容」（『東洋文化研究所紀要』第百一号、一九八六年十一月）を参照。

（14）自然主義が中国へ導入された順序については、牛水蓮「自然主義在中国的早期伝播」（前掲）が詳しい。

（15）引用は『明治文学全集43　島村抱月・長谷川天渓・片上天弦・相馬御風集』（筑摩書房、一九六七年、七〇頁）に拠る。

(16) 謝六逸「読書的経験」（『読書月刊』第二巻第一期、一九三一年四月十日）。ただし陳江・陳庚初編『謝六逸文集』（商務印書館、一九九五年一月）を参照した。

(17) 引用は『明治文学全集43』（前掲、五一-三頁）に拠る。抱月の評論については、吉田精一『自然主義の研究』下巻（東京堂、一九五八年）の第二章「島村抱月」、同『近代文芸評論史　明治篇』（至文堂、一九七五年）の第八章「自然主義文学論」、岩佐壮四郎「島村抱月の自然主義評論」（1）（2）（『短大論叢』関東学院女子短期大学、八十・八十一／九十号、一九八九年二月／九三年七月）を参照。

(18) ただしフランスの自然主義にしても、実はこれらの術語でくくることのできる単純な運動ではない。ことにゾラについては、「彼の批評的なあるいは政治的な言説の雄弁さがことさら重視されたために、（中略）小説家としてのゾラの深い知識は等閑に付されてしまった」（ミットラン『ゾラと自然主義』前掲、九頁）との反省から、その創作の豊穣さを読み解く研究がなされている。ミッシュル・セール『火、そして霧の中の信号　ゾラ』（寺田光徳訳、法政大学出版局、一九八八年）、宮下志朗・小倉孝誠編『いま、なぜゾラか　ゾラ入門』（藤原書店、二〇〇二年）を参照。

(19) 呂効平・武鎖寧「茅盾与自然主義」にも、「茅盾が謝六逸、暁風等を通して、日本自然主義文学理論の大きな影響を受けたといわざるをえない」との指摘がある（『中国現代文学研究叢刊』前掲。唐金海ほか編『茅盾専集』前掲、五八九頁）。

(20) 引用は鍾叔河編訂『周作人散文全集』第四巻（広西師範大学出版社、二〇〇九年、三〇三-四頁）の拙訳に拠る。邦訳に木山英雄訳『日本談義集』（平凡社東洋文庫、二〇〇二年、三六一-二頁）がある。

第7章　郁達夫と佐藤春夫・再考——大正作家と中国人留学生の交流

(1) 伊藤虎丸・稲葉昭二・鈴木正夫編『郁達夫資料総目録附年譜』下（東洋学文献センター叢刊第59輯、東京大学東洋文化研究所附属東洋学文献センター、一九九〇年、二二二／二三四／二六一頁）。

(2) 引用は『郁達夫全集』第三巻（浙江大学出版社、二〇〇七年、六一頁）の拙訳に拠る。

(3) 伊藤虎丸「郁達夫と大正文学　日本文学との関係より見たる郁達夫の思想＝方法について」（伊藤虎丸・祖父江昭二・丸山

昇編『近代文学における中国と日本　共同研究・日中文学関係史』汲古書院、一九八六年、二三〇頁。のち『近代の精神と中国現代文学　近代の精神と中国現代文学』汲古書院、二〇〇七年に収録）。『田園の憂鬱』と「沈淪」の比較研究としてはほかに、黎徳機著・白崗玲訳「混乱、還是一致？　佐藤春夫《田園的憂鬱》与郁達夫《沈淪》三部曲」（『中国現代文学研究叢刊』一九九四年第二期、一九九四年五月）など。

（4）鈴木正夫『日中間戦争と中国人文学者　郁達夫、柯霊、陸蠡らをめぐって』（春風社、二〇一四年）の第一章「郁達夫と佐藤春夫　佐藤春夫の放送原稿「旧友に呼びかける」に即して」。郁達夫と佐藤春夫の関係を論じたものとしてはほかに、祖父江昭二ほか「座談会　佐藤春夫と中国」（『近代文学における中国と日本』前掲）、顧偉良「佐藤春夫と「アジアの子」」（『日本文学』第四十一巻第九号、一九九二年九月）、陳齢「佐藤春夫と郁達夫　イロニーとしての交遊史」（『愛知文教大学論叢』第四号、二〇〇一年）、祖父江昭二著・杉村安幾子中訳「日中両国文学家的〝交流〟　佐藤春夫和郁達夫」（『中国現代文学研究叢刊』二〇〇五年第一期、二〇〇五年）、高文軍「旧案重提（上）　郁達夫の「日本の文士と娼婦」について」（『桜花学園大学人文学部研究紀要』第九号、二〇〇七年三月）など。また佐藤春夫の中国観や中国作家との関係については、前掲「座談会　佐藤春夫と中国」（『近代文学における中国と日本』）、大内秋子「佐藤春夫と支那文学」（『日本文学』東京女子大学、一九七一年十月）、周梅林「支那趣味愛好者　佐藤春夫」（『社会文学』第十二号、一九九八年六月）、武継平「「支那趣味」から「大東亜共栄」構想へ　佐藤春夫の中国観」（『南腔北調論集　中国文化の伝統と現代　山田敬三先生古稀記念論集』山田敬三先生古稀記念論集刊行会編・発行、二〇〇七年）、林麗婷「「アジアの子」試論　時代に迫られた留学生たち」（『同志社国文学』第七ー九号、二〇一三年十二月。のち『中日近代文学における留学生表象　二〇世紀前半期の中国人の日本留学を中心に』日中言語文化出版社、二〇一九年に収録）など。

（5）中国における佐藤春夫の翻訳と受容については、李天然「中国における佐藤春夫作品の翻訳と受容　戦前の翻訳を中心に（1921〜1937）」（『熊本大学社会文化研究』第二十号、二〇二二年三月）がある。

（6）江口渙『わが文学半生記』（青木書店、一九五三年）。ただし引用は講談社文芸文庫版（一九九五年、一二八頁）に拠る。

（7）福田武雄「福田武雄氏書簡二通（昭和四十六年）その二」（稲葉昭二『郁達夫　その青春と詩』東方書店、一九八二年、一九九頁）。

（8）陶晶孫・佐藤春夫・奥野信太郎・竹内好・丸岡明「陶晶孫氏を囲む座談会」（『三田文学』一九五一年七月）。
（9）拙著『郁達夫と大正文学　〈自己表現〉から〈自己実現〉の時代へ』（東京大学出版会、二〇一二年）の第6章「オスカー・ワイルドの受容　唯美主義と個人主義」（一四七-五〇頁）を参照。
（10）佐藤春夫「旧友に呼びかける」（『定本佐藤春夫全集』別巻一、臨川書店、二〇〇一年、一〇〇頁）。
（11）小谷一郎編「創造社年表」（『創造社資料別巻　創造社研究』一九七九年、一一三頁）。田漢と佐藤の関係についてはほかに、畠山香織「佐藤春夫と中国近代劇作家田漢との交友について「人間事」から読みとれるもの」（『京都産業大学論集　外国語と外国文学系列』第二十五号、一九九八年三月）がある。
（12）引用は田漢「日記　薔薇之路」（『田漢全集』第二十巻、花山文芸出版社、二〇〇〇年）の一九二一年十月十六日（二四〇頁）の拙訳に拠る。
（13）佐藤春夫「旧友に呼びかける」、引用は『定本佐藤春夫全集』別巻一（前掲、一〇〇-一頁）に拠る。
（14）引用は『定本佐藤春夫全集』別巻一（前掲、一〇一頁）に拠る。
（15）日本語が達者だった郁達夫には、一九二〇年頃に書かれたと思われる日本語小説の断片があり、日本でデビューする希望も抱いていた可能性がある、鈴木正夫整理解説「郁達夫の日本語小説残稿「円明園の一夜」」（『野草』第八十一号、二〇〇八年二月）を参照。
（16）引用は『定本佐藤春夫全集』別巻一（前掲、一〇〇頁）に拠る。
（17）佐藤春夫「西湖の遊を憶ふ」（『セルパン』第五十五号、一九三五年九月）。ただし引用は『定本佐藤春夫全集』第二十一巻（臨川書店、一九九九年、九三頁）に拠る。
（18）佐藤春夫「芥川龍之介を憶ふ」（『改造』第十巻第七号、一九二八年七月）。ただし引用は『定本佐藤春夫全集』第二十巻（臨川書店、一九九九年、一五七頁）に拠る。
（19）引用は『定本佐藤春夫全集』第二十巻（前掲、一六四頁）に拠る。
（20）瀧井孝作「小感」（『芥川龍之介全集』第七巻「月報」第五号、一九三五年）。ただし引用は『瀧井孝作全集』第六巻（中央公論社、一九七九年、三四八頁）に拠る。

(21) 吉田精一は一九二二年の芥川について、「彼の声名は既にこの前後に於て文壇の絶頂にあった」とする、『芥川龍之介』（三省堂、一九四二年）。ただし引用は新潮文庫版（一九五八年、一七二頁）に拠る。
(22) 引用は『芥川龍之介全集』第二十巻（岩波書店、一九九七年、四八頁）に拠る。
(23) 滕固の年譜としては、沈寧編著『滕固年譜長編』（上海書画出版社、二〇一九年）を参照した。
(24) 滕固「生涯的一片　病中雑記」（『死人之嘆息』上海挹芬室、一九二五年）。ただし沈寧編『被遺忘的存在　滕固文存』（台北：秀威資訊科技、二〇一一年、九二／九八頁）を参照した。
(25) 小谷一郎「日中近代文学交流史の中における田漢　田漢と同時代日本人作家の往来」（『中国文化　研究と教育　漢文学会会報』第五十五号、一九九七年六月）を参照。
(26) 小谷一郎『創造社研究　創造社と日本』（汲古書院、二〇一三年）の第三章「村松梢風と中国　田漢と村松、村松の中国に対する姿勢などを中心に」を参照。
(27) 西原大輔『谷崎潤一郎とオリエンタリズム　大正日本の中国幻想』（中央公論新社、二〇〇三年）を参照。
(28) 金子光晴の三度の中国旅行、及び中国の若い文学者らとの交友については、小谷一郎『創造社研究　創造社と日本』（前掲）の第四章「金子光晴と中国　一九二六年の最初の「中国行」を中心に」、趙怡『二人旅　上海からパリへ　金子光晴・森三千代の海外体験と異郷文学』（関西学院大学出版会、二〇二一年）の第一章「初めての中国旅行」、第三章「中国文化人との交流」に詳しい。
(29) 郁達夫と金子光晴の交流については、陳齢「郁達夫と金子光晴　郁達夫と日本人文人の交遊」（『愛知文教大学論叢』第三巻、二〇〇〇年十一月）がある。
(30) 小崎太一「［索引］『秋田雨雀日記』に記された中国」（『熊本学園大学　文学・言語学論集』第十五巻第二号、二〇〇八年十二月）には、『秋田雨雀日記』（尾崎宏次編、未来社、一九六五-六七年）に登場する中国人の索引があり、交際の範囲が極めて広かったことが分かる。
(31) 引用は『芥川龍之介全集』第二十巻（前掲、四八頁）に拠る。
(32) 佐々木到一『ある軍人の自伝』（勁草書房、一九六三年）の第六章「南京駐在時代」。

(33) 郁達夫と芥川龍之介の文学的影響関係については、趙敏「郁達夫における芥川龍之介の受容　歴史小説「采石磯」と「戯作三昧」、「地獄変」の比較から」（『野草』第九十六号、二〇一五年八月）がある。
(34) 小島政二郎『眼中の人』（三田文学出版部、一九四二年）。ただし引用は岩波文庫版（一九九五年、二二頁）に拠る。
(35) 小田嶽夫「漂泊の中国作家」（『漂泊の中国作家』現代書房、一九六五年、三三頁）。郁達夫と小田嶽夫との交流については、陳齢「小田嶽夫と郁達夫　杭州との関連を中心に」（『名古屋大学中国語学文学論集』第十四号、二〇〇二年三月）がある。
(36) 拙著『郁達夫と大正文学』（前掲）の第4章「志賀直哉の受容　自伝的文学とシンセリティ」を参照。郁と志賀の文学的影響関係についてはほかに、劉立善「志賀直哉与郁達夫」（『日本白樺派与中国作家』遼寧大学出版社、一九九五年）、范文玲「郁達夫と志賀直哉・上司海雲の交流　新資料『わが夢、わが青春』をめぐって」（『東方』第三百八十三号、二〇一三年一月）がある。
(37) 稲森雅子『開戦前夜の日中学術交流　民国北京の大学人と日本人留学生』（九州大学出版会、二〇二一年）の第五章「銭稲孫の日中学術交流　日中戦争までの足跡」第三節「志賀直哉日記と里見弴『満支一見』の中の銭稲孫」を参照。
(38) 引用は『郁達夫全集』第十一巻（浙江大学出版社、二〇〇七年、二九頁）の拙訳に拠る。郁達夫と谷崎潤一郎の文学的影響関係については、劉久明「郁達夫与谷崎潤一郎」（『東洋大学中国哲学文学科紀要』第十号、二〇〇二年三月）、趙敏「郁達夫『迷羊』における近代都市の表象　谷崎潤一郎『痴人の愛』との比較から」（『比較文化研究』第百五号、二〇一三年一月）、荊紅艶「郁達夫における谷崎潤一郎受容　『痴人の愛』と『迷羊』を中心として」（『阪大比較文学』第七号、二〇一三年三月）がある。
(39) 谷崎潤一郎「上海交遊記」（『女性』一九二六年五／六／八月）。ただし千葉俊二編『谷崎潤一郎　上海交遊記』（みすず書房、一五一－二頁）を参照した。
(40) 伊藤虎丸「座談会　佐藤春夫と中国」（『近代文学における中国と日本』前掲、五九四頁）。
(41) 矢野峰人『世紀末英文学史』上（補訂近代英文学史、牧神社、一九七八年、二四八頁）。
(42) 拙著『郁達夫と大正文学』（前掲）の第4章「志賀直哉の受容」を参照。
(43) 引用は『郁達夫全集』第三巻（前掲、六一頁）の拙訳に拠る。

(44) 引用は『郁達夫全集』第三巻（前掲、六一頁）の拙訳に拠る。

(45) 周作人編訳『現代日本小説集』（魯迅との共訳、上海商務印書館、一九二三年）に収録された、周作人訳の佐藤春夫短編は、「雉子の炙肉」「形影問答」「私の父と父の鶴との話」（「わが生ひ立ち　幾つかの小品から成り立つ幼年小説」の一部）「「たそがれの人間」」の計四篇の掌編である。

(46) 引用は『郁達夫全集』第三巻（前掲、六一頁）の拙訳に拠る。

(47) 引用は『郁達夫全集』第三巻（前掲、六一頁）の拙訳に拠る。

(48) 日本と中国における、佐藤春夫と郁達夫を中心とした「ワイルド熱」については、拙著『郁達夫と大正文学』（前掲）の第6章「オスカー・ワイルドの受容　唯美主義と個人主義」を参照。

(49) 伊藤虎丸「郁達夫と大正文学　日本文学との関係より見たる郁達夫の思想＝方法について」（伊藤虎丸はか編『近代文学における中国と日本』前掲、二一九頁）。また張競「「恋愛」の挫折　郁達夫の「世紀末」的恋愛」（『近代中国と「恋愛」の発見　西洋の衝撃と日中文学交流』岩波書店、一九九五年、二八六‐八頁）は、郁達夫のダウスン理解に、厨川白村を経由してアーサー・シモンズの回想が大きな役割を果たしたことを指摘している。

(50) 南條竹則『悲恋の詩人ダウスン』（集英社新書、二〇〇八年、一七二頁）。

(51) 引用は『定本佐藤春夫全集』第四巻（臨川書店、一九九八年、一〇〇‐二頁）に拠る。

(52) 引用は『定本佐藤春夫全集』第四巻（前掲、一〇三頁）に拠る。

(53) 引用は『定本佐藤春夫全集』第十九巻（臨川書店、一九九八年、三三〇頁）に拠る。

(54) 佐藤春夫と郁達夫のダウスン像は、典型的なダウスン伝説をなぞっている、南條竹則編訳『アーネスト・ダウスン作品集』（岩波書店、二〇〇七年）の「解説」、及び南條『悲恋の詩人ダウスン』（前掲）を参照。

(55) 引用は『郁達夫全集』第十巻（浙江大学出版社、二〇〇七年、八八頁）の拙訳に拠る。

(56) 引用は『定本佐藤春夫全集』第十九巻（前掲、七九頁）に拠る。

(57) 拙著『郁達夫と大正文学』（前掲）の第5章「大正教養主義の受容　自我をめぐる思考の脈絡」を参照。

(58) 佐藤春夫『詩文半世紀』（読売新聞社、一九六三年）。ただし引用は『作家の自伝12　佐藤春夫』（日本図書センター、一九九四年、二三〇頁）に拠る。
(59) 引用は『定本佐藤春夫全集』第十九巻（前掲、七九頁）に拠る。
(60) 佐藤春夫の文芸批評家としての位置については、谷沢永一「佐藤春夫」（『大正期の文藝評論』、塙書房、一九六二年。のち中公文庫、一九九〇年）、吉田精一「佐藤春夫」Ⅰ・Ⅱ（『近代文芸評論史　大正篇』、至文堂、一九八〇年）を参照。
(61) 引用は『郁達夫全集』第五巻（浙江大学出版社、二〇〇七年、一六一頁）の拙訳に拠る。
(62) 小田嶽夫「漂泊の中国作家」（前掲、三一一二頁）。同『郁達夫伝　その詩と愛と日本』（中央公論社、一九七五年）にも同様の記述がある（一五〇頁）。
(63) 芥川賞騒動については、安藤宏『太宰治　弱さを演じるということ』（ちくま新書、二〇〇二年）の「ことばで距離を創るということ」を参照。
(64) 拙著『郁達夫と大正文学』（前掲）の第4章「志賀直哉の受容　自伝的文学とシンセリティ」を参照。
(65) 引用は『定本佐藤春夫全集』第十九巻（前掲、六五頁）に拠る。
(66) 桑島道夫は、葛西善蔵の「哀しき父」「子をつれて」と郁達夫の「蔦蘿行」を比較することで、郁達夫と私小説の関係について考察し、「「私小説」との距離でいえば、「蔦蘿行」における作者の主題設定自体は大正期（一九一〇年代）の「私小説」の成熟と対応しているものの、その方法は未成熟な初期「私小説」の範疇に入れるべき」とし、郁達夫の「「私小説」を受け入れる基盤が中国国内にはいまだ成立していなかった」と論じている、「葛西善蔵と郁達夫　「哀しき父」「子をつれて」と「蔦蘿行」の比較を中心として」（『アジア遊学』第十三号、二〇〇〇年二月）。
(67) 小田嶽夫「漂泊の中国作家」（前掲、三三二頁）。同『郁達夫伝』（前掲）にも同様の記述がある（一五一頁）。
(68) 引用は『定本佐藤春夫全集』第十九巻（前掲、九八頁）に拠る。
(69) 引用は『定本佐藤春夫全集』第十九巻（前掲、三〇六頁）に拠る。
(70) 引用は『定本佐藤春夫全集』第二十巻（前掲、二一七頁）に拠る。
(71) 引用は『定本佐藤春夫全集』第十九巻（前掲、七五頁）に拠る。
(72) 佐藤春夫「うぬぼれかがみ　中村光夫の論に誘発されて自己を語り中村君に呈す」（『新潮』一九六一年十月）。ただし引用

は『定本佐藤春夫全集』第二十六巻（臨川書店、一九九九年、一九五／六頁）に拠る。
(73) 佐藤春夫「自分のなかの批評家」（一九一九年十二月）。引用は『退屈読本』下（冨山房百科文庫、一九七八年、二八二-三頁）に拠る。
(74) 引用は『定本佐藤春夫全集』第十九巻（前掲、九一-三頁）に拠る。
(75) 引用は『定本佐藤春夫全集』第十九巻（前掲、九三頁）に拠る。
(76) 引用は『定本佐藤春夫全集』第十九巻（前掲、九三頁）に拠る。
(77) 趙敏「郁達夫における佐藤春夫「詩的精神」の受容　『沈淪』と『田園の憂鬱』の比較から」（『比較文化研究』第百七号、二〇一三年六月）。

第8章　魯迅・周作人とロシア・ソビエト文学受容——昇曙夢を経由して

(1) 周作人「我的雑学（五）　外国小説」（『華北新報』一九四四年六月四日。『苦口甘口』太平書局、一九四四年十一月所収）。ただし引用は鍾叔河編訂『周作人散文全集』第九巻（広西師範大学出版社、二〇〇九年、一九七-八頁）の拙訳に拠る。
(2) 林煌天主編『中国翻訳詞典』（湖北教育出版社、二〇〇五年）の葉水夫「俄蘇文学在中国」（「中国におけるロシア・ソビエト文学」、一五九頁）。
(3) 日本近代文学館編『日本近代文学大事典　机上版』（講談社、一九七四年）の新谷敬三郎「昇曙夢」（一一五〇頁）、林煌天主編『中国翻訳詞典』（前掲）の李暁虹「昇曙夢（1878-1958）」（五九六頁）を参照した。
(4) 昇曙夢の著作目録には、長谷部宗吉の労作「昇曙夢著作年譜（稿）」［I］-［IV］（『札幌大学女子短期大学部紀要』第五十一／五十二・五十三／五十四・五十五／五十六・五十七号、二〇〇八年三月-二〇一一年三月）がある。主要著作については、クレス出版から復刻版の『昇曙夢　翻訳・著作選集』全七巻（源貴志・塚原孝編・解説、二〇一一年）が出ている。
(5) 本書の中国語訳は、許亦非訳『俄国現代思潮及文学』（現代書局、一九三三年八月）。
(6) 引用は『昇曙夢翻訳・著作選集〈著作篇2〉革命後のロシヤ文学』（前掲）に拠る。

（７）汪馥泉訳『現代文学十二講』（北新書局、一九三一年七月）は、生田長江・野上臼川・昇曙夢・森田草平『近代文芸十二講』（新潮社、一九二一年）の訳ではないかと推測されるが、未詳。

（８）秋吉收「中国におけるツルゲーネフ受容　民国初期の文壇を中心に」（『高知女子大学紀要　人文・社会科学編』第四十四巻、一九九六年三月）。

（９）三宝政美「中国におけるチェーホフ　一九二〇年代の翻訳・紹介を通して」（『富山大学人文学部紀要』第十五号、一九八九年三月）。

（10）周作人『知堂回想録』（香港：三育図書文具公司、一九七〇年）の「知堂回想録七九　学俄文」（一九六一年五月十日執筆）。ただし引用は『周作人散文全集』第十三巻（広西師範大学出版社、二〇〇九年、三七六‐七頁）の拙訳に拠る。邦訳に劉岸偉・井田進也訳『周作人自伝』（河出書房新社、二〇〇二年、一六六頁）がある。

（11）『魯迅全集』第十四巻（人民文学出版社、一九八一年、五三四頁）。ただし引用は南雲智ほか訳『魯迅全集』第十八巻（日記Ⅱ、学習研究社、一九八五年、一四頁）に拠る。

（12）梁艶「周作人とアンドレーエフ「歯痛」の翻訳をめぐって」（『野草』第九十一号、二〇一三年二月）の指摘にもとづく。

（13）引用は『周作人日記』（大象出版社、一九九六年）の一九一七年六月三十日／七月一日の拙訳に拠る。

（14）韋叢蕪訳『窮人』（未名社、一九二六年六月）に付した序文。

（15）魯迅「『窮人』小引」（『語絲』第八十三期、一九二六年六月十四日。『集外集』群衆図書公司、一九三五年所収）。ただし『魯迅全集』第七巻（人民文学出版社、一九八一年、一〇五‐六頁）を参照した。引用は筧文生訳「『貧しき人々』小序」（『魯迅全集』第九巻、学習研究社、一九八五年、一四〇頁）に拠る。

（16）周兄弟の形影相伴う仲睦まじさ、及び一九二三年の絶交については、中島長文『ふくろうの声　魯迅の近代』（平凡社、二〇〇一年）の「道聴塗説　周氏兄弟の場合」を参照。

（17）飯倉照平『人類の知的遺産69　魯迅』（講談社、一九八〇年、六‐七頁）。

（18）引用は『昇曙夢翻訳・著作選集〈翻訳篇２〉　六人集・毒の園』（前掲）に拠る。

（19）森鷗外訳「犬」（『黄金杯』春陽堂、一九一〇年一月。『鷗外全集』第六巻、岩波書店、一九七二年所収）。上田敏訳「クサ

カ」（『新小説』一九〇九年一月。『心』春陽堂、同年六月所収。『定本上田敏全集』第二巻、教育出版センター、一九七九年所収）。両訳の関係については、小堀桂一郎『森鷗外　文業解題（翻訳篇）』（岩波書店、一九八二年）の『黄金杯』の項目に検討がある（六〇頁）。

(20)『六人集と毒の園　附文壇諸家感想録』については、和田芳英『ロシア文学者昇曙夢&芥川龍之介論考』（和泉書院、二〇〇一年）を参照。

(21) 加藤百合『明治期露西亜文学翻訳論攷』（東洋書店、二〇一二年、二七六―八一頁）。

(22) エリセーエフの生涯や日本留学については、倉田保雄『エリセーエフの生涯　日本学の始祖』（中公新書、一九七七年）を参照。

(23) 矢野峰人『去年の雪　文学的自叙伝』（大雅書店、一九五五年、五四―六頁）。

(24) 加藤百合『明治期露西亜文学翻訳論攷』（前掲、三四八頁）。

(25) 源貴志「神経衰弱の文学　谷崎潤一郎とロシア文学」（『早稲田大学大学院文学研究科紀要』第四十三輯第二分冊、一九九八年二月）。

(26) 周作人「関於魯迅之二」（『宇宙風』第三十期、一九三六年十二月一日。『瓜豆集』宇宙風社、一九三七年所収）。ただし鍾叔河編訂『周作人散文全集』第七巻（広西師範大学出版社、二〇〇九年、四五〇頁）を参照した。引用は松枝茂夫訳『周作人随筆』（冨山房百科文庫、一九九六年、二八二―三頁）に拠る。

(27) 周作人「関於魯迅之二」（前掲）。ただし引用は松枝茂夫訳『周作人随筆』（前掲、二八二―三頁）に拠る。

(28) 川戸道昭・榊原貴教編『世界文学総合目録第8巻　ロシア編』（大空社・ナダ出版センター、二〇一二年）。

(29) 藤井省三『ロシアの影　夏目漱石と魯迅』（平凡社選書、一九八五年）の第五章「魯迅とアンドレーエフ」（一七八―八三頁）。

(30) 魯迅「序」（『中国新文学大系』小説二集、良友図書印刷公司、一九三五年三月。『且介亭雑文二集』三閑書屋、一九三七年所収）。ただし『魯迅全集』第六巻（人民文学出版社、一九八一年、二三九頁）を参照した。引用は今村与志雄訳「『中国新文学大系』「小説二集」序」（『魯迅全集』第八巻、学習研究社、一九八四年、二七三頁）に拠る。

(31) 山田敬三「火を盗む者　魯迅とマルクス主義文芸」（『魯迅の世界』大修館書店、一九七七年、二三九頁）。
(32) 山田敬三「詩人と啓蒙者のはざま『集外集拾遺』解説」（『魯迅全集』第九巻、学習研究社、一九八五年、六三四-五頁）。
(33) 中井政喜『魯迅探索』（汲古書院、二〇〇六年）の第九章「『蘇俄的文芸論戦』に関して」（三五六-七頁）。
(34) 増田渉「魯迅の雑感文とその背景」（『中国文学史研究「文学革命」と前夜の人々』岩波書店、一九六七年、一〇三頁）。
(35) 阿部幹雄「成仿吾における「文学観」の変遷」（『言語社会』第二号、二〇〇八年三月。同『中国現代文学の言語的展開と魯迅』汲古書院、二〇一四年所収）。
(36) 引用は竹内好訳『魯迅文集』第四巻（ちくま文庫、一九九一年、一一三-四頁）に拠る。
(37) 志賀直哉の小林多喜二宛、一九三一年八月七日付書簡。引用は『志賀直哉全集』第十八巻（岩波書店、二〇〇〇年、二〇六頁）に拠る。
(38) 革命文学論争における主な評論は、李富根・劉洪編『恩怨録・魯迅和他的論敵文選』上巻（今日中国出版社、一九九六年）に収録されている。
(39) 引用は竹内好訳『魯迅文集』第四巻（前掲、二三五頁）に拠る。
(40) 魯迅が日本のプロレタリア文学、特にその理論をどのように受容したかについては、陳朝輝『文学者的革命　論魯迅与日本無産階級文学』（光明日報出版社、二〇一六年）に全面的な検討がある。
(41) 引用は竹内好訳『魯迅文集』第四巻（前掲、三二九-三〇頁）に拠る。
(42) 丸尾常喜『魯迅　花のため腐草となる』（集英社、一九八五年、二三一-二頁）。
(43) 丸山昇『魯迅と革命文学』（紀伊國屋新書、一九七二年）の第三章「革命文学論戦における魯迅」（一一六-七頁）。
(44) 魯迅「『芸術論』（盧氏）小序」（大江書鋪、一九二九年）。ただし『魯迅全集』第十巻（人民文学出版社、一九八一年、二九四頁）を参照した。引用は芦田肇訳「『芸術論』（ルナチャルスキー氏）小序」（『魯迅全集』第十二巻、古籍序跋集・訳文序跋集、学習研究社、一九八五年、三六五-六頁）に拠る。
(45) 『魯迅全集』第十四巻（人民文学出版社、一九八一年、七六八頁）。引用は南雲智ほか訳『魯迅全集』第十八巻（日記Ⅱ、学習研究社、一九八五年、二六一頁）に拠る。

（46）魯迅「『新俄画選』小引」（『新俄画選』光華書局、一九三〇年。『集外集拾遺』魯迅全集出版社、一九三八年所収）。ただし『魯迅全集』第七巻（人民文学出版社、一九八一年、三四五頁）を参照した。引用は辻田正雄訳「『新ロシア画選』小序」（『魯迅全集』第九巻、学習研究社、一九八五年、四一六頁）に拠る。
（47）辻田正雄「訳者解説」『魯迅全集』第九巻（前掲、四一八頁）。
（48）馮雪峰『回憶魯迅』（人民文学出版社、一九五二年）。ただし引用は魯迅博物館・魯迅研究室・『魯迅研究月刊』選編『魯迅回憶録』専著中冊（北京出版社、一九九九年、五五二頁）の拙訳に拠る。
（49）芦田肇「馮雪峯における「同伴者」論の受容と形成　その《革命与知識階級》」（『東洋文化研究所紀要』第九十八冊、一九八五年十月）。
（50）芦田肇編『中国左翼文芸理論における翻訳・引用文献目録（1928-1933）』（東洋学文献センター叢刊第29輯、東京大学東洋文化研究所附属東洋学文献センター刊行委員会、一九七八年）。
（51）康東元『日本近・現代文学の中国語訳総覧』（勉誠出版、二〇〇六年）の指摘による（一四四頁）。
（52）夏衍『懶尋旧夢録』（生活・読書・新知三聯書店、一九八五年）。ただし引用は阿部幸夫訳『夏衍自伝　上海に燃ゆ』（東方書店、一九八九年、二八頁）に拠る。
（53）白井澄世「魯迅と1920～30年代中国におけるドストエフスキー文学の伝播　同時代の日本・ロシアとの関係を中心に」（『東京大学中国語中国文学研究室紀要』第十二号、二〇〇九年十月）。
（54）芦田肇編『中国左翼文芸理論における翻訳・引用文献目録（1928-1933）』（前掲）。
（55）引用は『昇曙夢翻訳・著作選集〈翻訳篇2〉六人集・毒の園』（前掲）に拠る。

第9章　郁達夫と日本の初期プロレタリア文学――シンクレア・前田河広一郎・『文藝戦線』の作家たち

（1）拙著『郁達夫と大正文学〈自己表現〉から〈自己実現〉の時代へ』（東京大学出版会、二〇一二年）。
（2）シンクレアの文学については、中田幸子『アプトン・シンクレア　旗印は社会正義』（国書刊行会、一九九六年）を参照した。

（3）シンクレアの日本における受容については、中田幸子『父祖たちの神々　ジャック・ロンドン、アプトン・シンクレアと日本人』（国書刊行会、一九九一年）を参照した。本書をはじめ、中田幸子のロンドン、シンクレア、前田河広一郎研究からは多くを教えられた。

（4）亀井俊介『アメリカ文学史講義2　自然と文明の争い』（南雲堂、一九九八年、一八七–八頁）。

（5）木村毅「アプトン・シンクレェアの『ジャングル』」（『日米文学交流史の研究』恒文社、一九八二年、七一六–七頁）。

（6）大井浩二「解説」（シンクレア『アメリカ大衆小説コレクション5　ジャングル』松柏社、二〇〇九年、五五二頁）。

（7）中田幸子「アプトン・シンクレアと『石油！』」（シンクレア『石油！』高津正道、ポール・ケート訳、平凡社、二〇〇八年、六九七–八頁）。

（8）『郁達夫全集』第五巻（日記、浙江大学出版社、二〇〇七年、二三七頁）。

（9）米国で育った木村生死が、英語に堪能な異色の人材だったことについては、堀まどか『野口米次郎と「神秘」なる日本』（和泉書院、二〇一二年、一九〇–二頁）を参照。

（10）引用は『郁達夫全集』第五巻（前掲、二三六–七頁）の拙訳に拠る。

（11）前田河広一郎『青春の自画像　遊びは学問なり』（理論社、一九五八年、一二一／一五八／一六三頁）。

（12）村上淳彦「アメリカにおけるプロレタリア文学概念の定着過程」（『一橋論叢』第九十六巻第三号、一九八六年九月）。

（13）中田幸子『前田河広一郎における「アメリカ」』（国書刊行会、二〇〇〇年、一九六頁）。

（14）金子光晴『どくろ杯』（中央公論社、一九七一年）。ただし引用は中公文庫版（一九七六年、一六一–二頁）に拠る。

（15）大橋毅彦「金子光晴　どぶ泥のにおいの発見」（和田博文・大橋毅彦・真銅正宏・和田桂子『言語都市・上海　1840–1945』藤原書店、一九九九年）は両者の上海観の相違を検討している。

（16）『魯迅全集』第十四巻（人民文学出版社、一九八一年、七三六／七五一／七五三頁）。南雲智ほか訳『魯迅全集』第十八巻（日記Ⅱ、学習研究社、一九八五年、二三〇／二四三／二四五頁）。伊藤虎丸・稲葉昭二・鈴木正夫編『郁達夫資料総目録附年譜』下（東洋学文献センター叢刊第59輯、東京大学東洋文化研究所附属東洋学文献センター、一九九〇年）の「Ⅲ　附：年譜」

（二三九頁）の記述は魯迅日記にもとづくと思われる。

（17）王延晞・王利編『鄭伯奇研究資料』（山東大学出版社、一九九六年）の「鄭伯奇著訳系年目録」（三三五頁）には、鄭の「前田河氏的印象」は一九二八年十二月一日発行の『文芸生活』第三号に掲載、とある。陳建功主編『百年中文文学期刊図典』上巻（文化芸術出版社、二〇〇九年）によれば、『文芸生活』は週刊で、上海で一九二一年十二月一日に創刊され、同月中に四期を発行して終刊したという（三七八頁）。いずれにせよ、何月発行のどの号に掲載されたのかは不明である。

（18）前田河広一郎の生涯については、自伝『青春の自画像』（前掲）、櫻井増雄『地上の糧　前田河広一郎伝』（游心出版、一九九一年）、中田幸子『前田河広一郎における「アメリカ」』（前掲）を参照した。

（19）前田河広一郎の書誌としては、浦西和彦『浦西和彦著述と書誌第四巻　増補日本プロレタリア文学書目』（和泉書院、二〇〇九年）の「前田河広一郎」を参照した。

（20）山田清三郎『プロレタリア文学史』上巻（理論社、一九五四年初版、一九七五年第八刷、二四九頁）。

（21）座談会「日本に於ける社会主義文学の台頭期を語る」（『人民文庫』一九三六年八－十月）における林の発言。ただし引用は『日本文学研究資料叢書　プロレタリア文学』（日本文学研究資料刊行会編、有精堂出版、一九七一年、二八〇頁）に拠る。

（22）立野信之『青春物語　その時代と人間像』（河出書房新社、一九六二年、一二頁）。

（23）青野季吉「前田河広一郎論」（『現代日本文学全集77　前田河廣一郎・藤森成吉・徳永直・村山知義集』筑摩書房、一九五七年）。ただし引用は『現代日本文学大系59　前田河廣一郎・伊藤永之介・徳永直・壺井榮集』（筑摩書房、一九七三年、四一〇－一一頁）に拠る。

（24）山田清三郎『プロレタリア文学風土記　文学運動の人と思い出』（青木書店、一九五四年、二四－二五頁）。

（25）壺井繁治『激流の魚　壺井繁治自伝』（立風書房、一九七四年、一五八頁）。

（26）井上ひさし・小森陽一『座談会昭和文学史』一（集英社、二〇〇三年）の第四章「プロレタリア文学」では、小森氏が前田河の「読み直し」を提起している（三四七頁）。

（27）前田河広一郎「序」、シンクレア『資本』（前田河訳、日本評論社、一九三〇年四月、六－七頁）。

（28）前田河「序」、シンクレア『資本』（前掲、四頁）。

(29) 平林たい子『自伝的交遊録・実感的作家論』（文藝春秋新社、一九六〇年）の「前田河廣一郎と私」（八二／八八頁）。
(30) 浅見淵『昭和文壇側面史』（講談社、一九六八年）。ただし引用は講談社文芸文庫版（一九九六年、一三二－三頁）に拠る。
(31) 水島治男『改造社の時代　戦前編』（図書出版社、一九七六年、一八五頁）。
(32) 郁達夫と左翼思想・プロレタリア文学の関係については、鈴木正夫『郁達夫　悲劇の時代作家』（研文出版、一九九四年）の第二章「創造社脱退前後」、及び第三章「『奔流』『大衆文芸』編集時代」から多くを教えられた。
(33) 小牧近江『ある現代史　〝種蒔く人〟前後』（法政大学出版局、一九六〇年、一二四－五頁）。山田清三郎『プロレタリア文化の青春像』（新日本出版社、一九八三年）の第十一章「日中無産階級文芸家交友のさきがけ」にも比較的詳しい紹介がある。
(34) 小谷一郎『創造社研究　創造社と日本』（汲古書院、二〇一三年）の第四章「金子光晴と中国　一九二六年の最初の「中国行」を中心に」を参照。
(35) 小谷一郎『創造社研究』（前掲）の第三章「村松梢風と中国　田漢と村松、村松の中国に対する姿勢などを中心に」を参照。
(36) 江馬修『一作家の歩み』（理論社、一九五七年、一七七頁）。
(37) 山田清三郎『プロレタリア文学史』下巻（前掲、六一頁）。
(38) 引用は『郁達夫全集』第五巻（前掲、一三八－九頁）の拙訳に拠る。邦訳に立間祥介訳「日記九種」（『現代中国文学6　郁達夫・曹禺』河出書房新社、一九七一年、一八四－五頁）がある。
(39) 永平和雄「「羊の怒る時」と「追放」」（『江馬修論』おうふう、二〇〇〇年）。
(40) 江馬修『一作家の歩み』（前掲、一七八頁）。
(41) 引用は『郁達夫全集』第十二巻（訳文、前掲、五〇八頁）の拙訳に拠る。
(42) 引用は木村生死訳『拝金芸術』（普及版、金星堂、一九二九年、一七八－九二頁）に拠る。
(43) 前田河広一郎「四十二歳の現在迄」（『現代日本文学全集第』第五十篇「新興文学集」、改造社、一九二九年七月、一三〇－一頁）。
(44) 日露戦後新文学における〈自己表現〉については拙著『文学の誕生　藤村から漱石へ』（講談社選書メチエ、二〇〇六年）、第一次大戦後の大正文学における〈自己実現〉については『郁達夫と大正文学』（前掲）を参照。

（45）座談会「日本に於ける社会主義文学の台頭期を語る」（前掲）における前田河の発言。ただし引用は『日本文学研究資料叢書　プロレタリア文学』（前掲、二五四頁）に拠る。
（46）前田河広一郎『青春の自画像』（前掲）。
（47）座談会「日本に於ける社会主義文学の台頭期を語る」（前掲）における金子の発言。ただし引用は『日本文学研究資料叢書　プロレタリア文学』（前掲、二三七／二四九頁）に拠る。
（48）尾崎一雄『あの日この日』上（講談社、一九七五年）。ただし引用は講談社文庫版第一巻（一九七八年、二四八頁）に拠る。
（49）野口冨士男編『座談会昭和文壇史』（講談社、一九七六年）の座談会「プロレタリア文学と芸術派」における舟橋の発言（九頁）。
（50）鈴木正夫『郁達夫　悲劇の時代作家』（前掲）の第三章「『奔流』『大衆文芸』編集時代」（九〇−一頁）を参照。
（51）鈴木正夫『郁達夫　悲劇の時代作家』（前掲）の第三章「『奔流』『大衆文芸』編集時代」を参照。

第10章　恋愛妄想と無意識——施蟄存と田山花袋『蒲団』

（1）引用は『施蟄存文集・文学創作編・小説巻　十年創作集』（華東師範大学出版社、一九九六年、八〇二頁）の拙訳に拠る。青野繁治訳「わが創作生活の歴程」（『砂の上の足跡　或る中国モダニズム作家の回想』大阪外国語大学学術出版委員会、一九九九年、二三頁）を参照した。
（2）引用は『施蟄存文集・文学創作編　北山散文集』（華東師範大学出版社、二〇〇一年、一〇五七頁）の拙訳に拠る。施蟄存の著作目録としては、沈建中編撰『施蟄存先生編年事録』上下（上海古跡出版社、二〇一三年）、趙凌河『施蟄存文学著訳年譜』（華東師範大学出版社、二〇一八年）を参照した。
（3）厳家炎編『中国現代各流派小説選』（北京大学出版社、一九八六年）、厳家炎『中国現代小説流派史』（人民文学出版社、一九八九年）、日本では斎藤敏康「施蟄存文学の方法と性格　「流派」の文学史的意味に関わって」（『野草』第三十九号、一九八七年二月）などを先蹤として、モダニズムが文学史を書き換えるような一潮流として捉えられ、その中心的な作家として数えられるようになった。

（4）斎藤敏康「「新的経路」を歩み始めるまでの施蟄存」（『野草』第五十八号、一九九六年八月）。

（5）引用は鍾叔河編訂『周作人散文全集』第二巻（広西師範大学出版社、二〇〇九年、四二／五〇頁）の拙訳に拠る。

（6）周作人「関於魯迅之二」（『宇宙風』第三十期、一九三六年十二月一日。『瓜豆集』宇宙風社、一九三七年所収）。ただし『周作人散文全集』第七巻（前掲、四五一頁）を参照した。邦訳に松枝茂夫訳『周作人随筆』（冨山房百科文庫、一九九六年、二八六頁）がある。

（7）『太陽』増刊「明治史第七編文芸史」（第十五巻第三号、一九〇九年二月二十日）・『文章世界』特集「明治文学の概観」（第七巻第十四号、一九一二年十月十五日）など。

（8）個別の文学史の著作については、平岡敏夫「解説」（同監修『明治大正文学史集成』日本図書センター、一九八二年）を参照。

（9）謝六逸「読書的経験」（『読書月刊』第二巻第一期、一九三一年四月十日）。ただし引用は陳江・陳庚初編『謝六逸文集』（商務印書館、一九九五年一月、三五頁）の拙訳に拠る。

（10）日本語で書かれた文学史や理論の翻訳紹介については、王向遠『二十世紀中国的日本翻訳文学史』（北京師範大学出版社、二〇〇一年）の第二章第三節「対日本文芸理論的訳介」、工藤貴正『中国語圏における厨川白村現象　隆盛・衰退・回帰と継続』（思文閣出版、二〇一〇年）の「附録・参考資料編」である「民国翻訳史のなかの西洋近代文芸論に関する日本人著作」を参照。

（11）夏丏尊の年譜としては、薛玉琴・陳才著『夏丏尊年譜』（浙江大学出版社、二〇二一年）、伝記としては、夏弘寧『夏丏尊伝』（中国青年出版社、二〇〇二年）を参照した。夏丏尊の日本文学翻訳については、顔淑蘭「夏丏尊訳・田山花袋『蒲団』の問題系　翻訳と〈新しい知識人〉の構築」（『早稲田大学大学院教育学研究科紀要』別冊第二十二号（二）、二〇一五年三月）、同「夏丏尊訳・国木田独歩「女難」「同情」の力学と日中の自然主義文学」（『野草』第九十八号、二〇一六年十月）、梁艶「1920年代中国における国木田独歩の翻訳と受容」（波潟剛編著『近代東アジアにおける「翻訳」と「日本語文学」』花書院、二〇一九年）、顔淑蘭「「声」の転用　夏丏尊による『支那游記』抄訳の問題系」（『文学・語学』第二百六号、二〇一三年七月）、同「芥川龍之介『支那游記』と夏丏尊訳「中国遊記」の問題系」（『日本文学』第六十三巻第六号、二〇一四年六月）などがある。

（12）『沈淪』（泰東図書局、一九二一年）で新文学の一方の旗手となる郁達夫は、創造社の創立メンバーで、『蒲団』をはじめ花袋の小説を彷彿させる素材・テーマ・手法をくり返し使用した。『蒲団』は翻訳の前から日本留学生たちに隠然たる影響を与えていたと思われる。拙著『郁達夫と大正文学　〈自己表現〉から〈自己実現〉の時代へ』（東京大学出版会、二〇一二年）の第3章「田山花袋の受容　『蒲団』と「沈淪」」を参照。

（13）「愛欲（代序）」（夏丏尊訳『綿被』商務印書館、一九二七年一月、一二頁）。

（14）『蒲団』がいかに読まれ論じられたかについては、拙著『文学の誕生　藤村から漱石へ』（講談社選書メチエ、二〇〇六年）の第三章「読むことの規制　田山花袋『蒲団』と作者をめぐる思考の磁場」を参照。

（15）「愛欲（代序）」（前掲、一二九頁）。

（16）『苦悶の象徴』の翻訳は、樊仲雲訳「文芸創作論」（「創作論」の部分訳、『文学週報』第一二八－一二九期、一九二四年六月三十－七月七日）、魯迅訳『苦悶的象徴』（北平未名社、一九二四年十二月）、豊子愷訳『苦悶的象徴』（上海商務印書館、一九二五年三月）の三種があり、ことに魯迅のそれは版を多く重ねた。

（17）工藤貴正『中国語圏における厨川白村現象　隆盛・衰退・回帰と継続』（思文閣出版、二〇一〇年）を参照。白村の中国における受容についてはほかに、丸山昇「魯迅と厨川白村」（『魯迅研究』第二十一号、一九五八年十二月。同『丸山昇遺文集第一巻　一九五一－一九六七』丸山まつ編、汲古書院、二〇〇九年に収録）、鄭清茂「中国近代作家と日本文学」（『アジアクォータリー』第十二巻第二／三合併号、一九八〇年六月）、相浦杲「魯迅と厨川白村」（同『中国文学論考』未来社、一九九〇年）、中井政喜『魯迅探索』（汲古書院、二〇〇六年）の第八章「厨川白村と一九二四年における魯迅」、楊暁文「豊子愷と厨川白村「苦悶の象徴」の受容をめぐって」（『日本中国学会報』第五十七集、二〇〇五年十月）、陳朝輝「「象牙の塔」を出る「苦悶」　魯迅と厨川白村に関する再検討」（『東京大学中国語中国文学研究室紀要』第十号、二〇〇七年十一月）など。

（18）引用は『魯迅訳文全集』第二巻（北京魯迅博物館編、福建教育出版社、二〇〇八年、二三七頁）に拠る。

（19）引用は厨川白村『苦悶の象徴』（改造社、一九二四年、一八／四三－四／四八－九頁）に拠る。

（20）「愛欲（代序）」（前掲、三〇頁）。

（21）拙著『郁達夫と大正文学』（前掲）の第3章を参照。

(22) 楼適夷「施蟄存的新感覚主義　読了『在巴黎大戯院』与『魔道』之後」（『文芸新聞』一九三一年十月二十六日）。
(23) 引用は『施蟄存文集・文学創作編・小説巻　十年創作集』（前掲、八〇四頁）の拙訳に拠る。
(24) 孫乃修「施蟄存」（『佛洛伊徳与中国現代作家』台湾：業強出版社、一九九五年六月）、山田美佐「施蟄存小説考　心理分析への展開」（『未名』第十六号、一九九八年三月）など。
(25) フロイト精神分析の中国における受容については、袁進「現代主義及其他」（王文英主編『上海現代文学史』第四章、上海人民出版社、一九九九年）、張大明「現代主義文学在夾縫中生長」（馬良春・張大明主編『中国現代文学思潮史』第三編第五章、北京十月文芸出版社、一九九五年）を参照。
(26) 引用は『施蟄存文集・文学創作編　北山散文集』（前掲、一一七〇頁）の拙訳に拠る。
(27) 斉藤敏康「施蟄存とA・シュニッツラー　『婦人三部曲』と「霧」「春陽」」（『野草』第六十六号、二〇〇〇年八月）に詳しい。
(28) 引用は『施蟄存文集・文学創作編・小説巻　十年創作集』（前掲、七九四頁）の拙訳に拠る。
(29) 引用は『蒲団』（『新小説』第十二年第九巻、一九〇七年九月、一頁）。
(30) 拙著『郁達夫と大正文学』（前掲）の第3章を参照。
(31) 早いものに、和田謹吾「『蒲団』前後」（『国語国文研究』第四号、一九五一年十二月）、平野謙「実行と芸術」（『群像』一九五六年六月）など。ほかに小谷野敦「解説　感傷的な作家の賭け」（『明治の文学23　田山花袋』筑摩書房、二〇〇一年五月）。
(32) 引用は「梅雨之夕」（『上元鐙及其他』水沫書店、一九二九年八月、二〇九頁）の拙訳に拠る。西野由希子訳「梅雨の夕べ」（丸山昇監修・芦田肇主編『中国現代文学珠玉選1』二玄社、二〇〇〇年）を参照した。
(33) 引用は厨川白村『苦悶の象徴』（前掲、五七／六七／一七九頁）に拠る。
(34) 引用は『蒲団』（前掲、六七-八頁）。
(35) 引用は「梅雨之夕」（前掲、二一六頁）。
(36) 引用は「梅雨之夕」（前掲、二一五頁）
(37) 引用は『施蟄存文集・文学創作編　北山散文集』（前掲、一〇五八頁）。

第11章　鉄道の魔物とモダニズム文学──施蟄存「魔道」における世紀末の病理

（1）『歴史学事典15　コミュニケーション』（樺山紘一責任編集、弘文堂、二〇〇八年）の湯沢威「鉄道」（四六九頁）。
（2）シヴェルブシュ『鉄道旅行の歴史　19世紀における空間と時間の工業化』（加藤二郎訳、法政大学出版局、一九八二年）。
（3）原田勝正『鉄道と近代化』（吉川弘文館、一九九八年）。ほかに宇田正『鉄道日本文化史考』（思文閣出版、二〇〇七年）を参照。
（4）小池滋『英国鉄道物語』（晶文社、一九七九年）、『欧米汽車物語』（角川選書、一九八二年）。ほかに檀上文雄『文学からみたフランス鉄道物語』（駿河台出版社、一九八五年）、小野清之『アメリカ鉄道物語　アメリカ文学再読の旅』（研究社出版、一九九九年）など。
（5）十川信介『近代日本文学案内』（岩波文庫、二〇〇八年）の「Ⅲ　移動の時代　「交通」のはなし」。
（6）アンソロジーに、小池滋編訳『世界鉄道推理傑作選』全二冊（講談社文庫、一九七九年）など。
（7）『歴史学事典15』（前掲）の湯沢威「鉄道」（四七三頁）。
（8）小森陽一「「帝国」というネットワーク」（川本皓嗣・小林康夫編『文学の方法』東京大出版会、一九九六年、三一四頁）。
（9）平岡敏夫「三つの轢死」（『日露戦後文学の研究』上、有精堂出版、一九八五年）。
（10）小池滋「電車は東京市の交通をどのように一変させたか　田山花袋「少女病」」（『「坊っちゃん」はなぜ市電の技術者になったか』新潮文庫、二〇〇八年）。花袋の小説には都市を舞台とするモダニズム文学と重なる要素があり、施蟄存は「梅雨之夕」など一連の心理分析小説を書く上で、『蒲団』から大きな刺激を受けたと思われる、本書第10章を参照。
（11）マックス・ノルダウ『現代の堕落』（大日本文明協会、一九一四年、五二頁）。
（12）イタリアに憧れたフロイトが二十年間も旅行をためらった理由は、「鉄道不安」だったという、岡田温司『フロイトのイタリア　旅・芸術・精神分析』（平凡社、二〇〇八年）。
（13）サンダー・ギルマン『フロイト・人種・ジェンダー』（鈴木淑美訳、青土社、一九九七年、二一一―五頁）。

（14）谷崎潤一郎「恐怖」（『大阪毎日新聞』一九一三年一月）。引用は『谷崎潤一郎全集』第二巻（中央公論社、一九六六年、三-四頁）に拠る。

（15）施蟄存における谷崎の受容については、金晶「重層化されたテクスト　施蟄存の「黄心大師」と谷崎潤一郎の『春琴抄』」（『野草』第八十六号、二〇一〇年八月）を参照。

（16）中国の鉄道については、野村亨「中国鉄道史序説（一）」（『研究論集』第三十五号、関西外国語大学、一九八二年一月）、小野田滋「中国の鉄道史（その1）　鉄道の黎明から辛亥革命まで」（『鉄道の礎』第二百四十四号、二〇〇八年四月）、同「中国の鉄道史（その2）　中華民国の成立から日中戦争まで」（同前第二百四十五号、二〇〇八年七月）を参照した。またほかに、満鉄北京公所研究室編『支那鉄道概論』（中日文化協会発行、一九二七年）、鉄道省運輸局編『支那之鉄道〔昭和十三年十月改訂〕』（鉄道省運輸局発行、一九三八年）を参照。

（17）D・R・ヘッドリク『進歩の触手　帝国主義時代の技術移転』（原田勝正・老川慶喜訳、日本経済評論社、二〇〇五年）を参照。

（18）引用は河原功・中島利郎編『日本統治期台湾文学台湾人作家作品集第五巻　諸家合集』（緑蔭書房、一九九九年、三五二-六頁）に拠る。

第12章　中国人日本留学生の文学活動——清末から民国期へ　研究の現在

（1）中国人日本留学生についての概略は、拙稿「海を渡り日本をめざす　魯迅と留学生たち」（中国モダニズム研究会編『ドラゴン解剖学・竜の子孫の巻　中華文化スター列伝』関西学院大学出版会、二〇一六年、第四章）に記した。

（2）小林共明「留日学生史研究の現状と課題」（辛亥革命研究会編『中国近代史研究入門　現状と課題』汲古書院、一九九二年、二二三-七頁）。中国人日本留学生の研究史としては、ほかに、山根幸夫「日中文化交流　七　中国人の日本留学」（同ほか編『増補　近代日中関係史入門』研文出版、一九九六年、第十章）、阿部洋「日中教育交流史研究をめぐって」（小島晋治ほか編『20世紀の中国研究　その遺産をどう生かすか』研文出版、二〇〇一年）を参照した。中国人留学生の総数については、二見剛史・佐藤尚子「中国人日本留学史関係統計」（『国立教育研究所紀要』第九十四集、一九七八年三月）を再検討し、新たに集計した労作、周一川『近代中国人日本留学の社会史』（東信堂、二〇二〇年）の「中国人留学生の総人数表（1906-1944年）」がある（六〇頁）。

（3）さねとうけいしゅう『中国人日本留学史』（くろしお出版、一九六〇年初版。一九八一年増補版第二刷、三二-三三頁）。戦前における中国人の日本留学については、ほかに、同『日中非友好の歴史』（朝日新聞社、一九七三年）、同『中国留学生史談』（第一書房、一九八一年）、阿部洋『中国の近代教育と明治日本』（福村出版、一九九〇年）、大里浩秋・孫安石編『中国人日本留学史研究の現段階』（御茶の水書房、二〇〇二年）、同編著『留学生派遣から見た近代日中関係史』（御茶の水書房、二〇〇九年）、同編著『近現代中国人日本留学生の諸相「管理」と「交流」を中心に』（御茶の水書房、二〇一五年）、孫安石・大里浩秋編著『中国人留学生と「国家」・「愛国」・「近代」』（東方書店、二〇一九年）、周一川『近代中国人日本留学の社会史』（東信堂、二〇二〇年）、沈殿成主編『中国人留学日本百年史』上下（遼寧教育出版、一九九七年）などを参照。中国人女性の日本留学については、周一川『中国人女性の日本留学史研究』（国書刊行会、二〇〇〇年）、奈良女子大学アジア・ジェンダー文化学研究センター編『奈良女子高等師範学校とアジアの留学生』（奈良女子大学アジア・ジェンダー文化センター、二〇一四年。のち敬文舎、二〇一六年）を参照。台湾からの留学生については別に論じる必要がある、阪口直樹『戦前同志社の台湾留学生　キリスト教国際主義の源流をたどる』（白帝社、二〇〇二年）、紀旭峰『大正期台湾人の「日本留学」研究』（龍溪書舎、二〇一二年）を参照。

（4）さねとうけいしゅう『中国留学生史談』（前掲、九頁）。

（5）賈植芳「中国留日学生与中国現代文学」（『中国比較文学』一九九一年第一期、一九九一年七月、三四頁）。

（6）留学生に関する記述を行う上で、丸山昇・伊藤虎丸・新村徹編『中国現代文学事典』（東京堂出版、一九八五年）、『集英社世界文学事典』（縮刷本、『世界文学事典』編集委員会編、集英社、二〇〇二年）などを参照した。また、来日年や在籍校については、周棉主編『中国留学生大辞典』（南京大学出版社、一九九九年）などを参照した。ただし個別の年譜・伝記・研究・自伝がある場合は、そちらに拠った。

（7）同様の回想集に、鍾少華編著『あのころの日本　若き日の留学を語る』（竹内実監修、泉敬史・謝志宇訳、日本僑報社、二〇〇三年）がある。

（8）　さねとうけいしゅう『中国人日本留学史』（前掲、七九‐八〇頁）。

（9）　留学経験者の帰国後における政治や官界、法曹、軍事、教育界での貢献については、高明珠「日本留学生の歴史的貢献からみた清末留学生派遣政策の効果」（『同志社政策科学研究』第十四巻第一号、二〇一二年九月）、経志江「20世紀初期における留日帰国者の教育的活動」（『教育学研究紀要』中国四国教育学会編、第四十三巻第一部、一九九七年）、同「留日帰国者と清末民初の初等教育」（『広島大学教育学部紀要第一部　教育学』第四十七号、一九九八年）を参照。

（10）　魯迅「因太炎先生而想起的二三事」（『工作与学習叢刊』二「原野」、一九三七年三月二十五日）。ただし『魯迅全集』第六巻（人民文学出版社、一九八一年、五五八頁）を参照した。引用は今村与志雄訳「太炎先生から想い出した二、三の事」（『魯迅全集』第八巻、学習研究社、一九八四年、六二九頁）に拠る。

（11）　宋教仁の日本留学については、松本英紀『宋教仁の研究』（晃洋書房、二〇〇一年）の第五章「宋教仁をめぐる人々　『我之歴史』を読むために」、本書第1章を参照。

（12）　飯塚朗訳『断鴻零雁記　蘇曼殊・人と作品』（平凡社東洋文庫、一九七二年）。

（13）　ほかに、藤井省三「近代中国におけるバイロン受容をめぐって　章炳麟・魯迅・蘇曼殊の場合」（『日本中国学会報』第三十二集、一九八〇年十月）、牧角悦子「蘇曼殊「碎簪記」　恋愛悲劇の意味するもの」（『二松学舎大学人文論叢』第六十六号、二〇〇一年三月）、日野杉匡大「蘇曼殊『惨世界』論　創作部分の主人公「明白男徳」を中心に」（『饕餮』第十二号、二〇〇四年九月）、同「蘇曼殊『断鴻零雁記』考　「言い難き惆み」を中心に」（『饕餮』第二十三号、二〇一五年九月）、渡邊朝美「中国近代文学における恋愛小説の先駆　蘇曼殊「碎簪記」について」（『熊本大学社会文化研究』第九号、二〇一一年三月）など。

（14）　池田智恵「『近代俠義英雄傳』と『國技大觀』」（『中国文学研究』第三十号、二〇〇四年十二月）。

（15）　中村みどり「放蕩留学生と日本女性　『留東外史』及び『留東外史補』『留東新史』について」（『野草』第七十七号、二〇〇六年二月）。

（16）　日本における春柳社研究については、飯塚容「日本における中国「早期話劇」研究　（付）日本における中国「早期話劇」研究文献目録」（『紀要』第百九十四号（文学科第九十一号）、中央大学文学部、二〇〇三年）、研究文献目録に、顧文勲・飯塚容・瀬戸宏・平林宣和編『文明戯研究文献目録』（好文出版、二〇〇七年）がある。

（17）ほかに、飯塚容「「ラ・トスカ」「熱血」「熱涙」日中両国における「トスカ」受容」（『紀要』第百五十二号（文学科第七十三号）、中央大学文学部、一九九四年三月）、同「佐藤紅緑の脚本と中国の新劇「雲の響」「潮」「犠牲」」（『紀要』第百五十七号、一九九五年二月）、同「『空谷蘭』をめぐって　黒岩涙香『野の花』の変容」（『紀要』第百七十号、一九九八年三月）、同「「血蓑衣」をめぐって　村井弦斎「両美人」の変容」（『紀要』百八十号、二〇〇〇年二月）など。

（18）経亨頤の日本留学については、小川唯「経亨頤と日本　清末留日学生による中華民国初期（一九一二―一九一九）地方教育界への影響」（『アジア教育史研究』第二十八／二十九合併号、二〇二〇年三月）がある。

（19）ほかに、張沖「日本新劇と中国話劇の影響関係　谷崎潤一郎と欧陽予倩との交流を中心として」（『語学教育研究論叢』第二十六号、二〇〇九年）、同「欧陽予倩による谷崎潤一郎戯曲作品翻案の姿勢『無明と愛染』から『空と色』への改題をめぐって」（『外国語学会誌』第三十九号、二〇〇九年）など。帰国後については、松浦恆雄「欧陽予倩と伝統劇の改革　五四から南通伶工学社まで」（『人文研究』第四十巻第六号、一九八八年）、同「欧陽予倩と広東戯劇研究所」上中下補（『人文研究』第四十五巻第五号／第四十七巻第三号／第四十八巻第七号／第五十巻第八号、一九九三／九五／九六／九八年）、鈴木直子「欧陽予倩作品にみる女性像の翻案について」（『お茶の水女子大学中国文学会報』第二十号、二〇〇一年四月）など。

（20）中塚亮による同論文の詳細な合評、及び「曾孝谷年譜（1873‐1937）および関連年表」がある（中国文芸研究会二〇一五年九月例会）。

（21）ほかに、中村都史子「東京上海往還記　陸鏡若と明治の日本人とイプセン」（『日本のイプセン現象　1906‐1916』九州大学出版会、一九九七年）。

（22）ほかに、横山宏章『陳独秀』（朝日選書、一九八三年）、同『陳独秀の時代「個性の解放」をめざして』（慶應義塾大学出版会、二〇〇九年）、同『孫文と陳独秀　現代中国への二つの道』（平凡社新書、二〇一七年）。

（23）丸山昇・丸尾常喜編『魯迅関係図書目録（日本出版）』（内山書店、一九九九年）、藤井省三『魯迅事典』（三省堂、二〇〇二年）を参照。

（24）ほかに、仙台における魯迅の記録を調べる会編『仙台における魯迅の記録』（平凡社、一九七八年）、魯迅東北大学留学百周年史編集委員会編『魯迅と仙台　東北大学留学百周年』（改訂版、東北大学出版会、二〇〇四年）、「藤野先生と魯迅」刊行委員会編『藤野先生と魯迅　惜別百年』（東北大学出版会、二〇〇七年）など。

(25) ほかに、林叢『漱石と魯迅の比較文学研究』（新典社、一九九三年）、李国棟『魯迅と漱石　悲劇性と文化伝統』（明治書院、一九九三年）、同『魯迅と漱石の比較文学的研究　小説の様式と思想を軸にして』（明治書院、二〇〇一年）、欒殿武『漱石と魯迅における伝統と近代』（勉誠出版、二〇〇四年）など。

(26) 戦後台湾へ移って以降については、黄英哲『台湾文化再構築1945〜1947の光と影　魯迅思想受容の行方』（創土社、一九九九年）に詳しい検討がある。

(27) 近年周作人との関係でその日記や書簡が論じられつつある、中里見敬「濱文庫新収資料「銭玄同致周作人書簡」について　銭玄同、周作人、中村不折の書をめぐる日中文化交流」（『九州大学附属図書館研究開発室年報』二〇一七／二〇一八、二〇一八年七月）、陳潔著、阿部沙織訳「周作人の銭玄同宛書簡における隠語について」（『文化論集』早稲田商学同攻会編、第五十五号、二〇一九年九月）など。

(28)『周作人散文全集』については、小川利康「待望久しい全集の決定版」（『東方』第三百四十三号、二〇〇九年九月）が参考になる。

(29) 日本における周作人研究については、かなり早い段階のものだが、伊藤徳也「日本における周作人研究」（『中国　社会と文化』第八号、一九九三年六月）がある。また日本における最新の研究に、伊藤徳也『「生活の芸術」と周作人　中国のデカダンス＝モダニティ』（勉誠出版、二〇一二年）がある。

(30) 大東による書評「劉岸偉『周作人伝　ある知日派文人の精神史』」（『比較文学研究』第九十九号、二〇一四年九月）がある。

(31) 母、銭単士釐の旅行記が訳されている、鈴木智夫訳註『癸卯旅行記訳註　銭稲孫の母の見た世界』（汲古書院、二〇一〇年）。

(32) 鄒氏著書の書評に、絹川浩敏「「歴史の空白」をうめる　鄒双双著「文化漢奸」と呼ばれた男」（『東方』第四百四号、二〇一四年十月）がある。また鄒氏発表「日本占領下の北京（1937-1945）における日本文学の翻訳」（京都大学人文科学研究所共同研究班「現代中国文化の深層構造」、京都大学、二〇一三年十一月八日）に対するコメントに、大東「日中戦争下（1937〜45）の文学　淪陥区　研究文献目録」（未定稿）がある。

（33）ほかに、芦田肇「陳啓修、東京におけるその文学的営為・前史（二）「関税自主」運動、「首都革命」、「三・一八」事件陳啓修覚書き（二）」（『東洋文化研究所紀要』第百四十三冊、二〇〇三年三月）、同「東京に於ける陳啓修の文学的営為　詩論、文学評論及び文学作品の翻訳、「新冩實主義」論」（『国学院大学紀要』第四十四巻、二〇〇六年二月）、同「「國民革命」時期の陳啓修　廣州、武漢におけるその足跡」（『国学院大学紀要』第四十三巻、二〇〇五年二冊）、孫宏雲著・石黒亜維訳「「庶民主義」から「新政治学」へ　陳啓修の早期活動と政治思想」（『現代中国』第九十六号、二〇二二年九月）など。

（34）辛亥革命期の留学生については、小島淑男『留日学生の辛亥革命』（青木書店、一九八九年）に詳しい。

（35）さねとうけいしゅう『中国人日本留学史』（前掲、八〇頁）。

（36）伊藤虎丸「解題　問題としての創造社　日本文学との関係から」（同編『創造社資料別巻　創造社研究』アジア出版、一九七九年、五二頁。のち同『近代の精神と中国現代文学』汲古書院、二〇〇七年に収録）。

（37）周恩来の日本留学については、新谷雅樹・張志強「日本留学中の周恩来」（一）－（四）（『神奈川県立外語短期大学紀要』第二十一－二十二／二十四号、一九九八年－二〇〇〇年／二〇〇二年）がある。

（38）日本における郭沫若研究については、岩佐昌暲「日本における郭沫若の紹介・研究90年」（『熊本学園大学文学・言語学論集』第十六巻第二号、二〇〇九年十二月。のち岩佐昌暲・藤田梨那・岸田憲也・郭偉編『日本郭沫若研究資料総目録』明徳出版社、二〇一一年に収録）がある。ほかに、顧偉良「日本留学期（1914-1923）の郭沫若1　自我の形成と詩の方法に関する一考察」（『弘前学院大学・弘前学院短期大学紀要』第二十八号、一九九二年三月）、同「日本留学期（1914-1923）の郭沫若2　その「生の苦悶」と「内面生活」（『弘前学院大学・弘前学院短期大学紀要』第二十九号、一九九三年三月）、厳安生「郭沫若の『女神』を再読する」（川本皓嗣・上垣外憲一編『一九二〇年代東アジアの文化交流』Ⅱ、思文閣出版、二〇一一年）、藤田梨那『詩人郭沫若と日本』（武蔵野書院、二〇一七年）などの研究がある。

（39）日本における郁達夫研究については、大久保洋子「郁達夫小説研究在日本」（『中国現代文学研究叢刊』二〇〇五年第五期、二〇〇五年。李杭春・陳建新・陳力君主編『中外郁達夫研究文選』下冊、浙江大学出版社、二〇〇六年十二月に収録）、拙稿「日本における郁達夫研究　目録編」（中国文芸研究会二〇〇八年三月例会）があるが、いずれ別に稿を設けて論じたい。近年の研究については、范文玲の論文「「郁達夫「沈淪」の主人公は本当に「自殺」したのか　新たな読みの可能性を探る」（『野草』

第九十九号、二〇一七年三月）に対する、大東の合評記録（『野草』第百一号、二〇一八年十月）を参照。

(40) ほかに、郁達夫との関係で成仿吾に触れた、桑島道夫「〈天才主義〉の背景・その2　郁達夫の「芸文私見」を中心として」（『人文学報』第二百七十三号、一九九六年三月）など。

(41) ほかに、呉徳慶「島崎藤村の『新生』と張資平の『梅嶺之春』との比較」（『日本文化研究』第二号、一九九二年）、立松昇一「張資平の訳した白樺派作家の作品二種　志賀直哉と武者小路実篤の作品を中心に」（『拓殖大学語学研究』第百七号、二〇〇四年十二月）など。留学や比較文学と関わらずとも、張資平研究自体の進展が期待される。近年の成果に、城山拓也「張資平と憧れの近代　『資平小説集』の世界」（『野草』第八十六号、二〇一〇年八月。同『中国モダニズム文学の世界　一九二〇、三〇年代上海のリアリティ』勉誠出版、二〇一四年に収録）、同「張資平ともう一つの中国新文学　『資平自選集』をめぐって」（『アジア遊学167　戦間期東アジアの日本語文学』二〇一三年八月）、清地ゆき子「張資平作品における「自由恋愛」　一九一〇年代末から一九二〇年代の知識人の言説を踏まえて」（『比較文学』第五十四巻、二〇一二年三月）など。

(42) ほかに、小谷一郎「創造社と少年中国学会・新人会　田漢の文学及び文学観を中心に」（『中国文化　研究と教育　漢文学会会報』第三十八号、一九八〇年六月）、同「日中近代文学交流史の中における田漢　田漢と同時代日本人作家の往来」（『中国文化』第五十五号、一九九七年六月）など。

(43) 大東による書評「小谷一郎『創造社研究　創造社と日本』」（『中国研究月報』第六十九巻第五号、二〇一五年五月）がある。

(44) 閻瑜「田漢の話劇「古池の音」と谷崎潤一郎文学の唯美主義」（『大妻国文』第四十二号、二〇一一年三月）、同「一九二〇年代の中国における日本文学の受容　田漢の映画『到民間去』を視座として」（『大妻国文』第四十三号、二〇一二年三月）、同「田漢の一九二〇年代の作品における女性像にみる近代日本の影響」（『大妻国文』第四十四号、二〇一三年三月）など。

(45) 香港で出た、盧敏芝『田漢与大正東京　公共空間的文化体験与新女性的形構』（香港：中華書局、二〇二〇年）は、伊藤虎丸や小谷一郎の開拓した視角をさらに広めつつ深めた一冊となっている。

(46) 大東による書評に「厳安生『陶晶孫　その数奇な生涯　もう一つの中国人留学精神史』」（『野草』第八十五号、二〇　〇年二月）がある。

(47) ほかに、小崎太一「陶晶孫と関東大震災」（『比較社会文化研究』第五号、一九九九年三月）、同「陶晶孫の福岡時代の文学にみられる世紀末の耽美性について」（『比較社会文化研究』第六号、一九九九年十月）、廖莉平「陶晶孫と精神医学　「剪春蘿」をめぐって」（『熊本大学社会文化研究』第六号、二〇〇八年三月）、黄英哲「越境者としての陶晶孫　「淡水河心中」論」（『立命館文学』第六百十五号、二〇一〇年三月）など。

(48) ほかに、中村みどり「浪漫空間「日本」　陶晶孫「独歩」と「水葬」を読む」（『言語文化論叢』第十一号、二〇〇二年十二月）、「陶晶孫のプロレタリア文学作品の翻訳　『楽群』を中心として」（『中国文学研究』第三十三号、二〇〇七年十二月）、「陶晶孫のプロレタリア文学作品の翻訳（続）　人形座、築地小劇場との関わり」（『中国文学研究』第三十五号、二〇〇九年十二月）、「陶晶孫の日本留学と医学への道　陶烈、佐藤みさをとの交流から」（大里浩秋・孫安石編著『近現代中国人日本留学生の諸相』前掲）など。

(49) 池澤實芳「王独清の詩について」上下（『福島大学商学論集』第七十八巻第二／三号、二〇〇九年十二月／二〇一〇年一月）など。

(50) 呂元明著・橋本雄一訳「伊通出身の抗日詩人、穆木天」上下（『植民地文化研究　資料と分析』第十一／十二号、二〇一二年七月／一三年七月）など。

(51) 唯美主義者滕固の短編「鵝蛋臉」には大東による翻訳・解題がある、「瓜実顔」（『中国現代文学傑作セレクション　一九一〇-四〇年代のモダン・通俗・戦争』勉誠出版、二〇一八年に収録）。

(52) 資料集に、陳江・陳庚初編『謝六逸文集』（商務印書館、一九九五年）、陳江・陳達文編著『謝六逸年譜』（商務印書館、二〇〇九年）。謝六逸による日本文学の紹介翻訳については、呉衛峰「白話か文言か　日本古典詩歌の中国語訳について（その1）謝六逸とその『日本文学史』」（『東北公益文科大学総合研究論集』第十六号、二〇〇九年六月）、西野入篤男「謝六逸『日本文学史』における『源氏物語』　附〈目次・参考文献表〉」（日向一雅編『源氏物語の礎』青簡舎、二〇一二年）、小田切文洋「謝六逸『日本文学史』をめぐって」（『国際関係学部研究年報』第三十五号、二〇一四年）などがある。

(53) 五四運動時期の留学生については、小野信爾『五四運動在日本』（汲古書院、二〇〇三年）に詳しい。

(54) 引用は王学文「河上肇先生に師事して」（『わが青春の日本』前掲、二八頁）。

(55) 引用は王学文「河上肇先生に師事して」（『わが青春の日本』前掲、三〇-二頁）。

(56) ほかに、小谷一郎「「上海芸大」のことども　「1930年代文芸」の一側面」（『東洋文化』第六十五号、一九八五年三月）など。

(57) ほかに、阿部幸夫「夏衍の独幕劇（序）　上海の「炭坑夫」」（『実践女子大学文学部紀要』第二十八号、一九八六年三月）など。

(58) ほかに、石川肇「占領期上海で翻訳紹介された日本文学　章克標訳『現代日本小説選集』収録作品の初出を読む」（鈴木貞美・李征編『上海一〇〇年　日中文化交流の場所』勉誠出版、二〇一三年）。

(59) 豊子愷研究の案内については、やや以前のものだが、楊暁文「豊子愷研究の現況　中国、日本、香港、台湾、シンガポールにおいて」（『パイデイア　教育実践研究指導センター紀要』第五巻第一号、一九九七年三月）がある。

(60) 鈴木正夫「郁達夫の日本語小説残稿「円明園の一夜」」（『野草』第八十一号、二〇〇八年二月）を参照。

(61) 『瑞枝』復刻の際に、資料集『詩人黄瀛　詩集《瑞枝》復刻記念別冊』（蒼土舎、一九八四年）が出ている。

(62) 引用は許幸之「東京でかいた一枚の絵」（『わが青春の日本』前掲、六七‐八頁）。

(63) 「吼えろ中国」については、芦田肇「『怒吼罷、中国！』覚書き　『Рыуи Китай』から『吼えろ支那』、そして『怒吼罷、中国！』へ」（『東洋文化』第七十七号、一九九七年三月）、星名宏修「中国・台湾における「吼えろ中国」上演史　反帝国主義の記憶とその変容」（『日本東洋文化論集』第三号、一九九七年三月）など。

(64) 中国電影資料館・中国電影家協会編『百年司徒慧敏』（中国電影出版社、二〇一〇年）があるが未見。

(65) 引用は司徒慧敏「五人の学友たち」（『わが青春の日本』前掲、八八頁）。

(66) 藤澤太郎『一九三〇年代文壇史から見た中国左翼作家連盟』（東京大学大学院人文社会系研究科博士論文ライブラリー、二〇〇九年）を参照。

(67) 日本に二度留学しながら短期間に終わり、また武田泰淳らと交流のあった謝冰瑩については、阿頼耶順宏「謝冰瑩　〝女兵〟作家の軌跡」（『東洋文化学科年報』第二号、一九八七年十一月）を参照。

(68) 千野拓政「二つの資料　胡風帰国の日時および穆木天の転向」（『法政大学教養部紀要』第七十号、一九八九年二月）。

(69) ほかに、近藤龍哉「胡風と矢崎弾　日中戦争前夜における雑誌『星座』の試みを中心に」（『東洋文化研究所紀要』第百五十一冊、二〇〇七年三月）など。

(70) 日本留学とは関係ないが、聶紺弩に関する研究に、木山英雄「旧詩の縁　聶紺弩と胡風・舒蕪」（『中国　社会と文化』第九号、一九九四年六月）、同「漢詩の国の漢詩煉獄篇（九）孤絶中の唱和　胡風、聶紺弩」（『文学』第三巻第一号、二〇〇二年一月。のち同『人は歌い人は哭く大旗の前　漢詩の毛沢東時代』岩波書店、二〇〇五年に収録）がある。

(71) 小谷氏著書の書評にはほかに、下出鉄男（『現代中国』第八十五号、二〇一一年九月）、鈴木将久（『大学史紀要』第二十号、二〇一五年三月）がある。

(72) 呉念聖「呉朗西と中村有楽・伯三父子　昭和初期の一中国人留学生と日本人との交流に関する調査」（『人文論集』第四十六号、二〇〇七年）、同「呉朗西と飯森正芳　一九二〇年代中日知識人交流の一事実」（『東アジア文化環流』第二巻第一号、二〇〇九年一月）。

(73) 岩佐昌暲「楊献珍と艾思奇　「思惟と存在の同一性」論争の周辺」（『文学論輯』第三十八号、一九九三年三月）。

(74) 経志江「広島高師における中国人留学生の来日と帰国後の活動」（『広島大学教育学部紀要第一部教育学』第四十八号、二〇〇〇年三月）に言及がある。

(75) 引用は杜宣「戦争前夜の青春」（『わが青春の日本』前掲、一六五頁）。

(76) 引用は林林「ワセダの森でハイネに酔う」（『わが青春の日本』前掲、一三九頁）。

(77) 杜宣「日本留学時代の演劇活動の思い出」（有澤晶子訳『悲劇喜劇』一九九六年六月）。ほかに、飯塚容「杜宣先生訪問記」（『幕』二〇〇二年三月）がある。

(78) 李華飛「戦争前夜・留日学生の文化活動」（小林文男『日中関係への思考』勁草書房、一九九三年、九三頁）。この時期の留学経験者の回想としては、ほかに、水谷尚子による聞き書き、『「反日」以前　中国対日工作者たちの回想』（文藝春秋、二〇〇六年）がある。

(79) 東京左連については、『左聯回憶録』上下（中国社会科学出版社、一九八二年）に林煥平・林林らの回想が、『文史資料選輯』第九輯（中国文史出版社、一九八七年）に関連する回想が収録されている。

(80) 引用は林林「ワセダの森でハイネに酔う」（『わが青春の日本』前掲、一四四頁）。

(81) 引用は林林「ワセダの森でハイネに酔う」（『わが青春の日本』前掲、一四九頁）。

(82) 近藤龍哉「東京左連」（『中国現代文学事典』前掲、二〇九頁）。水谷尚子『「反日」以前』（前掲）には、趙安博（一九一四-一九九年、留日は一九三四-三七年、一高）、黄乃（一九一七-二〇〇四年、留日は一九三六-七年、日本大学社会学専修科）などへのインタビューが掲載されており、彼らもこれらの雑誌から強い刺激を受けたことがわかる。

(83) ほかに、小谷一郎「1930年代後期の中国人日本留学生の文学・芸術活動 「文芸同人誌」〈文海〉について」（『立命館文学』第六百十五号、二〇一〇年三月）など。

(84) 引用は張香山「文学にあけくれた日び」（『わが青春の日本』前掲、一五七頁）。

(85) 引用は張香山「文学にあけくれた日び」（『わが青春の日本』前掲、一五八-六一頁）。

(86) 杜宣「日本留学時代の演劇活動の思い出」（有澤晶子訳、『悲劇喜劇』一九九六年六月）。

(87) 池澤實芳訳「〈翻訳〉雷石楡「国際旅団」（一／二）」（『商学論集』第六十七巻第四号／第六十八巻第一号、一九九九年三月／八月）。

(88) ほかに、池澤實芳「雷石楡『國際縱隊』前史（一） 日本留学時期から上海逗留時期まで」（大久保隆郎教授退官紀念論集刊行会編『漢意とは何か』東方書店、二〇〇一年）、同「雷石楡『國際縱隊』試論 悪魔の敵陣への吶喊」（村上哲見先生古稀記念論文集刊行委員会編『中国文人の思考と表現』汲古書院、二〇〇〇年）など。

(89) 盧溝橋事件後の留学生の動きを佐藤春夫の「アジアの子」（『日本評論』一九三八年三月）とからめて論じた論文に、林麗婷「「アジアの子」試論 時代に迫られた留学生たち」（『同志社国文学』第七十九号、二〇一三年十二月。同『中日近代文学における留学生表象』前掲に収録）がある。

(90) 賈植芳へのインタビューに、「第三章 戦前期・中国留日学生の記録 賈植芳「自由を求めた青春」」（小林文男『日中関係への思考』前掲）がある。ほかに、『賈植芳文集』全四巻（上海社会科学院出版社、二〇〇四年）、陳思和編『賈植芳先生紀念集』（復旦大学出版社、二〇一一年）など。

(91) 李華飛「戦争前夜・留日学生の文化活動」（小林文男『日中関係への思考』前掲、九六頁）。

(92) 杉野元子はほかにも、必ずしも日本留学経験者とは限らないが、日中の狭間に苦汁を嘗めながら生きた人物について研究を進めている、「柳雨生と日本　太平洋戦争時期に上海における「親日」派文人の足跡」（『日本中国学会報』第五十五集、二〇〇三年十月）など。

(93) 引用は蕭向前「下宿のおじさん」（『わが青春の日本』前掲、一八九頁）。

(94) 蕭向前には『永遠の隣国として　中日国交回復の記録』（竹内実訳、サイマル出版会、一九九七年）、孫平化の主に戦後をあつかった回想的な著作には、『日本との30年　中日友好随想録』（安藤彦太郎訳、講談社、一九八七年）、『中国と日本に橋を架けた男』（日本経済新聞社、一九九八年）、『中日友好随想録　孫平化が記録する中日関係』（武吉次朗訳、日本経済新聞出版社、二〇一二年）がある。

(95) 奈良女子大学アジア・ジェンダー文化学研究センター編『奈良女子高等師範学校とアジアの留学生』（前掲）。

(96) ほかに、岸陽子「「満洲国」の女性作家、但娣を読む」（『中国知識人の百年　文学の視座から』早稲田大学出版部、二〇〇四年）など。

(97) ほかに、羽田朝子「梅娘ら満洲国作家たちの日本における海外文学紹介　『大同報』「海外文学専頁」」（『叙説』第四十一号、二〇一四年三月）、同「梅娘の日本滞在期と『大同報』文藝欄　小説「女難」と梅娘の描く日本」（『中国21』第四十三号、二〇一五年八月）、同「梅娘の描く「日本」　昭和モダニズムの光芒のなかで」（『日本中国学会報』第六十九集、二〇一七年十月）、同「『婦女雑誌』にみえる梅娘の女性観　近代的主婦像と「国民の母」」（『現代中国』第九十二号、二〇一八年九月）、同「梅娘の女性観にみえる戦前・戦後の連続性　近代主婦像の受容と展開」（『叙説』第四十九号、二〇二二年三月）、同「梅娘「蟹」と『華文大阪毎日』　張資平「新紅A字」との同時連載をめぐって」（『野草』第百十二号、二〇二四年三月）など。

(98) 菊池一隆「日本国内における在日中国・「満洲国」留学生の対日抵抗について　戦時期、日本華僑史研究の一環として」（『愛知学院大学人間文化研究所・人間文化』第二十三号、二〇〇八年九月）、大里浩秋・孫安石編著『留学生派遣から見た近代日中関係史』（御茶の水書房、二〇〇九年）所収の劉振生「「満州国」日本留学生の派遣」、川島真「日本占領期華北における留日学生をめぐる動向」、三好章「維新政府と汪兆銘政権の留学生政策　制度面を中心に」など。

(99) 周一川『中国人女性の日本留学史研究』（前掲）は「満洲国」からの留学生、華北・華中傀儡政権からの留学生も論じている。ほかに、同「「満洲国」における女性の日本留学　概況分析」（『中国研究月報』第六十四巻第九号、二〇一〇年九月）、「奈良女子高等師範学校における「満洲国」留学生」（『人文学研究所報』第四十五号、二〇一一年三月）など。

第13章　創造社から中国人日本留学生文学研究へ――小谷一郎氏の仕事を回顧する

（1）　時期的に、伊藤虎丸「沈淪論（二）　日本文学との関係より見たる郁達夫の思想＝方法について」（『中国文学研究』第三輯、一九六五年五月）を指すと思われる。のち、「郁達夫と大正文学　日本文学との関係より見たる郁達夫の思想＝方法について」として、伊藤虎丸・祖父江昭二・丸山昇編『近代文学における中国と日本　共同研究・日中文学関係史』（汲古書院、一九八六年）、及び伊藤『近代の精神と中国現代文学』（汲古書院、二〇〇七年）に収録。

（2）　小谷氏の業績の中国語訳は、『中国現代文学研究叢刊』一九八九年三期（八月）に掲載された「創造社与日本　青年田漢与那個時代」（劉平訳）以来、数多くある。それらは主に、『社会科学輯刊』『新文学史料』『華文文学』『郭沫若学刊』などに掲載された。ことに二〇〇七年以降、王建華氏が『上海魯迅研究』に、一九三〇年代の中国人日本留学生文学研究を中心に小谷氏の業績を数多く翻訳して掲載した。

あとがき

本書は私の六冊目の単著で、二冊目の『郁達夫と大正文学〈自己表現〉から〈自己実現〉の時代へ』（東京大学出版会、二〇一二年）の続篇である。

過去の論文を収録した本書に、改稿を施したとはいえ、刊行する価値があるかどうかは、正直なところ本人にも判断しづらい。もっとも古い論文は、卒業論文の一部で、手を入れて大学院修士課程二年のときに公開した第3章である。三十年近く昔の、しかも明らかに若書きの、論文とも呼べないような代物で、こんなものまで収録するのは厚顔と恥じるほかかない。

しかし、どの論文を読み返しても、書いたときの心境がよみがえる。学術的価値はともかく、書いた人間には愛着がある。どこかでまとめておかないといけないと思ってきた。

一冊目の『文学の誕生　藤村から漱石へ』（講談社選書メチエ、二〇〇六年）は博士論文がもとになっているが、もともと博論は日中比較文学として出すつもりだった。時間があまりにかかりすぎて、諭《さと》され、とりあえず半分、日本文学の部分だけで提出したのだった。二十年ほど前の、博論と同時期に書いていた論文が入っているのは、そのためである。未練たらしくはあるが、今の自分には書けそうにないものもある。当時の周りの人たちへの感謝も込めて、一冊にまとめる決心をした。

二〇二三年度は香港に一年間滞在したが、その前から準備を進め、滞在をまたいで、帰国後さらに手を入れた。時間がなかなか作れず、慌ただしい作業になった。当時は必死で書いたものの、見直すと誤りが多い。訂正に努めたが、不十分な点が多いことと思う。それも含め、一冊にすることで、学会等での発表、論文としての公表を経て、書籍として最後の旅立ちをしてもらった。

各章のもとになった論文は以下の通りである。

「宋教仁　日記から見る中国人日本留学生の生活と明治末年の世相」
『〈異郷〉としての日本　東アジアの留学生がみた近代』和田博文・徐静波・兪在真・横路啓子編、勉誠出版、二〇一七年十一月

「中国人留学生にとっての日本文学　一九一〇年前後、世代に見る文学受容の変化」
『夜の華　中国モダニズム研究会論集』中国モダニズム研究会編、中国文庫、二〇二一年三月

「国民の肖像　魯迅の「車夫」と国木田独歩の「山林海浜の小民」」
『比較文学・文化論集』第十四号、東京大学比較文学・文化研究会、一九九七年五月

「一九二〇年代前半の中国における文芸批評の形成　「創作」概念の成立とオリジナリティ神話の起源」
『駿河台大学論叢』第三十号、駿河台大学教養文化研究所、二〇〇五年七月

「魯迅『吶喊』と近代的作家論の登場　一九二〇年代前半の中国における読書行為と『吶喊』「自序」」
『日本中国学会報』第五十八集、日本中国学会、二〇〇六年十月

「中国自然主義　一九二〇年代前半の中国における自然主義と日本自然主義の移入」
『比較文学』第四十八巻、日本比較文学会、二〇〇六年三月

「郁達夫与佐藤春夫　再論佐藤文学対郁達夫的影響」

『東亜詩学与文化互読　川本皓嗣古稀紀念論文集』王暁平主編、中華書局、二〇〇九年十月
「中国における日本を経由したロシア・ソビエト文学受容の一側面　昇曙夢の紹介・翻訳を中心に」『言語教育研究センター紀要』第十八号、関西学院大学言語教育研究センター、二〇一五年三月
「郁達夫と日本の初期プロレタリア文学　シンクレア『拝金芸術』翻訳を通して」『文学・語学』第二百二号、全国大学国語国文学会、二〇一二年三月
「恋愛妄想と無意識　『蒲団』と中国モダニズム作家・施蟄存」『比較文学研究』第八十二号、東大比較文学会、二〇〇三年九月
「鉄道の魔物とモダニズム文学　施蟄存「魔道」における世紀末の病理」『野草』第九十一号、中国文芸研究会、二〇一三年二月
「中国人日本留学生の文学活動　清末から民国期へ　研究の現在」『野草』第百二号、中国文芸研究会、二〇一九年三月
「創造社から中国人日本留学生文学研究へ　小谷一郎氏の仕事を回顧する」『野草』第百八号、中国文芸研究会、二〇二二年九月

これらの初出論文を改稿し、場合によっては大幅に加筆している。

引用については、原文が日本語の場合、旧漢字は新漢字に改め、振り仮名は適宜省略するとともに、難読字には現代仮名遣いで振り仮名をつけた。日本語を母語としない読者を念頭に、多めに振っている。中国語原文からの引用は、注記のない限り、拙訳による。引用文中の注は〔　〕で挿入したが、一部原注のケースがある。

当時の作品や評論の出典については、発表年月がわかりやすいよう、注ではなく本文中に組み込んだ。引用の執筆

者を確定できるものは注記した。数々の資料集や作家別の全集のお世話になったことはこれまで同様だが、特に学習研究社の『魯迅全集』（学習研究社、一九八五-八六年）には助けられた。

刊行に際しては、中国文庫の佐藤健二郎さん、舩越國昭さんのお世話になった。中国文学研究の優れた書籍を続々刊行中のシリーズに加わることができたのが、本書の数少ない取り柄である。また関西学院大学二〇二四年度個人特別研究費Aの交付を受けている。記して感謝したい。

一九九一年に大学に入って以降、およそ五年刻みで人生を送っている。留学を経て、大学院に進んだのが、一九九六年。二年間の台南滞在から帰ったのが、二〇〇一年。前任校に着任したのが、二〇〇六年。現任校への着任は、二〇一一年。その後十年間、台南の文学を研究し、二〇二五年を迎える今、私なりの中国現代文学の本を出す。

何歳になっても、性格は変わらないな、と思うことが多い。怠惰でマイペースだが、ときに気持ちが盛り上がって、新しいチャレンジをしたくなり、実力不足を痛感して気弱になる。そのくり返しだった。恐らく今後もそうだろう。こんなものではダメで、もっと切実なものを書かねば意味がない、と思いつつ、そのときの自分に書けるものを書いてきた。

五十年も生きれば、自分に何ができて、何ができないかは承知している。ただそれでも、もっといいものが書けないのか、と自らに問うてきたし、論文を書いたそのときどき、支えてくれた方々、応援してくれた方々がいた。心から感謝しつつ、本書を一つの区切りとして、次の五年間、次の本の仕事へと進みたい。

二〇二五年一月

大東　和重

わ　行

ら 行

や　行

ま　行

は 行

な　行

た　行

さ　行

か　行

人名索引

あ 行

[著者略歴]
大東和重（おおひがし　かずしげ）
1973年　兵庫県生まれ.
1996年　早稲田大学第一文学部中国文学専修卒業.
2005年　東京大学大学院総合文化研究科比較文学比較文化コース博士課程修了,
　　　　博士（学術）.
現　在　関西学院大学法学部／言語コミュニケーション文化研究科教授.
　　　　専門は日中比較文学，台湾文学.
著　書
『文学の誕生　藤村から漱石へ』（講談社選書メチエ，2006年）
『郁達夫と大正文学　〈自己表現〉から〈自己実現〉の時代へ』
（東京大学出版会，2012年，日本比較文学会賞）
『台南文学　日本統治期台湾・台南の日本人作家群像』
（関西学院大学出版会，2015年，島田謹二記念学藝賞）
『台南文学の地層を掘る　日本統治期台湾・台南の台湾人作家群像』
（関西学院大学出版会，2019年）
『台湾の歴史と文化　六つの時代が織りなす「美麗島」』（中公新書，2020年）
訳　書
『台湾熱帯文学3　夢と豚と黎明　黄錦樹作品集』（共訳，人文書院，2011年）
『中国現代文学傑作セレクション　1910-40年代のモダン・通俗・戦争』
（共編訳，勉誠出版，2018年）

中国《ちゅうごく》現《げん》代《だい》文《ぶん》学《がく》と日《に》本《ほん》留学《りゅうがく》

NDC924　368ページ　21cm

2025年3月15日　初版第1刷発行

著　者　大東和重
発行者　佐藤健二郎
発行所　中国文庫株式会社
〒167-0022　東京都杉並区下井草2-36-3
電話 03-6913-6708
E-mail:info@c-books.co.jp
装丁者　近藤桂一
印刷／製本　壮光舎印刷

ISBN978-4-910887-03-6 Printed in Japan

関西学院大学個人特別研究費による